Gabriele Wohmann
Das Handicap

Gabriele Wohmann

Das Handicap

Roman

Piper
München Zürich

ISBN 3-492-03887-5
2. Auflage 1996

Gesetzt aus der Walbaum Lino Mediäval
Satz: Uhl + Massopust, Aalen
Druck und Bindung: Graph. Großbetrieb Pößneck, Pößneck
Printed in Germany

Sieht der Himmel heute morgen nicht wieder wie verstopft aus? Sie schnüffelte ein bißchen rum. Obwohl sie hinter geschlossenen Fenstern saßen, bestand sie darauf, sie könne das Wetter riechen. Und manchmal verfärbt sich die hellgraue Staubwolle da oben und es wird dunkel mit einem schwefligen Gelb drin. Stimmts? Sags selber, gibs zu.

Er gab es zu.

An seine knappen Einwilligungen war sie gewöhnt. Und zufrieden damit. Wenn sie es recht bedachte, würde ihr bei ihm Überschwang nicht gefallen. Bei jemand anderem wäre Überschwang sicher nett, nicht bei ihm, das paßte nicht zu ihm, und wenn er sich jetzt vornähme, ihn vorzutäuschen, um ihr eine Freude zu machen, käme ihr das nur verdächtig vor.

Ein geheimnisvoller Himmel, sagte sie. Vollgestopft mit Schnee. Möchtest du Honig oder Orangenmarmelade?

Mir ist beides recht. Auch an diese Antwort war sie gewöhnt. Sie hätte eine Entscheidung für das eine oder andere bevorzugt. Sie mochte die irgendwie therapeutischen Antworten nicht.

Sag schon: Honig oder Orangenmarmelade?

Na schön, dann eben Honig.

Sie griff nach dem Glas mit der Orangenmarmelade, aber als sie den Löffel eintauchte, merkte sie es natürlich. Das war eindeutig. Die Materie nicht fest und ziehend, und sie lachte: Das kommt von meiner Hans-guck-in-die-Luft-Marotte! Aber es ist nun mal mein Lieblingswetter.

Schon gut, mein Schatz. Er raschelte mit seiner Zeitung.

Es war immer die Zeitung, also würde es auch heute die Zeitung sein. Sie dachte ans Wetter und daran, daß für sie jetzt immer Lieblingswetter war. Zwar hatte sie das schon ein wenig zu oft gesagt, aber sie sagte es doch wieder. Es machte ihr Spaß, ihn aufzumuntern, und sie hoffte, daß das auch geschah. Allerdings schätzte er einen gewissen Bezug zum Realismus, deshalb fügte sie hinzu: Das mit dem Lieblingswetter geht natürlich besser an verhangenen oder zumindest nicht grellsonnigen Tagen und bei Temperaturen bis zu zehn Grad etwa. Heute ists ziemlich warm. Sie lachte.

Darauf folgte sein zustimmender Kommentar im Miniformat, und Menschen, die nichts davon verstanden, hätten ihn für kurzangebunden und nicht gerade liebenswürdig gehalten, kaum noch etwas mehr als höflich, aber ihr wars genau so recht. Zu ihrer Erleichterung lagen die Zeiten langwieriger Dialoge hinter ihnen. Seit er sich auf Zustimmungen beschränkte und sie nicht mehr korrigierte und über seine Sicht der Dinge aufklärte (es lag ihm vielleicht ja immer noch am Herzen und womöglich auf der Zunge, und er verkniff es sich?), war alles viel leichter für sie. Mehr ein Spiel, und bei dem wollte sie nicht gestört werden. Das Spiel brachte ihr eine Menge. Großartig von ihm, das ziemlich bald verstanden und akzeptiert zu haben.

Jetzt zum Beispiel! rief sie, nachdem sie wieder einen kleinen Schnupperprozeß abgeschlossen hatte.

Was denn? fragte er. Er würde nicht endlos so geduldig klingen. Sie nahm sich oft vor, nicht zu viel daherzuplaudern, aber andererseits, Reden half.

Ists nicht jetzt ziemlich dunkel mit diesem verhängnisvollen gewittrigen gelben Licht im zusammengepferchten Gewölk? Und das bedeutet? Ihr Lachen war der Applaus fürs Wetter. Es bedeutet, daß sich ein interessantes Schneegestöber ankündigt. Wunderbar. Ists nicht wunderbar?

Ist es. Erinnere mich nachher an deine Augentropfen.

Alles wunderbar, schärfte sie sich ein. Sie rührte Beeren, irgendwelche kleinen runden Beeren aus der Tiefkühlpakkung, die er mitgebracht hatte, und Vanillezucker in die Milch im kleinen Krug. Die besorgte und manchmal traurige Stimme hatte er sich auch abgewöhnt. Sehr gut. Meine Kinderliebe zu allem, was mit Schnee zusammenhängt, respektiert er, er macht mit bei meinen Gewittern, es sind spezielle Gewitter, ohne Blitz und Donner. Wirklich, über ihn konnte sie sich nicht beklagen. Wunderbar, alles wunderbar, wiederholte sie für sich. Wie sie es in der früheren Wohnung unter den zwischen ihm und ihr veränderten Bedingungen geschafft hätte – unausdenkbar. Aber hier! Es war ein riesiges Haus zum Spielen, ein Puppenhaus für zwei erwachsene Menschen, oder für einen erwachsenen Menschen: Sie besserte an ihren Gedanken herum. Sie war vielleicht mehr die Puppe. Und keiner, nicht einmal er wußte, wie hilfreich das war, sogar schön.

Sie hatten es genau richtig gemacht. Es war, unter vielem anderen, das sie genau richtig gemacht hatten, einfach ideal, am Klapptisch neben dem Fenster zu frühstücken, obwohl es in der Küche war, aber dies war keine gewöhnliche Küche.

Früher haben wir immer über Leute gelästert, die in der Küche essen, und die meisten unserer Freunde tun es, sagte sie. (Übrigens aßen sie abends im Eßzimmer.) Schneits jetzt? Sie mimte das Schnüffelhündchen und antwortete sich selber: Die Schneeflocken wirbeln draußen umher, und auf der Wetterseite werden unsere kahlen Büsche und der immergrüne Taxus schon weiß. Und Hochbetrieb im Vogelhaus. Hast du sie eigentlich gefüttert?

Na klar hab ich das. Er hatte meistens einen Instinkt dafür, wann sie sich nach ein paar Worten über die Durchschnittsdosis hinaus sehnte: Ich kann dir sagen, der Wüstling von Kernbeißer vertreibt mal wieder alle Meisen und

Spatzen und überhaupt, was kleiner und schwächer ist als er. Da, er beendet seinen Landeanflug, und sie stieben davon.

Und dann sitzt er doch bloß da und guckt sich erstmal um. Als wäre er gar nicht hungrig.

Er will nur zeigen, wer der Herr im Haus ist.

Nicht mal bei dem Sauwetter können sie sich vertragen, die armen Kerlchen. Nochmal Stichwort Küche. Unsere ist schließlich was Besonderes. Ist sie nicht was Besonderes? Weißt du, die Hauptsache für mich ist nicht, daß sie so riesig groß ist und der Kachelboden, sondern ... also für mich ist das Geheimnisvollste an ihr: Sie geht um die Ecke, sie hat Nischen.

Es fiel ihr nicht auf, daß er den Mund hielt. So wars normal und deshalb gut. Demnächst würde er *Ob der liegen bleibt* fragen und den Schnee meinen, und wenn sie Lust hätte, könnte sie *Hoffentlich* sagen oder gar nichts. Aber seine Spiel-Frage wünschte sie sich. Sie sicherte ihren Eindruck von richtigem unheimlichem Winterwetter mit Schneetreiben ab. Vielleicht würde er einen drauf machen und erwähnen, sicherheitshalber nähme er wohl besser den Bus. Mußte er heute überhaupt fort? Sie vermutete, nein. Seit dem Aufwachen hatte sie das Sonntagsgefühl. Fragen wollte sie nicht. Es kam zu oft vor, daß sie ihm nicht richtig zuhörte, und wahrscheinlich hatte er ihr gestern gesagt, was für ein Wochentag war. Und im Fall von Sonntag: In der Mittagszeit nähme er ihr das Handy ab und würde Marnies Nummer eintippen. Meistens telephonierte sie sonntags kurz mit Marnie, an Wochentagen abends rief Marnie an, nicht allzu oft. Marnie war ihre *kleine Schwester*, das Prädikat aus der Kindheit wurde sie nicht los, und beide wollten es auch gar nicht loswerden. Marnie war nur knapp drei Jahre jünger und ihre einzige wahre Vertraute. Daß aber auch Marnie vor Klagen und Verzagtheiten geschützt werden mußte, war für sie selbstverständlich. Sie war ihre Behüterinnenfunktion aus der Kindheit nie leid geworden. Auf Marnie mußte man aufpassen, mit den Energien der Liebe, Marnie machte den Unfall der großen Schwester und ihr jetziges Handicap (auch sie sagte lieber *Handicap* dazu, nannte den Befund nicht beim Namen) zu ihrer eigenen Tragödie. Insofern mußte sie doch ein paar Abstriche machen, wenn sie an ihre *einzige wahre Vertraute* dachte. Wirklich Gräßliches würde ich ihr ersparen, dachte sie, die elende Niedergeschlagenheit, ehe meine Pillen wirken, oder Prentice und diese Hirngespinste, Eifersucht und all den Quatsch. Marnie verdürbe sie mit so was ganze Tage und Nächte. Und das Einschlafen.

Vermutlich studierte er die Aktienkurse im Wirtschaftsteil. Sie hoffte, Marnie könnte ihr eine Seelenausgeglichenheit wie diese jetzt glauben. Nachempfinden? Das wohl kaum. Marnie war nicht nur eine ewig *kleine Schwester*, wenn man darunter verstand, daß jemand auf sie aufpassen mußte, sie war auch eine kleine Wilde und sie verlangte von ihrem Leben das Äußerste, Interessanteste, das Beste eben. Mit diesem hohen Anspruch mußte sie zwangsläufig immer wieder einmal in Dramoletts ausrutschen, wie in Pfützen oder auf Glatteis. So hatte von früh an sie die Vernünftige sein müssen (Marnie erlebte ihre erste große Liebe mit dreizehn und als ehebrecherisches Geheimhaltungs-Melodram, eine Verschlußsache, in die nur die große Schwester eingeweiht war und eine genau so wie Marnie leichtsinnige Schulfreundin. Sie selbst war beinah sechzehn gewesen und ohne die geringste Ahnung davon, wie man sich fühlt, wenn man verliebt und hinter einem Mann her ist, aber sie hatte gewußt, Marnie machte da etwas Entsetzliches und Schlimmes), und diese chronische, meistens vergebliche Pflichterfüllung, so dachte sie in diesem Moment des Beinah-Friedens, der beinah vollkommenen Behaglichkeit (*ganz* in Frieden und Behagen ging ja nun wahrhaftig nicht), der anhaltende liebevolle Beschützerinstinkt (Instinkt? Marnies Fehlermachen konnte sie schwer nachvollziehen) hatte sie Geduld gelehrt, und die nützte ihr jetzt beim Hinnehmen der Schockfolge, diesem zum Handicap verharmlosten Elend, zu dem sie sich hinunterzwang, aber fügsam, ja für alle so erstaunlich fügsam.

Sie mußte wieder ein bißchen vor sich hin schwärmen, Schnee, Küche, das frei in Wiesen und zwischen Baumgruppen stehende ehemalige Bauernhaus, denn immer wenn sie das tat, vor sich hin schwärmen, spürte sie mehr von der geliebten Kulisse um sich herum, ihre Welt nahm Gestalt an, sie wurde wirklich. Szenisch und sinnlich, sie lebte. *(Und ich lebe auch.)* Einmal hatte sie gesagt, wenn sie spreche, dann sei das wie Doppeltsehen.

Eine einmalige Küche. Und das alte Küchenbuffet und die alte Kommode und der breite Holztisch machen sie so wundervoll unzeitgenössisch, sie hat so einen Stich Jahrhundertwende. Und vielleicht ins Holländische. Oder Neu-England? Sie seufzte zufrieden. Es klang ein wenig nach Grunzen, weil ihre Kehle mitmachte. Oder ists mehr wie in einem alten englischen Pfarrhaus, in dem ein paar immer noch nicht verheiratete Schwestern aus einem Roman von Jane Austen oder einer der Brontës wohnen? Emily Brontë?

Hmhm. Jane Austen in einem holländischen Pfarrhaus kocht für die Brontë-Schwestern ... entscheide dich. Jetzt grunzte er. Vielleicht hoffte er, sie würde nicht mit Küchen wie ihrer weitermachen und unweigerlich bei den Küchen landen, die in ihren alten amerikanischen Lieblingsfilmen vorkamen. Nichts, gar nichts über Filme wünschte er zu hören. Wirklich, ihre Leidenschaft für Filme ließe sie besser raus aus dem Lobgesang. Sie durfte ihn nicht betrüben. Er war so taktvoll zu ihr, so wollte sie auch mit ihm umgehen. Er schonte sie, sie schonte ihn. Ihr fiel etwas ein, das ihm zusagen würde: Und mit das Beste an diesen alten Küchenmöbeln ist, daß man mit dem Mop drunter kann. Man kommt bis hinten hin. Bis an die Wand.

Und wann kommst du mit dem Mop drunter und bis ganz hinten hin?

Die Anspielung auf ihr von allem Anfang an und vor dem Unfall entsagungsvolles Verhältnis zum Putzen nahm sie als gutes Zeichen. Wenn er sie halb im Scherz kritisierte, fühlte sie sich ernstgenommen. Dann behandelte er sie so cool, geradezu etwas kaltschnäuzig, wie es ihm lag, dann war ihm wohl, er benahm sich normal, vergaß Rücksichtnahme und all den Quatsch, der sie mehr irritierte als schützte. Vor der rauhen Wirklichkeit. Vor den Tatsachen. Grob sagte er so was wie das vom seltenen Gebrauch des Mops ja nicht. Früher hatte sie es gehaßt, wenn er ab und zu mal grob wurde oder zu laut. Die Schallmauer durchbrach. Bei ihr gab es eine Grenze für Lautstärke. Wäre *jetzt* ein Anpfiff (nicht zu oft!) vielleicht gar nicht mal das Schlechteste? Ach, wohl doch nicht. Sie war sich darin nicht so sicher.

Mit Vergnügen blieb sie noch beim Problem Saubermachen: Wie du weißt wars nie meine Leidenschaft, aber seit wir hier leben hat sich da was geändert. Natürlich, eine Leidenschaft ists nicht, aber ich möchte, daß es schön bleibt.

Das tut es auch, sagte er, und diesmal klang er ihr ein wenig nach irgendeinem Lehrgang für Leute, die üben wollen, wie man mit Patienten umgeht. Nach *Wie benehme ich mich am Klinikbett.*

Stell dir vor, wenn ich mit der Schuhspitze fühle, da liegt irgendwas auf den Küchenfliesen, ein Krümel, ein Apfelkern, was wirklich Kleines, stell dir vor, dann schaff ichs weg, ich bücke mich doch wahrhaftig für einen winzigen Krümel, ich geh vor einem Krümelchen in die Knie! Sie mußte vor Staunen über sich lachen.

Das verlangt keiner von dir. Er schüttelte seine Zeitung zurecht. Aber prima, wenn dus machst, schob er eilig nach, und diese Ergänzung verbesserte den Freispruch. Verwunderlich tüchtig und dem Alltag gewachsen kam sie sich vor, wenn sie mit Handbesen und kleiner Schippe etwas aufkehrte, sie brauchte gar nicht erst einen Fremdkörper mit dem Schuh zu spüren, sie kehrte auf, irgendwas käme bestimmt auf die Schippe. Staub gabs immer. Kurz nach seiner Beseitigung gabs ihn schon wieder.

Sie bewohnten das im Innern umgebaute ehemalige Bauernhaus noch nicht lang, etwas mehr als ein Dreivierteljahr erst, aber lang genug, um es genau zu kennen. Genauer gesagt: Lang genug vor ihrem Unfall. Sie wußte nicht, ob er noch vorhatte, wegen der nicht fest verschraubten Stange, die den Teppich auf den Treppenstufen hielt (beziehungsweise nicht gehalten hatte, an der einen Seite war der Stoff unter ihrem Schuh verrutscht und sie stürzte, glitt bäuchlings fünf Stufen runter bis zum Treppenabsatz), wegen dieser Schlamperei des Handwerkers vor Gericht zu gehen. Sie wußte nicht einmal, ob sie dafür oder dagegen war. Das war ein Punkt, über den sie beide nicht miteinander redeten.

Ihr schien es schon in den drei Wochen vor dem Unfall so, als hätten sie nie woanders gewohnt, nicht wirklich, nicht so, wie es zu ihnen paßte, nicht glücklich genug. In keiner ihrer früheren Wohnungen waren sie so in Übereinstimmung mit sich und ihrer Umgebung gewesen: eine *ihrer* Diagnosen. Eingelebt vom ersten Tag an! Andererseits kam sie sich wie ein neugieriger Gast in ungewohnter wunderschöner Staffage vor. Dazu trug auch das Waldstück im Norden bei, es beschirmte das große Grundstück dicht und dunkel. Wie eben erst eingezogen wars nicht, das Gefühl. Es war etwas anderes, überlegte sie oft, und nicht ganz so oft sagte sie es. Ihm ginge es vielleicht ähnlich, denn er sagte *ja*, wenn sie es erwähnte. In manchen Angelegenheiten, und diese hier beschäftigte sie, glich sie einer Repetieruhr, was ihm sicher häufig ziemlich lästig war. Er stellte im besten Fall das Schlagwerk: Ja. Oder: Nein. Bei ihm wars immer Eins. Ein Uhr. Früher manchmal mit einem *Gleich schlägts dreizehn* dahinter. Nachdem ihr das auf der Treppe passiert war, verkniff er sich doch manches. Ob das seinem Naturell gut bekam, reichlich Unterdrückung? Sie schmunzelte. Auf alles Grobe und zu Laute, das konnte sie gar nicht oft genug registrieren, verzichtete sie wirklich gern. Und Freundlichkeit muß jedem Menschen bekommen, dem, der sie ausübt, und dem, der sie empfängt, schloß sie ihren Gedankengang ab.

Jede Bewegung in unserem wundervollen Haus *interessiert* mich, sagte sie.

Oh ja, Liebes.

Das war mehr als bloß Schlag Eins. Es war so was wie halb Zwei.

Als spielte ich in einem Theaterstück mit. Sieh dir nur diesen Tisch vor uns an und den Schnee draußen. Wie findest du die Oat and Wheat Bran?

Etwas enttäuschend fand er sie.

Sie auch, aber sie machte es ausführlicher: Ich finde sie *an sich* beinah ideal. Aber eben nur beinah. Geschmacklich fehlt was. Der Hintergrund. Ich meine, sie geben einem das Gefühl von Hohlheit. Man kaut und schmeckt und es bleibt eine Art Leere.

Du meinst, es fehlt Zucker.

Könnte sein, daß es das ist. War aber supermäßig lieb, sie mir mitzubringen. Sie ausfindig zu machen. Kauf sie wieder, ja?

Wenn sie nicht das Ideale sind, sollten wir sie weglassen.

Aber ich mag die Packung.

Es entstand ein kurzes Schweigen, an dem sie merkte,

wie gründlich sie ihn verblüfft hatte, und dann beeilte er sich, drüber wegzugehen und zu sagen: Wir haben die ganze Küche voll mit Packungen.

Sie beleben die Küche. Vergnügt schaute sie sich um. Beobachtete er sie dabei? Ganz sicher tat er das. Sorgenvoll? Mitleidig? Aber vielleicht schnitt er ihr auch eine Fratze. Er hatte das Recht, von Zeit zu Zeit ein paar spontane Regungen rauszulassen. Trotzdem wäre ihr die Fratze nicht angenehm, noch weniger als der mitleidige Ausdruck. Sie war froh, daß sie nicht hinsehen mußte.

Ihren Tick, Gegenstände zu gruppieren, Sachen aufzustellen, gab sie nicht auf. Keine freie Fläche war vor ihren Anordnungen sicher. Ab und zu sperrte er unnütz draußen rumstehende Becher und kleine Näpfe mit anderen Resten aus ihrer einstigen Puppenküche in Schränke. Immer noch merkte sie das sofort, als könnte sie es riechen wie das Wetter; nicht lang, und sie kamen wieder ans Tageslicht, eroberten jeden Platz, auf dem man etwas abstellen oder rumbaumeln lassen konnte.

Mit ein paar von den Toppas drin schmeckts besser. Auf der breiten Fensterbank standen heute noch vier Packungen in Bereitschaft, sie war eine Liebhaberin von Mischungen, Ergänzungen, die auch den Frühstücksgenuß verlängerten. Dem Rascheln nach zu urteilen, das entstand, als sie die Packung über ihrer gesüßten Milch umkippte, waren das Bran Flakes. Toppas plumpsten in die Milch. Egal. Ihr war jede Kombination recht.

Ich dachte heut morgen beim Aufwachen dran, wie nett es von Beethoven war, nebenher auch so viele leichtere Stücke fürs Klavier zu komponieren. Richtig freundlich von ihm, sagte sie.

Probier doch mal wieder was. Er meinte ihr Klavierspielstündchen am Abend. Jetzt hätte sie tagsüber Zeit.

Ich kann nichts auswendig.

Doch, diesen einen Sonatenanfang von Mozart.

Aber dann, wie weiter? Ja, Mozart hats auch mit Amateuren wie mir gut gemeint. Bach auch. Pech, ausgerechnet mein Schubert nicht. Es gibt nichts Leichtes von ihm. Sie dachte betrübt an das eine kleine traurige Stück, bei dem sie es in Glücksfällen auf ein Minimum von höchstens vier falschen Tasten gebracht hatte. Es klang wie ein Lied, in seinem Dur-Teil blieb es so traurig-schmerzlich wie in moll, und dummerweise fiel ihr nicht einmal mehr die Melodie ein. Als sie noch abends ihr Klavierpensum absolvieren konnte und sich an die ergreifende kleine Komposition wagte, hatte sie sich, nach einem Spiel mit Fehlern und ebenso nach einem Spiel ohne Fehler zu ihm umgedreht und gerufen: Es ist immerhin c-moll, und c-moll hat drei b! Er klatschte Beifall, so oder so. Und was wars? Es ist schön? Schubert. 1827. Sie spielte es Andante. Er mußte nicht wissen, daß Schubert es als Allegretto vorgesehen hatte. Außerdem gefiel es ihr langsam viel besser. Sie brauchte sich nur vorzustellen, wie es als Allegretto dahinhüpfte, um zu wissen, es hätte sie weniger gerührt.

Machst du eigentlich noch an deinen Portraits weiter? fragte er.

In letzter Zeit nicht. Sie rückte an ihrer Sonnenbrille, Symptom für ein irritiertes nervöses Unbehagen.

Du willst das doch nicht etwa aufgeben?

Natürlich: Er mußte sich um die paar Beschäftigungen kümmern, mit denen sie ihre Zeit ausfüllte und sie so verkürzte. Sie durfte nicht plötzlich etwas aus dem Programm gegen Durststrecken nehmen, nicht wie am Anfang in einen Wie-bringe-ich-den-Tag-rum-Trübsinn verfallen. Keine einzige Maßnahme gegen die Langeweile allmählich uninteressant finden und dann aufgeben. Die Beschreibungen von Personen, Zimmern, Außenszenarien, auch von Pflanzen, die sie auf Band sprach, hatte er für ihre bisher beste Idee im Repertoire gehalten, und sie doch auch. Sie nahm sich vor, damit weiterzumachen, und sagte es ihm. Mit das Beste daran war, daß er noch nie darum gebeten hatte, eine dieser Aufnahmen abzuspielen. Es kamen keine Geheimnisse drin vor, aber sie fühlte sich unbefangener, wenn sie wußte: Es ist nur für mich. Oder noch höchstens: für Marnie. Aber die Schwestern sahen sich nicht oft, und dann brauchten sie die Zeit für Besseres als das Abhören von Tonbändern.

Mein Mann: circa 1,80 m groß, ich weiß es nicht genau, sehr schlank, fast ein bißchen unterernährt. Etwas skandinavischer Typ, oder besser: irisch, weil er rötliche helle Haare hat, kein übliches Blond, und Iren sind auch oft etwas lockig. Eds Haar ist kurzkräuselig. Aber unirisch an ihm ist die Sparsamkeit seiner Mimik. Eigentlich hat er immer *ein* Gesicht. Iren sind so viel ich weiß sehr lebhaft. Ed ist vor allem ziemlich einsilbig, macht nicht viele Worte, was die Frauen, die ich so kenne, etwas anödend finden, ich aber ganz und gar nicht, ich finds genau richtig so.

Ihre Portraits halfen ihr bei der Vergewisserung. Über manche Menschen dachte sie außerdem jetzt erst wirklich nach. Ihr Ehrgeiz peilte so etwas in der Art von Psychogrammen oder doch von kurzen, zwingenden Charakteristika durchsetzten Personalien an, doch den verschob sie vorerst. Bei Ed fügte sie das Lebensalter hinzu: neunundvierzig, sieht jünger aus, und dann drängte sie es zu notieren: Der Typ Mann, auf den Verlaß ist. Vermittelt ein Sicherheitsgefühl. Als sie das aufs Band sprach, hegte sie gegen sich den Verdacht, diese und noch mehr Aktiva auf seinem Konto erwähne sie im Vorgefühl, das Band werde doch eines Tages von ihm abgehört. Ist alles andere als ein Jammerlappen, sagte sie in ihr kleines Mikrophon. Stimmt ja auch, gab sie sich recht. Es stimmte aber auch, daß sie einiges wegließ. Kein Mensch ist ausschließlich ein Musterexemplar, mit nichts als Tugenden ausgestattet. An Ed in der Querverbindung zu Prentice wollte sie möglichst nie denken. Sie durchschaute sie außerdem gar nicht. Hier hatte sie es sicher mit fixen Ideen zu tun, und um fixe Ideen mußte sie vor allem seit ihrem Unfall einen Riesenbogen machen.

Prentice: Sie ist amüsant, manchmal melancholisch, aber schwer zu sagen, ob sie nicht nur so tut, als sei sie es, weil sie glaubt, das mache sie interessanter. Erst Anfang zwanzig, sehr amerikanisch, amerikanische Eltern, der ehemalige deutsche Stiefvater hat noch nicht abgefärbt, höchstens insofern, als sie gern mit ihm flirtet und, seit sie ihn hat, auffällig oft nach Europa trampt, wenn man zu einer Reise über den Atlantik *trampen* sagen kann. Dunkelhaarig, mittelgroß, redet ein bißchen allzu viel davon, daß sie wieder dünner geworden ist, wahrscheinlich auch, damit der Stiefvater sie dadurch reizvoller findet, denn er soll sich ein paar Sorgen um sie machen. Trotzdem: Ich rede gern mit ihr, sie ist wundervoll unbefangen, manchmal allerdings auch für meinen Geschmack allzu offen, kann verletzend sein. (Sie verschwieg eine Empfindung, die Prentice witterte und ohne Ziererei Eifersucht genannt hätte.) Hat eine leichte Faciallähmung um den Mund rum, rechts, oder es sieht so aus, aber die macht ihr Gesicht ernster und interessanter, als es ohne die kleine etwas angeschwollene Schiefheit wäre, vor allem beim Lächeln, weil der Eindruck entsteht: Aha, hier hat schon mal das Leben zugeschlagen.

Marnie: Wir waren immer Schneeweißchen (ich) und Rosenrot (sie), hell und dunkel. Etwas kleiner als ich, genau so schlank, vielleicht etwas magerer, seit ich mich nicht mehr genug bewegen kann. Ca. 1,68 m. Kurze Haare, dunkel, mit denen sie zu viel experimentiert, werden dünner, macht ihr Sorgen, ich sage ihr: unnötige Sorgen, sie hörts gern und glaubts nicht, wir machen uns Komplimente, eine sagt der andern, wie schön sie ist. Gemeinsam sind wirs. M. ist unvernünftig und deshalb für

Männer immer attraktiver gewesen als ich es je war und bis heute bin, *kleine Schwester*, fing schon mit dreizehn an, rumzupoussieren, sich in Gefahr zu begeben, ich wollte auf sie aufpassen, war aber oft vergebliche Liebesmüh, Liebe stimmt, die Mühe auch. Trotzdem dachte ich immer, sie hat mehr Grips im Kopf als ich, sie hat studiert, ich nicht, sie hälts nicht lang in Jobs aus, ich aber hielt es gut aus, ich weiß nicht, ob ich meine Arbeit im Institut wirklich gern hatte, aber jetzt fehlt sie mir, und der Blick in den Botanischen Garten fehlt, die Nähe zu den Gewächshäusern, jede kleine Pflanze fehlt. Alle denken von meiner Arbeit, daß sie nichts Besonderes war. Marnie genügt nichts. Wenn ein männlicher Kollege sich doof anzieht, knallblaues Sacco wars glaub ich und vor allem zu kurze Socken, so daß man, wenn er die Beine übereinanderschlägt, ein Stück von seinem blöden weißen Bein sieht (so ungefähr erzählt sie solche Sachen), und an seiner Bügelfalte zupft, um das Hosenbein hochzukriegen, die Bügelfalte zu schonen, und wenn dann die kurzen Socken gerade nur knapp über die Knöchel reichen, traut sie seinem Geschmacksurteil nicht mehr. Sie sagt: Ein Mann in zu kurzen Socken und mit dieser grausigen Krawatte und dem Scheitel links kann nicht die Qualität eines Manuskripts beurteilen. Er bewundert ein stinklangweiliges Romanmanuskript, er ist ein Germanist, weiter nichts. Marnie hat Sex-Appeal. Den verlangt sie auch von Männern, und Männer *mit* findet sie ziemlich oft, ich als ihre Beschützerin auf verlorenem Posten muß leider sagen, daß das nicht gut für sie ist.

Obwohl sie es schwieriger fand, über Menschen zu schreiben, die sie liebte, und mit dem Marnie-Kapitel nicht zufrieden war, hätte sie gern weitergemacht. Bei Marnie mit der gemeinsamen Kindheit anfangen und richtig ins Erzählen kommen. Vielleicht eines Tages, dachte sie. Sie würde es gern tun, gleichzeitig war sie zu faul. Es bedürfte größerer Anstrengung, um ihrer schwesterlichen Beziehung gerecht zu werden, und sie zweifelte grundsätzlich an ihrer Qualifikation.

Doktor Benrath: Auch ungefähr 1,80 m wie Ed, aber ganz anderer Typ. Anderes Blond und außerdem eher ein bißchen dick. Vielleicht ist er es gar nicht, aber man denkt von ihm, daß er schüchtern ist. Dabei redet er überhaupt nicht wenig, er redet mehr als Ed, der keinen schüchternen Eindruck macht, nur kann ich nie richtig auf das aufpassen, was er so sagt, meistens gehts um Kunst und seine osteuropäischen Kulturgüter, und so kommt es, daß ich mir eigentlich überhaupt keine Vorstellung von seinem beruflichen Leben machen kann. Über Privates redet er sehr wenig...

Berichtete sie von Doktor Benrath aufrichtig? Oder im Gefühl, Ed höre mit? Großer Lauschangriff? Was es auch war, das sie ins Stocken brachte, sie gab auf mit dem Satz: Alles in allem fällt mir zu ihm jetzt nicht mehr ein.

Sie erinnerte sich jetzt, als Ed sie daran erinnert hatte, an glückliche Stimmungen bei den Portraits *Unser Grundstück*, *Das Wohnzimmer*, *Die Lounge*, *Die Landschaft um unser Anwesen herum*. Sie sagte: Ich könnte mir vorstellen, daß ich bald mal ein Portrait vom Wäldchen mache. Oder vom Fußweg zum Kiosk und zur Bushaltestelle, durch die Wiesen und mit der Vorfreude auf meine Lieblingsstrecke am Schluß, vor der Kurve, ich meine: das Allee-Stück. Du, bei der Vorfreude auf das Stück Weg durch die Allee ists anders als bei andern Vorfreuden.

Hm?

Sonst sind die Vorfreuden beinah das Wichtigste. Weißt du noch, wie gern ich immer auf der Terrasse vom *Albertina* auf meinen Apfelstrudel mit Vanilleeis *gewartet* habe? Das Warten war fast das Beste, ich glaub, es *war* das Beste.

Na na, Löffel für Löffel in den Mund, das sah eher nach dem Besten aus. Er lachte. Es klang nicht nach Mitleid.

Sie wollte jetzt nicht mehr ausgehen, und sie war sehr gern ausgegangen.

Mit der Allee ists anders. *In* den Laubschatten hinein ist das Beste.

Bestimmt um das Thema zu wechseln, schlug er wieder vor, ungewöhnlich schroff (was ihr gefiel): Es wäre verrückt, wenn du die Oat-and-Wheat-Kringel nicht hundertprozentig magst, sie auf der Liste zu lassen. Bloß wegen einer hübschen Packung mit schöner Schrift. Sie werden gestrichen. Und alle diese Packungen müssen auch ab und zu abgestaubt werden. Ist ein Argument gegen die Dinger, hm?

Mit einem Seufzer der Einsicht überlegte sie: Man könnte das Vorderteil aus der Packung rausschneiden und irgendwo anbringen. Anpappen? Schlag ihm das nicht vor, es ist für ihn das Letzte. Aber im Oberteil vom Buffet hinter den niedrigen Espressotassen schaute noch zu viel unbelebte Rückwand hervor. In die Türen des Buffetoberteils waren Fenster eingelassen. Dort hatte sie vor dem Unfall noch nicht zufriedenstellend dekoriert, nur ein paar Nostalgie-Karten und zwei dicke Topflappen, die nicht einknickten, aufgestellt.

Ich mag sie trotzdem, sagte sie. Soll ich deine übernehmen?

Was?

Wie: was? Sie war belustigt. Ihr machte es nicht das Geringste aus, daß er ihr oft nicht richtig zuhörte, er hörte sie nebenbei als Begleitgeräusch und billigte das anscheinend, und sei es auch nur, weil er dran gewöhnt war. Alles, woran er gewöhnt war, bewertete er hoch. Sie auch. Doch ihre Welt der Gewöhnungen stellte sie sich viel dichter besiedelt vor als seine, ihre war mit wichtigen Einzelheiten überfüllt, seine ziemlich kahl und nüchtern nur mit dem, was man wirklich brauchte, eingerichtet. Gemeinsam hatten sie durch ihren Unfall einen Eingriff in ihren Lebensstil mit umkrempelnden Veränderungen erlebt und ziemlich gut gepackt; schon deshalb mußte sich die alte Macht der Gewohnheit neu etablieren, und das hieß, mit neuen Angewohnheiten verbünden. Daß er ihr nicht aufmerksam zuhörte, beruhigte sie, denn sein Gleichmut war Bestandteil aus der Ära vor dem Unfall. Schon vor neunzehn Jahren, als sie und er mit der Ehe anfingen, hatte er beim Frühstück ihre Stimme zu seiner Zeitungslektüre wie eine gleichmäßige Untermalung hingenommen, als säßen sie einem Spezialisten für Ehepaar-Witze Modell. Er hatte in Ruhe weitergelesen, was ihr imponierte, denn seine Konzentration sorgte für den festen Boden unter ihnen. Sollte er sich ruhig für sie beide darüber informieren, mit welchen kniffligen Techniken man am geschicktesten seine staatsbürgerliche Existenz verwaltete. Er legte die Fährte, sein Wissen bildete ihr Fundament. Freundinnen und auch ihre zweite Mutter, Marnie nicht, denn sie nörgelte und erzog nie an ihr herum, sie alle hatten allmählich aufgehört, ihre Passivität zu kritisieren. Aber früher mußte sie sich, nach erduldeten Belehrungsversuchen, manchmal selber fragen: Bin ich altmodisch? Oder bloß bequem? Beides? (Jetzt konnte sie sich nicht einmal mehr damit beschwichtigen, daß sie sich sagte: Immerhin bin ich berufstätig. Sie war noch nicht entlassen. Wie lang ginge das gut?) Die einstigen Besserwisser sahen ihre Haltung so: Du machst dich total zu seiner Abhängigen. Tritt auf die Bremse, und dann gib Gas! Du warst doch vor der Ehe selbständig! Und was ist davon geblieben?

Nichts, seit dem Unfall wahrhaftig so gut wie gar nichts. Die Ratgeberinnen waren verstummt. Fast schade, dachte sie plötzlich. Ich könnte sie damit ärgern, wenn ich ihnen erzählen würde, was über alles Äußerliche hinaus Selbständigkeit, unabhängiges Denken, die Empfindung von Freiheit bedeuten. Sie würde prahlen: Unendlich viel mehr Spielraum als irgendein blöder Geldtransfer auf der

Bank oder ein unbedeutender Job (*aber meinen hatte ich immer gern*) öffnet mir die Phantasie! Spielraum paßte haargenau. Sie spielte und spielte, sie spielte sogar sich selber: die Hausfrau, die einen Krümel auf die Kehrschaufel fegt – ach, eigentlich alles. Hört zu: Ich erweitere die Welt um Dimensionen, anders als Jobs das könnten!

Zufriedenheitsseufzer. Auch gespielt? Ja, auch. Und doch nicht ganz. Die Qualität des Spielens rundete das unvollkommene Gefühl ab. So lang ich spielen kann, wirds gehen, dachte sie.

Weil er ihr gar nicht oder kaum zuhören würde, sagte sie: Das Kind ist auf den Kopf gefallen. Daraufhin hat das Kind die Sprache verloren.

Mit *Na so was* bestätigte er die Prophezeiung *Hören*, aber nicht *Zu*hören.

Schock gegen Schock. Damit, daß sie das Kind heilte, hatte die böse Fee in diesem Märchen nicht gerechnet.

Starkes Stück, sagte Ed.

Das war weiterhin so viel wert wie *kaum Zuhören*, vielleicht sogar *gar nicht Zuhören.* Ob ihr das so gut gefiel wie sonst immer? Es paßte ihr diesmal nicht recht. Lauter als vorher sagte sie: Die böse Fee plante Schlimmes, als sie das Kind zum zweiten Mal, und Wochen waren vergangen, bis sie wieder auftauchte, noch stärker anschubste und es wieder umwarf. Das Kind fiel wie beim ersten Mal auf den Kopf. Natürlich hat sichs wehgetan, aber was passierte?

Ed faltete die Zeitung zusammen, warf den letzten gelesenen Teil auf die Kacheln am Boden. Wir sollten an die Tropfen denken, sagte er.

Das Kind im Märchen bekam überhaupt keine Tropfen. Als es nach dem zweiten Sturz, die Fee hatte es töten wollen, nicht nur stumm machen, als es sich wieder aufrappelte, was passierte?

Was denn? Wovon redest du eigentlich? Komm jetzt, die Tropfen.

Ich erzähl dir ein Märchen. Von dem Kind, das zweimal auf den Kopf fiel. Beim ersten Mal verlor es die Sprache.

Aha, Amnesie. Hat man nach einem Trauma und so was.

Und beim zweiten Mal, da konnte es wieder sprechen. Stell dir das nur vor. Von eben auf jetzt.

Interessant.

Ich habs im Radio gehört, daß bei psychischen Folgen von Schocks so was funktioniert.

Aha. Die Biochemiker und Hirnforscher können sich entspannen. Sie können sich in den Sessel setzen, alle Viere von sich strecken und gemütlich Märchen lesen.

Mach dich nicht drüber lustig. Schmeiß mich die Treppe runter.

Er sagte, er freue sich über ihren Sinn für Humor oder die gute Laune, was es auch sei, aber nun zu den Tropfen.

Woher kommt es, daß mich heute das Ärztliche-Notversorgungs-Spiel nicht wie sonst in den zuversichtlichen Frieden versetzt? fragte sie sich.

Wozu das Ganze, murrte sie.

Und eben warst du noch so lustig.

Ich war nicht lustig.

Komm, halt still. Gleich vorbei.

Diese ganze alberne Durchblutungsverbesserung, nichts als Beschäftigungstherapie, lauter Täuschungsmanöver. Sie war immer noch mäkelig. Er ließ sich nicht aus der Ruhe bringen. Sie fand plötzlich, daß sein Mittelfinger nicht gut roch.

Hast du dir irgendwann in der letzten Zeit die Hände gewaschen? fragte sie und klang süffisant.

Halt still, sei brav.

Brav brav brav! machte sie ihn nach. Irgendwonach riechen deine Fingerkuppen, und ich will lieber nicht wissen...

Pssst! Das ist ja ganz was Neues. So, fertig. Er entließ sie. Jetzt wusch er sich die Hände.

Und ihr tat jedes häßliche Wort in häßlichem Ton leid. Nur das Lieb-und-gut-und-brav-Sein bekam ihr gut. Seine ästhetischen Hände! In all den neunzehn Jahren hatte sie sich noch nie vor ihm geekelt. Und niemals roch er nicht einwandfrei. Ed war in Sachen Sauberkeit eine Naturbegabung. Er brauchte sich längst nicht so viel zu waschen, zu duschen, im Badeschaum zu räkeln wie sie, und blieb doch immer der Saubere.

Etwas später folgte er ihr in ihr Zimmer, wo sie reichlich ungeschickt nach dem Gefühl und der Erinnerung ihr Bett machte, und redete ruhig auf sie ein: Eine Mangeldurchblutung, wie sie bei dir festgestellt wurde, und wir alle waren verdammt froh, daß es keine Null-Durchblutung war, eine Mangeldurchblutung also, die wie bei dir sistiert, die muß nun mal mit Durchblutungsverbesserung behandelt werden. Nach Minuten hätte sie irreversibel sein können, sie wars aber nicht, also müssen wir geduldig mit der Therapie weitermachen. Und du hasts doch immer gern gespielt. Ärztlicher Notdienst, he?

Schon gut. Ich dachte nur, in einem Krimi ...

Eben wars noch ein Märchen.

Aber jetzt ists ein Krimi, ein Psychothriller, und in dem hättest du mich los sein wollen ...

Na klar. Das will ich seit langem. Hat ja leider auf dieser verdammten Treppe nicht geklappt. Und ich kann nicht gut drauf warten, bis du Osteoporose hast.

An der man auch wieder nicht stirbt. Du müßtest bloß dein Leben lang mir die Krücken unter die Arme schieben und was weiß ich noch alles.

Reizende Aussichten. Gib mir Bescheid, wenn dir was Besseres einfällt.

Verdammt, ich hab den Tag verpatzt! Andererseits überlegte sie mit einem ihr unbekannten Argwohn gegen ihn, warum er ihr auswich, wenn sie sich an Wahrheiten herantastete. Die Tür knallte hinter ihm zu. Dafür boten sich zwei Interpretationen an: 1. Er war endgültig sauer. Er war wütend. (Ertappt? Aber wobei?) 2. Ihr Fenster stand offen, sonstwo im Haus stand ebenfalls ein Fenster offen, Ergebnis: Durchzug. *Bei guter Laune fällt das Denken leichter* war eine wissenschaftliche, durch Tests belegte Erkenntnis, von der sie aus dem Radio erfahren hatte. Nicht nur das Denken, alles, entschied sie. Alles fällt leichter. Sie wählte die Interpretation Nr. 2.

Trotzdem blieb sie lieber noch eine Zeitlang allein in ihrem Zimmer. Sie kauerte sich, an die gepolsterte Rückwand gelehnt, auf das zweisitzige Empiresofa mit den vergoldeten Engelsköpfen an den Armlehnen aus Mahagoni, und spielte ihren Zufriedenheitsseufzer von vorhin nach. Die Spielräume, die erweiterten Dimensionen, alle die Leistungen der Phantasie. Sie nahm die Sonnenbrille ab und schloß die Augen, weil sie sich die Sache mit der Phantasie gar nicht immer so ganz glaubte. Aber wenn sie sich dann fest konzentrierte (und jetzt ließ sie ein Flockengewirbel hinterm Fenster durch die Büsche und das dunkle Waldschutzstück treiben) und sich drauf drillte, dann ging es wieder aufwärts. Ed erschien auf der Schwelle. Sie sagte: Jetzt kommt auch Nebel auf, stimmts? Gut, daß du heut nicht raus mußt. Daran, daß er nur mit *Lieblingswetter* antwortete, erkannte sie, daß er gar nicht geprüft hatte, ob es neblig wurde oder nicht, erstens. Und vor allem: Er liebte sie. Sie konnte ihm vertrauen. Ihr Leben wäre schwierig, es wäre erst recht auch gefährlich, wenn sie nie wirklich wüßte, woran sie bei ihm war. Das Vertrauen zu ihm war noch mehr als sein Studium des Wirtschaftsteils in der Zeitung zum Fundament und der Basis ihres Lebens geworden.

Aber eine kleine Störung lauerte im Wohnglück. Die bestand in seinen mißtrauischen Inspektionsgängen durch das geräumige Haus mit dem trotz der veränderten Innenarchitektur immer noch erhaltenen bäuerlichen Charakter. Schon bevor das mit ihr auf der verflixten Treppenstufe passiert war, hatte sie ihn bei seinen Kreuzzügen beobachtet. Meistens hielt er Notizblock und Schreibstift in den Händen. Er prüfte und untersuchte, sie achtete nicht darauf, was ihn beunruhigte und welchen Handwerkerversäumnissen oder neu entstandenen Defekten er auf der Spur war. Wenn sie doch einmal *Stimmt was nicht* fragte, antwortete er: Bei alten Häusern weiß man nie. Manchmal klopfte er gegen die Wände. Drehte Wasserhähne auf und zu und hielt seine Handfläche unter den Hahn. Sie bekam mit, daß er das immer noch machte. Es hatte sie gestört. Manchmal nahm sie sich vor, ihn doch nochmal zu fragen, ob er gegen den Handwerker beziehungsweise gegen die verantwortliche Firma vorging, wegen der Unachtsamkeit, durch die es zu ihrem Treppenunfall gekommen war. Sie fand es selber seltsam, wie unmutig sie den Gedanken wieder verwarf, beinah furchtsam und vehement, schnell weg damit. Das war wirklich mehr als seltsam. Kam es daher, daß er von sich aus kein Wort mehr darüber verlor? Warum hielt er sie nicht auf dem laufenden?

Sie wühlte sich mit den Fingern noch ein Häufchen Oat and Wheat Bran aus der Packung und sagte mit fester Stimme: Es sind übrigens keine Kringel, es sind eher Muscheln, die Dinger.

Was?

Sie lachte gutmütig. Vorhin hab ich gesagt, ich nehme sie dir ab. Du läßt sie ja in der Milch weich werden, sie müssen aber knusprig sein. Oat and Wheat Bran! Sie schob seine Schüssel zu sich rüber. Ed half ihr dabei, deshalb sagte sie fast barsch: Laß doch! Dann wieder freundlich schnell: Willst du dein Ei? Es ist heute ein gekochtes, okay?

Das wars, okay.

Sie behämmerte ein Ei mit der Unterseite des Kinderlöffels aus Elfenbein. Sie trennte sich auch nicht von ihrem Kinderschlitten, auf dem zwei alte Zelluloidpuppen an ein dickes Kissen gelehnt saßen; die durfte sie nicht einmal mehr berühren (erst recht nicht abzustauben versuchen, der einzige Vorteil dabei), weil sie sonst in sich zusammenbrechen würden, einfach einknicken und zerbröckeln. Sie stellte sich die kleinen splittrigen Muster auf der runden Oberseite des Eis vor, die sie zurechthackte. Wenn sie mit der Eierschale gleich die zarte Haut überm Eiweiß freikriegte, pellte sie schrecklich gern Eier ab. So gern, daß sie ihm meistens zu weit geöffnet waren. Heute wieder. Sie hatte es einfach zu sehr genossen, zusammen mit der Küche und dem Schneefall, der im Nebel sanft geworden war, der Nebel nahm nämlich überhand.

Fließt ja alles raus. Er kritisierte sie wie in guten alten Zeiten, in denen sie allerdings Kritik immer gekränkt hatte, vor allem Kritik bei diesen unvorstellbar banalen, wahrlich nichtigen Anlässen. Darin hatte sie sich zu ihrer eigenen Verwunderung gewandelt. Einerseits wars ja verständlich, weil sie von ihm nicht in dieser Psychologen-Schulmusik umsäuselt werden wollte, andererseits hätte sie ja ebenso gut viel empfindlicher werden können, und weil sie gerade beim Ei war, dachte sie: War ich vorher ein auch nicht ganz unempfindliches Ei, so bin ich jetzt ein rohes. Das aber wie ein gekochtes behandelt werden möchte. Sie mußte aufpassen, daß sie nicht trübsinnig wurde. Das kam, trotz aller hochinteressierten Freude am neuen Wohnort, immer doch mal wieder vor. Einfach Trübsinn. Dann mußte sie schnell dran denken, daß damals nach dem Unfall alle gesagt hatten: Es ist noch verdammt glimpflich abgelaufen. Fast ein Treppenwitz. Diesen Einfall hatte sie selbst beigesteuert, er war ihr einfach so gekommen und hatte sie stolz gemacht. Es klang extrem nach good sport und souverän.

Wart mal, du kriegst mein Ei und zwar richtig geschält. Sie erwischte die Haut zwischen Schale und Eiweiß, widerstand aber ihrer Lust, das Ei zu weit abzupellen. Ihre

Harmoniesehnsucht drang in jede Ritze ihres Lebens, auch des allerallltäglichsten. Im Idealhaus hatten er und sie sich bloß in der ersten Woche gestritten, oft heftig, aber das verbuchte sie aufs Konto Nachwirkungen durch Umzugsstreß, und dann, bis zum Unfall, bloß bis zu vielleicht achtmal. Anlässe waren immer Bagatellen. Verrückt, das Tückische an Bagatellen. Menschen wurden depressiv, und wodurch? Durch Bagatellen. Sie erinnerte sich an alle diese Elendsgestalten aus den Nachrichten, die verhungerten oder flüchteten oder von Granaten getroffen wurden und bei Wetterkatastrophen Haus und Habe verloren, an all die Stellvertreter, mit denen der Schrecken auf diesem Planeten Ernst machte: Für Depressionen blieb ihnen gar keine Muße. Lag darin nicht ein schwacher Trost? Ein Ausgleich? Mußte eine Frau mit ihrem toten Baby auf dem Arm noch vor irgendeiner albernen gemeinen Bemerkung ihres Mannes Angst haben? Und doch sind unsere zivilisierten Kümmernisse auf ihre Weise genau so gräßlich, anders gräßlich, aber in ihrer Wucht genau so, dachte sie gelegentlich und fand es schwer zu verstehen. Sie kam auch nicht drauf, ob sie wirklich unempfindlicher geworden war, seit sie etwas von diesem Schrecken der Welt, dem *Ernst des Lebens*, selbst erfahren hatte, oder ob sie nur *anders* empfindlich geworden war. Um die Balance zu halten, sagte sie sich vor: Nachts lege ich mich in ein bequemes Bett, die Zimmertemperatur ist genau richtig – andere wimmern in Krankenbetten und wieder andere frieren im Freien. Vor dem Einschlafen kramte sie ihre Frömmigkeit zusammen. Wieder so ein Spielraum, ein sehr privater, ganz persönlicher, ihre Religiosität hatte mehr mit Phantasie als mit Wissen zu tun. »Wir sehen jetzt durch einen Spiegel in einem dunklen Wort...« Oh, wie viel besser das dunkle Wort ihr Nacht für Nacht gefiel (wenn sie nicht vorher einschlief)!

Als sie nun zu seiner Tasse griff, um zu prüfen, ob sie

leicht und deshalb leer war, dann Kaffee einschenkte (Vorsicht! Er haßt Fußbäder und sowieso alle Suddeleien), hielt sie mit angehobener Kanne diesen Vorgang auf, sie lauschte.

War da nicht was? Hast du nichts gehört?

Ganz und gar nichts. Daß Ed so rasch und etwas aufgebracht abwehrte, paßte gar nicht zu ihm. Er war doch immer auf der Hut. Vor Mißständen im Haus, vor allem und jedem, vor Einbrechern ganz besonders. Es klang, als würde der Schlüssel in der Haustür ganz vorsichtig umgedreht, sagte sie.

Wie du weißt, ginge dann die Alarmanlage an. Er klang gereizt, er gab sich gar keine Mühe. Keine Spur von *Mein ideales Verhalten am offenen Grab.*

Selbst sie, der Harmonie-Mensch, konnte nicht unentwegt die Sanfte und Liebe sein, und jetzt bahnte sich etwas Hämisches seinen Weg: Was ist los mit dir? Sie lachte. Mir fällt ein, in einem Krimi ... Er unterbrach sie: Du weißt doch, seit du ... er räusperte sich, und seine Unsicherheit lag in der Luft, sie brauchte nicht einmal rumzuschnuppern. Dick und dicht wie der Nebel. Daß du neuerdings das Gras wachsen hörst, fuhr er fort mit zurückgewonnener Contenance. Und das ist ganz normal. Die sieben Sinne sind wie gute Kumpels. Springen für einander ein. Er lachte ohne das Bedürfnis zu lachen. Du mußt gar nicht lachen, sagte sie. Auch das merke ich. Und es passiert nicht durch den Gehörsinn oder wie der heißt. Es hat was mit Empfinden zu tun. Und Phantasie.

Phantasie, allerdings. Davon hast du ein paar Portionen überhin abbekommen.

Wie wenig nett er plötzlich zu ihr war. Das tat schon nicht mehr gut. Krankenbettmäßig nett durfte er nicht sein, aber normal nett unbedingt. Auch für Ausdrucksformen gab es bei ihr eine Schallmauer. Nicht nur für die Lautstärke von Stimmen.

Und jetzt hörte sie Schritte wie von jemandem, der die Schuhe ausgezogen hat und auf den Zehenspitzen geht, und ehe sie es erwähnen konnte (sie wollte das gar nicht tun), erwähnte er es, beziehungsweise nicht diese heimlichen Schritte oder was immer das sein mochte, sondern das Geräusch: Das eben war meine Zeitung.

Hat sich anders angehört.

Kann sein. Es war meine Zeitung.

Sie sagte wieder *Laß doch* und zündete sich ihre Zigarette selber an.

Aber du darfst dich nicht so weit über die Flamme beugen. Jedesmal ist dein Haar kurz vorm Anbrennen.

Das war schon einmal passiert und sehr aufregend gewesen. Ihr wars die Hauptsache, daß er wieder freundlich und zwar in der richtigen Dosierung mit ihr sprach. Deshalb setzte sie vergnügt ihren Einfall von vorhin fort: In einem Krimi hätte sich gerade eben deine Geliebte reingeschlichen, rüber in dein Zimmer...

Na na na, machte er. Diesmal erzeugte er ein Geräusch, das eindeutig mit seiner Zeitung zusammenhing, wahrscheinlich schnickte er sie in eine andere Position.

Und in diesem Krimi hättet ihr euch das mit der Stange am Treppenteppich ausgedacht, einer von euch hätte sie gelockert, wahrscheinlich die Geliebte, und ihr müßtet scharf überlegen, womit ihrs beim nächsten Mal wirklich schafft und ich mehr als nur lädiert bin.

Dazu hätten wir dann aber verdammt lang gebraucht. Du unterschätzt meine Intelligenz. In fast einem Dreivierteljahr sollte ich auf keine Mordidee kommen!

Und die Intelligenz deiner Geliebten. Auch unterschätzt. Eure kriminelle Energie.

Sie lachte. Er auch.

Ihr hättet euch tatsächlich drangehalten, ich meine, da war ja Eile geboten, denn wenns wie bei mir nur ein Schock ist, kanns von heut auf morgen wieder gut sein.

Das kann es. Dem Himmel sei Dank.

Sie fühlte sich wieder wohlig und stand auf, um schon ein wenig in der Küche aufzuräumen. Dabei merkte sie, wie gern sie und wie bewußt sie jetzt vieles tat, jeden Handgriff bedenkend, das ihr früher entweder gar nicht aufgefallen und langweilig und lästig gewesen war, die Wiederholung des immer Gleichen.

Es geht eigentlich viel seltener mal was kaputt, Geschirr und so, als früher, ist doch erstaunlich, oder?

Weil du vorsichtiger geworden bist.

Seine ruhige Antwort ohne Armes-Schätzchen-Tremolo tat ihr gut. Vertrauen, nichts ging drüber. Und übers ganz legere Zusammenleben mit einem, von dem man geliebt wurde. So einer mußte keine Kurse besuchen, er fand auch ohne Psycholehrmeister den richtigen Ton.

Was liest du gerade? wollte sie wissen.

Er informierte sie nicht sofort, als müßte er erst nachschauen, welcher Artikel über dem stand, den er las. Neulich hatte sie ihn bei einer Fernsehreportage erwischt, oder beinah. Sie räumte abgewaschenes Besteck im Eßzimmer in ihre Behälter – oberste Schublade der Barockkommode: Diese Ordnung wäre ihr in tiefster Nacht nicht schwergefallen – und im türlos angrenzenden Wohnzimmer, wo der Fernsehapparat stand, wechselte er das Programm, mittendrin in einem Satz, weil er ihr Scheppern und Klirren hörte, und sie hatte ihn gefragt, ob es ein uninteressantes Programm gewesen und worum es gegangen war. Um ein Mädchenorchester in Kairo. Was für Mädchen? Natürlich ägyptische Mädchen. Ed ahnte nicht, daß sie in der Küche bei offener Tür alles genau mitbekommen hatte, sie hörte besser als je zuvor, und gehört hatte sie schon immer ziemlich gut. Blinde Mädchen bildeten in Kairo ein professionell arbeitendes Orchester. Seit sie musizierten, litten sie nie mehr unter Depressionen und kaum noch unter ihrer Blindheit.

Ich lese einen Bericht über Hochhäuser in Chicago. Wolkenkratzer, und daß diese Kathedralen der Moderne zum Problem werden: Er gab seine Auskunft. So ist zum Beispiel das Prunkstück, der Sears Tower, heute schon zu einem Drittel verwaist.

Interessant.

Das ists. Hättest du nicht Lust auf einen Plausch mit Marnie.

Vorher wars sicher was über Krankheiten. Marnie? Ja, später vielleicht.

Wie kommst du auf Krankheiten? Angeblich war ihm schon entfallen, wovon er sich damals schleunigst weggezappt hatte.

Sie konnte das mit der Zeit immer besser: Mulmigkeiten schon wenn sie in ihr aufkamen abschütteln. War ihm denn nicht immer ihre Faszination durch alles Kranke und nicht Normale als etwas pervers erschienen? So daß er sie, ebenfalls *schon immer*, in ihrer Neugier stoppte, so gut er konnte? Oh ja, er meinte es gut, Vertrauen gegen Vertrauen. Und es wurde ein angenehmer Sonntag, der Nebel hielt sich, aber es lag kein Schnee, merkte sie beim kleinen Rundgang mit ihm zwischen vier und fünf Uhr, aber um vier war es schon genau so dunkel wie um fünf. Oder eher dämmrig-diesig, die Wolken so tief, daß sie in ihnen watete, Lieblingswetter, nur etwas zu warm.

Sie machte den Test und sah ihre Hand vor den Augen. Auch an diesem Tag hörte sie wieder viel Musik, bald wären sie mit der Aufarbeitung all ihrer alten Schallplatten fertig und die CDs kämen dran. Es lag doch immer wie eine Art Schuld auf mir, sagte sie manchmal zwischen zwei Konzertnummern, wenn er etwas Neues auflegte, es machte mir immer ein schlechtes Gewissen, daß wir keine Musik mehr gehört haben. Kurzum und alles in allem: Ein guter Sonntag. Das Abendessen bereitete *er* zu: Kastanien und geschnipselte gelbe Rüben und dazu Roastbeef. Er sagte bei Tisch dann häufig immer noch: Endlich darf ich kochen. Und sie wußte, er kochte gern, wenn auch nur von Zeit zu Zeit. Männer sind bekanntlich sowieso die besseren Köche. Er lachte ihren Einwurf *Du Armer, es ist köstlich, aber das hat Arbeit gemacht* fröhlich weg. Schöner Tag, dachte sie im Bett, ehe »Wir sehen jetzt durch einen Spiegel ...« dran käme.

Ein paar Tage später mußte sie sich in der gleichen Situation – sie wollte einschlafen – vornehmen, nicht an Prentice zu denken. Prentice war die hübsche Tochter seiner ersten Ehefrau, einer Amerikanerin, eine Tochter aus ihrer ersten Ehe. Prentice trampte wiedermal durch Europa, und er hatte erzählt: Sie rief mich aus Amsterdam an. Sie möchte uns so bald wie möglich besuchen. Sie könnte schon morgen. Aber ich dachte, ich frag dich erst. Zur Rache statt an Prentice an Doktor Benrath zu denken, ging leider nicht. Zum einen war er aus ihrem Leben verschwunden – sie selber hatte ihn daraus verbannt und gab das als moralisch wertvoll aus, was es aber nicht war – und zum andern glaubte sie, ihre letzten Gedanken vor der Nacht müßten rein sein und gottgefällig. Andererseits: Gott kannte sie. Das beruhigte und beunruhigte zugleich. »Er führet mich auf rechter Straße um seines Namens willen.« Weder Prentice (weil sie die nicht hier haben wollte) noch Doktor Benrath (zwar gelöscht, aber doch nur, weil sie sich ihres Aussehens nicht mehr sicher war, demnach aus widerwärtiger Eitelkeit), weder die Hübsche, Junge (und *seine* Stielaugen!) noch der ein bißchen in sie Vernarrte (vorbei vorbei, jetzt war ers sicher nicht mehr) bedeuteten die *rechte Straße*. Allerdings war Gott ein netter Kerl. Verschmitzt und lebenskundig, er blickte hinter die Kulissen, und solche Kleinigkeiten wie ihre ethischen Defizite belustigten ihn, er war ein Menschenkenner und immer gut zu ihr gewesen. Ereignisse wie zuletzt ihren Unfall lastete sie ihm nicht an. Gottes Kompetenz beschränkte sich aufs Seelenleben. Stimmt auch nicht ganz, überlegte sie. Er griff überhaupt nicht ein. Seine Unentbehrlichkeit begründete sich einzig und allein darin: Er war eine Adresse. *Die* Adresse. Ihre Seele war eingeladen, sich um Ihn zu bemühen. Aber wenn er doch gar nie eingriff? Wozu taugte dann die Bemühung? Die Bemühung war der Wert. Die Anrufung, das Gebet, und sei es das naivste. Es tat gut. Und obs vernünftig war oder nicht, sie hatte, nicht immer, aber bei Glück und doch meistens das gewisse Gefühl, Er höre zu. Sie sei von Ihm beachtet.

Beachtet, aber nicht beobachtet. Beobachtet fühlte sie sich am nächsten Morgen von *ihm*, ihrem diesseitigen Gegenüber, und schon war, obwohl wieder Schneewolken die grandiose Küche verdunkelten, der Frühstücksplatz am Fenster nicht ideal. Es war kein Sonntag, und er las die Zeitung nicht so gründlich, müßte bald aufbrechen, erwähnte Prentice nicht, aber ihre Reaktion war fällig.

Nimmst du den Bus? fragte sie.

Aber warum sollte ich. Er führe mit dem Auto wie immer, der Bus war nur für Ausnahmefälle, Glatteis, Nebel, Neuschnee.

Ich dachte bloß. Schnee in der Luft, oder? Aber das Spiel mit dem Wettererschnuppern machte ihr kaum Spaß und ihm anscheinend auch nicht und deshalb ließ sie den Nebel weg. Ein paar Wochen nach ihrem Unfall hatte sie gehört, was er am Telephon zu ihrem Arzt sagte. Eigentlich war es nur um ein Rezept gegangen, aber weil ihr Arzt seit langem in den gemeinsamen Freundeskreis gehörte, hatte sich das Gespräch ausgedehnt. Und seine Sätze von damals, die sie ohne sein Wissen belauschte, gingen ihr jetzt durch den Kopf: Manchmal könnte man denken, daß sie mogelt. Natürlich, sie hatte schon immer eine geradezu wuchernde Phantasie ... nur, wie sie alles beschreibt, das alte Ex-Bauernhaus und daß es ein Pfarrhaus aus einem englischen Roman sein könnte, aus einem Roman von einer der

Brontë-Schwestern oder Jane Austen, und das Winterwetter, beziehungsweise, wie es draußen aussieht... Aber damals war wirklich dicker tiefer Winter gewesen. »...die wir nicht sehen auf das Sichtbare, sondern auf das Unsichtbare!« Wenn sie jetzt bloß gut genug gelaunt wäre! Dann hätte sie Ed mit diesem Zuruf vielleicht ein Quantum Bewunderung abgeluchst. Und ganz beiläufig gesagt: Wegen Prentice, hör zu, sie kann jederzeit hier eintrudeln, bloß nicht wie letztes Mal ganz unangemeldet. Und dann hätte sie ein bißchen gelacht, freundlich-nachsichtig.

Aber sie war nun einmal nicht gut genug gelaunt, etwas Sperriges in ihr drin blockierte den Übergang zur leichten, lockeren Art sich zu geben, ja sogar auch Luft zu holen, sie konnte nicht frei durchatmen, und deshalb ließ sie ihn so ziehen. Gut denkbar, daß er selber Prentice vergessen hatte, in Eile wie morgens immer und mit dem Kopf schon in seiner Firma, aber sie hatte Prentice nicht vergessen. Zu den schlechtesten Erinnerungen an einen Besuch von Prentice, für die sie doch sogar ein Objekt der Bewunderung war, gehörte: Er, beiläufig beim Tea-for-Three, wie sie die Nachmittagsstunde mit Prentice nannten: Du, Schatz, da fallen mir gerade die Sachen ein, von denen du vor dem Umzug gesagt hast, du brauchtest sie eigentlich gar nicht mehr einzupacken, sie würden dir doch nicht mehr passen. Sie, heuchlerisch, blamiert vor Prentice, deren einziger Fehler war, jünger, sehr hübsch, ganz ungeniert zu sein und, wie sie fand, kokett mit dem eigenen Stiefvater: Was denn für Sachen? Keinen Schimmer, wovon du sprichst. Er: Na hör mal, das waren die Jeans, ich glaube zwei... und dann, zu Prentice: Alles so gut wie neu, noch ein Cardigan oder wie diese Dinger heißen, und bestimmt drei Blusen. Sie *sammelt* Blusen. Lachen von ihm zusammen mit Prentice. Er: Ihr sind sie etwas zu eng. Prentice, arglos-höflich zu ihr: Kann ichs anprobieren? Sie zu ihm: Ich hab das nur gesagt, weil eng nicht modisch ist.

Prentice weiß das auch, man trägt heute alles so, als hätte mans von jemand viel Mächtigerem geerbt. Die Mode ist weit. Und Prentice hatte die Sachen trotzdem anprobieren wollen und zu eng waren sie ihr nicht, ganz und gar nicht. Das kam einer Niederlage gleich. Vor meinem Unfall bin ich wie jeder ganz normale Mensch gewesen, eifersüchtig und all das, ich bin zum Glück auf die Kinder- und Spielwiesen-Rolle gekommen und viel netter geworden. Er hatte in aller Seelenruhe vergnügt Prentice bei der kleinen Modenschau applaudiert und zu ihr, ausgerechnet zu ihr, in seiner Männer-Ahnungslosigkeit gesagt: Sieht doch gut aus, stimmts? Steht ihr prima. Und von Prentice irgendwas wie *voll cool*, und sie hatte sich von ihr umhalsen lassen müssen, *Achtung, mein Tee* gerufen, mit einem Klumpen im Hals und einem zweiten Klumpen vorne zwischen den Rippen.

Während sie da und dort im Haus Ordnung machte, was mittlerweile wirklich ganz gut ging, vor allem Bettenmachen stellte sie vor gar kein Problem mehr, bedauerte sie es, daß sie niemanden mal schnell anrufen konnte. Sonst fehlt mir das nur ganz selten, stellte sie bedrückt fest und daß sie unbedingt aus dieser faden trübseligen nichtigen Stimmung herausfinden mußte. Sie hatte gelernt, daß das Liebsein, das Liebhaben – einfach planlos Lieben, als handele es sich bei diesem Lieben plus liebevollem Verhalten um einen Planeten auf seiner Umlaufbahn – daß das diejenigen Endorphine freisetzte, die für ein allgemeines Sichwohlfühlen zuständig waren. Natürlich spielten dabei auch die Pillen mit, die sie nach dem Unfall alle drei Wochen neu auf Rezept bekam. Da machte sie sich nichts vor, die Pillen waren eine große Hilfe. Beim ersten Mal, als sie die allererste schluckte, damals in fürchterlich schlechter seelischer Verfassung, wandelte sich ihr Elend wie auf Knopfdruck in eine weiche, Körper und Gemüt beschwichtigende ruhige Wohligkeit, und sie wäre zu aller Welt sanftmütig gewesen, wenn alle Welt bei ihr angeklopft hätte – und irgendwie schien es so gewesen zu sein. Mittlerweile ließ der Wirkungseintritt länger auf sich warten, und wenn es so weit war, gings zwar entschieden aufwärts mit ihr, aber die wundersame Metamorphose fand nie mehr statt, und sie durfte bis zu drei pro Tag mehr nehmen, doch der Arzt und Ed, die beide über ihr Ergehen wachten, verfolgten die Absicht, sie wieder auf die Anfangs-Indikation zurückzubringen und eines Tages ganz davon weg. Wenn er sie manchmal vorsichtig fragte, ob sie es probiere, ein bißchen zu reduzieren, sagte sie: Schließlich stehe ich ja wohl immer noch unter Schock, oder? Das klang dann etwas patzig. Vom Schock merkte sie zwar überhaupt nichts, außer daß ihr Zustand sich nicht änderte, körperlich betrachtet: keine Änderung, aber blieb ihr nicht immer noch die täglich allerschwerste Aufgabe, ihr Los zu meistern? War nicht jeder Tag eine Frage auf die Antwort Wie mildere ich mein Mißgeschick? Er und ihr Arzt meinten es natürlich gut, er sagte oft: Hab eine Spur Mitleid mit deiner Leber. Womit er auf die leberbelastende Wirkung von Medikamenten anspielte. Im Gegenzug und etwas aufsässig machte sie ihn mundtot: Mehr als meine Leber bemitleide ich mich selber. Was mir nicht alles entgeht, bedenkst du das bitte mal? Er fands nicht logisch, deine Leber, das bist auch du selber und so weiter, und sie rief: Ich halte mich doch wahrhaftig gut! Bin ich etwa nicht tapfer? Er: Auf Krücken, ja. (Er meinte ihre Pillen.) Stell dir doch mal vor, ich bin ja noch nicht alt, ich habe sogar noch eine Großmutter! Eine uralte Großmutter, und sie kann hundert Sachen machen, die *ich* nicht mehr machen kann. Dann blieb ihm nur noch, sie zu trösten und in Aussicht zu stellen, daß sie eine gute Chance habe. Weil ein Schock die Ursache war, nichts Organisches. Und für ein paar Tage reichte das, um in Ruhe mit den Pillen zu leben.

Sie wurde mit dem, was sie im Haus tun konnte, fertig.

Vielleicht würde sie Ed doch nachgeben und sich auf eine Putzfrau einlassen. Im Hinauszögern dieser wichtigen Frage zogen er und sie am gleichen Strang, wenn auch aus unterschiedlichen Motiven. Er schob die Sache auf die lange Bank, weil er nicht wußte, mit wieviel Gewißheit man an eine absolut vertrauenswürdige Person herankam. Im Freundeskreis hatten sie sich umgehört, und es gab sie, die zuverlässigen Putzfrauen, die man stundenlang allein wirtschaften lassen konnte, ohne befürchten zu müssen, daß sie irgendwas klauten oder lange Ferngespräche auf Kosten des Hauses führten, doch alle diese Wunderwesen waren selbstverständlich total ausgebucht. Ihr Einwand gegen die Putzhilfe beruhte auf der Abneigung gegen jede Anwesenheit eines fremden Menschen im Haus. Sie hatte auch nicht mehr gern Besuch, fand es selber schade drum, und gelegentlich kamen trotzdem Freundinnen, befreundete Ehepaare, denn sie sah ein, etwas Abwechslung und Unterhaltung mußte sein, tat ihnen beiden gut, Ed sollte ja nicht auch noch menschenscheu werden. Aber so richtig wohl fühlte sie sich nie mehr mit anderen. Während sie, was überhaupt nicht mehr problematisch war, ihren Schmuck anzog, drei Ringe, einen Armreif, eine Halskette, fiel ihr Prentice wieder ein und wie segensreich sich ihre Milde, ihr Liebsein auf ihr gesamtes Befinden auswirkte. Unter märtyrerhafter Selbstverleugnung hörte sie sich am späten Nachmittag beim Apéritif erklären: Ich hab heut morgen das Prentice-Thema ganz vergessen. Tut mir leid, sie wartet ja auf Nachricht. Ruf sie an. Sie soll kommen, wann und so lang sie will. Ich freue mich richtig auf sie. Mitten im schönen Abbild ihrer selbst als Inkarnation von Demut/Edelmut (erhebendes Gefühl!) erschreckte sie das Quaken des Handys, das er bald nach dem Unfall gekauft hatte. Seitdem trug sie es immer mit sich herum. Nino war dran, der gute alte Nino, Freund und Anwalt.

Ich bins, rief er vergnügt.

Ich auch, rief sie zurück. Warum sagten die meisten Leute am Telephon zu allererst *Ich bins?* Früher wars nur eine Frauenangewohnheit, jetzt wurde sie auch von einigen Männern übernommen. Sie alle setzten auf ihre Unverwechselbarkeit. Manche aber verstellten ihre Stimmen, zum Beispiel Nino tat das, sie fanden es witzig, und Nino dachte sicher: Ich muß alles tun, um die Ärmste aufzuheitern.

Wie gehts, wie stehts?

Keine besonderen Vorkommnisse. Sie lachte. Und bei euch? Nie im Leben wird nach einem Telephonat mit mir jemand noch so Nettes auflegen und dann mitleidstriefend seufzen: Hab sie bei einer Depression erwischt. Sie ist schon ein armes Schwein, das ist sie. Niemand, nie im Leben.

Es ging und stand auch bei Nino wie gewohnt: Alles bestens. Kommst du zurecht?

Aber ja. Das weißt du doch.

Hab ich dich bei was Interessantem im Radio gestört?

Nein, gar nicht. Ist egal, wirklich. Früher hatte sie nie Radio gehört. Überhaupt keine Zeit dazu gehabt. Und heute: keine Lust. Sie tauschten noch ein paar Belanglosigkeiten aus, dann sagte Nino: Ich rufe eigentlich an, weil meine bessere Hälfte mich drum gebeten hat. Sie ist gerade in Zürich, weißt du, sonst hätte sie dir den Vorschlag selber gemacht.

Und was ists für ein Vorschlag?

Sie und Gabi werden wieder diese Hungergeschichte in Kalifornien machen, du weißt schon, sie nennen es Fasten und es ist in der Wüste, Desert Valley oder was Ähnliches, ich habs ja schon das letzte Mal für Wahnsinn gehalten, also für mich wärs nichts ... Nino quiekte glaubwürdig.

Für mich auch nicht, sagte sie.

Aber genau darum gehts. Nino wurde eifrig. Ich soll dich überreden, diesmal mitzukommen. Die beiden Weiber glauben, das könntest du sehr gut riskieren, und außerdem sind sie ja bei dir, sie *wären* es, ich denk jetzt an Flughäfen, Einchecken, all den Kram. Und was das Hungern angeht, vierzehn Tage dauerts und gefährlich kanns schon deshalb nicht werden (Nino lachte in rachsüchtiger Gemütsruhe), weil dieser Wüstensturm ganz in der Nähe von einer Hilfsstation angeblasen wird, sie haben alle nur...

Sie unterbrach ihn: Nur Wasser und Schlafsäcke bei sich, Nino, ich weiß das vom letzten Jahr her. Und sag deiner Vera, die das allerdings bestimmt vermutet, daß das nichts für mich ist.

Nino fragte, ob der Grund die Hungerei sei oder die Reise, und sie sagte ohne lang zu überlegen, es sei die Hungerei. Kurz darauf glaubte sie, sie habe wahrheitsgemäß geantwortet. Als Vera und Gabi im vergangenen Jahr zu diesem Kurs, dessen Ziel die innere Erleuchtung war, aufbrachen, wäre sie beinah gern mitgekommen. Die Wüste! Der Westen! Das Extreme! Nur gehungert hätte sie auch vor einem Jahr schon ganz bestimmt nicht, sie wäre, während die Freundinnen ihrer Erleuchtung entgegendarbten, in ein Hotel mit Klimaanlage gezogen, vom Aufwachen bis zum Einschlafen auch mit vollem Magen erleuchtet.

Also okay, ich habs ausgerichtet. Nino litt nicht unter der Abfuhr. Dann machs gut, Kleines.

Wart mal, ich will dich was fragen, rief sie.

Worum gehts? Wenns um dich geht, weißt du, bleibt meine Uhr stehen.

Mehr pflichtschuldig lachte sie, Nino war ein Witzbold und seine Komplimente leichtgewichtig, angenehm trotzdem. Man mußte die Lustigkeit packen, wie und wo und wann immer sie sich einem bot, und wirklich albern, nicht *gespielt* albern, konnte sie ja kaum noch mit irgend jemandem sein. Jetzt gings aber um etwas, das sie im Ernst interessierte, denn es fiel doch auf, daß er nie mehr davon redete. Nino, was ich gern schnell noch wüßte, ist Folgendes: Ihr seid doch hinter der Handwerkerfirma her, du weißt schon, wegen der lockeren Stange ...

Moment Moment, sagte Nino. Du redest von deinem Unfall, okay?

Wahrscheinlich hatte er wirklich Lust, Zeit zu verschwenden. Es kam manchmal zu Flauten in der Kanzlei. Aber sie fand ihn doch reichlich begriffsstutzig.

Wie weit seid ihr? Wie siehts aus? Was erreicht ihr, wie stehen die Chancen? Ihre Fragen schossen nur so aus ihr heraus, seltsam, erst jetzt interessierte sie diese Angelegenheit wirklich.

Aber hör mal zu ... machte Nino eine Pause, weil er fürchtete, sie zu enttäuschen, falls da nichts zu gewinnen war (Schadenersatz, irgendein Erfolg), oder wovor drückte er sich? Sie sagte, es bleibe ja zwar ein Rest Ungewißheit in der fraglichen Nachlässigkeit, weil kein objektiver Zeuge glaubhaft versichern könne, ob die Stange locker oder nicht locker war. Nino, sagte sie, ich verstehs, daß das für dich kein Lieblingsfall ist, du bist immer gern auf der Gewinnerseite und das steht bei der Treppengeschichte nicht fest ... Eine Vorahnung mahnte sie: Setz dich hin!

Gut, meine Liebe, dann hör zu. Ich hab zwar die Ohren voll bis hier oben, ich meine den Schreibtisch, ha ha, aber euer Fall ist bestimmt nicht dabei. Dein lieber besorgter Mann, und ich schwörs dir, das ist er, hat mich mit rein gar nichts beauftragt.

Aber er sagte mir doch, er hätte es ... er sagte es ziemlich bald nachdem es passiert ist und er so wütend war. Ihr wurde etwas schwummerig, und der Nebel schien ins Zimmer zu wabern, er quoll rein, aber die Fenster waren geschlossen. *Ich stochere im Nebel.* Der Ausdruck fiel ihr in diesem Moment ein, und daß ihr jetziges Leben ein dauerndes Stochern im Nebel war, fast hätte sie das dem gutartigen und emotional leichtgewichtigen Freund anvertraut, doch rechtzeitig warnte sie ihr fester Entschluß, keine bedauernswerte Person zu sein. Für keinen, dachte sie streng, nach den Abschiedsfloskeln am Telephon, streng gegen ihn, mit dem sie zusammenlebte und der ihr vielleicht noch mehr vorenthielt als diese dumme Kiste da. Wie blamiert sie, wie *belogen* sie auf Nino wirken mußte! Und was vertuschte er sonst noch alles?

Pech! Gerade ging ein Studiogespräch zum Thema Schock zu Ende. Marnie hatte an diesem Morgen lang darauf warten müssen, bis endlich etwas Dampf um den Wasserstrahl im Waschbecken ihres engen Badezimmers wölkte und sie zu ihrem ersten primitiven Pulver-Café-au-lait kam, einfach aus dem Boiler wie jeden Morgen. Vor den First-Morning-Schlucken konnte sie an nichts anderes denken, nur: Kaffee. Und deshalb hatte sie sich zu spät ins Programm des Frühstück-Fernsehens eingeschaltet.

Ihr Apartment war klein und praktisch, zwei über Eck gehende Spiegelwände kompensierten die Realität Platzmangel, und Marnie benötigte nur drei oder vier frühsportliche Hüpfschritte vom Bad zum Fernsehapparat, vor dem sie wie vor einer Unterrichtsperson ihre hastigen Körperverrenkungen vollführte, Strecken, Beugen, Biegen, Schwingen und was sonst auf dem Programm stand und in ihrer Sicht der Dinge Morgengymnastik war.

Pech! Zu spät, wie ärgerlich. Oder wars Glück im Unglück? Hätte sie vielleicht sehr, sehr unangenehme Wahrheiten gehört? Sie bekam nur den Rest eines Fallbeispiels mit, und dieser Rest schrillte wie ihr kleiner treuer Peiniger vorhin und jeden Tag, ihr Wecker morgens um sieben Uhr fünfzehn, durch Marnies Bewußtsein: »... und dieser Patient hat sich auffällig gleichmütig in sein Schicksal gefügt, kein Aufbegehren, nicht die geringste Hoffnung auf Besserung oder gar Heilung, nichts dergleichen, keine Tränen ...«

Die Moderatorin kicherte und unterbrach den jungen Arzt, der das nicht schätzte; seine Augenlider blinzelten irritiert hinter den Gläsern einer unvorteilhaften, modisch wie verlaufene große Eidotter nach unten geschwungenen Brille.

Der deutsche Mann weint nicht, wars das bei Ihrem Patienten? Die Moderatorin kicherte nicht mehr. Sie wiegte den Kopf hin und her, auf dem eine künstlich mit Bedacht zerzauste Frisur versiegelt festsaß, verzog ihr hübsches perfektes Gesicht, als müsse sie aus Erfahrung am tränenlosen deutschen Mann verzweifeln. Aber ein gelähmter Mann, begann sie und kam sofort zum Schluß, derartig wenig Emotionalität sei nicht zu begreifen.

Für uns schon. Der junge Arzt war froh. Das sagte uns, daß er weiterhin unter Schock stand. Mit seiner abstrakt gemusterten, gelb-blau-schwarzen Krawatte war alles in Ordnung (und Geschmacksache), aber dauernd griff seine linke Hand unterhalb des Knotens hin und gab ihr einen kleinen Schwung, die Hand glitt an der Krawatte schnell abwärts, ließ sie fallen, und dann lag sie wieder genau so wie vorher auf seinem weißen Hemd zwischen den Revers seines mittelblauen Saccos.

Marnie wußte, wie seine Frau aussah. Eine kleine nette Blondine, so konventionell wie er und deshalb bestrebt, beim Optiker und in der Herrenbekleidungsabteilung von P & C genau diese schrecklichen Entscheidungen fürs Unkonventionelle zu treffen.

Diese Engelsgeduld bewies uns, daß der Patient seinen Unfallschaden gar nicht in einem realistischen Sinn zur Kenntnis nahm. Es handelte sich um eine scheinbare Akzeptanz. Jedermann hielt ihn für tapfer, geradezu übermenschlich tapfer ... Der Arzt griff zur Krawatte.

Du bist nicht sexy, sagte Marnie zu ihm und nahm, linkshändig den Becher umfassend, einen Schluck vom Pulverkaffee, was die Übung *Windmühlenflügel*, bei der ihr rechter Arm bald die vorgeschriebene zwanzigste Umdrehung erreicht hatte (... 15 ... 16 ... 17 ...), kaum derangierte. Im Messingaschenbecher von der Firma Birra Peroni wartete ihre erste Gauloise des Tags aufs erste Inhaliertwerden.

Wir wüßten ja nun alle gern, unsere Zuschauer und ich, wie es mit diesem Patienten weiterging, ob man ihn in die rauhe Wirklichkeit gestupst hat ... die Moderatorin lächelte verschmitzt. Leider leider sehe ich schon seit einer ganzen Weile das Zeitzeichen blinken, das heißt, wir haben schon überzogen, weils so aufregend war.

Der Arzt sah enttäuscht aus, auch verdrießlich. Ob er sich denn und das möglichst bald noch einmal ins Studio einladen ließe und dann über die Therapie des Schocks zu berichten bereit sei, zu so früher Stunde? Der Arzt war dazu bereit. *Gern* bereit, sagte er.

Das kannst du vergessen, sagte Marnie. Sie werden dich niemals mehr einladen, zumindest nicht zum Thema Schock. Verdammt. Er hat, als er vom gelähmten Mann erzählte, Wort für Wort von Sue gesprochen. Von *Sues* Schock und der beinah einer Hingabe ähnlichen *Akzeptanz ihrer* Schockfolgen! Die Engelsgeduld des Schockgelähmten ist deine Engelsgeduld, Schwesterchen! Oh verdammt, war das eine gute Nachricht oder eine schlechte? Eine gute, entschied Marnie, eine hoffnungweckende. Aber wie weiter? Sue, so viel ich vorausahne von dem, was der Arzt noch so gern referiert hätte, während die blöde tüchtige Moderatorin an ihren verflixten nächsten Gast oder an den viertelstündlichen Nachrichtenüberblick dachte oder daß jetzt der Sport oder die Börse dran käme, so viel ich vorausahne und das ist nicht schwer, muß ein Schockpatient mit dem Befund *Selbsttäuschung durch Akzeptanz seines Gebrechens* wie aus einem Schlaf geweckt werden. Aufrütteln muß man ihn, und wenns noch so brutal ist, das ist der Weg zur Rettung.

Marnie war gerade mit der Frage beschäftigt, ob sie es schaffen würde, diese Erweckung zu übernehmen, und merkte nicht, wie Unordnung in ihre Übungen kam, bald ließ sie ihr linkes, bald das rechte Bein kreiseln und beide viel zu niedrig überm Teppichboden – die Beine kamen eigentlich nacheinander dran, zehnmal zuerst das eine, zehnmal danach das andere, und daß sie dabei jetzt schon rauchte, war ebenfalls programmwidrig, und sie merkte auch das nicht, und als sie zur Antwort vorstieß *Nein, das bring ich nicht übers Herz, aber ich sollte, es müßte etwas wie ein Weckruf passieren,* wurde sie von der elektronischen Singsangfanfare ihres Telephons aufgeschreckt. Erst knapp halb acht! Welcher Idiot verspürte jetzt schon das Bedürfnis zu sprechen! Natürlich, du lieber Himmel, das hätte sie sich denken können, mal wieder ihre Mutter. Genauer gesagt: Ihre und Sues Stiefmutter. Sue, die Freundliche, billigte dieser Frau mehr Qualitäten zu als sie, aber genau genommen erst seit ihrem Unfall. Marnie versuchte immer wieder einmal, ihre Schwester zum Lästern anzustiften, eine früher gemeinsame, schadenfreudige Entlastung. Abschließend einigten sie sich auf das Urteil: Sie ist eine Nervensäge, aber nicht doof. Sie hat was im Köpfchen, wenn auch nicht gerade Einfühlungsgabe. Sie ist redesüchtig, aber sie mag uns. Sie ist nicht die Klischee-Stiefmutter, sie meint es gut, sie hat sich vom ersten Tag an auf uns als Familie geschmissen, zwar ist es ganz schön lästig, wie sie uns zu ihren eigenen Töchtern macht, aber die böse Stiefmutter aus Witzen und Märchen ist sie nicht, also geben wir ihr den Bonus. Nur wärs leichter ohne diese langen Ferngespräche mit uns. Einerseits gut, die weite Entfernung, andererseits schmeißt sie mit diesen Telephonaten Geld raus ... Armes Väterchen? Dann lachten die beiden Schwestern, wurden nachdenklich, erleichterten sich um das Gepäck des Mitgefühls (ihrem Vater war diese Frau immer auf den Fersen, lag ihm in den Ohren, geistig überlegen fühlte sie sich ihm, den sie gleichwohl auf Schritt und Tritt als Zeuge und Verwalter ihrer vielfältigen psychosomatischen Beschwerden und als Adressaten all ihrer Ansichten und Nachdenklichkeiten brauchte), und entweder Sue hatte gesagt: Ich glaube, er ist trotzdem immer weiter verknallt in sie. Oder Marnie hatte das gesagt, und dann Sue: Und komischerweise sieht sie nach wie vor verdammt gut aus. Marnie: Ganz außergewöhnlich, solche Dauerschönheiten. Und Sue: Obwohl sie nicht mal die Haare färbt. Marnie: Und eine knittrige Haut hat. Beide bewunderten die großen Augen ihrer zweiten Mutter. Eine von beiden erwähnte ihre rätselhafte Kunst des unerwarteten Aufstrahlens. Wie macht sie das? Und ihr Mund ist nicht eingeschnurrt. Geschmack hat sie auch, obwohl sie behauptet, daß sie alles in den Schlußverkäufen anschafft. Beim Punktesammeln für die Frau ihres Vaters spielte die Hauptrolle, daß sie die damals kleinen Mädchen vor die Wahl gestellt hatte, sie zu nennen, wie sie wollten. Mit dem Vornamen? Die beiden dachten später, vielleicht hätten sie sich bloß deshalb nicht für den Vornamen entschieden, weil sie nämlich Frigga-Erdmuthe hieß. Erdi? Muthi? Muthi kam *Mutti* zu nah, Erdi war unmöglich, Frigga zu sehr Wagner und nordisch, und der volle Name schied aus, er war absolut grotesk. Sie einigten sich auf Mami und Mutter, wie es die Stimmungslage ergab, und Probleme mit der Untreue gab es keine, denn ihre wahre Mutter hatte ihren Mann mit einem neudazugewonnenen Freund verglichen, die zwei wie Warenproben geprüft und gegeneinander aufgewogen und sich fürs vielversprechendere Angebot entschieden; ehe sie mit ihrem Herzensbrecher nach Brasilien abrauschte, hatte sie ihren Töchtern erklärt: Eines Tages werdet ihr es verstehen. In unregelmäßigen Abständen schickte sie den beiden T-Shirts, die ihnen zu groß waren, die erste Sendung nach Sues Unfall war ein Reiseführer für Gehandicapte, sonst Ansichtskarten und folkloristischer Krimskrams, der leicht zu verpacken war und kein hohes Porto kostete (mit ihrem jetzigen Mann, einem Konsulatsbeamten, wechselte sie die Schauplätze so schnell wie ihre Slips: *Schon wieder ein neues Fleckchen Erde für Eure Ma, die sehr bald nirgendwo nicht gewesen sein wird*). Unter allen Sendungen der letzten beiden Jahre machten ein paar Photos von ihr das Rennen: Marnie, hast du genau hingesehen: Sie trägt eine Perücke! Sue, das ist großartig! Sie bestanden darauf, ihre Mutter *müsse* eine Perücke aufsetzen, schon auf den Photos aus früheren Briefen hätte man sehen können, wie erbärmlich sich ihre Haare minimalisierten, nein, diese Perücke stülpte sie sich nicht aus Lust an der Abwechslung auf den Schädel, sondern der wurde kahl. Ihr beinah kahler Vater war gerächt. Sie machte es ihnen leicht, sie nicht zu entbehren. Wenn was dran war an *Blutsbanden* und irgendwelchen unauflöslichen chemischen Verbindungen zwischen Müttern und ihren Kindern – bei Sue und Marnie erwies sich das als Fehldiagnose. Keine Sehnsucht, nicht einmal Bitterkeit, Kummer schon gar nicht, und manchmal schrieb die echte Mutter immer noch: Eines Tages werdet ihr beide es verstehen, wenn ihr älter seid.

Und das waren sie geworden, und sie hatten nicht vor, *es* zu verstehen, sie wollten nicht auch nur für einen Moment über die Qualitäten ihres Vaters nachdenken, darüber, daß die als zu leicht befunden worden waren, und sie fuhren fort, sich kurz und freundlich kühl für die unbrauchbaren T-Shirts und Ohrgehänge zu bedanken. Marnie war zu faul gewesen, Mas Idee, Sue einen Reiseführer für Gehandicapte zu schicken, als taktlos zurückzuweisen, und Sue erzählte sie gar nichts davon, jetzt kam die Post für Sue an Marnies Adresse, was beide blödsinnig fanden, denn warum sollte Sue nicht ihre Post auf direktem Weg empfangen? Andere Leute schrieben ihr auch. Und Ed, Marnie, er ist ein geradezu begeisterter Vorleser, von Sachen aus der Zeitung, aber am meisten liebt ers, Briefe an mich vorzulesen, hörte Marnie von Sue, und dann beneidete sie ihre Schwester eine Spur – aber nur im Ausschnitt *Vorlesen von Post, die für einen selber bestimmt ist* – und versuchte sich vorzustellen, wie sich das wohl anfühlte, ein Leben ohne schlechtes Gewissen, ohne Heimlichkeiten. Gut, es gab diesen etwas wabbligen unschlüssigen Doktor Benrath, und sie vermutete zwischen ihm und Sue ein behutsames Feuerchen, aber sie hatten es unter Kontrolle, und beide schätzte sie auf einen spröden Austausch ein. Sie wünschte ihrer Schwester, sie hätte doch wenigstens einen geheimen Genuß dabei, könnte einen Kontext mithören, wenn Ed Benrath-Briefe vorlas, irgendwas zwischen den Zeilen. Oder vielleicht besprach auch er Tonbänder.

Soll ich eigentlich Zensur spielen, bei Sue, Ma? Auf diese Frage bekam sie nie eine Antwort. Und manchmal hatte sich ja Zensur auch schon bewährt: Vom Reise-Urlaubstips-Ratgeber für Gehandicapte bis zu dieser Idee ihrer Ma: Warum schafft Ed ihr nicht endlich einen Hund an? Einen gut angelernten Hund? Sie sind eine solche Hilfe, Hunde, und eine Freude obendrein, von Spaziergängen, die sie mit dem Hund machen könnte, gar nicht zu reden. Ma konnte nicht wissen, daß sie über Sues Trauerspiel nicht sprachen, daß sie es nicht konkret angingen. Vielleicht hießen Psychologen das als Verdrängung nicht gut, aber die Menschen in Sues Nähe hielten mit ihr am Vertrauen fest, alles werde wieder gut oder doch viel besser, weil ihr Handicap ja bloß die Folge eines Schocks war. Sues Arzt ermutigte sie in dieser Erwartung. Aus dem Koma wird auch immer mal wieder aufgewacht.

Wenn Marnie Sue bei einem Telephonat fragte: Ich hab wieder eine Karte von der Ma, diesmal aus Kolumbien, hast du Interesse? Dann erklärte Sue, sie habe keins. Brauchst sie mir auch nicht vorzulesen. Kostet dich zu viele Zeiteinheiten, erzähl lieber was von dir.

Die zwei Schwestern kamen überein, daß sie zwar jetzt in Mas Alter waren, als die sich mit ihrem Liebhaber auf und davonmachte, im Alter also, in dem sie *es* verstehen würden, und daß sie sich aber immer noch nicht damit anstrengen wollten, es zu verstehen. Trotz Erfahrungen mit Verliebtheit (im Plural vor allem bei Marnie), Versuchungen, Dummheiten, gekränkten Ehefrauen (wieder Marnie). Sie entschieden, die Ma hätte überhaupt nicht ihr Dilemma durchdacht, sondern blindlings den Mann mit mehr Haaren auf dem Kopf präferiert. Sue wars, die das krasse Fazit zog. Marnie war beinah schockiert. Selten, aber dann erst recht, glich es einem Schuß vor dem Bug, wenn Sue sich so grausam äußerte. Kurz und bündig, brutal, die Wahrheit. Der ins Auge zu sehen, tat Marnie nie besonders gut. Sie beabsichtigte nicht, vor Mitleid mit dem in jungen Jahren schon glatzköpfigen Vater zu zerfließen.

Und das Alter ihrer jetzigen Mutter-Mami, als diese ihre Ma mütterlich und in der Ehe ablöste, hatten sie längst überschritten. Wie gönnerhaft-gnädig sie noch vor vielleicht zehn Jahren dieser Neuen Pluspunkte zugestanden, die ihnen nun (Sue mit vierundvierzig Jahren drei Jahre älter als Marnie) ziemlich selbstverständlich vorkamen: wirklich schwer zu fassen und sehr komisch. Wir haben bei ihr anerkannt, daß ihr Mund *noch nicht* eingeschnurrt ist! Es hat uns, als wärs ausgerechnet bei ihr eine Rarität, erstaunt, wie immer noch eine einstmalige Schönheit hervorscheinen kann, bei einer Frau *dieses* Alters! *Unseres* Alters! Wenigstens so ungefähr, und wir machen wahrlich keine großen Anstrengungen, um besonders gut auszusehen, es geht noch von selbst. Die Schwestern amüsierten sich. Aber eine zerknitterte Haut, die hatte sie damals wirklich schon. Es kommt vom Hungern. Sie schlackert mit den Knochen. Hat sie Bulimie? Nein, dazu wäre sie zu ängstlich, erstens ob das klappt und zweitens wegen der Kotzerei. Selbstdisziplin? Sie liefert sich der fixen Idee aus, ihr Mädchengewicht zu halten. Will mit uns konkurrieren, aber in ihrem Alter siehts klapprig aus. Sogar ihr Lieblingsarzt hat ihr zugeredet, erzählte Sue, sie soll sichs schmecken lassen oder so ähnlich hat er gesagt, und daß das besser für ihre Hüftschmerzen wäre und für ihre sämtlichen andern Nervengeschichten und sonstigen Malaisen und vor allem fürs Gemüt... Marnie winkte ab: Es ist gräßlich, wenn man bei ihr zum Essen ist, armer Vater, sie knabbert ein bißchen rum, aber alle diese Leiden sind ihr lieber als die Angst vor bloß *einem* Gramm mehr auf der Waage. Ganz schön hysterisch, aber wir hatten vom ersten Tag an keine Probleme mit ihr, lautete das abschließende Urteil. Bei dem die Coda selten fehlte: Es ist ja nett, ihr Engagement für uns, doch auch verdammt lästig. Ich glaube, sie langweilt sich. Glaub ich auch. Tödlich. Trotz sämtlicher Radio-Vorträge und Vernissagen und Dichterlesungen und wohin sie sonst noch unsern Vater verschleppt, Theater, Konzerte, Nachmittagstees, Parties am Abend. Trotzdem, sie ist eine Arme, sagte Sue. Wer ist das nicht? fragte Marnie. Und sie amüsierten sich immer noch.

Obwohl sie eine Last war, diese Stiefmutter erwies sich alles in allem als Glücksfall. Sie akzeptierte den Kahlkopf ihres Manns. Sie war freundlich. Unintelligent auch nicht, oder nicht so, daß es auffiel, aber oft doch eine Nervensäge, stöhnten Sue und Marnie, und jede von ihnen kannte eine Menge Leute, die immer bloß partiell klug oder angenehm und daher gut zu ertragen waren. Gerade eben sagt X einen gescheiten Satz, und schon der nächste ist absolut idiotisch. Durchgängig klar im Kopf sind die wenigsten, und kritisch noch weniger, selbstkritisch ist fast keiner, und sensibel außer für sich selber sind die allerwenigsten.

Die hohe, übereifrige Stimme der zweiten Mutter erweckte auch an diesem Morgen um halb acht den gewohnten exaltierten Eindruck. Gewohnt war auch die überflüssige Vergewisserung: Bist dus, Mariannchen? Am Telephon klang sie ältlich, ein bißchen kratzig.

Ja, ich bins, Marnie.

(Wer sollte schon dran sein, wenn nicht *Mariannchen!* Das Diminutiv bedeutete weder Gutes noch Schlechtes, die zweite Mutter fügte sich einer Angewohnheit und empfand nichts dabei, außerdem hielt sie das Verniedlichen bei Substantiven mit positivem Wert für schick. Sie erstand ein süßes *Kostümchen*, Gastgebern brachte sie *ein paar Blümchen* mit, und ihr Sohn aus erster Ehe, ein schon etwas reiferer und übergewichtiger Mitarbeiter auf Manager-Ebene bei – ja zur Zeit wohl bei Ford, Marnie konnte die Etappen seines beruflichen Werdegangs (seines *Aufstiegs!*) nicht behalten – dieser Stolz seiner Mutter hieß *Friederchen* und seine amerikanische Frau war *Sheilachen*; für ihren einzigen Enkel (von den angeheirateten Töchtern war nichts mehr zu erwarten) hatte sie sich zur Verdeutlichung seiner Winzigkeit und Niedlichkeit zum Mickie*lein* entschlossen. Nur ihr Mann kam nicht in den Genuß dieser wahrscheinlich ja gedankenlosen Zärtlichkeitsform. Wenn sie ihn doch einmal als *Väterchen* apostrophierte, gabs irgendwas, das sie an ihm auszusetzen hatte, und sie verwandelte ihre Kritik in Herablassung.

Sei froh, Sue, daß wir sie nicht lieben müssen, hatte Marnie schon vor vielen Jahren gesagt und es kam einer Erkenntnis gleich. Die Schwestern verständigten sich darauf, wie viel angenehmer, einfach bekömmlicher es war, einen Menschen nur gern zu haben, weiter nichts, und ihn auch ohne schlechtes Gewissen kritisieren und komisch und gelegentlich lästig finden zu können. Solche Menschen brachten kein Seelenleben in Aufruhr. Und erst recht Mütter! Sue, ich habe unter meinen Freundinnen mindestens drei, die sich vor lauter Liebes- und Kummer-Hin-und-Her in die Hose machen! Ich meine: gemütsmäßig. Es muß furchtbar sein. Marnie hatte im Namen ihrer geplagten Freundinnen gestöhnt. Leicht fiel es den beiden nicht, aber als es heraus war, war es eine Erleichterung: Auch ihr Vater machte keine Gefühlsprobleme. Sue, bei einem ihrer überraschenden, radikal-brutalen Statements: Er war schon in unserer Kindheit ein bißchen ein Stockfisch. Er hat sich vor uns gedrückt, ergänzte Marnie.

Aber während sie die Stimme der zweiten Mutter hörte, mußte sie mitleidig an den Stockfisch denken. Sie sah seine Schädeldecke immer vor sich, wenn sie einen Knoblauchzeh bearbeitete, die helle splittrige Schale erinnerte sie an seine paar Haare über der blassen Kopfhaut. Sue wäre dazu imstande, so etwas Fürchterliches auszusprechen. (Sue, glaubst du, daß sie ihn liebt? Marnie, wir wissen, sie braucht ihn. Sie erträgts zum Beispiel, daß sie nachts schlecht schläft, weil er so gut schläft und dabei schnarcht. Und warum? Weil sie es *nicht* ertragen kann, wenn er in einem andern Zimmer wäre. Sie braucht ihn immer um sich. Sue, zu mir hat sie mal gesagt: Euer Vater hat keine Augen im Kopf. Sie hat damit gemeint, er ist ein Ignorant. Erkennt nicht die einstige Schönheit, er sieht nicht diesen Abglanz, wie er nachwirkt, er betet sie an, er tut alles für sie, er hört ihr Palaver von früh bis spät mit größter Tapferkeit, dafür allein hätte er eine Medaille verdient, aber kapiert er was von einem vollippigen Mund und von großen dunklen Augen, die durch einen jedermann rätselhaften Trick zu unerwartetem Strahlen aufglänzen können? Ihr Lächeln sieht wirklich nicht uninteressant aus. Aber versteht er was von irgendwie Hintergründigem? Sie ahnt, daß ers nicht tut. Mach dir keine Sorgen, Marnie, sie schätzt seine Treue und daß er in seinem Beruf tüchtig ist, damit prahlt sie sogar rum, sicher nervt sie ihre sämtlichen Bekannten und den Freundeskreis mit seinen Export-Import-Kaufmannserfolgen und seiner Witterung fürs günstige Ostasien-Geschäft, die prima Handelschancen dort, und wie er um den halben Globus hetzen muß, um seine Deals zu machen, das schmeichelt ihr, und bedenke vor allem: Sie reist mit! Trotz ihrer Gesundheitshysterien, sie kommt immer mit, und obwohl sie mit dem

Geld knapp sind, denn sie kann nicht ohne ihn sein, und wenn sie noch so gönnerhaft tut, sie kanns nicht. Okay, Sue, stimmt alles, sie braucht ihn, komisch, und wahrscheinlich ist das bei ihr die Liebe.)

Du bist kaum zu verstehen, Mariannchen.

Diese Frau muß seit Stunden hellwach sein und sie weiß, daß ichs nicht bin, dachte Marnie und korrigierte: Marnie!

Ihre Mutter verstand nichts von Hitchcock. (*Übergewichtig, überschätzt und, fürchte ich, pervers. Sympathisiert mit Neurotikern und Halbkriminellen.)* Hitchcock aber hatte Marnie – sie liebte Hitchcock-Filme – dabei geholfen, die biedere *Marianne* loszuwerden, Marnie verkörperte einen völlig anderen Typ. Sue hieß kaum je noch bei der zweiten Mutter Susanne. Oder: Susannchen. Denn von *Dallas* hatte sie keine Folge versäumt. *(Man muß wissen, was die Massen interessiert. Deshalb tue ich mir das an.)* Gehts dir gut? Alles in Ordnung?

Du bist sehr früh dran. Weil sie so muffig geklungen hatte, fügte Marnie *Mami* hinzu.

Bin ich, ja. Ich hatte eine grausige Nacht. Und du mußt ja früh raus, fangt ihr nicht um halb neun an?

Um neun.

Marnie machte zur Zeit einen Job in der Dramaturgie der PGF, einer Produktionsgesellschaft; sie mußte Autoren treffen und versuchen, Fernsehredakteuren Drehbücher anzudrehen. Es war ein unerfreulicher Job. Bei ihrem Chef konnte sie keine Treffer landen. Sie war nicht sein Typ, und noch viel weniger er der ihre, aber in einem Arbeitsverhältnis spielte das für sie keine Rolle.

Gehts denn gut bei dieser Firma? Kommst du mit den Leuten zurecht? fragte ihre Mutter nun als Mami, aber ihr Interesse war gespielt. Trotzdem, sie hat einen Riecher, billigte Marnie ihr zu.

Alles normal, sagte sie. Obwohl sie eine aufkommende Übelkeit vom Magen bis rauf in den Kopf spürte. Wie immer, wenn sie vor acht Uhr reden mußte, bekam sie einen minimalen Bekenntnisschub: Leider hat mein Chef Null Humor. Er ist ein Langweiler.

Das tut mir leid, aber Hauptsache, er ist nicht vulgär, befand ihre Mutter in der Mutterrolle.

Marnie wollte Sue am besten heute noch durchtelephonieren: Als ich mit *ihr* so verdammt früh sprechen mußte, fielen mir die Großmutter und Tante Minnie ein, und ich dachte, gut, daß sie tot sind. Diese zwei alten Schwestern hatten sie von Kind an geliebt, mit allem Drum und Dran, sorglos in jungen Jahren, später mitleidig und in Ängsten. Oh, es war anstrengend genug, meinst du nicht? Als die Sorge hinzukam. Sue kannte Marnies Ansichten zur Liebe: Verliebtheit ist erstklassig, aber Liebe ist Mist, ist das Allerletzte. Darin war Marnie die Radikale. Doch immerhin signalisierte Sue stumm Zustimmung, sah zwar zweifelnd aus, nickte aber mit dem Kopf. Wenn Sue vorbrachte: Du hast kein Glück in der Liebe, Glück in der Liebe gibts auch. Dann widersprach Marnie: Ich wills nicht, diese Art Glück in der Liebe, zuerst kanns schön sein, dann wirds eine Angewohnheit, und ich rede gar nicht von den hundert Kompromissen, die du eingehen mußt, und am Ende lauern Sorgen, Ängste. Und zwischendrin bist du nicht frei. Sie hätte weitergeredet, die in der Eheliebe problematischen, eigentlich unmöglichen Geheimnisse wären drangekommen, doch die ließ sie weg, denn Sue hatte vor Ed nichts zu verheimlichen. Nicht einmal diesen Doktor Benrath, jedenfalls nicht ernsthaft.

Marnie hatte verpaßt, was ihrer Mutter in vielen Sätzen wichtig gewesen war, und während sie sich, sie war noch immer gymnastikgerecht nackt, über den Magen rieb, fing sie einfach wieder beim sturen Chefdramaturgen an: Ich bin bei ihm unter Null gesunken. Er kapiert nicht, daß ein Autor keinen Sinn fürs Komische hat, wenn dieser Autor zu mir sagt: Von Haus aus bin ich Historiker.

Ihre Mutter kapiert das ebenso wenig: Wenn ers doch ist, Schätzchen? Ein Historiker.

Aber nur Idioten reden so, elende sture Pedanten, Mami. *Von Haus aus.* So jemand kann keinen Draht zur Komik haben.

Ihr Chef hatte Marnie angesehen, als untersuche er eine Geisteskranke. Die Frau dort an ihrem Telephon, Mami, zweite Mutter, sähe ähnlich aus. Sie riet ihr, endlich doch noch zu promovieren. Mach *deinen* Doktor, hieß das bei ihr. Dann kriegst du bestimmt was Anspruchsvolleres, Schätzchen.

Okay, Mami, ich bin zwar aufgestanden, aber deswegen noch lang nicht wach. Tut mir leid. (Noch zwei, drei Sätze und ich muß kotzen.)

Du siehst doch auch immer das Morgenmagazin. Die zu voller Form aufgelaufene Mami überging Marnies SOS: Und da war vorhin was Aufschlußreiches über Leute, die einen Schock erlitten haben. (Ein winziger Seufzer hörte sich selbstgerecht an.) Du weißt ja, ich muß immer dran denken, wie unser armes Susannchen sich durchschlägt und was man für sie tun könnte. (Noch ein Seufzer.)

Marnie registrierte die rekordreife Höchstmarke ihres Adrenalinspiegels. Wenn sie jetzt schon bekümmert an Sue dachte, konnte sie den übrigen Vormittag vergessen. Sie *hatte* an Sue gedacht, sie tat es bei jedem Aufwachen, dann aber wie in Sues Ergebenheit geborgen und in Sues Frieden versetzt, und wenn sie vorhin von dem jungen Arzt aufsässig Informationen erwartet hatte, war das in ihrer eigenen Gesellschaft geschehen und deshalb gutgegangen. Zaungäste, erst recht die huldvoll-hilfsbereiten, konnten weder Sue noch Marnie gebrauchen.

Ja, ich habs auch gesehen, aber nur zum Teil. Wirklich, ich kann um diese Zeit nicht ausführlich reden. Außerdem muß ich bald weg. (Heute nicht, dachte sie. Heute erst nach zehn.)

Ihre Mutter vergaß Marnies Stillebedarf am frühen Morgen immer wieder. Angeblich vergaß sie es. Ihr schien es wohl so albern, daß sie ihre Verstöße sogar für therapeutisch hielt. Und nachher gibts im Radio auf N3, kriegst du den, noch was zum Thema. Man kann so viel tun. Es gibt speziellen Sport für Menschen mit ihrem Schicksal. Ich wollte es zuerst dir sagen, dann kannst du mit Sue drüber sprechen, ich weiß doch, wie eng ihr miteinander seid. Und sie fügte unsentimental an, sie wisse, daß sie ein wenig außen stehe.

Ich werde mit ihr drüber reden, versprach Marnie, um die Mutter loszuwerden, und dachte: Ich werds nicht tun. Und wenn doch, dann serviere ichs ihr in der Form einer Groteske. Ihr Kaffee war kalt geworden, und sie brauchte eine neue Gauloise.

Du steckst dir schon wieder einen von diesen schwarzen Sargnägeln an, Mariannchen. Sag nicht nein, ich hab das *Klick* von deinem Feuerzeug gehört. Ich hoffe bloß, du hast schon was gegessen.

Diesmal brauchte Marnie nicht zu mogeln, weil der Äther oder wer immer es war, der diese Stimme so geduldig in ihr Ohr lenkte, sogleich eine Suada weiterleitete, die Marnie gut kannte und deshalb besser ertrug: den Klagen über den prächtigen Schlaf von Marnies Vater und über die üblichen Schmerzen in der Hüfte folgte eine Bewunderungstirade für irgendeinen Pater und seinen Vortrag (*ich mußte euren Vater förmlich zwingen, mitzukommen, aber nachher war er mir dankbar – war er nicht,* dachte Marnie und sah seinen bedauernswerten Knoblauchzeh-Kopf mit den Schalensplittern vor sich) und nach einem tiefen, den Themenwechsel ankündigenden Seufzer sagte sie: Ich habe Sue wieder einen Tonbandbrief geschickt. Noch ein Seufzer, der ausdrückte, ihr selber sei durch diese Tat ein Unrecht geschehen. Deine arme Schwester, als wäre sie nicht schon gestraft genug. Und jetzt auch noch *das!*

Was denn: *das?* Marnie fragte nicht und wurde wütend auf die Mutter, die im Begriff war, ihr sofort eine ganz miese Nachricht unterzujubeln. Was konnte passiert sein? Und warum wußte es diese Frau vor ihr? Das war nicht Sues Art. Vielleicht kam die schlechte Neuigkeit von Ed, zu dem das aber auch nicht paßte. Ed schrieb erstens keine privaten Briefe, zweitens war er ungesprächig.

Ja, Pech, sagte Marnie und flehte stumm: Kein Wort mehr drüber! Ich warne dich, Frigga-Erdmuthe!

Die fand Marnies Kurzkommentar reichlich salopp und sagte es.

Eine dumme Geschichte, sagte Marnie. (*Und ich will sie nicht hören, kapiert?*)

Mit dem Sturz kanns nicht zusammenhängen. Der Sturz ist zu lang her. Es muß was davon Unabhängiges sein, arme Sue.

Jetzt *ist* sie eine Stiefmutter, dachte Marnie, die abwechselnd die Beine anzog und streckte, um wenigstens mit den Morgenübungen weiterzukommen. Obwohl die *Stiefmutter* nur lamentierte, hörte sie sich so an, als beschuldige sie jemanden, den lieben Gott, ihren Mann, die Regierung, die Ausländerpolitik und die Steuergesetzgebung, oder Ed, oder Sue selber. Und ihr Lamento klang nicht anders als ihr voriges: die schmerzende Hüfte, die geräuschvollen Schlafkünste ihres Mannes. Immer wenn sie sich über die Phänomene, die in ihr Leben eingriffen, beklagte, wirkte sie wie ein Mensch, den es bitter befriedigt, sich seine chronische Schwarzseherei von den Tatsachen bestätigen zu lassen. Marnie fand sie in diesem Augenblick mit ihrer Unkenhaftigkeit Eds älterer Schwester mit ihrem ewig ergrimmten Ich-habs-ja-gleich-gewußt-Gehabe ähnlich.

Es wäre doch schrecklich, wenn sie eines Tages hinken müßte, sagte die *Stiefmutter*.

Warum kannst du niemals auch nur ein bißchen optimistischer sein? Marnie überlegte: Irgendwas mit Sues Bein? Mit dem Fuß? Was um Himmels willen ist los?

Ich bin weder optimistisch noch pessimistisch, Mariannchen, ich bin *realistisch.* Ich sags mal offen: Euer Versteckspiel mit dem, was Sue zugestoßen ist, ich kanns nicht gut finden. Und Benno Schneyder denkt wie ich.

Benno Schneyder war ein Freund und Psychoanalytiker, und Sues und Marnies zweite Mutter tönte zwar triumphal, nie würde sie sich bei ihm auf die Couch legen, zum Glück, obwohl das ganz schön anstrengend sei, wisse sie alles über sich, aber die Schwestern glaubten ihr nicht. Allzu gern läge sie auf Schneyders Couch. Sie verehrte ihn. Sie wünschte sich seine Verehrung. Und das war der Haken bei der Sache. Als seine Patientin ginge die Verehrung, falls vorhanden, futsch.

Sue sagte mir was von einem bestimmten Nerv, der eingeklemmt ist, und deshalb kann sie das Bein und den Fuß nicht mehr richtig unter Kontrolle kriegen.

Sie macht doch ihre Physiotherapie. Marnie, aufgeregt, merkte, daß sie jetzt doch mehr erfahren wollte. Natürlich lieber von Sue, doch das ließ sich im Moment nicht machen. (*Ich spreche dich heute noch, Schwesterchen*!)

Den Namen von diesem Nerv hab ich nie gehört, und das bei all meinen Nervengeschichten! Irgendwas wie Piräus, ich habs nicht parat.

Piräus ist der Hafen von Athen, Mutter. (*Stiefmutter. Erdmuthe. Frigga*!) Andererseits: Ein eingeklemmter Nerv war kein Grund zur Panik, einfach nichts Besonderes, und das verstand auch Marnies Adrenalin.

Oder Pyrr... Pyresoundso... und noch irgendwas. Die Informantin vermittelte den Eindruck, als hätte sie unendlich viel Zeit. (*Armer Vater: Das ist ein Ferngespräch*!)

Mami, es gibt den Pyrrhus-Sieg und die Pyrenäen.

Das weiß ich selber, Schatz, aber ich möchte auf den Namen von diesem Nerv kommen, weil ich außerdem möchte, daß du alles drüber nachliest. Du hast doch diesen Pschyrembel oder wie der heißt. Und red mit Sue bitte auch über diesen speziellen Sport für Menschen mit ihrer Behinderung.

Immerhin hieß Sues Schockschaden diesmal nicht wieder *Schicksal.* Tu ich. Aber jetzt muß ich allmählich wirklich ... ich meine, ich bin noch nicht mal angezogen. Machs gut, Mami. Marnie redete netter mit der Mutter, die wieder eine Mutter und sogar eine Mami war, seit dem eingeklemmten Nerv.

Ich laß dich gleich in Frieden. Die Sache mit dem Sport muß natürlich erst mit ihrem Neurologen abgesprochen werden. Er soll eine Kapazität sein. Du wußtest von all dem?

Selbstverständlich wußte ichs. Sie hat schon vor Jahren mal so ein Problem gehabt, ich auch, log Marnie, weil neue Wut in ihr aufstieg. Angst verklumpte sich zwischen ihren Rippen. Wie geht es deinem Mann? *Meinem Vater* hätte sie gefragt, wenn sie mit dieser Kapazität verschont worden wäre. Ihr Vater, sie wußte es, hatte eine kleine Operation sehr gut überstanden.

Wie die Dinge lagen, war nun der Vater ein *Väterchen:* Wieder voll da, euer Väterchen, putzmunter und plötzlich sogar gesellig. Das liegt dran, er hat jetzt Redestoff. Also, Kleines, ich weiß nicht, ob ich meine Party am 27. nicht besser schmeißen sollte. Neulich bei den Kimmers hat er das ganze Tischgespräch bestritten.

Ist doch gut.

Nicht wenn du hörst, womit. Er hats mit seiner dämlichen Prostata-Operation bestritten, und ich wars bestimmt nicht allein, die das nicht besonders appetitlich gefunden hat. Schließlich kriegte ich meine mit irgendwelchem Kalbsbries gefüllte Fleischrolle nicht mehr runter, es sah nach Gekröse aus, ich weiß nicht wie Gekröse aussieht, ich dachte nur immer, das ist seine schreckliche Prostata.

Ciao, Stiefmütterchen.

Wie bitte?

Marnie fragte, ob das nicht ein lustiger Name sei. Gefällt er dir nicht?

Nicht sehr gut. Bleibt ihr zwei Schwestern bei Mutter und Mami. Und denk drüber nach. Das Stiefmütterchen legte auf. N3 würde in wenigen Minuten senden.

Worüber eigentlich, nachdenken? Über Sue und den Sport? Übers Nachforschen im Pschyrembel? Selbst wenn sie den Namen des einklemmenden Nervs erfahren hätte – niemals! Nicht wenn es um Sue ging. Im Pschyrembel fing jedes Symptom harmlos an, aber nach spätestens zwei Zeilen entartete es zu körperlichen Schreckensszenarien. Oder sollte sie über sich selber nachdenken und daran, endlich *ihren* Doktor zu machen.

Marnie überlegte, ob sie vor ihrem Aufbruch schnell noch mit Sue telephonieren könnte. Erst um elf traf sie sich mit einem Autor in der *Juke Box*, wo sie ihm bei einem Kaffee sagen mußte, sein Exposé passe nicht in die Krimi-Serie *Inspektor Grimm: Bitte melden!* Treu dem Gesetz, nach dem Kränkungen von oben die Stufenleiter abwärts nach unten weitergereicht wurden, fiele es Marnie nicht so schwer, den Autor, selbst wenn es zufällig mal ein sympathischer wäre, zu erklären: Wissen Sie, es handelt sich um eine Krimi-Serie. Tut mir schrecklich leid (sie würde den Autor anlächeln, und er dächte eingeschüchtert: Wie verdammt hübsch sie ist!), ehrlich, so sorry, aber Sie haben den Mord vergessen!

Plötzlich merkte Sue, daß sie nach dem Druck auf die AUS-Taste des Handys damit angefangen hatte, ihren Schmuck abzulegen, was keinen Sinn ergab, aber sie machte langsam weiter, alle drei Ringe streifte sie ab, schob den Armreif über die rechte Hand, griff unters Haar im Nacken und löste den Haken aus der Öse und legte die Kette zu den andern Sachen auf ihren Schoß, die kleine Senke, die ihre übereinandergeschlagenen Beine in den Jeans bildeten.

Den ganzen Tag über konnte sie sich weder auf Radioprogramme noch auf Musik (vom CD-Player, er war leichter zu bedienen als der Plattenspieler) konzentrieren. Weil sie sich aber unbedingt wieder in eine gute Verfassung befördern mußte, benutzte sie beide Hilfsmittel, die Krükken-Pillen kombiniert mit der Kopf- und Seelenarbeit zur Erschaffung sanfter, milde gesonnener Ruhe, und die Endorphine würden ihr Bestes tun. Bis das geschähe, erledigte sie etwas Post. Das Tonbandgerät stand bereit. Oft genug im Berufsleben vor dem Unfall hatte sie damit gearbeitet und deshalb keine Mühe mit der Technik. »Liebe Mutter, 1000 Dank für Dein letztes Band! Wie schön, daß es dem Vater so viel besser geht! Paß nur gut auf ihn auf, damit er nicht gleich wieder über die Stränge schlägt...« Stop. Heute hörte sie ihre Stimme mit dem unbehaglichen Gefühl eines Menschen, der nicht sicher ist, ob er belauscht wird. Verrückt. Keiner im Haus außer ihr. Sie räusperte sich. Wieder auf Anfang: »Aber vielleicht soll er ja zuerst einmal doch in eine Rehabilitationsklinik kommen...« Wieder die Stop-Taste. Das Sprechen im ganz sicher (oder eben doch nicht hundertprozentig sicher?) leeren großen (wundervollen!) Haus blieb ihr unangenehm, sogar peinlich. Außerdem fiel ihr überhaupt nichts ein, was sie jetzt gern ihrer Mutter übermittelt hätte. Lieber würde sie auf ein Band für ihre Freundin Nessie sprechen. Aber davon bekäme sie ein schlechtes Gewissen. Oder an die kleine Schwester? Nein, ging nur bei bester Laune. Also weiter an die Mutter. Es ging ihr, während sie ein bißchen in Fahrt kam und vom Tag für Tag glücklichmachenden Haus und Garten erzählte, der Satz *Wenn mir etwas zustößt, öffne das Couvert in meiner Frisierkommodenschublade* im Kopf herum. Völliger Blödsinn. Auch gab es kein solches Couvert. Sie brauchte einen kleinen Hausspaziergang. Vor Eds Zimmer zögerte sie. Wieder so eine ungewöhnliche Störung oder was das sein mochte, das sie heute durcheinander brachte. Als wärs das dreizehnte Zimmer im Märchen, das Betreten-verboten-Zimmer. Dränge man ein, trüge man Schaden davon. Unsinn, sagte sie halblaut und drückte die Türklinke nach unten.

Und vorsichtig schob sie (beobachtete sie wirklich keiner?) die Klinke wieder nach oben. Warum? Weil ihr jetzt erst auffiel, wie ungewöhnlich eine geschlossene Tür in diesem Haus war. Als sie dieses Traum- und Wunscherfüllungshaus noch mit sämtlichen Sinnen genossen hatte und sich mit keinem siebten Sinn aushelfen mußte (und mit Phantasien, mit denen sie zum Glück gesegnet war), wollten sie im alltäglichen Hin und Her durchs Haus immer in offene Zimmer einen Blick werfen und ihn genießen. Zum ersten Mal stand sie vor einem versperrten Zimmer und sie begriff es nicht. Hielt doch jemand sich drin auf? Sie lauschte vor der Tür. Nichts zu hören. Selbstverständlich nicht! Wenn jemand drin wäre (und immerzu sah sie die kesse kleine Prentice vor sich, wie verdreht sie doch war!), verhielte er sich mucksmäuschenstill, klarer Fall, alarmiert von der runtergedrückten Türklinke. Entmutigt gab sie ihren Rundgang auf. Als sie gerade *Und was jetzt?* überlegte, bewies ihr kleiner treuer Begleiter, das Handy, wie ein besorgter Freund und als habe er das für sie arrangiert, mit seinem Gequakse: Die Außenwelt konnte sich, nicht sehr lang nach Nino, einen Pfad durch den Nebel und zu ihr bahnen. Aus Wohltätigkeit wollte sie nicht angerufen werden, aber wenn das Handy, das wachsame Hündchen, der kleine Kamerad, jemanden ankündigte, freute sie sich doch und ihr Stolz schwand dahin. Im Dialog konnte sie ihn nach Bedarf ja wieder einsetzen.

Ihre Schwägerin sagte niemals *Ich bins*, sie nannte ihren vollen Namen, korrekt, mit dem Nachnamen, als melde sie sich bei einer Behörde.

Wie gehts dir denn? erkundigte sie sich, wobei ihre Stimme nicht nach oben ging, sondern wie bei einer Beschwerde stopfte sie ihre Antwort in die Frage: Schlecht natürlich, deprimiert. Die Schwägerin hatte immer diesen bitteren Ich-weiß-wie-schrecklich-das-alles-ist-Ton drauf.

Und genau deshalb gab Sue sich aufgekratzt. Alles stehe bestens, sie genieße das Haus, das Grundstück. Ob sie sich langweile? (*Oft muß es dir doch furchtbar langweilig sein:* Das enthielt den Beigeschmack von *Sei es gefälligst, gräßlich gelangweilt.*) Langeweile? Was denkst du denn? Mir können die Tage gar nicht lang genug sein ... und so weiter und so weiter. Eine Abfuhr nach der andern, viele Schwindeleien, aber oh Wunder. Es half ihr! Sie wurde ihre unheimliche niedergeschlagene Stimmung los, den Argwohn und den dummen Aberglauben.

Nett, daß du angerufen hast. Sie lachte. Ihre Schwägerin würde sich grimmig fragen: Ist sie beschwipst?

Ich halte das für meine Pflicht, erklärte die Schwägerin streng.

Und doch hat sie mir genützt! Sue summte vor sich hin und drehte ein paar Runden in der großartigen riesengroßen Küche, überlegte, wohin sie die Oat-and-Wheat-Pakkung zur Dekoration abgestellt hatte, aber da, wo sie glaubte, daß sie zu finden sei (angelehnt an die Rückwand im offenen Teil des Buffets zwischen dem verglasten Oberteil und dem Sockel mit den beiden Holztüren und den sechs kleinen Schubladen in der Mitte), nein, da lehnte die Packung nicht. Stand sie am Fenster? Auch da griff sie ins Leere und warf dabei das hübsche Victorian Holiday Home mit dem abnehmbaren Dach um, in dem sie Gummibänder aufbewahrte. Vor einer Viertelstunde hätte sie die vergebliche Fahndung noch mehr verdüstert. Jetzt aber mußte sie bloß lachen beim Gedanken, daß Ed (sie dachte sogar wieder *der Gute*, auch er ist ja ein bedauernswerter Mensch, etwa nicht?) wieder einmal eingegriffen hatte (sicher behutsam), um die Spiel- und Puppenküche in eine Erwachsenenküche zurückzuverwandeln. In einen Ort, in dem irgend jemand sogar *saubermachen* konnte. Oh ja, das sollte ich wohl mal, saubermachen, redete sie schadenfroh munter vor sich hin und witterte keinen unsichtbaren Zuhörer, vielmehr dachte sie erheitert an die als Ermahnung vorgetragenen Ratschläge ihrer Schwägerin vom diesmal etwas länger ausgefallenen Telephonat: Du solltest es mit dem Somatis-Horchtest versuchen. Die bieten die verschiedensten Elemente eines integrativen Therapiekonzepts an. Psychotherapie sowieso und Homöopathie, die psychologische Astrologie kannst du vergessen, aber auch ausgefallene Sachen wie DAN, das ist Reiki, und Radionik-Analyse und Balancierung, Balancierung klingt gut speziell für deinen Fall, außerdem Behandlungen mit dem Orgonstrahler. Und dann noch die ganze Skala der manuellen somato-biologischen Medizin. Natürlich hatte Sue die einzelnen Therapien nicht behalten können, aber sie labte sich an dem Kauderwelsch, zu dem dieser Spuk sich wie im Kaleidoskop zusammenschüttelte. Ganz entschieden hatten die Endorphine da oben im Gehirn ihre Arbeit erledigt. Vertrauen sickerte in ihr Bewußtsein, nach den ersten Vorboten von viel mehr Schnee wurden das dicke weiche Flocken, die Friedfertigkeit sank stetig in sie ein. Sicher nützten ihr bei diesem Prozeß ihre Schneefall-Spiele. Nun lautete beispielsweise das Fazit aus der bloß noch blöden Geschichte ihres Irrtums von vorhin (er ging gar nicht anwaltlich mit Nino gegen diese Firma vor): Aus Rücksicht mir gegenüber hat er mir nicht gesagt, daß er überhaupt nichts unternimmt. Weil wir viel zu schlechte Karten haben. Ein kleines Verhör, an das sie sich erinnerte, während sie Radio hörte (eine Sendung über Fettleibigkeit), lag lang zurück: Liebes, hast du denn, bevor du auf die Stufe getreten bist, wirklich normal aufgepaßt und runtergeschaut?

Der treue kleine Handy meldete schon wieder. Dieses Mal war es Prentice. Schon aufregender. Hi, Prentice! rief sie wie der sorgloseste Mensch auf der Welt. Prentice erzählte, sie wäre vorgestern in einem Coffee Shop von der Polizei nach ihren Personalien gefragt worden. Holland ist auch nicht mehr was es war.

Dein Deutsch wird allmählich perfekt. (Prentice studierte Germanistik, aber nur, weil das an der Penn State wie im Kindergarten war, in einer ganz kleinen Klasse kam man spielend vorwärts, so ungefähr wie ein Skandinavistik-Student in Südafrika.)

Prentice schlug vor, bei diesem Europa-Trip längere Zeit bei ihnen zu bleiben als sonst.

Und warum das? Sie holte tief Luft. Prentice hatte sich ausgedacht, ihnen beiden ein bißchen zu helfen. Sie hasse Hausarbeit, Gartenarbeit ein bißchen weniger, vielleicht, noch nie ausprobiert, aber für sie und für ihren Beinah-Daddy würde sie die größten Opfer bringen.

Whow! machte sie, um Prentice zu imponieren und fand wie üblich den anpasserischen Aufwand albern, den sie schon immer getrieben hatte, seit sie Prentice zum ersten Mal begegnet war: Er diente dem Zweck, sich ein wenig mit der Jüngeren auf eine Stufe zu stellen. Nicht gerade auf die der Gleichaltrigkeit, das war aussichtslos. Aber sie wollte diesen leichtlebigen Junge-Leute-Ton treffen, und in Nachahmung war sie gut. Whoopsie! Ist aber wirklich nicht nötig.

Ich bin sicher, mein armer Dad denkt anders drüber. Wie gehts ihm überhaupt?

Gut, gut, alles prima, sagte sie. Übrigens, du hast ihn doch selber schon gesprochen. Er hat mir von deinem Anruf erzählt.

Prentice sagte mit ein paar aparten Grammatikfehlern, ihr Beinah- und New Age-Dad mache sich wegen des Saubermachens im neuen Haus allmählich Sorgen.

Wahrscheinlich wußte er nichts sonst zu reden. Jetzt war sie ein bißchen giftig geworden und freute sich daran.

Er wußte noch eine Menge zu reden. Prentice' Lachen hörte sich nach Geheimniskrämerei an. Er macht sich Sorgen, darling, nicht nur wegen der fucking Hauskeeping... um dich.

Die zeigt er aber nicht. Er ist so was von taktvoll. (*Im Unterschied zu dir*!) Wir haben uns fabelhaft aufeinander eingespielt. Er würde mir niemals sagen, wenn ich zum Beispiel ein Schneetreiben anschwärme, halt mal, würde er nie sagen, tut mir leid, wirklich schade, aber im Moment fliegt keine einzige Flocke draußen rum und die Sonne scheint. Wir spielen, wir spielen immer. Wirklich, er geht auf mich voll ein, er ist enorm taktvoll. Tremendously! ergänzte sie stolz.

Du aber nicht. Prentice klang scharf und nüchtern.

Was bin ich nicht?

Taktvoll. Du würdest nicht immer wieder gerade *diese* Spielchen machen, weißt du? Mit Taktgefühl, darling, du würdests dann nicht machen.

Prentice saugte die Kraft zum Freundlichsein aus ihr heraus, aber zum Glück wirkte noch das Medikament. Die

Pillen, und so sein wie vorher, das wärs gewesen, dachte sie. Ihr fiel nur ein *Du hast ja keine Ahnung* zu sagen, und als sie merkte, wie wenig (gar nicht!) Prentice der kurze Dialog aufgeregt hatte, ärgerte sie sich über ihre Aufregung: die reinste Vergeudung. Prentice wollte wissen, ob ihr wieder ein paar schöne Sachen zu klein geworden wären. No sports, du weißt schon.

Das ist komisch, log sie, ich bewege mich natürlich nicht halb so viel wie früher, aber mir wird nichts zu eng. Ich halte mein Gewicht. Obwohl ich esse was ich will und wie viel ich will. Sie lachte, war obenauf. It's the constitution, you know? (Hoffentlich hieß constitution nicht nur Verfassung im Englischen!).

O dear me! Prentice' Stimme kam ihr plötzlich, ein wenig zeitversetzt, doppelt vor. Zwei Stimmen, eine aus dem Handy, die andere wie aus einem Zimmer im Haus.

Hat sich was verändert? Ich bring dir Blue Grass mit oder sonstwas aus dem Coffee Shop.

Du bist in seinem Zimmer, he? Sue brachte das so vor, als würde es sie amüsieren, wenn es so wäre.

Bingo! rief Prentice. Ihr seid richtige VIPs mit euren zwei Telephonnummern.

Nach ihrem Umzug hatten sie oft von Zimmer zu Zimmer miteinander telephoniert, sie sagten sich auf diese Weise *Guten Morgen*, jeder aus seinem Schlafzimmer, machten sich ihren Jux. Bis dieser Reiz sich verbrauchte.

Und dich kann man jetzt ideal damit reinlegen, sweetheart, it's just fun.

Täusch dich nicht. Sie ging auf den Ton der Rivalin (was sonst war sie denn?) ein, befahl sich: easy easy, locker, flockig! Beim letzten Test war ich von 1/50 bis 1/25 auf 1/25 bis 1/10 runter. *Alles Sichtbare liebt sie, beschreibt sie, und sie tuts so anschaulich, man könnte denken, sie mogelt...* Und ihr Arzt, den hörte sie jetzt auch wieder: *Ihre Phantasie war schon immer blühend, und Phantasie entwickeln alle, auch die nicht Phantasievollen* ... Sie rief frohlockend: Hast du je dran gedacht, Baby, daß ich euch alle hinters Licht führen könnte? Daß ich längst völlig okay bin? Durch Prentice' Lachanfall ließ sie sich nicht stören: Mein Leben ist dadurch so viel angenehmer, man schont mich, jeder ist lieb zu mir, sanft, freundlich ...

Okay okay okay, sagte Prentice.

Aber selbst wenns nicht so wäre, ich bin jetzt mit dem Handy unterwegs, ich nehme stracks Kurs auf das Zimmer von deinem sogenannten Daddy, verkriech dich also, du bist gewarnt ...

Warum sollte ich?

In seinem Zimmer schien niemand zu sein. Aber sie hörte ein Atemgeräusch. Ganz sicher atmete jemand ziemlich laut, so wie diese Psychopathen in Kriminalfilmen, die fremde Frauen anriefen und dann sich nicht meldeten, nur anzüglich schnauften. Das mußte Prentice sein, und zwar aus dem Handy, was sollte denn der Blödsinn. Sie sagte: Du mußt Polypen in der Nase haben. Das Versteck ist gut, aber ich hör dich schnaufen. Weißt du was, Pren, ich sehe Gespenster!

Das ist mir aber mal ein Wortspiel! lobte Prentice.

Ich sehe was, das du nicht siehst. Gespenster.

Dann siehst du wenigstens etwas. Prentice klang weiter weg. Sie erklärte, sie melde sich am Abend, wenn der Boss aus der Firma zurück sei, noch einmal. Bye!

Gespenster sind besser als gar nichts.

Better late than never. Take care!

Same to you. Sie fand das nicht so originell, vielleicht wars auch altmodisch, klang nach Englischunterricht in der Schule. Pay attention, rief sie zurück, auch nicht viel zufriedener. Es machte Spaß, mit Prentice am Telephon zu flaxen, viel mehr, als sie im Haus zu haben, nicht nur erst seit es passiert war.

Watch your step! rief Prentice.

Das war ihr zu realistisch, so fröhlich es sich auch anhörte, und außerdem hatte *Watch your step* zwischen ihnen beiden schon vor dem Unfall eine metaphernhafte Geheimbedeutung enthalten. Es stammte aus der Zeit mit etwas zu viel Doktor Benrath in ihrem Leben.

Don't worry! Sie hoffte einen Augenblick lang, Prentice würde nachhaken (what about your secret service, etwas in der Preisklasse), aber Prentice hatte aufgelegt.

Mit dem braven Handy (es war auf ihrer Seite) in der rechten Hand, die linke hielt ihren Kopf unter den Stirnfransen fest (oh, Ed hatte sie ihr gestern zu kurz geschnitten, sie müßten bis zu den Augenbrauen runterhängen) und ein wenig an der Stirnhaut auf und ab schiebend, als könnte das den Gedanken beschleunigen, auf den sie kommen wollte, überlegte sie, woraus ihr zuletzt beruhigender Eindruck zur Gewißheit geworden und der vorige, Prentice befinde sich im Haus, in *seinem* Zimmer, zur Schnapsidee verkommen war. Da, sie hatte es wieder, sie hörte es in der Erinnerung: Geräusche von Stimmen, etwas Musik, und auch so etwas wie ein Trambahnklingeln kam dazu. Gabs in Amsterdam noch Trambahnen? Keine Ahnung. Hier aber auch nicht. Himmel, es hat sich wie das Gebimmel unserer alten Bahnschranke angehört! Prentice mußte vom *Entre nous*, der schäbigen kleinen Beize am Südbahnhof aus angerufen haben. Ihr Zwerchfell wurde eng und ihr Herz tat einen Hüpfer und dann flatterte es wie ein winziger Vogel mit Platzangst. Dieses Mal geschah es nicht durch die Gnade des Liebseins und der Milde, hier half Sanftmut nicht, und sie empfand auch keine, nur die Krükken-Pillen spielten noch mit und vor allem andern ihre allseits gerühmte Phantasie. Ed wird sie von der Beize abholen, natürlich nach einem gemeinsamen Gin Tonic oder Cola mit Rum, und Prentice läßt ihn an ihrem Joint ziehen, aber er wagt es nur höchstens zweimal, und dann kommen sie zu mir den Hang rauf, er ist so verdammt taktvoll, daß er schon kurz vorm Gartentor seinen Arm von ihren Schultern nehmen will, aber sie lacht ihn aus, sie drückt sich an ihn, aber was sehen sie da? Sie sehen mich. Und wobei? Bei Gartenarbeit! Gartenarbeit! Na schön nicht direkt Gartenarbeit, aber was ich wirklich spitzenmäßig hinkriege, das ist mit dem großen Garten- und Schneebesen die Platten bürsten. So wirds gemacht. Sie kommen an, und ich bürste die Platten zum Tor runter, und ich blicke auf, wenn ich sie höre, und ich höre sie, bevor sie das Tor auf- und zumachen, und ich werde ihnen, ob sie sich nun in enger Umarmung knutschen (sie ihn, er duldets aber) oder nicht, irgendwas super-voll-cool Ironisches zurufen, so was wie *Na na na, zum Glück ists bei euch immerhin kein Inzest*, oder *Half a daddy half a daughter, hallo, ihr zwei halben Portionen.* Und sie kriegten natürlich einen Höllenschreck. Hat sie uns wirklich beschwindelt? Oder legt sie uns rein und hat gar nichts gesehen und macht uns einfach was vor bloß so auf Verdacht? Schwindel so oder so. Wer einmal lügt, dem glaubt man nicht, werde ich ihnen sagen. Sie werden nie mehr wissen, woran sie sind. Ob ich sie erwischen kann oder ob ichs nicht kann. Sie können mir nicht mehr trauen. Nie mehr glauben. Zum Beispiel: Ich schmeiß was um. Hat sies getan, weil sie so schlimm dran ist, die Ärmste? Oder hat sies getan, weil sie uns was weismachen will! Lacht sie uns aus? Was ist Ernst?

Sie trat mit dem großen Besen und seinen harten Borsten am unteren Ende des Stiels vor die Haustür, aber da verließ sie sofort der Mut. Warm wars, ganz schön draußen, aber der Nebel wurde schlagartig schrecklich dicht, und ein wenig schneite es auch. Sie mußte aufgeben und schleunigst einen neuen Botenstoff mobilisieren, der wie eine Art Hermes Phantasien überbrachte und die wiederaufkommende Deprimiertheit unterdrückte. Sie machte das Radio an. Geriet in eine energische Abfuhr, die ein ahnungsloser Idiot von Psychologe dem Phänomen der

Verdrängung erteilte. Anscheinend handelte es sich um eine fingierte Sprechstunde. Die Patientin, vielleicht ein Original, bekannte nochmals, ohne Verdrängung käme sie über das Entsetzliche, das sie mitgemacht hatte, niemals dazu, ein einigermaßen den anderen Menschen ähnliches Leben zu führen. Dem Psychologen ging es ganz gewiß prächtig und er schmetterte ihren erneuten Versuch, sich per Verdrängung zu helfen, mit energischer Liebenswürdigkeit ab. *Sie müssen alles aufarbeiten, alles.* Anschließend empfahl er ihr nett und herablassend, ihre Freizeit nach Strich und Faden zu genießen. Umso mehr Kräfte sammle sie für die Schwerarbeit des Bewältigens. Trauerarbeit. Rekonstruktion. Er riet der Frau zu Anwendungen nach den Methoden des guten alten Pfarrers Kneipp (*sie sind unverwüstlich bis zum heutigen Tag*), zum Sport (*was ist mit Pferden, Frauen und Pferde, da gibts ein Band nicht ganz ohne Erotik, ha ha*), empfahl dann Beischlaf und Arbeit in einem Kindergarten. Er befürwortete, ihre Freude am Gesellschaftstanz wiederzubeleben, viel Rohkost, überhaupt Ballaststoffe, eine geringe Beanspruchung der Großhirnrinde, eine Beschäftigung mit den verschiedenen anderen Religionen, Weekends in Gruppen (das Angebot sei vielfältig, er nannte Benimm-Kurse und Gruppengespräche mit Gott persönlich), frisch gepreßte Säfte und hielt es für äußerst günstig, an irgendwelchen Blumen, auch Kräutern zu riechen, zuletzt schien er sich an das unbestimmt größere unsichtbare Publikum seiner Zuhörer gewandt zu haben. Die Patientin im Studio kam nicht mehr zu Wort. Vielleicht hatte es sich doch bloß um eine arbeitslose Schauspielerin als Stichwortlieferantin gehandelt. Der Moderator dankte beiden Mitwirkenden, der vielleicht fingierten Patientin für ihren Exhibitionismus (er nannte es Überwindung des Schamgefühls) und dem Diplompsychologen für seine fundierten Auskünfte und Ratschläge, *die wir uns alle, jeder nach seinem eigenen Bedarf, zu Herzen nehmen wollen.* In der Ankündigung seiner nächsten *SOS – Wir lindern es*-Sendung schaltete sie ab. Und was jetzt? Wie wärs mit etwas Lektüre? (Sie nannte das bei sich immer noch so, wenn sie sich vorlesen ließ und zuhörte; zu Ed sagte sie allerdings nicht *Ich habe gelesen*, sie sagte irgendwas über die Qualität eines Buchs, *Der Krimi ist spannend, In diesem Roman komme ich nicht vom Fleck* oder ähnliches.) Sie machte es sich für die Literatur immer gern in ihrem breiten amerikanischen Ledersessel bequem. Radioprogramme hörte sie bald da, bald dort, auch im Hin- und Hergehen: Sie mußte ja auf Bewegung achten, sie hatte schon einen kleinen weichen runden Bauch bekommen, und wenn sie im Bett lag und nach ihm tastete, war er immer noch da, früher undenkbar, bevor es passiert war, wurde sie im Liegen vollkommen flach. Seit langem stand auf dem Programm der Neuanschaffungen eins von diesen Heimfahrrädern. Noch mehr hätte sie ein Rudergerät bevorzugt. Eine Freundin, die von morgens bis abends als Anwältin entweder in ihrer Kanzlei saß oder bei Gerichtsterminen auch wieder nur saß, ruderte jeden Abend, stell dir nichts Romantisches drunter vor, wie Ruderboote sehen die Dinger nicht aus ... *sehen aus:* Sein verlegenes Räuspern, dann schnell: Es sind einfach technische Geräte. Gegen ein Trainingsfahrrad wandte Ed aus Besorgnis Skeptisches ein. Man müsse Schwierigkeitsgrade einstellen, den Kontrollanzeiger beobachten. Diese Radfahrerei ohne Aufsicht sei nicht ungefährlich. Viele überschätzten ihre Kräfte. Herzkranke, denen etwas Sport empfohlen wurde, würden sich voll Stolz und Ehrgeiz halbtot treten und trampeln, viele stürzten mit dem zweiten Infarkt runter. Aber mein Herz ist okay, oder? Noch, Schätzchen, noch! Trotzdem, das Fahrrad war bis jetzt nicht von der Was-könnte-ihr-guttun-Liste gestrichen.

Sie lehnte in der breiten, leicht nach innen gewölbten Rückenmulde des Sessels und übte dabei gerade so viel

Druck aus, daß der Fußteil sich vorschob. Halb saß, halb lag sie nun, neben sich den zweiten Recorder, den er ihr gekauft hatte, damit sie nicht immer, wenn sie ihre Post auf Bänder sprach, ihre *Lektüre* aus dem Apparat nehmen mußte. Das Tonband mit einem ihrer gesprochenen Bücher brauchte nicht ausgewechselt zu werden, es wartete auf sie, bereit wie ein aufgeschlagenes Buch. Eine richtige kleine Cassettenbibliothek besaß sie schon.

Immer wenn sie in diesem alten, mit Umsicht zu behandelnden Sessel lagerte (er trug bei ihnen den Namen Abraham Lincoln, war schon zweimal repariert worden und nach dem Umzug noch etwas anfälliger), stellte sie sich vor, wie er aussah: seine ausladende Form, die vier Reihen mit den Polsternägeln, die so zueinander versetzt im Leder steckten, daß sich zwischen ihnen rhombenförmige Wülste bildeten, und besonders liebte sie es, sich in das ruhigmachende tiefdunkle Braun zu denken, ein Braun wie von bitterer Schokolade und ein Dran-Denken wie ein Sich-Hineinschmiegen. Mit ihrem kurz umhersuchenden Tastengriff setzte die Männerstimme ein und fuhr zu erzählen fort, nach ihrem Geschmack etwas zu schauspielerhaft. Trotzdem, sie hatte sich ans Zuhören ganz gut gewöhnt, aber Lesen war und blieb was anderes. Etwas Besseres. Sie selber konnte das Tempo bestimmen. Beim Hören kam sie sich immer doch wieder etwas invalid vor, und manchmal hörte sie einen Mitleidston des Sprechers mitklingen. Gegen diesen Eindruck konnte sie nichts machen, und wenn sie ihn noch so sehr als Wahngebilde abtat. Ganz bestimmt dachte der Mann im Studio damals bei der Aufnahme an nichts anderes als an eine optimale Leistung und fand sich großartig, fand, er gebe mit seiner Kunst der Kunst des Verfassers erst den letzten Schliff, dank seiner Interpretation. Und gerade die stört mich, dachte sie, aber besser das als gar nichts. Sie fing an, vor sich hin zu dösen. Abrahahm Lincoln war stattlich genug, um auch das Handy zu beherbergen: Auf der Armlehne lag es und hatte nichts zu melden. Deshalb wirkte es auf seine hündchenhaft treue Art ein wenig bedrückt. Telephonate wurden seltener. Wahrscheinlich war sie selbst dran schuld. Sie mit ihrer Phobie gegen diesen unvermeidlichen caritativen Tonfall. Er kam auch bei den unbekümmertsten Menschen mindestens ein Mal pro Dialog auf. Nur nie bei Prentice. Doktor Benrath, ein Getreuer, erkundigte sich regelmäßig, und *sein* Mitgefühl störte sie nicht. Komisch. Es ist ein bißchen wie Science fiction, hatte sie ihm neulich berichtet. Ich liege im Bett, will einschlafen (*er sieht das jetzt hoffentlich vor sich, große Attraktion*!) und ich sehe so deutlich die Zeder und die Ahorngruppe vom Nachbargrundstück vor mir, und den Himmel, verrückterweise einen Morgenhimmel mit gelbem Streifen knapp überm Horizont und Purpurverfärbung von kleinen Wolken oben drüber und alles hinter den schwarzen langen Ästen der Zeder, als würde sie ihre riesigen Arme ausstrecken, es ist so deutlich und klar, daß ich beinah aufgestanden wäre. Weil ich dachte, ich hätte vergessen, den Laden in der Küche und den im Eßzimmer zuzumachen. Manches ist wirklich ziemlich interessant. Sie selbst wollte interessant für ihn bleiben. Aber sie besuchen, das durfte er nicht. Ob er sich manchmal ausmalte, wie Sex mit ihr wäre, mit *einer wie ihr?* Und dann sofort schockiert diesen Gedanken und seine Bebilderung abbrach, den Anfang davon schon beinah angewidert auf den Müll warf? *Ihr* Gedanke daran löste eine Assoziationskette aus, die von Prentice zur Schwägerin und wieder zurück reichte. Ihre Schwägerin, nicht zur gewohnten Zeit, nicht tagsüber, sondern entgegen ihrer Auffassung von dem, was sich gehört, gegen halb zehn abends: Und ich stells mir auch so heikel vor mit der Liebe, du weißt, was ich meine. (Die Schwägerin mußte ein Glas getrunken haben, 1 Glas war bei ihr nah am Exzeß.) Sie, absichtlich begriffsstutzig: Wer kommt denn auf so was? (Dazu ihr Lachen.) Die Schwägerin: Ich denke nur, unter diesen Umständen wird dir nicht danach sein. (Seufzer mit Anklage-Erbitterung und bestimmt dem dazu passenden Gesicht mit der Männer-sind-nun-mal-so-Aussage.) Aber ... na schön, ich kenne meinen Bruder leider nicht allzu gut, seit Jahren nicht mehr (Seufzer!), aber er ist schließlich auch nur ein Mann, du weißt was ich meine. Sue: Also mach dir deshalb keine Sorgen. (Gedacht hatte sie allerdings: Dumm ist sie nicht, nicht mal an Einfühlung fehlts ihr am Abend und mit Alkohol, sie ist auf der Fährte und die *Liebe* reichlich vermasselt, und sie hat immerhin nicht *eheliche Pflicht* gesagt, alle Achtung!) Die Schwägerin: Na gut. (Nicht überzeugt. Glaubt kein Wort.) Wenn das in Ordnung ist, umso besser für dich. Und für ihn. (Seufzer.) Sue: Gilt da nicht sogar das Sprichwort *Liebe macht blind*? (Stammte das von einem Geplauder mit der unbefangenen Prentice, die instinktiv die genau richtigen Sottisen zu bieten und ein Gespür auch für die Komik des Scheiterns hatte? Natürlich wars nicht komisch, und auf diesen Teil der Fortsetzung ihrer Ehe zu verzichten überwand sich ihr vertrauenerweckender taktvoller Mann ziemlich schnell, was gut war und doch eine Wunde blieb, mit Narbe mittlerweile, aber mit einer vom Aufplatzen gefährdeten Narbe. Wenn sie ihrer Schwägerin *Ich vermisse das Abwaschen, das Rumhantieren und Wirtschaften in der Küche* anvertraute, *keine Hausfrau im Hauptberuf versteht das, aber ich habs nebenbei und etwas schlampig immer gern gemacht, beinah geliebt*, demnach überhaupt erwähnte, daß sie doch etwas vermißte, tat es ihr auch gleich schon wieder leid, obwohl sie bewußt eine banale und groteske Programmnummer aus dem Entbehrungsregister gewählt hatte. Sie bereute es, ganz egal, wie läppisch es war. Prentice gegenüber machte es ihr nichts aus zu offenbaren: Sex ist ziemlich doof seitdem. Natürlich war das auch nicht die volle Wahrheit. *Doof* erstens nicht das

Wort, das traf die Schwägerin mit *heikel* entschieden genauer, und zweitens würde sie sogar Prentice nicht verraten, daß er und sie nun Geschwister geworden waren, kein Inzest. Und daß sie es schön so fand. Und, wenn ihre Kenntnis von ihm stimmte, fand er es ebenso schön, oder besser: erleichternd, gut so und es entspannte die Lage. Würde ihre Schwägerin doch nur noch ein einziges Mal das Thema aufgreifen! Dem Schauspieler, der sich auf dem Tonband die größte Kunstfertigkeit abverlangte, hörte sie schon lang nicht mehr zu. Sie hörte sich antworten: Hast du etwa die Augen offen dabei? Viele Leute machens mit geschlossenen Augen, ist viel romantischer. Es wäre nett, Prentice davon zu erzählen. Wie merkwürdig, sie hatte Lust auf Gealber mit der Jüngeren, obwohl sie die beneidete und als Konkurrenz empfand (wieder so ein Wahn, ein begreiflicher jedoch), aber es handelte sich mehr um Angstlust, und seit dem Unfall eine Quälerei, sie um sich zu haben. (Fast auch halb begehrte Quälerei.) Vor dem Unfall und als sie so gesund war wie Prentice und alle andern (aber ich bin schließlich nicht, was man unter *krank* versteht, und es kann jederzeit wieder gut werden, es *kann, vielleicht* – warum, weiß eigentlich mein Arzt nicht, wie man einen Schock wegkriegt oder ist das so schicksalhaft wie beim Koma?), in diesen Zeiten, deren unscheinbares Glück sie erst voll ermaß, nachdem es sich aus ihrem Leben geschlichen hatte, waren Prentice und sie oft ganz schön drastisch miteinander geworden. Hatte Spaß gemacht, auch weil sie Prentice dabei manchmal eine Spur skeptisch machen konnte, nicht gerade verletzen, aber so was ähnliches, bestimmt aber, trotz allem Humor der Jungen, Hübschen, nachdenklich, oft bis zum Ekel. Prentice, du bist sexistisch. Sexistisch sind nur die Männer. Frauen können für Sex sein, aber nie sexistisch. Du bist nicht auf dem laufenden. Dann bist du geil. Okay, ich mach gern die Boys an. Noch lieber richtig erwachsene Männer. Am liebsten die voll eingebildeten Macho-Typen. Prentice, war denn das jemals ein Problem für dich, hast du je drüber nachgedacht: Das, womit sie und wir Liebe machen (Liebe mit Tremolo!), das sind dieselben Körperöffnungen, aus denen wir na du weißt schon. Prentice übernahm die Verben, die *sie* nicht über die Lippen brachte. Grinste dazu. Pinkeln und scheißen. Na klar, weiß ich doch, aber wer denkt an so was, wenns passiert? Ich hab kein Problem damit, aber du hast Probleme. Du bist prüde. Du bist womöglich a little poor frigidaire. Du kannst deinen Kopf nicht mal dabei ausknipsen. Hör zu, zum Trost, da gibts doch diesen Mr. X, diesen schüchternen Doktor Benny. Benrath. Oh whow! Genau den. Und deshalb halt ich dich für lernfähig. Better late than never. Prentice, ich bin nicht dein Kühlschrank, ich bin nicht frigide, obwohl ich hundertprozentig sicher bin, die Mehrheit tut so, als wäre Sex für sie das Nonplusultra. Aber die meisten findens nur halb so gut. Frauen findens meistens eher lästig. Öde, blöde. Um Prentice zu imponieren, feuerte sie einen Schreckschuß ab: Wir sind zwischen einem Pißloch und einem Kackloch geboren. Hat ein Landsmann von dir geschrieben. Walker Percy. Ihr habt verdammt gute Schriftsteller da drüben. Sie rauben dir die letzte Illusion. Du liest zu wenig.

Wohin ist diese Art meiner Begabung fürs Erheiternde verschwunden? Sie schaltete den Schauspieler mit dem Druck auf die AUS-Taste ab, und das Handy wackelte bei dieser Bewegung, womit es wieder an ein treu bedrückt schlafendes Hündchen erinnerte, stets zu ihrer Seite, dienstbereit, wie gern hätte es ihr einen Gefallen getan und jemanden gemeldet. Beinah hätte sie ihr Handy gestreichelt. Meine Heiterkeit hat sich geändert. Sie ist jetzt die Zusammenarbeit der Krücken-Pillen mit dem Kopf und seiner Algebra, durch die das Liebsein, die Milde, Demut entstehen und die mich unangreifbar macht. Und wahrscheinlich ist das sogar ein Aufstieg zu etwas Höherem, ja ganz sicher ist es das. Es ist nicht mehr albern, es ist nicht mehr ordinär, es ist subtil und vor allem vom Geist beseelt.

Als Standuhr und Wanduhr, die eine von der Diele her (sie war so wundervoll geräumig und trug den Namen *Lounge*, dem ihre Einrichtung gerecht wurde), die andere aus dem Wohnzimmer, sich zusammentaten und in ihren verschiedenen Tonarten und Tempi sechsmal schlugen, ein bißchen versetzt, und das hieß bei ihnen *unser Glockengeläut*, freute sie sich auf ihren Rundgang durchs Haus zum Schließen der Läden und etwas weniger auf Ed, dessen Kommen jetzt fällig war. Um den Charakter des einstigen Bauernhauses nicht zu verfälschen, hatten sie sich gegen Rolläden entschieden. Der Architekt wäre bereit dazu gewesen, unter Beibehaltung der weißgestrichenen Klappläden Rolläden zu installieren, und diese hätte man mit einem einzigen Fingerdruck auf einen Zentralverriegelungsschalter rauf- und runterlassen können, alle siebzehn auf einen Schlag. Aber sie war vom ersten Tag an morgens und abends mit einem Glücksgefühl, ein bißchen wie ein Gast, interessiert und verwundert von Fenster zu Fenster durch alle Zimmer gegangen, eine kleine Leidenschaft, die sich über den Unfall hinaus bis zum heutigen Tag (und bestimmt auch über den hinaus) aufrechterhalten ließ.

Sie trat ihren Weg an, freute sich. Und etwas weniger auf ihn? Kam das von dem Störeffekt Prentice? Wenn sie sich ehrlich prüfte, glaubte sie jetzt nicht mehr, daß Prentice und Ed sie reinlegten. Prentice war in Amsterdam oder sonstwo, nur nicht hier, nicht mal in der Nähe, basta. Nicht einmal Gespenster sehe ich noch. Sie mußte lächeln. Wenn du Gespenster siehst, dann ist das doch wenigstens *etwas:* Prentice hatte sie überhaupt nicht gekränkt. Jede ihrer Bemerkungen hielt eine wohltuend ironische, eine freundschaftliche Distanz zum Mitleid. Beim Gedanken an das pädagogische pedantische Bittermandelölmitleid mit dem Dein-Leben-ist-verpfuscht-Unterton, das ihre Schwägerin pflichtgemäß mindestens einmal pro Woche durchtelephonierte, schüttelte sie sich, wie um es loszuwerden.

Er kam allein. Daß gleichzeitig mit seinem Öffnen und Schließen der Haustür die immer verspätete Standuhr in der unteren Diele (die hieß bei ihnen *Wartezimmer* und war mit einer Bauerntruhe und zwei altmodischen Gartensesseln eingerichtet) sechs schlug und sie selbst noch auf der Mitte der Treppe stehenblieb (sie fürchtete sich nicht vor der Treppe), beeinträchtigte keinen Moment die Gewißheit: Er ist allein gekommen. Sie war so hellhörig wie ein Luchs. Ihr Geruchssinn hatte sich verfeinert, sie war Luchs und Jagdhund zugleich.

Warum machst du so früh die Läden zu? rief er ins Haus.

Ach so, sagte sie. Findest du es noch zu hell?

Aber es *ist* zu hell, ich finde gar nichts.

Sie stieg weiter treppauf, um ihn zu begrüßen. Das Ritual schrieb vor: ihm den Mantel abnehmen, oder die Jacke, je nachdem, heute wars ein leichtes Sacco (trotz Schneegestöber?), Taschen ausräumen, Autoschlüssel, Brieftasche.

Vorsicht! Er meinte ihren Leichtsinn, sie nahm schon wieder zwei Stufen auf einmal, die letzten beiden der Treppe.

Ich sehe was, was du nicht siehst, rief sie ihm entgegen.

Gleich würden sie ungefähr ein halbes Stündchen lang Hotel spielen, in ihrer Lounge bei Drinks.

Da bin ich ganz sicher. Jeder sieht, was er kann. Er war noch nicht so weit, sich auf seinen kleinen braunen Sessel ihr gegenüber zu setzen, und weil sie wie beim Wetter schnuppern konnte, was mit der Stimmung los war (sie roch so etwas wie Ungeduld und leichten Ärger, nur einen

Hauch davon, einem ungeseufzten Seufzer gleich), sagte sie: Ich habs schon dunkel gemacht, weil mit dem Globus und der Stehlampe unser Hotelspiel viel schöner ist als bei Tageslicht. Im Innern des Globus leuchtete eine Glühbirne. Sie erinnerte sich sehnsüchtig an das milchige Licht, das durch die bräunlichen Kontinente und durch das Türkisgrün der Ozeane schimmerte. Mit angeschaltetem Licht wirkte der Planet Erde so, als wäre er ein menschenfreundlicher Ort. Ohne das innere Licht war er etwas unscheinbar und öde, ausgeblichen. Aber wenn er strahlte, blinkten die Erdteile einladend, die Meere färbten sich blau.

Zum Abendessen hatte er Shrimps in einer sämigen, beinah puddingartigen Sauce mit Knoblauchgeschmack und eine Salatmischung mitgebracht, eine Kombination aus dem Programm ihrer Lieblingsspeisen. Dazu tranken sie weißen Château Maillard. Während sie fröhlich *hmmm* machte und *köstlich* sagte, und *so was muß man feierlich essen* und sich *iß langsam, ganz langsam* befahl, dachte sie: Vielleicht schneidet er mir jetzt gerade eine Fratze.

Prentice hat angerufen.

Von wo? Ihn hatte sie heute nicht angerufen.

Ich weiß nicht. Hab vergessen zu fragen. (Vielleicht schneidet er mir gerade jetzt eine Fratze. Vielleicht hat er vorhin meinen Drink vergiftet.) Sie will hier bei uns die Putzfrau spielen.

Keine schlechte Idee.

Eine schreckliche Idee. Sie würde nicht mal wissen, wo bei einem Besen oben und unten ist. (Vielleicht ist dieser Wein vergiftet.)

Könnte es sein, daß du Prentice überhaupt nicht sehen ... ich meine nicht hier haben willst?

Sein Versprecher war okay, er wäre ihr überhaupt nicht aufgefallen, aber warum bloß korrigierte er sich so albern? Sie mußte an ihre Schwägerin denken. Sie war selbstverständlich unvergleichlich taktloser, wenn sie taktvoll war, aber immerhin doch seine Schwester. Könnte es sein, ahmte sie ihn nach, daß du mir irgendwelches Gift in den Wein getan hast? Sie lachte.

Das könnte gut sein. Er lachte auch.

Vielleicht schneidest du mir jetzt gerade eine Fratze. Könnte das sein?

Das Klima blieb heiter entspannt, und doch, ihr kam es etwas erkünstelt vor, und das von beiden Seiten; er bemühte sich, sie bemühte sich, und das gepreßte Gefühl im Zwerchfell meldete sich wieder. Aber Angst vor Gift im Wein oder zwischen den Shrimps in der pastenartigen Sauce war Quatsch und sie empfand auch nicht die geringste Spur davon. Was Prentice betraf: Hier waren ihre Empfindungen das Normalste von der Welt, und in ihrem besonderen Zustand noch normaler, falls normal sich steigern ließ. Es handelte sich eindeutig um die Eifersucht einer Frau, die circa zwanzig und etwas mehr Lebensjahre auf dem Buckel hatte als die Rivalin. Und eine Rivalin war Prentice, ganz egal, ob er sich auch nur ein Quentchen für sie interessierte oder etwas mehr oder überhaupt nicht. Das spielte gar keine Rolle. Es handelte sich um eine Angelegenheit zwischen Frauen. Sie wollte aufstehen, um den Tisch abzuräumen, eine Tätigkeit, die sie sich seit mehr als zwei Monaten schon zurückerobert hatte, aber er hielt sie fest: Wir haben heut ein bißchen komplizierteres Geschirr, laß es also mich machen. Und vergiß nicht deinen Drink. Ich serviere unterdessen den Nachtisch. Noch eine Überraschung.

Der Drink: Damit meinte er nicht mehr Château Maillard oder elegante Daiquiris, Highballs, Martinis, wie er sie zum Hotelspiel in der *Lounge*-Diele mixte. Der Drink: Multi-Mix-Fit. Ihr Arzt hatte geraten, mit Vitaminkombinationen nachzuhelfen. Bloß auf das Ende eines Schocks zu warten wäre ziemlich fatalistisch. Man konnte selbst etwas zu tun versuchen, um von 1/50 auf 1/25 oder von

1/25 auf 1/10 runterzukommen, vielmehr: eigentlich eher aufzusteigen. Was löste das Ende eines Schocks aus? Was mußte passieren? Und wodurch? Wie spielte sich das ab?

Heureka! Ich habs! rief sie, als er mit dem Dessert an den Tisch trat.

Du meinst, du hasts erraten? War ja auch nicht weiter schwer, wenn wir schon vorher bei deinen Lieblingssachen geschlemmt haben.

Es ist also Vanilleeis.

Heiß plus Eis. Du mußt gleich damit anfangen, sonst schmilzt dir alles unter den heißen Himbeeren weg.

Sie lieferte ihm wieder die ganze Skala der Lautmalerei, die einen Gaumengenuß zu begleiten hatte, und in einer Pause, die heißen Himbeeren waren gegessen, die Vanilleeisschmelze war gebannt, sagte sie: Das wars aber nicht, was ich vorhin mit *Heureka* gemeint habe.

Und was wars?

Ich hatte überlegt, was das sein könnte, das einen Schock knall! peng! aus der Welt schafft. Aus mir rausschmeißt. Und ich kam drauf, ein Rausschmeißer müßte es sein. Es müßte ein zweiter Schock sein. Was meinst du dazu?

Hm, weiß nicht.

Aber was hältst du davon? Ich meine, hättest du eine Idee, mich zu schocken? Sie klang ungeduldig, klang wie ein junges Mädchen, das seinen zögernden Liebhaber endlich so weit haben will, daß er zur Sache kommt. Weg von der Tanzfläche, rein in ein Versteck.

Du denkst wohl nicht an Elektroschocks! Hör zu, wir haben einen prächtigen Freund, und der ist zu unserem großen Glück auch noch unser Arzt, wer hat so was schon in einer einzigen Person, und er hätte uns bestimmt gesagt, wenns so leicht wäre, wie es dazu kommen kann, daß ein Schock kein Schock mehr ist...

Er verheddert sich, dachte sie. Er fühlt sich miserabel. Es ist derartig ungewohnt für ihn, daß ich überhaupt davon spreche. Trotzdem mußte sie weitermachen.

Könnte es sein, daß du mir jetzt wieder eine Fratze schneidest? Sie griff über den Tisch in die Nähe seines Gesichts. Wahrhaftig! Sie stieß wahrhaftig gegen seine Hand! Er zog seine Hand zurück. Erzählte was von einem Haar, das ihr runterhing und von dem er sie befreien wollte, damit es ihr nicht ins Vanilleeis fiele, aber warum hatte er so schnell die Hand zurückgezogen! Kinder beim Zungerausstrecken, dachte sie, verdoppeln den Ätsch-Effekt, spreizen beide Hände vor die Nase, die eine Hand vor die andere. Wie sonderbar reglos er ihr seit der kleinen Hand-Affäre gegenübersaß. Was machst du? fragte sie. Sie war noch nie auf diese Weise aufgeregt gewesen, so komisch ermattet, weiches schlappriges Gefühl in den Knien und auch im Kopf, irgendwie hohl.

Und hörte er sich nicht steinern an? Er prüfe das heutige Fernsehprogramm. Als seine Stimme wieder liebevoll weich wurde, gefiel ihr das auch nicht viel besser: Vorausgesetzt, Schätzchen, du bevorzugst nicht ein Konzert oder ein Vorlesestündchen. Oder gibts was Interessantes im Radio?

Langsam sagte sie mit von dort, wo er ihr vielleicht eine Fratze schnitt und woher seine Stimme kam, weggedrehtem Kopf: Ich sehe was, was du nicht siehst. Ich sehe eine ganze Menge.

Diesmal redete er im verläßlich-beschwichtigenden Ton ihres Arzt-Freunds: Weißt du, Liebes, wenns vorbei ist, *wenn*, und das hoffen wir alle nicht ohne Berechtigung, wenns also überstanden ist, wird es eine interessante Erfahrung gewesen sein.

Das wird es, sagte sie ernsthaft.

He! Hallo! Guten Morgen! Er lachte. Gut geträumt? Sitzt da wie eine Häsin und schläfst mit offenen Augen.

Was ist denn los? Sie schüttelte sich ein bißchen. Sie hatte nicht geschlafen, aber richtig dagewesen war sie auch nicht. Krieg ich Absencen? Ein Gyroskop, diese Kopfschwindel und Wahnbilder, wie Will Barret sie hat, der schließlich sogar mit nichts anderm ausgerüstet als einer Taschenlampe und siebenundneunzig Schlaftabletten in einer Felsenhöhle auf ein Zeichen wartete, um endgültig die Sache mit Gott zu klären: Gibts ihn oder gibts ihn nicht? Eine Fratze, eine Fratze, so taumelte es ihr durch den Kopf, während er sie schon zweimal drauf aufmerksam gemacht hatte, was zwischen ihnen bei jedem Nachtisch-Essen eine liebevolle Gewohnheit war: Er gab ihr, wenn ihre Portion kleiner wurde, mehrmals von seiner ab, die er betont langsam aß.

Du hast wieder was auf dem Teller. Iß! Es verläuft schon.

Tausend Dank!

Eine Fratze, eine Fratze. Jeder kann sich werweißwie in meiner Nähe aufführen ... plötzlich wurde sie wieder ganz wach, Schluß mit der somnambulen Trance oder was das gewesen war. Denn sie mußte an Doktor Benrath denken. Claus Benrath. Er nannte sie bei ihrem Vornamen, sie ihn niemals. Sie redete ihn mit Doktor an, obwohl sie sich duzten. Auf seinem letzten Tonband (viel Post kam nicht von ihm, er war zu oft auf Dienstreisen) drang er wieder mit unverdächtig vernünftigem und freundschaftlichem Nachdruck (unverdächtig bedeutete: keine Mitleidstour!) auf einen Besuch bei ihr. Warum er eigentlich nicht mal vorbeikommen dürfe? Warum sie so ablehnend sei? *Wir können uns doch sehen wie vorher*. Er hatte *sehen wie vorher* gesagt. Endlich war ihr die großartige, nämlich verblüffende Idee für die richtige Antwort gekommen, und als Auslöser fungierte die *Fratze*, die Ed ihr vielleicht gerade jetzt wieder schnitt. Der Doktor mochte es, wenn sie ihm grotesk und drastisch kam, er fand sie immerzu anders als erwartet, originell eben. »Es könnte ja sein, daß du, lieber

Doktor, mir gegenüber sitzt und in aller Seelenruhe in der Nase bohrst.« Wie sie ihn einschätzte, würde er schallend auflachen, zwar ein bißchen erschrocken, aber dieser Einfall müßte jegliche Sentimentalitätsaufwallung erwürgen. Oder doch nicht? Dächte er: Sie ist nun einmal trotz aller ihrer Gegenargumentationen eine ganz Arme, eine bei aller Liebe und Fürsorglichkeit um sie herum vollkommen Verlassene, ah, wie chimärengeplagt sie im Finstern tappt, und bestimmt haben ihr Mann und ihr Arzt recht, ihre bestrickende strömende Phantasie nützt ihr, sie erschafft sich mit ihr ein Märchenland, eine Wunderwelt mit Lieblingswetter andauernd, gewiß ists auch hin und wieder ein Wolkenkuckucksheim, ja, einerseits haben sie damit recht, andererseits erfindet dieselbe Phantasie auch Verfolgungen, heimliche Gehässigkeiten, Häßliches in ihrem nächsten Umkreis, wenn bloß kein Wahn draus wird. Leider glaubte sie nicht an so intensive Nachdenklichkeit des Duz-Freund-Doktors, sie rechnete nicht mit sehr viel Phantasie bei *ihm*. Darin war er ihr nicht ebenbürtig. Er verstand eine Menge von Kunstgeschichte und den wichtigen Kulturgütern in den osteuropäischen Ländern, denen er seit dem Crash des Eisernen Vorhangs hinterherreiste (von all dem verstand sie nicht das mindeste), aber vom Kulturgut Mensch, falls der ein Kulturgut war, *sie* war eins – doch was war mit Dudajew und Saddam und mit ihrer Schwägerin und mit dem Gangster aus den heutigen Nachrichten, der einen Polizisten abgeknallt hatte, und mit Hitler und endlos so weiter? – also vom Kulturgut, das *sie* mit ein paar Abstrichen war, verstand er kaum was. Egal, Hauptsache, er war in sie verliebt. Nur ich bins nicht mehr, erkannte sie, ich bin nicht mehr in ihn verliebt. Sie wurde noch ein bißchen wacher, wenngleich sie sich schwer fühlte und gähnen mußte, mitten im Vanilleeis. Von Ed kippte die obligatorische dritte Abgabe soeben in das Porzellan des Näpfchens, in dem sie gedankenverloren schabte. Die gute und die schädliche Phantasie, wiederholte sie sich. Wie hieß es bei den Psychologen? Alles hat seine *zwei* Schattenseiten. Und: Die Summe des Elends bleibt gleich. Der blöde Unfall erstickte also sogar das stimulierende Nebenbei-Gefühl, das oft ganz schön hauptsächlich geworden war, ihre Verliebtheit oder wie sie es nun nennen sollte, diese zarte verfängliche Verbindung, die wie ein Quirl irgendwas Süßes, Weiches in ihr durcheinandergerührt hatte. Die Fratze ... der Doktor Benrath steckt seinen kleinen Finger ins Ohr und der kleine Goldgräberfinger rotiert und hastet rauf und runter gierig und wie besessen, und wenn er seinen Dienst getan und den Juckreiz gekillt hat, läßt er sich die beschmierte gelbliche Hautkuppe von seinem Herrn, meinem köstlichen Freund Benrath, gründlich begutachten – all das könnte geschehen, während der Kontext in unserem Dialog so nett wie immer abläuft, während wir die Sätze sagen, die sich sehen und hören lassen können und ziemlich nichtssagend sind, aber nie zustandekämen, führten da nicht die Sätze zwischen den Zeilen ihr aufregendes Eigenleben. Vorbei. Sie glaubte auch nicht, daß der Freund noch in sie verliebt oder so was Ähnliches war. Nicht mehr in die Frau mit diesem Handicap. Es war einfach unmöglich. Ein guter Freund war und bliebe er. An dieser Wendung zur Treue interessierte sie wenig. Und die Angst davor, wie andere sich in ihrer Gegenwart vielleicht benahmen – es handelte sich um Angst, weil sie es ja nicht wirklich wußte, auch nicht wirklich glaubte, daß sie sich schlecht benahmen, es handelte sich also nicht um Furcht, es war nicht konkret – und daß sie es nicht mitbekäme (beispielsweise etwas ausgesprochen Ordinäres, irgendwas Pornographisches – aber ach, wem wäre danach noch zumute, bei einer mit ihrer Schädigung, bei einer *Behinderten*, und ihr Freund war anständig, würde niemals vulgär –) nein, diese Angst gab ihrem interessanten Gefühlsprickeln nicht den Todesstoß. Ganz richtig, den Todesstoß. Sie wiederholte sich und fühlte sich kalt und nüchtern dabei: Ich bin nicht mehr in ihn verliebt. Hat ja auch sein Gutes, ich bin sowieso eine im Innersten gute Ehefrau. Fast hätte sie über ihre Entdekkung gelacht: Tausendmal begründeter als der Verdacht, daß er vielleicht was Unästhetisches in meiner Gegenwart macht, wärs nicht gräßlich, dann wärs auch ganz schön komisch. Was für eine Vorstellung! Vom blassen, leicht überernährten Kulturgüter-Wissenschaftler, der sich irgendwo kratzt, wo er nicht sollte! Zurück zum wahren Verdacht, tausendmal begründeter und gegen mich selbst gerichtet: Ich kenne mich nicht mehr gut genug. Ich bin meine Erinnerung, und von der weiß ich nicht genau, inwieweit sie noch zutrifft. Ich habe jetzt diesen kleinen Bauch. Fällt der auf, wenn ich angezogen bin? Mein Gesicht fühlt sich an, als wärs runder geworden. Ich brauche dieses verdammte Fahrrad. Warum kauft er es nicht? Lauter Ausreden, er könnte mir ja den Schweregrad einstellen. Ich könnte ihn heimlich höher stellen, und davon müßte ich auch allmählich wieder im Gesicht schmaler werden. Der kleine Bauch verschwände sicher, nach ein paar Wochen, aber ich bekäme wahrscheinlich dickere Beine, von den Muskeln. Und meine Frisur? Es ist nicht mehr wirklich meine. Er schneidet mir jetzt die Haare, weil er mir so Friseurbesuche erspart, die für mich umständlich wären (für ihn auch, Hin- und Herfahren, Abholen und so weiter), und er schneidet sie vielleicht doch mehr nach seinem Geschmack, das hat er endlich im Griff, meinen Geschmack fand er nie günstig für mich, die Fransen in der Stirn waren ihm immer zu lang, und eigentlich fühle ich überhaupt nicht mehr genug Haare, wenn ich sie kämme oder reingreife. Trotzdem, er beachtet noch, daß ich es im Nacken kürzer haben will als an den Seiten, der Gute, das ist er doch, oder? Doch der bei ihr beliebte Nackenschnitt schuf keine Beruhigung. Sie spürte: Die Lage war ernst, und sie selber wurde es auch, ernst und unsicher. Jetzt schrumpfte das letzte bißchen Distanz für eine ironische Betrachtungsweise, und ihr verging jeder Sinn für die Komik des Scheiterns. Vor ihr türmte sich die elementare Frage auf, leider prallte sie an eine Mauer: Oh verdammt! *Ich weiß nicht, ob ich gut aussehe!* (Und weil ich das nicht weiß, bin ich nicht mehr verliebt oder interessiert oder was es nun *war.*)

Du solltest endlich deinen Vitamin-Mix trinken, sagte er. Seine Stimme kam von fern her, aus dem Nebel.

Ich möchte vorher mein Eis zu Ende genießen, sagte Sue, und dachte: Heute zum ersten Mal mißtraue ich diesem dämlichen Mix-Drink-Blödsinn, was denn sonst kann mich vorhin so schläfrig gemacht haben, schon nach einem Nippen. *Ich weiß nicht, ob ich gut aussehe! Hilfe! Schön, verlockend?* Mit einem Schaden wie ihrem sahen Leute bestenfalls passabel aus, aber gewiß nicht *verlockend.* Ihre Augen schienen nach innen zu blicken, bloß nicht auf eine tiefsinnige Art, als entdeckten sie alle möglichen und anderen Menschen unzugängliche Geheimnisse, sie blickten einfach öde und hohl und stur. Und so etwas Leeres, Lasches nahm dann auch der Ausdruck ihrer Gesichter an. Es wurden Höhlengesichter. Will Barret, dessen pH-Wert nicht stimmte, dessen Wasserstoffatome, die unbedeutendsten harmlosesten unter sämtlichen Atomen, verrückt spielten (sie würde sich dieses Buch nochmal anhören), könnte in seiner Felsgruft, als er auf ein Zeichen wartete, um Gott zu testen, Gott auf die Probe zu stellen, er könnte sicherlich so ausgesehen haben. Siebenundneunzig Schlaftabletten. Die Taschenlampe brauchte ich nicht. Ich brauchte nicht mal einen felsigen Berg mit Geheimdurchschlupf, ich brauchte Will Barrets ganze Höhle nicht.

Wie sehe ich heute abend aus?

Prima. Du siehst immer prima aus, Liebes. Heut vielleicht ein bißchen müde. Ed ging in die Küche, denn sie hatte ihn drum gebeten, den Espresso schon aufzustellen, sie wünschte ihn sich nach dem letzten Löffel Eis. Vorsicht, watch your step! Sie lief zum Kübel mit dem Papyros (wie verläßlich sich doch ihre Liebe auf den ersten Blick zum Idealhaus bewährte, schon vor dem Unfall kannte sie es in- und auswendig!) und goß den Vitamin-Mix in die lockere Erde. Bis er mit dem Espresso zurückkäme, säße sie unschuldig vor ihrem leergelöffelten Eistöpfchen und würde ihre Litanei anstimmen, mit der er als festem Bestandteil des Rituals rechnete. Oder rechnete er ganz und gar nicht damit? Rechnete er mit einem auf ihrem Stuhl eingeduselten Multi-Mix-Vitamin-Opfer? Du spinnst. Gespensterseherin! Reiß dich zusammen! Welch ein Kontrast zum Glücksgefühl vom Morgen einunddesselben Tags, als sie der Fügung dankbar gewesen war, so wie seit Jahr und Tag und erst recht seit dem Treppenunfall, mit einem Menschen zusammenzuleben, dem sie ungetrübtes Vertrauen entgegenbringen konnte, mit einem Menschen, der sie liebte, mehr noch, für den sie der Mittelpunkt seines Lebens war. Und da ließ sie sich von vielleicht eingebildeten Geräuschen im Haus und von Prentice' Nähe und einem ziemlich harmlosen Telephonat mit Freund und Anwalt Nino in Zwangsvorstellungen treiben. Verrückt. Beim Espresso dachte sie wieder an den Vernichtungsschlag gegen die anregende Konstellation Benrath und Sue. Sie legte beide Handflächen an ihr Gesicht, wirklich, die Wangen fühlten sich ziemlich gerundet an.

Was machst du? Kopfweh? fragte er.

Ich hab einen Glühkopf, log sie. Sie hätte ihn ganz gern gefragt, ob sie im Gesicht runder geworden sei. Womöglich aufgedunsen. Sie fürchtete, er würde fröhlich bejahen – nicht die Aufgedunsenheit, aber die Rundung. Du warst doch immer so schmal, fast hohlwangig. Und jetzt siehst du gesund aus. Gesund auszusehen empfand sie nicht als Kompliment.

Wie sehe ich aus? Gut, wirklich, du siehst gut aus, hieß es dann immer, wenn sie möglichst gleichmütig, so als ob es ihr im Grunde reichlich egal wäre, jemanden gefragt hatte. Und *gut* konnte alles und nichts bedeuten. Außerdem – klangen die Informationen, argwohnerregend prompt erstattet, nicht oberflächlich und ausweichend? Und beschwichtigend, peinlich berührt? Etwas verlegen?

Nur Prentice, ja, immer wieder Prentice, wäre ehrlich. Prentice, Rivalin in ihrer neurotischen Phantasiewelt, in der Realität doch eine Freundin, etwa nicht? Na gut, ein bißchen Eifersucht war normal.

Wie sehe ich aus? Prentice würde es ihr offen sagen. Kein feiges Mitleidsgetue. Fragte sich nur, ob sie sich diese Offenheit überhaupt wirklich wünschte. Und auch noch von Prentice. Aber ihr allein könnte sie vertrauen. Und ihr allein den geradezu wissenschaftlichen Fund präsentieren: Diese Ungewißheit über mein Aussehen hat meine Libido vernichtet. Wie findest du das? Sollte ich diese Entdekkung veröffentlichen?

Prentice fände es zuallererst einmal sehr komisch. Und es ist wirklich nicht die Ungewißheit drüber, wie der Typ aussieht? Muß es nicht der Typ sein, der die Libido anspringen läßt? Wenn du ihn ansiehst, dann dreht sich doch der Zündschlüssel im Schloß rum?

Nein, ich muß wissen, wie *ich* aussehe.

Ed mußte ins Eßzimmer *geschlichen* sein, und warum hatte sie nicht einmal am Geruch mitgekriegt, daß die Espressotasse vor ihr stand? Als er konstatierte, sie müsse heute abend wirklich erstaunlich müde sein, merkte sie überhaupt erst, daß er aus der Küche zurückgekommen war. Und ihre übliche Litanei (*ach ach, es ist all, das schöne wundervolle Eis* und so weiter) hatte sie auch aufzusagen vergessen.

Oder stimmt irgendwas nicht? Irgendwas sonst nicht in Ordnung? Wer hat denn noch angerufen, außer Prentice?

Alles in Ordnung. Der Espresso ist prima, aber hast du ihn stärker gemacht als sonst?

Mit ihren Tassen verließen sie den Eßtisch, setzten sich in die kleinen Sessel im Südwesteck des Wohnzimmers, das durch eine kurze Trennwand abgeteilt war und bei ihnen der *kleine Salon* hieß. Sie stellte die Espressotasse ab. Es kam manchmal vor, daß sie nur einen oder zwei Schlucke nahm und den Rest ihm gab. Heute abend hatte sie nur am Espresso genippt. Vielleicht fiele es ihm nicht auf, wenn sie ihm fast die ganze Tasse überließ, und genau das beabsichtigte sie zu tun. Ich bin irrational, sagte sie sich, doch half es nicht.

Deine Schwester hat angerufen.

Ach, tut mir leid für dich. Wars schlimm?

Wie immer. Du weißt ja, sie meints gut, und genau den Ton hat sie drauf. Du hörst immer Ich-meins-ja-bloß-gut-ich-tu-meine-Pflicht-und-Schuldigkeit mit.

Zu dumm, daß mans nicht schon ihrem Telephonklingeln anhört. Er lachte. Er war ihr Freund. Sie konnte ihm vertrauen. Eine Seite wurde umgeschlagen, in der Fernsehprogrammzeitschrift, leider nicht in dem Kapitel über ihn und sie und den ganzen, befremdlich entgleisten, unberechenbaren Tag mit ihren Ausrutschern und Schrulligkeiten. Sie zündete sich eine Zigarette an.

So lang sie nicht den Geschieht-dir-selber-recht-Unterton hat, gehts ja noch, sagte sie. Du rufst mir gar nicht mehr *Vorsicht* und *Halt die Flamme höher* zu, wenn ich mir eine Zigarette anstecke.

Kann doch sein, daß es nicht nötig ist, hm?

Du schneidest mir meine Haare kürzer, ists das?

Was für Haare, was meinst du damit. Du beugst dich nicht mehr so tief über die Flamme, das ist alles. Er lachte. Verwundert mich selber, aber sogar du bist lernfähig.

Mein Pony ist kürzer. Die Stirnfransen. Sags ruhig.

Sie sind makellos.

Aha. Genau das sollten sie nicht sein.

Bekannt, bekannt. Tendenz: ungepflegt. Schlampig.

Akkurate und vor allem auch noch zu kurze Ponies sind doof. Machen ein Klein-Doofi-Gesicht.

Läuft ziemlich auf Klein-Doofi hinaus, wie du dich heut abend aufführst.

Streit lag in der Luft. Mach sofort einen Rückzieher, gebot sie sich. Trotzdem mußte sie sagen: Nino hat auch angerufen.

Was Bestimmtes?

Was heißt: Was Bestimmtes?

Gewollt, ob er was Besonderes gewollt hat, das heißts, was denn sonst?

Sie wünschte sich, er fände etwas, das ihn interessierte im Programm. Sie wünschte sich, er würde von jetzt gleich an bis zum Insbettgehen fernsehen. Seine Fernsehabende hatte sie auch an andern Tagen gern, es war gemütlich, sich im Abraham Lincoln zurückzulehnen, oft schloß sie die Augen, hörte einfach zu. Jetzt zieht Elizabeth Scott ihre herrlichen geraden dicken Augenbrauen zusammen, weil sie dem Inspektor nicht traut, aber sie liebt ihn längst. Jetzt strahlt das ganze kleine hinterlistige Gesicht von Barbara Stanwyk und die Augen funkeln und gleich wird sie sich jeden einzeln vorknöpfen, um dann, wenn sie allen mal gründlich die Meinung gesagt hat, mit einem Hüftschwung kehrtzumachen. Richard Widmark sieht noch genau so wütend aus wie vorher, aber er wird sie trotzdem schon in der nächsten Minute bei den runden Schultern packen und an sich quetschen und küssen, Anne Baxter, es ist doch Anne Baxter mit dem mondsichelförmigen Mund, sie lächelt immerzu, auch jetzt, obwohl ihr sehr traurig und ernst zumute ist. Es war leicht, zu den Dialogen die Bilder zu erfinden, und sie bekam immer mehr Übung, bei geschlossenen Augen *sah* sie sogar bereits Kriminalfilme, jedenfalls einigermaßen.

Nino habe sich bloß einfach mal so erkundigen wollen, hatte sie ihm wahrheitsgemäß berichtet. Die lockere Wie-gehts-wie-stehts-denn-so-Tour, und ob ich mit Gabi und noch einer Frau in der Wüste hungern will. Gibts was Gescheites?

Was Gescheites?

Im Fernsehen.

Es gab nichts. Er gähnte, es hörte sich etwas künstlich an.

Ich finds ganz richtig, daß wir wegen der lockeren Teppichstange überhaupt nichts unternehmen, sagte sie.

Es wäre zwecklos gewesen. Ed kam ihr nicht verlegen und nicht einmal überrascht vor. Er stimmte zu, hob nicht einmal die Stimme dabei, wie jemand, der überzeugen und seine Entscheidung verteidigen will. Und doch hatte er sie allein getroffen.

Du hättest ruhig mit mir drüber reden können, sagte sie.

Und du mit mir, falls dich da irgendwas beschäftigt hat, sagte er.

Diesmal hörte sein Gähnen sich nach dem Bedürfnis zu gähnen an. Und er selbst, beim folgenden Satz: gütig, eindeutig und vertrauenerweckend! Liebes, ich wollte nicht dran rühren, du verstehst das, nichts aufrühren. Er war aufgestanden, um sie fest bei den Schultern zu fassen, mußte er sich, hinter ihr, ganz schön tief zum niedrigen Sesselchen im *kleinen Salon* beugen, vielleicht hockte er. Nah an ihrem linken Ohr sagte er leise: Wir reden doch überhaupt nicht drüber ... aber wenn du es doch willst ...

Nein nein, sagte sie eilig. Besser so.

Du bist so tapfer. Er hatte sich wieder aufgerichtet. Und denk immer dran: Was nicht ist, kann noch werden.

Ohne jede Absprache war das zwischen ihnen möglich gewesen: Das Stillschweigen. Sie erinnerte sich an ihre Rückkehr aus der Klinik, nur zwei Tage nach dem Treppenwitz-Drama. Sie *hatte* drüber geredet, sie mußte furchtbar viel geredet haben, immerzu Tiraden über die Tragödie für *ihn*, wie er nun geschlagen sei mit ihr, wie unangenehm für ihn und immer so weiter, bis er *Stop!* gerufen und *Bist du von jetzt an immer so* und *Das ist ja schon Redesucht* gesagt hatte. Er glaubte, sie stände unter dem Einfluß ihrer stimmungsaufhellenden enthemmenden Pillen. Von da an hielt sie den Mund. Ihr Hauptehrgeiz: Benimm dich geschickt und so gut es geht wie eine Gesunde. Sie wünschte, daß er sie bewunderte. Vielleicht tat er das.

Es tut mir nur leid für dich wegen dem Schadensersatz, sagte sie.

Vergiß es, rief er ihr zu, auf dem Weg in die Küche.

Sue entspannte sich, streckte die Beine aus. Vor dem Unfall war der *kleine Salon* ein wenig vollgestopft zwar, aber doch ein Lieblingsplätzchen gewesen. Nach dem Unfall bestand der Plan, ihn zu entzerren. Die Möbel gruppierten sich zu eng, es gab wenig Bewegungsfreiheit zwischen kleinem Sofa, den zwei dazu passenden Sesseln – sie dachte verliebt-sehnsüchtig an das warme Burgunderrot der Polsterstoffe mit ihren Girlandenreliefs – und dem runden, ebenfalls kleinen und niedrigen Tisch in der Mitte, der mit grünem Filz bespannt war und *Billardtisch* genannt wurde. An der Wand zum Außensitzplatz im Westen neben dem zur Tür umgebauten Fenster stand ein antiker englischer Schreibtisch, zierlich, aber auch er beanspruchte Platz, und an der Trennwand zum Wohnzimmer hin gab es noch eine wiederum nicht große Kommode, und Platz nahm auch die weg. Putzen konnte in dieser Enge wahrhaftig nur er. Ach, das Putzfrauenthema. Sie wurde wieder müde. Vielleicht hätte sie doch besser ihren Espresso getrunken. Das Vertrauen war wieder hergestellt. Und außerdem hatte er wahrscheinlich wie abends üblich den entkoffeinierten Picco genommen.

Auf dem Weg zur Küche mußte er durchs Wohnzimmer

gehen, und am Flügel, der schräg ins Zimmer hinein stand, unter einem alten Landschaftsgemälde, dick aufgetragene Farben, anonymer Meister, romantische Schule, hob er den Deckel und schlug ein paar Tasten an, ging weiter, pfiff ein bißchen vor sich hin, keine Melodie, einfach nur irgendwas. Es rührte sie, ein schlechtes Gewissen bekam sie auch, sie wollte seit so langem schon die Absicht zur Tat machen und wieder, wenn er tagsüber nicht im Haus war, ausprobieren, welche Stücke aus ihrem Repertoire sie vielleicht, wenn sie sich wirklich ernsthaft dahinterklemmte, eines Tages auswendig zu spielen lernen könnte. Das müßte doch zu machen sein. Sie könnte ihn eines Abends mit dem Anfang des Mozart-Rondos Köchelverzeichnis 511 überraschen, und ihrer Mutter würde sie nichts mehr vorschwindeln, wenn sie aufs Briefpost-Band sprach: »Liebe Mutter, Du glaubst gar nicht, wie es sich gerade jetzt bewährt, daß du mir damals Deinen Flügel geschenkt hast. Ich trainiere weiterhin jeden Tag.« (Leider kein Wort wahr – aber ich werds wahrmachen, schon von morgen an!) »Und ich mache Fortschritte.« (Bald, bald!) »Dann werde ich auch nicht, wenn alles wieder gut wird, und unser Arzt hat größte Hoffnung...« (Sieht nicht so aus) »...wie damals, als Du mir den Flügel geschenkt hattest, wieder beim Punkt Null anfangen müssen.« (Oh doch, das werde ich, aber morgen gebe ich mir den Ruck, und wenns ein Schock wird, und mache die ersten Versuche ... ein Schock? Ein Schock schlägt den andern Schock k.o.? Aber das wäre kein Knock-out-Schock, der den andern zu Boden gingen ließe und auszählen würde, falsche Tastengriffe und ein verkorkstes Mozart-Rondo gewiß nicht. Der Schock müßte von außen kommen. Und wollte sie den?)

Am Geklapper erkannte sie: Er räumte vom Eßtisch die Schüsseln weg, Besteck, das er einsammelte, klirrte. Anscheinend machte er in der Tür halt. Oder hatte sie seine

Schritte auf den Fliesen in der Diele nicht gehört? Warum war sie wieder so schläfrig geworden? Das passierte ihr sonst nie um diese Zeit. Es war noch nicht mal neun Uhr, oder hatte sie auch das Glockengeläut der Uhren verpaßt? Sie wollte wieder Schwung kriegen, also sah sie sich, morgen schon, gleich nachdem er ihr *Ciao* und *Paß auf dich auf* zugerufen und sie in Richtung Auto/sanft schnurrender Motor gewinkt hatte, am Flügel sitzen, zuerst mit dem Zeigefinger das eingestrichene C finden, danach den Daumen auf die Taste setzen, rechte Hand solo, dann langsam die Tonleiter starten. Linke Hand entsprechend. Sie glaubte im behaglichen, nur etwas zu duseligen Sesselmoment zuversichtlich dran, es könnte nicht völlig schiefgehen. Vom Flügel abschweifend – es war ihr, als säße sie auf dem drehbaren Klavierstuhl und höbe den Blick zum großen Landschaftsgemälde in seinem dicken altmodischen Rahmen mit dem vergoldeten vorspringenden Rankendekor – erblickte sie die friedlich matten, wie von regnerischem Wetter trüben Sommerfarben der Szene mit den Schafen im Vordergrund, die ein Hirte und sein Hund bewachte. Der Hund erinnerte sie an einen von diesen wuseligen struppigen kameradschaftlichen Filmhunden, denen in Hollywood-Komödien aus den frühen Vierziger-Jahren größere Rollen anvertraut wurden, manchmal spielten sie sogar Weltstars an die Wand. In der Mitte des Bilds barg sich ein weißes Haus von mittlerer Größe im Schutz einer dichten dunkelgrünen Baumgruppe: Eichen? Linden? Die schwere und dick aufgetragene Farbe schien sagen zu wollen: Was spielt das für eine Rolle? Das ist tiefes beruhigendes schattenspendendes Grün von sehr alten Bäumen, und es bewahrt die Bewohner dieses Hauses durch seine Obhut vor den gewöhnlichen Schrecken des Lebens. Dieselbe Botschaft übermittelte auch der Rahmen um das Bild: Das ist ein Ausschnitt *Abendfrieden* (vielleicht nach einem interessanten kleinen Unwetter, *Lieblingswet-*

ter?) inmitten dieser Welt mit allen ihren gewöhnlichen Schrecken. Was immer auch vielleicht schon nebenan passiert, hier zwischen Wiesenvordergrund und einem geradezu wuchtigen Himmel (blasses Blau mit schmutzig-weißen Wolken) wird niemals gegen Ruhe und Geborgenheit etwas auszurichten sein.

Plötzlich hätte sie jetzt Lust gehabt, ihrer Mutter einen Brief aufs Band zu sprechen. Aber in ihrem Kopf säuselte so etwas wie ein Drehschwindel. Schon wieder tranig? Schläfrig? Lag wohl an diesem verrückten Tag. Nein, nicht der Tag war verrückt gewesen. Sie selber hatte verrückt gespielt.

Vielleicht brauchte ich doch etwas Koffein! Sie rief wie gegen einen Widerstand, als wäre der Nebel, in dem sie im *kleinen Salon* herumsaß, dicker geworden. Schwere Zunge, dachte sie, so nennt man das. Und: Warum stehe ich nicht endlich auf wie sonst auch und helfe mit dem Geschirr? Was ist denn los? Sie wollte aufstehen, aber es klappte nicht. Wenn ich nicht aufstehe, streicht er mir die Küchenarbeit! Manchmal schimpfte er: Wir müssen die Geschirrtücher zu oft wechseln. Du kannst nichts dazu, aber das Geschirr ist nicht sauber gespült.

Wie viel Überwindung würde es dich kosten? rief sie.

Was denn? Seine Stimme kam nicht von weither, wo steckte er überhaupt?

Mir noch einen kleinen Espresso aufzusetzen.

Wenns dein Ernst ist? Wird sofort gemacht. Nun stand er ungefähr beim Flügel, nur die Trennwand zwischen ihnen. Wahrscheinlich blätterte er in irgendwelchen Papieren, Formularen, Rechnungen vom Umbau, es kam immer noch was nach, und er bezahlte erst, wenn ein Defekt beseitigt worden war. Er lachte. Kommt nur drauf an, woran man glaubt. Er klang gutmütig und belustigt.

Was meinst du damit?

Ans Koffein oder an Picco ohne. Stimmts?

Kommt nur darauf an, woran man glaubt. Ein Satz zum Wachwerden.

Am nächsten Tag, während er noch mit der Zeitung beim Frühstück am Klapptisch saß (trotz der Graupelschauer, die sie heute sehen wollte, stand das Fenster halb offen, Ed nannte das *auf Kippe*, sie nie), spielte sie Kellnerin, und das war nach ihrer beider Geschmack, vor allem, seit sie kaum noch Fehler machte. Heute aber.

Sagte ich nicht, daß ich diese Oat-and-Wheat-Dinger fade finde?

Oh, ich dachte, ich hätte dir die Top Bran in die Milch geschüttet.

Verpatzt! Die mochte er auch nicht. In den Top Bran stieß sein Gebiß auf unzerkaubares klebriges Zeug, und gleich würde er, wenn auch gemäßigt, stöhnen. Inhaltsangabe des Stöhnens: Ich muß ihr ihre Spielchen lassen, aber ein ordentliches Frühstück wäre mir wahrhaftig hundertmal lieber.

Kommt nur drauf an, was man glaubt. Sue hatte den Weckamin-Satz nicht vergessen.

Du lächelst wie eine Sphinx und genau so redet eine Sphinx.

Der Satz stammt von dir. Bezog sich gestern abend aufs Koffein.

Er war offenbar eingeschnappt. Aus Rache erklärte er, wie sehr er seinen morgendlichen Porridge vermisse.

Ihr erster Gedanke war: Gemein, richtig gemein von ihm. Porridge kochen kann ich noch nicht. Er selbst hats mir verboten. Vor lauter Angst, nicht um mich, sondern um die heiligen Teflonböden unserer beiden kleinen, für den Porridge geeigneten Töpfe. Dann nahm sie sich zusammen. Nicht immer fiel ihr die Sanftmut leicht. (War vielleicht die Sanftmut, die selbstverständliche und die abgezwungene, überhaupt ein Fehler? Wäre ein ordentlicher

Krach ein Schritt nach vorne, therapeutischer Fortschritt, Heilung? Wenn schon der Arzt weder Elektroschocks noch Insulinschocks befürwortete?)

Vielleicht ist der Tag nicht fern, an dem ich erstens keine Fehler mehr mache und Packungen verwechsle und zweitens sogar wieder Porridge kochen kann. Sue hatte sich, obgleich im etwas grantigen Ton, für die Sanftmut entschieden. Pure Feigheit. Plus Egoismus. Sie brauchte einen harmonischen Tag vor sich, bei Disharmonie hätte sie sich nicht mit ihren Plänen beschäftigen können. Und er knurrte nur. Nach der Methode Bloß-kein-Mitleidsgetue und ohne das Ich-weiß-wie-schrecklich-das-alles-ist der Schwägerin machte er ja alles vollkommen richtig, ein bißchen Gezeter normalisierte diese Frühstücksszene und glich sie zahllosen unbekannten, ganz gewöhnlichen Frühstücksszenen zwischen Paaren an, bei denen keiner auf den andern Rücksicht nehmen mußte, kein inwendiges *Vorsichtig-Behinderte*-Warnschild zwischen sich. Außerdem wollte er, um seine Brummigkeit wiedergutzumachen, versöhnlich sein, er fragte: Pläne für heute? Soll ich dir mal alles für ein Schubert-Konzert herrichten? Wie wärs mit der *Winterreise?*

Oh nein, lieber nicht. Ihre Antwort war schnell und ziemlich barsch gekommen. Um so wie er wieder nett zu sein, setzte sie demütig hinzu: Wann ich für ausgerechnet die *Winterreise* reif sein werde, weiß ich noch nicht. Trotzdem, danke. Danke für die Idee.

Kommt nur drauf an, woran man glaubt, sagte diesmal er.

Schwer zu verstehen, was du jetzt damit meinst.

Also, Gedächtnisverlust war ja bisher zum Glück nicht bei deinen Symptomen. Mit der Zeitung war er fertig. Sein Feuerzeug machte kurz ein kratzendes Geräusch, das Nach-dem-Frühstück-Zigarillo war dran. Sie bekam vor frühstens halb zehn kaum einen Bissen runter – als sie noch ins Institut ging, mußte sie ihm vorschwindeln, sie hätte ein Honigbrot vertilgt, manchmal mogelte sie sogar ein Ei dazu, *alles während du dich rasiert hast* – und mittlerweile achtete er nicht mehr besonders drauf, wenn sie sich zur Gesellschaft bei seinem Zigarillo ihre Gauloise Blonde anzündete. Oh ja, es waren jetzt die Blondes, die mit dem Filter, obwohl man gerade Schlimmes über Filter herausgefunden hatte und wie sie im Lungengewebe renitent blieben, und auch bei der Rationierung, was so viel bedeutete wie: bei der Menge, die er ihr besorgte, war sie von ihm abhängig geworden. Sie könnte Freundinnen und Freunde um kleine Extras bitten, aber davor türmte sich eine Schwelle aus Stolz auf, auch Diskretion über ihre Ehe baute an diesem Hindernis mit. Und seit sie aufs Land gezogen waren, hätte sie ihren heimlichen Lieferanten ziemlich weite Autofahrten zugemutet. Außerdem wünschte sie ja keinen Besuch. Ihre kleine Schwester wäre eine ideale Komplizin, und vor ihr würde sie sich auch nicht mit dem Handicap blamiert fühlen: große Ausnahme! Aber die kleine Schwester wollte sie schonen. Sie war so schrecklich sensibel und ihr Mitleid äußerte sich in anstrengender Quirligkeit und in übertriebener Aufregung, die ständig aufplatzte, und dann sprudelten Ideen heraus, die allesamt darauf hinausliefen: Nimms nicht so lammfromm hin! Mach was, und wenns nur Rumschreien und Rebellion ist, und zeigs ihm, wie verdammt beschissen du deine Zeit rumbringst. Die liebe kleine Schwester meinte es gut mit ihr, aber sie strapazierte ihrer beider Nerven damit. Und sie war es, die ihre kleine Schwester trösten mußte, nicht umgekehrt. Glaubs mir doch, es geht mir nicht halb so schlecht wie du denkst. Es hätte viel schlimmer ausgehen können. Ich habe mir immer vorgestellt, daß es nichts als entsetzlich wäre, das Allerallerletzte, lieber stumm und taub und wasweißich als das, ich habe es mir absolut schauerlich vorgestellt, aber glaub mir, das ist es nun wirklich nicht, es ist wirklich auszuhalten: Sätze aus dem Ermutigungs-Potpourri für die von Kummer und Zorn geplagte kleine Schwester. Sie war explosiv, eine geladene Pistole. Eben noch gesund, vergnügt auf diese meistens gedankenlose Weise, arglos, ohne große Dankbarkeit für ein so unscheinbares Glück wie das, sich einfach normal durch einen Tag zu bewegen, und dann, Zack! Ein Sturz schmeißt dich aus allen gewohnten Zusammenhängen raus, ändert alles, jede kleinste Gewohnheit, und das unscheinbare Glück von vorher wird dir nach diesem Zack! erst bewußt und ist nun ganz und gar nicht mehr unscheinbar, oh nein, es ist überlebensgroß und strahlend hell! Zack!

Wie bitte?

Ach, nichts.

Gedächtnisverlust ist nebenbei bemerkt nichts, das wir auf die leichte Schulter nehmen sollten. Du solltest dich dran erinnern, was ich dir über deine Pillen vorgelesen habe. Wenn nicht, tu ichs gern nochmal. Hast du den Beipackzettel noch?

Nicht vergessen habe ich, daß ich die Dinger nicht wegwerfen soll. Die *Legenden.* Selten nahm ihre gleichmäßig freundliche Stimme einen süffisanten Ton an, diesmal aber. Ja ja ja, man verliert allmählich sein Kurzzeitgedächtnis.

Komisch finde ich das nicht.

Ich finde auch überhaupt nichts komisch.

Na also. Er wollte streng sein, wirkte aber beeinträchtigt, ihm fiel nichts Schlagkräftiges ein.

Wie wir beide wissen, müssen sie alle diese Schauermärchen in den Legenden erzählen, und wenns nur einem einzigen Patienten passiert ist, daß ihm nach längerer Einnahme ein Ohr abfiel, sie müssens erwähnen.

Zack! dachte sie, triumphal und grimmig. Eine Zweitstimme mahnte: Sei lieb, denk an die heilkräftige Gnade des Liebseins. Er macht sich Sorgen, meint es gut. Die erste Stimme fragte zurück: Hat er es auch gut und nichts als gut gemeint, damals bei seiner Bemerkung übers Rauchen, ziemlich kurz nach dem Unfall: Schätzchen, eigentlich könnten wir jetzt die Gelegenheit nutzen, dir das Rauchen abzugewöhnen. Stell dir vor, ich würde sogar mitmachen. Sie hatte einen Schrecken bekommen und protestiert: Findest du nicht, das wäre ein bißchen viel auf einen Schlag? Was das bedeute: Die zwei Tage ohne Rauchen in der Klinik hätte sie schließlich ganz gut überlebt. Mein Unfallschaden ist das eine, mein Schock! Ich werd mir verdammt nicht die paar letzten Tröstungen, die übriggeblieben sind, selbst entziehen. Damals hatte sie geredet wie die kleine geladene Pistole, ihre kleine Schwester, die temperamentvolle Scharfschützin. Und doch sofort sich im Gedanken beruhigt: Er will mein Bestes. Er hat bloß die Lage falsch eingeschätzt. Seine paar Zigarillos sind ihm nicht so wichtig wie mir meine Zigaretten. Sie war keine Kettenraucherin. Früher, vor dem Unfall, hatte sie nach der Uhr geraucht, um die Intervalle zwischen den Zigaretten zu kontrollieren, und erklärt: Ich machs wie damals Breschnew. Nicht öfter als eine pro Stunde. Breschnew besaß ein programmiertes Zigarettenetui, es sprang überhaupt nur nach je einer Stunde auf.

Jetzt behalf Sue sich mit Abzählen. Morgens legte sie die Tagesration in eine schon fast historische Dose (sie memorierte: circa 10 mal 15 cm, mattgrün und aus Blech, gelbliche Umrahmung und auf einem schwarzen Streifen in dicken schönen gelblichen Buchstabentypen *Ed. Laurens, 100 Cigarettes Filtra Orient, Format Ovale*). Aus Vernunft rauchte sie nicht vor dem Frühstück.

Beinah so wichtig wie das Rauchen selbst war ihr das Zubehör. Die hübschen Streichholzschachteln, farbige Feuerzeuge, ihre Aschenbechersammlung – lauter Spielzeug. Spielen rangierte bei ihr, wie das meiste im Alltagstrott (weswegen der eben kein Trott war!) auf der ungefähr gleich hohen Wertestufe fürs Genießen wie die Nikotinzufuhr.

Mit Marnie hatte sie sich darüber einmal ausgetauscht. Geht mir genau so, Sue. Im Grunde wären wir die idealen Pfeifenraucherinnen: noch viel mehr Manipulationen mit all den Beutelchen und verschiedenen Pfeifen und Tabaksorten je nach Tageszeit. Genau wußten sie übers Pfeiferauchen nicht Bescheid, aber es spränge mehr Spiel dabei heraus, so viel schien festzustehen.

Ed hatte sich nach Sues Unfall darangemacht, die allzu vielen Aschenbecher und überall dekorierenden angebrochenen und unangebrochenen Zigarettenpackungen, Feuerzeuge und die interessanten, meistens ausländischen Streichholzschachteln wegzuschaffen. Sie strich über den Tisch: leer; über ein Regal und eine Fensterbank: nichts. (Sue: Du hast ein bißchen aufgeräumt, ja? Ed: Du willst keinen haben, der dir im Haus hilft, also hast du es jetzt viel leichter, mit dem Staubtuch über alles zu gehen. Sue: Für meine Spleens hattest du nie viel übrig, oder? Ed: Tut mir leid, aber da liegst du richtig. So lang sie sich in Grenzen halten, ists okay, aber zu viele davon halte ich für bedenklich.)

Oh nein, mit dem Rauchen würde Sue nicht aufhören. Jetzt schon gar nicht. Jetzt konnte sie wahrlich jeden kleinen Helfer gebrauchen, und die Blondies waren Helfer. Verschaff dir einen Kick, hatte Marnie neulich geraten. Ich hätte was für dich. Danke, Marnie. Ich hab dies und das, und meinen Fernet Branca. Und eure Cocktails, Marnie schmatzte, in eurer *Lounge*: Sie liebte die in der Ex-Bauerndiele etablierte Vorabend-Sitte, fand sie gemütlich und doch elegant. Habt ihr was Neues? Fizzes? Sours? Sie hörte von Harvey Wallbanger und Salty Dog und von Whiskey Collins, Screw Driver und Pimms Cup Number One, schlug selber Mississippi Tea vor: Simple Sirup mit

Bourbon und Southern Comfort, Johannisbeersaft und Limone. Ich hatte es in der *Piano Bar*, mir wärs zu kompliziert und ich hätte das Zeug gar nicht da, aber laß es dir von Ed mixen. Mir hats dabei geholfen, einen öden Burschen zu ertragen. Er sah nach Fußpilz und Umweltschutz und Mahnwachen aus.

Sue gestand nicht einmal Marnie den Fernet Branca, die zwei Schlucke, die sie sich (sie hoffte: unbeobachtet, sie hörte den Fernsehapparat, obwohl das keine Garantie war) genehmigte, ganz allein, und das Alleinsein war genau so unentbehrlich wie die zwei kleinen bitteren Schlucke. Und auch mit der Grappa etwas später am Abend wird nicht Schluß sein. Weil sie an Marnie gedacht hatte, fühlte Sue sich in diesem Moment gut in Fahrt. Sie war ja immer eine vorsichtige Person gewesen, aus Veranlagung und als Hüterin der Jüngeren, aber anders als bei der schaltete in Sues Kopf eine Ampel rechtzeitig auf Gelb, im richtigen Zeitabstand auf Rot, bevor sie, auf welchem Gebiet auch immer, in den Übermut hineinschlitterte. Ich bin nie ausgerutscht, und Marnie so oft, daß mans kaum noch zählen kann, nur komisch: auf der Treppe doch. Auf einer Treppe! Ja, der Treppenwitz. Ohne diese verdammte Folge wäre er was zum Kaputtlachen. Ihr Leben lang war sie nicht über die Stränge geschlagen. Auch bedachte sie früher auf Parties immer schon den nächsten Tag. Jeder Fachmann würde feststellen: Diese Frau ist nicht suchtgefährdet. Aber Vorräte wären eine große Hilfe, sie beruhigten.

Ihre Gedanken landeten beim dicken gemütlichen Spießer-Ehepaar vom Kiosk. Wenn Sue den Kopf durch den kleinen Glasschalter vorschob, roch sie die heiße Wurst in abgestandener Fettbrühe, die Ausdünstung von Papier und Druckerschwärze, und vielleicht verströmten auch die Stöße unansehnlicher, mit Kugelschreiber bekritzelter Lotto-Toto-Scheine einen trüben Duft. Zu diesem Kiosk an der Bushaltestelle war sie früher regelmäßig mit ihrem

Suzuki gefahren. Dem braven Ehepaar brauchte sie gar nicht mehr zu sagen, was sie wollte (eine Stange und wenns ein Freitag war, kam die Fernsehzeitschrift dazu), sie redeten übers Wetter (immer wieder rühmte Sue den Ventilator, der die abgestandene Geruchsmischung aus dem Innern des Kiosks durch das kleine Schalterfenster wirbelte) und meistens gabs noch einen Anlaß aus dem aktuellen Tagesgeschehen, über das der Ehemann schimpfte, während seine runde kleine Frau zustimmend nickte und *Ist schon schlimm was sie mit uns alles machen* sagte, aber sie konnte machen, was sie wollte, ihr Ausdruck blieb vergnügt und auf die Frage *Wie gehts* antwortete sie grundsätzlich *Wir sind zufrieden*, und Sue gab den beiden immer recht, aus Bequemlichkeit und weil sie so was wie gute Freunde waren. Wobei sie ihnen recht gab, wußte sie nicht genau, nur nahm sie an, es handle sich um stockkonservative und vielleicht sogar erzreaktionäre Prinzipien beim Kioskmann und in ehelicher Fügsamkeit auch bei der Kioskfrau). Unterdessen lag schon die Stange Zigaretten und freitags die Fernsehprogrammzeitschrift für die übernächste Woche neben dem muldenförmigen abgefingerten Plastikteller mit Werbeaufdruck fürs Spiel 77. Ein Einschlafspiel Sues: Ein Kioskleben wie das der zwei.

Und die würden ihr bestimmt bei ihrer Liebe zu Vorräten helfen. Aber wie? Sue konnte angerufen werden. Doch selbst anrufen, das konnte sie bis jetzt noch nicht, nur, wenn sie die Nummer auswendig wußte. Lieber Himmel: noch nicht. Noch nicht, noch noch noch. Besser *Noch nicht wieder* denken. Es schien bei Ed in Vergessenheit geraten zu sein, daß es Hilfsmittel für Gehandicapte wie sie gab, die das Selbstwählen ermöglichten. Vielleicht gut so, daß ers vergessen hat. Wenn ich selbst das Telephon bedienen könnte, geriete ich in Marnies Ressort, in Heimlichkeiten. (Aus zwei Eheprojekten war nichts geworden, weil Marnie – sie sagte: rechtzeitig – mit anderen Männern in Affären abrutschte, und zur Zeit mußten sie und ihr Freund versuchen, dessen Ehefrau zu hintergehen, ohne sie zu kränken.) Sue fing an, sich verzagt zu fühlen und auch schon wieder merkwürdig bespitzelt, aber ihre Medikamente für den Vormittag hatte sie bereits intus. Ich brauche ein bißchen Bewegung, flüsterte sie, als wäre doch Prentice im Haus oder vielleicht Ed, oder sie beide. Sie könnte Ed bitten, ihr aus dem Gesundheitsbrockhaus alles über den Schock vorzulesen. Er würde ihr den Gefallen tun, aber welche Zeilen ließe er weg? Die schlimmen Zeilen? Oder irrte sie sich gründlich und er läse ihr erst recht Schlimmes vor? Das vielleicht gar nicht drin stand? Das er erfände? Einmal hatte er, als ihm wahrscheinlich eines ihrer Spiele (Lieblingswetter, Landschaftsbeschreibung und so weiter) auf die Nerven gegangen war, *Pillenfresserin* zu ihr gesagt. Und: Daß du so viel redest, paßt überhaupt nicht zu dir. Mir fallen in letzter Zeit mehr und mehr diese Redeanfälle auf. Du warst immer eine sehr stille Frau. Sie hatte mit größter Anstrengung und in Angst um ihr Herz, das aus dem Takt geraten war, wie ein winziger Vogel, der aus Versehen durchs offene Fenster in ein Zimmer geflogen ist, zappelte und flatterte, innerlich aufgesagt: Gut so, er hat recht, wenn er mich auch mal grob hernimmt, ich wills ja normal, beruhige dich, das jetzt war alles andere als Seinett-zu-einer-Sterbenden. Die kurze Szene hatte damit aufgehört, daß Ed in ruhigem Ton erklärte: Ich sage nichts anderes als das, was auf dem Beipackzettel steht. Dein Medikament führt auf die Dauer zu Persönlichkeitsveränderungen.

Und da haben wirs. Wieder der böse Verdacht gegen ihn als Vorleser. Böse von *mir.* Ed macht sich Sorgen, da schreit man schon mal los. Ganz glauben konnte Sue sich nicht. Ed wußte, sie haßte Schreien. Sie hatte Angst davor.

Steh auf, lauf rum, das bringt dich auf andere Gedanken. Sue stand auf: Puh! Diesmal streikte wieder das linke

Bein! Sie vergaß das immer wieder, weil es nicht immer vorkam, daß sie es nicht unter Kontrolle hatte. Zu blöde, der Mutter-Mami davon zu berichten. Hoffentlich hat sie es nicht an Marnie weitergegeben, dachte sie.

Marnie kasteite sich. Sie knipste alle Lichter im abgedunkelten Apartment aus. Stockfinster. Aber so wars nicht richtig. Es müßte eher so etwas wie Nebel sein. Sie erinnerte sich an Sues Vergleich mit dem neuen japanischen Fernsehapparat, den Sue und Ed sich kurz nach ihrem Umzug angeschafft hatten. Er sah gut aus, nicht so wuchtig wie sein Vorgänger, und lieferte doch ein besseres Bild auf einem größeren Bildschirm. Klagen gabs nur über einen Nachteil: beim Zurücklaufen der Videobänder, um den Anfang eines Films irgendwo in der Nähe der Bandmitte zu finden, sah man nur ein wirres Streifenmuster, grauschwarz, auch wenn es sich um aufgenommene Filme in Farbe handelte, und selbstverständlich übermittelte dieses dahinrasende Streifengewirr keinerlei Information aus dem Film, der da zurück- oder vorlief. Damit hatte Sue es einmal verglichen, aber das treffe es auch nicht ganz, weil es sich nicht bewege.

Marnie beleuchtete ihr Apartment und dachte: Ich wills nicht wissen. Schwesterchen, bei jedem andern würde es mich interessieren. Und das gilt genau so für diesen verdammten Nerv. Pah, ein eingeklemmter Nerv! Und natürlich hat sie seit dem Unfall ein bißchen gehinkt. Marnie konnte nicht beurteilen, ob Sue mittlerweile wieder normal ging. Sie sahen sich selten. In beider Freundeskreis verwunderte diese Abstinenz bei so geringer räumlicher Entfernung: Leute, die nichts von unserer Liebe verstehen, Dummköpfe, denen nichts anderes einfällt als ihr konventionelles Man-muß-sich-regelmäßig-sehen-Muster, mokierten sich die zwei Schwestern. Eine Liebe wie die zwischen uns ist über das stinknormale Umeinanderglucken erhaben, schwelgte Marnie vor andern, um sie damit zu verblüffen, noch besser: zu schockieren. Doch ihre Nachbarin und Freundin, die tüchtige kleine Rhesa, die einen Copy-Shop in Gang (und über Wasser) hielt – nur gut, daß der im Universitätsbereich günstig lag – und der das Sichnützlichmachen und der Familiensinn über alles ging (aber sie hatte auch nur noch Cousinen und Tanten und Nenn-Tanten, Nenn-Onkel), die unermüdliche, ein paar Jahre jüngere, jedoch wie um Jahrzehnte vernünftigere pragmatische Freundin starrte dann Marnie aus ihren von keinen Eyelinern umrahmten unternehmungslustigen Augen (Wo-gibts-was-zu-helfen-Augen) verständnislos an, vor lauter Begriffsstutzigkeit sah sie oft beinah richtig stupide aus. Deine Schwester ist doch die Hauptperson für dich, Marnie. Soll ich dich zu ihr rausbringen? Ich machs sofort, Frau Fink vertritt mich ohne weiteres und die Mechthild kommt sowieso gegen fünf aus der Berufsschule.

Marnie hatte kein Auto. Bei den wenigsten Leuten sagte sie nicht: Zur Zeit hab ich keins. Oder: Ich hab den Führerschein, aber ich mach kaum Gebrauch davon. Ich gehe, das ist schon mehr als eine Leidenschaft bei mir. Nein, sie hatte kein Auto, weil sie auch keinen Führerschein hatte.

Laß nur. Wenn ich fahre, nehm ich den Bus und gehe den Rest. Es ist ein so wahnsinnig reizvoller Weg, endlich mal richtig Landschaft drumherum. Ich genieße so was.

Rhesa sagte auch immer wieder einmal: Ich verstehs nicht, warum du nicht zu Sue und Ed rausziehst. Sie haben doch viel Platz in ihrem neuen Haus. Ich kapiers einfach nicht. Ist es der weitere Weg zu deinem Job? In die Stadt?

Marnie fand die eifrige Rhesa, die sogar ihre Fahrdienste anbot, strapaziös stur. Und sie wiederholte, was sie ihr x-mal versichert hatte: Die zwei leben gern allein, und ich lebe gern allein. Ich *muß* allein leben.

Aber sie könnte deine Hilfe gebrauchen. Du bist die

Schwester. Rhesa beteuerte jedesmal, bei diesem Punkt des Insistierens angelangt, sie wolle sich um Himmels willen nicht einmischen. Nur sei sie bestimmt nicht die einzige, die sich über die beiden Schwestern ein paar Gedanken machte, seit dem Unfall natürlich.

Ed und Sue haben ganz bewußt kein Gästezimmer vorgesehen, als sie die Umgestaltung des Bauernhauses geplant haben.

Aber manchmal kommt doch Eds Stieftochter zu Besuch. Die wohnt doch bestimmt nicht in einem Hotel.

Die schläft auf allem, was horizontal ist. Wenns Sommer ist, wer weiß, womöglich draußen auf der Wiese. Vielleicht hat sie auch einen Schlafsack. Marnie war das Thema Prentice unangenehm. Sie ahnte, daß es Sue nicht besonders angenehm war. Aber genau wußte sie das nicht. Sue war freundlich und geduldig.

Rhesa sagt, und man merkte ihr an, wie viel Energie und Vorfreude hinter ihrem Angebot steckte: Wenn ihr mir das nur erlauben würdet, dann würde ich hinziehen, natürlich nicht für immer, keine Angst, nur so lang sie Hilfe braucht. Und ich nähme mit dem kleinen Hauswirtschaftsraum vorlieb, mit meinem Schlafsack, kein Problem, ich schlafe wie ein Bär im Winterschlaf. Dann bekäme auch endlich mein armer Punto mehr Auslauf. Dann strahlte sie, die dunklen Augenknöpfe wirkten wie blankpoliert, und sie sah sofort besser aus, richtig drollig, wie ein kleiner Sommernachtstraum-Puck, und Marnie wußte trotzdem, warum die Männer sich nicht drum rissen, diese patente kleine Person aufzugabeln: Rhesa war nicht übel anzusehen, aber sexy trotzdem nicht. Marnie hatte Rhesa, die Marnie auf ihre bescheidene Weise verehrte, ja anbetete, wirklich gern, obwohl sie ihr ziemlich oft auf die Nerven ging. Und sie machte auch Gebrauch von Rhesa, ließ sich von ihr, wenn sie nicht den Bus vorzog und den darauffolgenden Spaziergang, zu ihren seltenen Besuchen im Ex-

Bauernhaus kutschieren. Mit keiner anderen Bitte um Unterstützung konnte sie Rhesa glücklicher machen als mit diesen Ausfahrten. Ihr Glück projizierte sie dann stets auf ihr kleines schwarzes Auto, den Punto, vermutlich fand sie das geistvoll, zumindest entsprach es ihrer Art von Humor. Sie gehörte zu dem Frauentyp, die ihr Auto vor lauter Vernarrtheit nicht als Zweckinstrument betrachteten – nicht einmal die beinah durch und durch rationale Rhesa konnte auf eine Portion Infantilität verzichten. Sie war eine von diesen vielen Frauen, die ihr Auto liebevoll wie eine kleine Wohnung einrichteten – Talismangebaumel, Aufkleber auf der Heckscheibe, kleine Kissen – und es vermenschlichten. Der Punto war ein Lebewesen, und schon ihm zuliebe mußte Marnie ab und zu einen Ausflug zu ihrer Schwester machen. (Hättest du am Wochenende Zeit, Rhesa ... Dann rief die: Ob ich Zeit habe, darf ich mir gar nicht erst leisten zu überlegen. Mein Punto würde mich mit wasweißich für einer Schikane strafen, Vergaser kaputt oder einem Platten oder abgewetzten Bremsscheiben – Marnie, ich *muß* dich fahren, da kann ich machen, was ich will, mein Punto will nämlich. Und während der ganzen auf nichts als ein motorisiertes Fahrzeug verlagerten Freudentirade der kleinen emsigen Freundin grinste Marnie freundlich, während sie dachte: Stehs durch, sie ist ein lieber Kerl.)

Bei jeder Ankunft vor dem weitläufigen, mit Hecken und ein paar hohen alten Bäumen umstandenen Grundstück, in dessen Zentrum das schöne große Bauernhaus mit dem breiten, tief über die Fassade ragenden Reetdach einen anheimelnden Eindruck machte, bot Rhesa an, was sie schon während der Hinfahrt immer wieder zugesichert und dabei, darauf war bei ihr Verlaß, gewiß nicht simuliert hatte: Du weißt, Marnie, ich mache gern in der Zwischenzeit einen Spaziergang, ich brauche wirklich nicht mit rein zu kommen. Marnie fand, sie könne nicht so hartherzig sein, und zwang Rhesa, was nicht schwer war: Bitte, stell dich nicht an, komm mit. Rhesa war begeistert von dem Haus, geradezu verliebt ins Haus. Seit Sues Unfall war Marnie die wenigen Male immer lieber mit dem Bus gekommen. Sue wollte keinen Besuch. Marnie verstand es.

Der Abstand zu ihrer letzten Sendung war groß genug: Marnie fand bei ihrer Rückkehr ins Apartment in der Post einen Brief von der Ma, diesmal abgestempelt in Orlando, Florida. Die Ma und ihr Konsulatsbeamter mit genug Haar auf dem Kopf (*ha, und sie braucht eine Perücke:* die Knoblauchzehenhäutchen überm Schädel des Vaters waren gerächt!) reisten manchmal bloß für ein Wochenende (*weekend-holidays* bei der Ma) irgendwohin, *ein* von ihnen noch nicht inspiziertes *Fleckchen Erde* fand sich zu der Ma Verwunderung immer doch noch, und um auch dort umherzutrampeln, nahmen sie lange Flugreisen in Kauf, behielten nicht viel Zeit fürs *sightseeing*, das dennoch durchweg hochinteressante Eindrücke hinterließ, so daß sie sich ausreichend informiert fühlten und die kurze Pflichterfüllung abhaken konnten. Ungewöhnlich war, daß die Ma diesmal keine Ansichtskarte schickte. Das Couvert fühlte sich weich, angeschwollen gepolstert an. Lustlos riß Marnie es auf, sie vergaß, die Marke für Rhesa, eine Sammlerin, zu schonen. Eine schlecht gefaltete Zeitungsseite, schlampig rausgerissen, war ins Couvert gequetscht. Marnie blickte auf verschiedene Abbildungen eines Gehirns, aufgenommen von einem Kernspincomputertomographen. Was sollte nun das wieder? Die Seite stammte aus der Wissenschaftsbeilage einer deutschen Wochenzeitung. Über dem Titel »Gehirn und Computer« stand in Mas Kritzelschrift: Bitte weiter an Sue. Take care! Hugs: Ma. Sie hatte noch ein Kreuzchen neben einen schmalen Kasten geschmiert, in dem einige Buchtitel aufgeführt waren: *Alles über dein Gehirn, Das Gehirn von A–Z, Wunderwelt: Unser Gehirn.* Verdammt, zischelte Marnie. Was soll ich damit, und erst recht Sue? Sie warf einen Blick in den Artikel, Gehirnforscher aus aller Welt hatten sich zu einer Tagung zusammengefunden. Marnie las ziellos, traf auf die Zeile: »Blinde werden sehen können, Lahme gehen, Taube hören...« »... aus technischer Sicht ein gigantisches Projekt...« »Neuronen in der Netzhaut gezielt zu reizen...« »... nicht mehr sich nur auf ihre vier verbleibenden Sinne verlassen müssen...« Oh wie gräßlich, wie erbärmlich, wir furchtbar dumm sie ist! Marnie wollte keine Silbe mehr lesen und keinen einzigen Blick mehr auf Gehirnquerschnitte werfen, sie dachte: Ich will *Sues* Gehirn nicht sehen, und sie zerknüllte die Zeitungsseite. Als sie das Couvert zerreißen wollte, stieß sie auf etwas festeres Papier im Innern, es hatte schon einen kleinen Riß, das *Memo* unter der Überschrift *Hilton International Adelaide.* »PS.: Ich hatte schon immer so eine Vorahnung, schon als sie erst fünf Jahre alt war, vielleicht schon bei ihrer Geburt, daß Sue nicht lang bei uns bleiben würde. Daß sie uns sehr früh verlassen würde. Hugs: Ma.« Darauf hat sie nicht die mindeste Antwort verdient. Vor lauter Wut ließ Marnie die feste Absicht fallen, diese Frau durch Schweigen zu bestrafen. Sie wäre zu dumm, um diese Strafaktion überhaupt zu merken. Stattdessen gab sie, noch bevor sie sich um die übrige Post oder sonst irgendwas gekümmert hatte, ein Telegramm auf: »Ma. Su ist vierundvierzig. Findest du das *sehr früh*? Übrigens geht es ihr bestens. Marnie.«

Danach fühlte sie sich besser. Aber hätte sie nicht viel schroffer sein müssen? Die Ma nahm dieses Telegramm, gedankenlos wie sie war, sicher als günstige Information, fand es vielleicht sogar ganz tröstlich. Marnie fehlte der Schluß, er hätte lauten sollen: Melde dich vorerst nicht mehr. Oh, es überstieg ihre Begabung, sich in ein kreuz und quer durcheinandergewirbeltes Gefühlsleben und Zick-Zack-Denken wie in das der Ma einzufühlen. Ma besaß einfach keine Einfühlungsgabe für Menschen wie sie und Sue und alle, die Grütze im Kopf hatten. Was hatte die Ma stattdessen hinter ihrer kleinen, jetzt von den zu auffällig dicken Locken überwölbten Stirn? *Grütze im Kopf:* eine wirklich blöde Redewendung. Wenn Verstand und Sensibilität gemeint waren, paßte kaum was so schlecht wie Grütze, einfach ekelhaft. Bei der Ma wars eher Grütze, aus lauter Fast-Food-Ingredienzien zusammengebraut, ein mieses Rezept. Gut, das Telegramm war doch immerhin lapidar, und vielleicht zeigte die Empfängerin es ihrem Schatz mit der Haartolle (falls er nicht auch inzwischen Ersatz brauchte), und der würde eher begreifen, immerhin mußte er einen Beruf ausüben, er konnte nicht ganz und gar wirr im Gehirn sein. Gehirn? Warum schickt sie mir zum Weiterleiten an Sue diese grauenvollen Abbildungen, ein Geschlinge wie von Gedärmen?

Zu ihrer weiteren Beruhigung telephonierte Marnie gegen sechs Uhr am Abend mit Sue. Mit einem Tom Collins, aber die Früchte ließ sie weg, setzte sie sich, die Beine angewinkelt, in ihr bestes Stück (in diesem Apartment, einer Übergangslösung, die schon zu lang dauerte, wohnte sie teilmöbliert, der Clubsessel war Marnies Eigentum), und Sue rief erfreut wie jedesmal und mit der Zärtlichkeit, die zwischen ihnen zum Standard gehörte: Oh, Marnie!

Sue! Marnie dachte: Tröste mich, Sue! Sag mir nichts Schlimmes über diesen Nerv oder das was mit deinem Gehirn ist.

Erzähl was!

Oder du!

Alles wie immer, sagte Sue. Ich hab heut mein Programm gemacht, du weißt schon, Musik – aber vor der Matthäus-Passion drücke ich mich immer noch ...

Das tu ich seit langem. Es ist zu schön.

Und zu traurig.

Man verträgts nicht.

Und *gelesen* hab ich. Sue lachte. Weißt schon.

Natürlich.

Ich hatte eine Zeitlang Mühe, eine Lieblingsstelle zu finden, den Roman hab ich aus, und der Sprecher hat mich ziemlich gestört …

Was für eine Lieblingsstelle?

Der Held hat sich in eine Höhle begeben, um dort auf ein Zeichen zu warten. Will rausfinden, ob es Gott gibt oder obs ihn nicht gibt. Und dann verliert er seine Taschenlampe. Sue lachte etwas übereifrig. Sie wollte Marnie nicht erschrecken, und Marnie merkte es sofort. Sue schimpfte also lieber auf die alles in allem zu rühmenden verschiedenen Hörbüchereien, aber Eds Suche nach einer, die auch ihre Lieblingsspezies, Kriminalromane von der Psychothriller-Art, auf Lager hätte, habe noch keinen Erfolg gehabt.

Ich will mich mal drum kümmern, versprach Marnie. Aber es wird nicht aussichtsreich sein.

Laß es. Ich fürchte, es gibt nichts. Sue erzählte, sie fühle sich seit einiger Zeit sowieso wie die Bedrohte in einem Psychothriller (schnell schob sie ein Lachen dazwischen) und brauche deshalb gar nicht erst einen zu lesen.

Wieso denn das? Stimmt was nicht?

Ich sehe Gespenster. Ich höre Gespenster. Vielleicht fang ich an zu spinnen. Alles halb so wild, Marnie.

Sue! Wenn du schon mal so etwas offenbarst! Hat das was mit diesem eingeklemmten Nerv zu tun? Marnie mußte sich einen Ruck geben und mit reichlich Tom Collins versorgen, damit die Frage herauskam. (*Eine stinknormale harmlose Antwort, Schwesterchen, wenn du es gut mit mir meinst, tu mir den Gefallen!*)

Sue lachte ein bißchen verlegen, tat Marnie den Gefallen, erzählte etwas von einem Perenäus-Nerv, der eingeklemmt sei, und daß sie sich sofort verflucht hätte: Sofort, als ichs der Frigga-Erdmuthe erzählt habe. Weißt du, ich habe so verdammt wenig zu erzählen sonst. Ich weiß nicht, womit ich das Band für sie oder ihr Ohr am Telephon füttern soll. Das mit dem Nerv ist nichts. Ich muß nur jedesmal fest dran denken: Heb das Bein hoch genug, beim Gehen,vor allem auf der Treppe.

Eure elende Treppe! Marnie seufzte. Weißt du, was ich in der letzten Zeit immer mehr herausfinde? Daß sich unsere beiden sogenannten Mütter, Nr. 1 war ja schon immer na du weißt schon, aber Nr. 2 war doch um ein paar Nummern netter, also daß sie sich im Lauf der Jahre ähnlicher und ähnlicher werden. Nr. 1 ist so fahrig, sie hat Stroh im Kopf, aber gehäckseltes.

Von Nr. 1 weiß ich ja kaum noch was. Bis auf die paar Ansichtskarten, die du mir gar nicht mehr erst vorlesen mußt...

Wenn du wüßtest, dachte Marnie. Wäre sie nicht so dumm und ihr Spatzenhirn wie ein geschütteltes Kaleidoskop, müßte man sie eine Bestie nennen. Sie sagte: Und Nr. 2 wird mehr und mehr zur alten Unke. Schon gemerkt?

Sue hatte es gemerkt. Vielleicht ists wirklich das Alter. *Alte* Unke. Übrigens steht bei uns Prentice ins Haus. Das ist ein Handlungselement in meinem Thriller.

Sues Lachen, etwas verlegen, wurde nur zum Zweck benutzt, ihre Beunruhigung zu verkleinern, damit die *kleine Schwester* sofort nach der Offenbarung dächte: Sie macht nur ein bißchen Unsinn. Redet im Spaß. Marnie durchschaute diesen Versuch. Marnie stand immer in den Startlöchern, gegen potentielle Feinde ihrer einstigen Hüterin (und die war sie ja, auch ohne Dienstleistungen, geblieben) und *großen Schwester* auf die Barrikaden zu gehen. Offensiv, sie würde nie auf die Defensive warten. Und bevor überhaupt gesichert war, ob es sich um Feinde handelte.

Prentice würde dich stören?

Mich stört eigentlich jeder Besuch.

Prentice ist keine Mitleidsdrüse.

Das stimmt allerdings.
Und spricht für sie.
Tut es.
Bei aller Unterschiedlichkeit im Naturell – introvertierte Sue, extravertierte Marnie: dazu waren sie zu sehr Schwestern, als daß sie sich nicht auf einer gemeinsamen Grundlinie immer wieder bei den gleichen Vorlieben und Animositäten getroffen hätten. Sie konnten Blusen und Jeans und Blazer miteinander austauschen, eine der andern etwas zum Anziehen oder ein Buch, Kalender, Nostalgie-Bibelots verschenken: Sie hatten den gleichen Geschmack. Und den gleichen Widerwillen beispielsweise gegen das Bemitleidetwerden, wie es jetzt Sue von allen Seiten umsummte, echt oder unecht, egal, die Schwestern entwickelten ähnliche Taktiken der Abwehr. Marnie sagte auf irgendwelches *Oh Ihre arme arme Schwester*-Gejammer hin: Jetzt hat sie endlich Zeit zum Beispiel zum Lesen, ich meine: für die Literatur. Und Sue bekam einen geradezu forschen Ton hin: So etwas wie bei mir, wenns durch einen Schock passiert ist, kann von heut auf morgen passé sein. Oder: Wahrscheinlich kann man sich das schwer vorstellen, wenn mans nicht erfahren hat, aber an 1/50 bis 1/25 gewöhnt man sich, und mittlerweile gehts so gut, daß ich bei der nächsten Kontrolle mit 1/25 bis 1/10 rechne. Es galt, die Bemitleider zu enttäuschen.
Über ihr Komplott hatten die Schwestern gar nicht erst verhandeln müssen. Das ist bei uns beiden der Pavlow'sche-Hund-Reflex, die Abwehr der ringsumher auf der Lauer liegenden Bereitwilligkeit, bei der Katzenjammermusik von zwei Tränensusen mitzuheulen. Natürlich sind wir auch ein bißchen gemein, oder? Doch, sind wir. Mitleid als Anteilnahme und bestimmt genau so eine Portion Neugier, wie wir sie bei den andern wittern, das wäre auch unsere Antwort auf ein Mißgeschick bei Freunden, natürlich. Egal, man muß sie alle mit Kaltblütigkeit verblüffen,

man muß Zuversicht simulieren, bloß nichts anvertrauen, wir lassen uns nicht beschnüffeln, wir werden ihnen niemals das Herz ausschütten, und Marnie sagte: Ich schütte mein Herz aus bei mir selber, steht glaube ich in der Bibel. Ich könnte meinen Priester fragen. Tu das. Aber schütte es *ihm* nicht aus Versehen aus. Sue sagte, Marnie mache garantiert nicht mal vor Priestern halt. Marnies Priester war ihr Nachbar, der sie oft morgens in seinem Rover 620 Si zur PGF auf seinem Weg ins St. Katharinen-Hospital mitnahm. *The Art of Driving* stand auf seiner Heckscheibe, und die weißen Buchstaben in einer langweiligen Handschrift schräg darüber, die *Keiner außer mir* verkündeten, hatte der Priester sich nicht in der Werkstatt entfernen lassen. Sei unbesorgt, der Priester ist keine Versuchung, versicherte Marnie. Mann ist Mann, sagte Sue. Er fragt doch sicher nach mir. Über deine Sorgen gehts dann zu mir. Marnie versprach ihr, sie halte dicht. Die Enttäuschung der Bemitleider ist unser gerechter Lustgewinn.

Marnie erkundigte sich, ob Sue auch mit einem Getränk versorgt sei.

Ich warte auf Ed damit.

Aufs Lounge-Spiel! rief Marnie. Das gehört zum Besten an euren Einfällen im neuen Haus. Marnie sagte, sie wäre scharf drauf, wieder einmal einen eleganten Special-Ed-Mix draußen bei den beiden zu genießen, die schönste Stunde des Tages, die Apéro-Stunde, aber vorerst würde es doch leider so ab sieben Uhr dunkel. Verdammt, dachte sie, wieder nicht aufgepaßt, die Dunkelheit hätte ich weglassen sollen. Vielleicht lag ihre Mutter gar nicht so falsch mit ihrer Verachtung für das sprachliche Versteckspiel, fürs penible Aufpassen, bei der Halbwahrheit zu bleiben. (*Ich machs ja mit, aber niemand nützt es, um den heißen Brei rum zu reden.*)

Du hast doch genug am Hals, sagte Sue. Und dann auch noch der weite Weg hierher.

Vielleicht wünschte es nicht einmal Sue selber. Und schon kam sie der ganzen Wahrheit gefährlich nah: Außerdem bist du hinterher bestimmt wieder deprimiert, kannst schlecht schlafen.

Was soll denn das? Unecht klang Marnies Entrüstung nicht, aber sie war es.

Ich denke oft, es ist viel schlimmer, sich um jemand anderes zu sorgen als selbst was zu haben, sagte Sue. Mir gings mit dir schon immer so, und bei deiner letzten Grippe mit dem hohen Fieber... also ich hätte lieber selbst die Grippe gehabt als die Sorgen.

Marnie fiel plötzlich wieder der Arzt von neulich aus dem Frühstücksfernsehen ein und sein gelähmtes Schockpatientenbeispiel. *Tom Collins, steh mir bei!* Sie nahm einen großen Schluck. Sue, sagte sie mit fester Stimme, ich hab da was Interessantes über Schocks erfahren, es ist medizinisch-wissenschaftlich, es ist von einem Arzt, kein esoterischer oder parapsychologischer Quatsch, also: Du stehst noch immer unter Schock. Das ist noch der Schock, bei dir.

Sue regte sich nicht auf, nicht wie Marnie, die Aufgeregte, befürchtet hatte. Gedehnt sagte sie, beinah ein wenig gelangweilt: Na ja, und wie weiter?

Der Schock hält an, Sue!

Wer wüßte das besser als ich?

Sue, ich meine nicht, das, was du hast, also die körperlichen Folgen hat der Arzt nicht gemeint. Es ist diese Engelsgeduld, mit der du... ich meine, du wirkst wie jemand, der das sanftmütig hinnimmt und sein Kreuz trägt...

Sollte ich dauernd rumschimpfen? Sue wagte den Zusatz: Öffentlich? In mir drin fluchts ganz schön. Sofort, nachdem das raus und für Marnie ein harter Brocken war, inszenierte sie ein kurzes Lachen: Aber man stellt es sich wahrscheinlich doch elender vor als es ist. Würde ich sicher auch. Mach dir keine Gedanken.

Ich bin Marnie, Sue. Ich bin keine aus dem Katzenmusikorchester! Und ich habs ernst gemeint mit dem Scharfdraufsein, zu euch rauszukommen. Ich schlafe eher besser, wenn ichs getan habe. (*Hört sich auch penetrant nach Gewissen und Pflicht an, Mist!*)

Es ist doch alles wie immer, sagte Sue, wir zwei sind nicht drauf angewiesen, uns wie andere Leute regelmäßig zu ... Sie lachte ironisch, nachdem sie das passende Verb gefunden hatte: ... zu beschnuppern.

Okay, natürlich nicht. Ihh, mein linkes Bein ist eingeschlafen. Moment. So, jetzt sitz ich anders. Ich denke gerade, weil du nicht gern hättest, daß euch Prentice besucht ...

So schlimm ist das auch wieder nicht. Es ist eine fixe Idee ... Ich sehe Gespenster. Ich sehe was, was du nicht siehst. Irgendwas.

Marnie wurde energisch: Hör mal, das versteht doch jeder Halbidiot: Wenn man nicht mit den andern auf einer Stufe steht ... puh, Stufe! Marnie war jetzt so weit, dank Tom Collins und dem selbständigen Mut einer liebevollen Schwester, ihre Fehler vor Sue zu verfluchen. Ich hätte es auch überhaupt nicht gern, wenn jemand um mich rum wäre, mit dem ich nicht ... Schritt halten kann, zur Zeit ... ach verdammt. Und ich dachte, ich könnte mit Ed reden. Marnie rechnete mit Sue, der selbstgenügsamen Bescheidenen, und mit ihrem *Lieber nicht, laß nur, nicht nötig*, und um ihren Vorschlag mit einer Mini-Ration Leichtfertigkeit à la *kleine Schwester* zu würzen (ein Spritzer Tabasco in die milde Suppe, Hillary Clinton trägt immer ein Tabasco-Fläschchen in der Tasche mit sich rum), ergänzte sie: Schwesterchen, wie du weißt, becirce ich jeden Mann, ich muß nur wollen.

Die unerwartete, gar nicht schüchtern-friedfertige Sue trat auf den Plan, das war einer ihrer überraschenden Auftritte: Und Ed wird sichs gern gefallen lassen, dein

Becircen. Sie meinte, Ed sei latent immer ein wenig in Marnie verknallt.

Aber lieben tut er nur dich. Ich bin für ihn nur ein Kontrast. Beim Gedanken, er hätte mich dauernd um sich, würde ihm der Schweiß ausbrechen.

Das glaube ich auch.

Die Schwestern lachten. Sue stimmte auch zu, als Marnie anbot, mit Prentice zu telephonieren.

Bloß habe ich keine Ahnung, wo sie jeweils steckt. Keiner kann das wissen. Ich sags dir ja, vielleicht schleicht sie schon längst hier im Haus rum. Sue lachte. Übrigens, was hat denn dieser Arzt gemeint, wie man den Engelsgeduld-Schock wieder loswird?

Ich weiß nicht, die Sendezeit war rum, ich hab die Moderatorin verflucht. Marnie stöhnte. Sie denke, durch einen Gegenschock, irgendsowas, einen zweiten Schock.

Ich weiß nicht.

Ich auch nicht.

Bevor sie sich für heute verabschiedeten, erzählte Sue noch von einer MIR-Untersuchung in einer schrecklichen engen Röhre mit sporadisch einsetzendem lauten Gehämmer, minutenlang, sie hätte die Minuten gezählt, und dann ihr Gehirn gesehen: Es war widerlich, Marnie, ich war schockiert, es ist derartig beängstigend und erschütternd, wenn du siehst, was du da für ein unheimliches Geschlinge im Kopf hast. Und am meisten habe ich gefürchtet, jetzt sehen sie meine Dummheit. Daß nicht viel mit mir los ist.

Marnie lachte sie aus. Alle Gehirne sind gleich groß, die von Männern vielleicht ein bißchen größer, aber die Größen sagen gar nichts über den Verstand. Nur bei den Alzheimern schrumpfen die Gehirne.

Und bei mir schrumpft der Glaskörper. Jetzt rede ich von den Augen. Aber das hatte ich ja schon länger, und diese Tropfen gegen den zu hohen Augeninnendruck auch. Und daß ich diese komischen Wedel oder Fächer vor den Augen sah, alles vorher schon gewesen. Und Gesichtsfeldmessung. Ein Seufzer Sues wie auf Sparflamme: Mit meinen Augen war ja leider nie viel los.

Aber schöner waren sie schon immer, schöner als alle anderen. Was für ein Blau, man konnte kaum hinsehen. Eilig sagte Marnie: Bis heute nicht, man *kann* kaum hinsehen.

Na ja. Das war jetzt die trockene Sue, die sich nichts vormachte, nicht die Spiel-Sue. Sie waren ja auch gut genug hinter dicken Brillengläsern versteckt. Anscheinend wollte sie nun ihre *kleine Schwester* wieder aufstellen: Es hat zwar alles zwei Schattenseiten und die Summe des Elends bleibt gleich (zwei Lieblings-Zitate im Potpourri der Schwestern), aber manchmal hat auch was Schlechtes sein Gutes. Weil ich immer kurzsichtig war, hab ich mit dem neuen Handicap nicht die Probleme, die du hättest. Du, eben höre ich was an der Haustür, ich denke, das ist Ed. Er ists gewöhnt, daß ich ... Klar, daß du ihm entgegengehst. Paß auf! Und ich werd ihn umgarnen. Sag mir den Zeitpunkt. Und den Ort.

Wird gemacht. Ciao!

Ciao!

Sue bekam in den nächsten Wochen zunehmend Schwierigkeiten beim Lieblingswetter-Spiel. Die Tage wurden länger und wärmer. Sie konnte sich nichts vormachen, es war zu deutlich, und darüber mußte sie sich freuen, das mußte sie wirklich. Ein Satz für Marnie fiel ihr ein, als sie sich in ihrem hellblauen gesteppten Morgenmantel in der Küche auf die Zehenspitzen stellte, rechtshändig abgestützt auf die Arbeitsplatte, Verbindungsstück zwischen Herd und Spülbecken, und mit der linken Hand nach und nach sich an die Packungen tastete, die auf dem Hängeschrank deponiert waren, und drei davon runterhangelte. Der Satz für Marnie, falls sie ihr heute einen kleinen Tonbandgruß sprechen würde oder wenn Marnie abends anriefe, ginge so: Mein Videovermögen ist seit ein paar Tagen sehr viel besser geworden. Es hat sich verändert, komisch. Alles ist heller und mit richtigen Konturen. Diese Wedel streifen noch drüber, aber auch nicht mehr so dunkelgrau. Du kannst merken, wann ein Film anfängt. Und als ich heute morgen in der Küche den Laden aufmachte, war kein Lieblingswetter. Schade ums Lieblingswetter, aber dafür ist mein Video besser. Hat alles seine zwei Schattenseiten? Bleibt die Summe des Elends gleich? Manchmal paßts doch nicht.

Sue machte ihre morgendliche Bestandsaufnahme, bis der Kaffee durchgelaufen war: Schachbrettmuster in der Diele, alias Lounge, schwarzweiß, habe ich mir seit Jahrzehnten gewünscht, als ich so eins mal sah, es war in einem amerikanischen Film. Die zwei Sessel, die Ed und ich benutzen, sind hellbraun überzogen und niedrig, es ist fast eine Seesandfarbe, der Clubsessel ähnlich wie Marnies, so viel ich mich erinnere, er erinnert mich immer an den Reform-Club in London, als ich dort an einem besonderen Abend ohne Off-Ladies mit Ed war, wulstig und rötlich braun, nicht das dunkle Braun wie von bitterer Schokolade beim Abraham-Lincoln-Sessel, und es sieht auch nur nach Leder aus, ist aber Plastik. Ein hochlehniger Kirchenstuhl mit gedrechselten vertikalen Säulen, viel abzustauben! Aus schwarzem Holz mit Elfenbeinintarsien. Ein Kaffeehaustisch, die Marmorplatte weißlich-rötlich wie eine sehr helle Wurstscheibe, könnte aus dem Café Stallburg sein. Eine eher wie sehr dunkle Blutwurst marmorierte Platte überm Heizkörper, links vom Kirchenstuhl. Darauf das Zentraltelephon, anthrazitfarben und flach, paßt nicht besonders gut zum übrigen Inventar, außerdem ein kleiner Stehkalender, dunkelrot, noch aus unserm Kinderzimmer, die Schneekugel mit Kölner Dom drin, winzig bronzefarben vor sehr blauem Hintergrund, wenig Schnee fällt nach dem Umwenden. Früher, als ich von hier aus telephonierte, habe ich immer getestet, wie viel Wörter man sprechen kann, während Schnee fällt. Ungefähr so viele: Hallo, hier ist Sue, störe ich dich ... Dann folgt meine kurze holländische Straße, ich habs bis zu fünf von diesen gauloisepackungsblauen Häuschen gebracht, die als Aschenbecher gedacht sind: Man soll seine Zigarette in eine Mulde an der offenen Seite des Hauses legen und dann den Rauch betrachten, der aus dem kleinen Schornstein qualmt. Rechts vom Treppenaufgang zum ausgebauten ehemaligen Speicher steht der Kinosessel, er heißt Kinosessel wegen der Erinnerung ans *Belida*, wo Marnie und ich, als wir so zwischen elf und vierzehn waren, manche Filme bis zu viermal angesehen haben, bis das Programm nach einer Woche gewechselt hat, und den Grundstein für unsere Filmsucht legten. Mit dieser Möblierung könnten wir hier drei Gäste unterbringen, Ed und ich in unseren strandweißlichen niedrigen Sesseln –

der Kinosessel ist mit einem grünlichen und genoppten, altmodischen dicken Stoff überzogen und glänzende kurze Troddel verdecken seine Beine – aber die Dielen-Lounge würde noch für mehr Besucher ausreichen, und es wäre mit reingerückten anderen Sitzmöbeln immer noch nicht zu eng. Doch meistens sind Ed und ich allein, erst recht seit dem Unfall. Die Dielen-Lounge geht in die Küche über. Wir haben eine Dunstabzugshaube über dem Herd, sieht wie ein schwarzes Dach aus oder wie eine Art Kamin, also brauchen wir die Tür nicht zuzumachen, und man schaut gern auf die ziegelroten Kacheln der Küche, längliche Kacheln weißverfugt, überhaupt sieht man gern in die Küche rein, groß wie ein Wohnraum und genau so behaglich ...

Ed trat ein. Sue hatte ihn nicht gehört, erschrak deshalb. Beinah hatte sie ein schlechtes Gewissen. Natürlich war der Kaffee längst durchgelaufen, und Ed sagte es und daß er sich über sie wundere. Er hatte ihr, damit sie es auch wirklich immer mitbekam, eigens eine Kaffeemaschine besorgt, die mit einem Brummton signalisierte, daß der Kaffee fertig war.

Sie fand seinen Ton nicht besonders nett. Natürlich, er sollte sie ja normal behandeln, auf keinen Fall gratis gnädig und mit dem Armer-Liebling-Bonus, aber wenn *nicht besonders nett* identisch mit *normal* war, dann paßte ihr das plötzlich überhaupt nicht. Noch weniger: ihr schlechtes Gewissen. Ihr absolut unsinniges Schuldbewußtsein. Ed würde nichts davon ahnen, daß sie ihn bestrafte, indem sie ihm die geplante Überraschung vom besseren Videobild vorenthielt. Im Innern bitter, sagte sie nach außen hin mit beinah (für Ed: vollkommen) gelungener heiterer Beiläufigkeit: Oat and Wheat heute morgen nicht, könnte ich mir vorstellen?

Oat and Wheat sind out, sagte Ed.

Ich mag sie zum Glück mehr und mehr. Ich hab mich an sie gewöhnt, sagte Sue.

Ich meine, sie sind all. Futsch, weg, sagte Ed.

Das hatte gesessen. Das war ein Schuß vor den Bug. Puh, ich habs nicht mitgekriegt, sagte Sue. Ich hätte es doch merken müssen, wenn ich mir irgendwann in der letzten Zeit den Rest ausgekippt und dann die Tüte zerknüllt...

Ich hab das gemacht, sagte Ed.

Diese eine Packung, hier diese, die hab ich für die Oat-and-Wheat-Packung gehalten. Sie hat das Hochformat, sagte Sue. Sie fühlte sich sehr unsicher. Wahrscheinlich war Ed mit beiden Füßen auf die leere Packung gestiegen, hatte sie platt getrampelt und auf den Stapel der ausgelesenen Zeitungen gelegt, bereit zum Abtransport des Altpapiers. Sie wollte nicht danach fragen. Sie sagte etwas spitz: Na, du hast ja den Überblick, also bedien dich besser selbst.

Mach ich. Du bist doch nicht eingeschnappt?

Ich wüßte nicht, weshalb. Sue stellte fest, daß sie mit ihrer vanillegezuckerten Milch Bran Flakes aß. In einer andern Stimmung als der gegenwärtigen hätte sie sich gern irgendwelche Zutaten in die Schüssel geschüttet. Sie ließ das bleiben.

Während er über die Zeitung weg sagte: Schon wieder ein Banken-Crash. Was wirst du heut so alles Schönes anstellen? Und dann vor sich hin knurrte, man suche nach dem betrügerischen Börsenmakler von Malaysia bis Singapore und zwar bisher vergebens, nahm sie sich vor: Antworte ihm nicht. Noch uninteressierter hätte er gar nicht fragen können. Außerdem: So alles Schönes anstellen! *Schönes*, auch noch *Schönes*! Er müßte doch bewundern, daß sie offenbar jeden schwierigen Unfallschadenstag mit der Lösung dieses großen Problems herumbrachte, ja: mit der Lösung, denn so sah es abends für ihn aus. Und sich fragen, dringend fragen, wie ihr das gelang. Trotzdem hoffte sie, er würde seine Frage wiederholen. Bis das vielleicht geschähe, redete sie prophylaktisch mit Marnie, sie glaubte jetzt, daß sie wenigstens dieses *Schöne* heute *an-*

stellen und Marnie ein Band besprechen würde: Mein gestriger Tag fing an mit einer toten Maus. Ich stieß mit der Pantoffelspitze dran, als ich die Haustür aufmachte. Das war Punkt eins. (Ed war, sie *mußte* sich dran erinnern, wenn auch Groll gegen ihn dran war, lieb gewesen, ja Schatz, ein Mäuschen, aber schon alt, ein natürlicher Tod, es war bestimmt eine Spitzmaus, das sind die einzigen, die Spitzmäuse, die nicht von anderen Tieren geholt werden, und er hatte die armselige winzige Leiche in der Nähe der Garage zwischen zwei Heidekrautbüscheln begraben.) Trotzdem, ein schlechter Tagesanfang. Sie wurde den Eindruck vom weichen Widerstand an ihrer Pantoffelspitze nicht los. Punkt 2, Marnie, Frigga-Erdmuthe berichtet mir von einem noch nicht großen Tumor im Knoblauchzeh-Köpfchen vom Vater. Angeblich gutartig, die Maße hat sie mir auch durchgegeben, dann kam sie mit ihrer angeblich medizinischen Bildung und wollte auch mir einen Tumor andichten. Ich lege nie den Hörer auf, habs auch diesmal nicht getan, aber ich hätte es tun sollen. Und abends in den Nachrichten die Meldung vom Tod unserer einmaligen Patricia. Zum Glück ist ihr letzter Roman gerade noch fertig geworden. Und doch ists ein guter Tag gewesen. Und heute fings erst gut an, ohne jede tote Maus und Tumor, und Patricia kann kein zweites Mal sterben. Aber es wird *kein* guter Tag. Die Summe des Elends bleibt gleich, die zwei Schattenseiten, die alles hat, stimmts? Furchtbare Nachrichten erschüttern, aber du behältst deinen Verstand. Bagatellen knipsen ihn aus, von Bagatellen kriegen Menschen Depressionen.

Ehe sie länger mit Marnie monologisieren konnte, tat er ihr den Gefallen. Ed fragte wieder: Na? Irgendwelche Ideen, was du heut so alles Schönes treiben könntest? Schon drüber nachgedacht? Ein bißchen Post? Und du wolltest mit deinen Portraits weitermachen. Hattest du den Kanal schon? Und den Teich? Du bist doch eine Pflanzennärrin, Sue. Hast du nie dran gedacht, von einzelnen Pflanzen Portraits auf Band zu sprechen? Na, waren das nicht ein paar brauchbare Ideen? Aber wie ich dich kenne, hast du sicher selbst was Schönes im Sinn. Schon irgendwelche Pläne?

Sue hatte Eds zurechtgemachte Beschaulichkeit nur mit Selbstbeherrschung über sich ergehen lassen können. Für sie modelte er ihren leeren absurden Alltag um, damit er, wenn sie ihm mal zwischendurch in seiner Firma einfiele, mit sich im reinen wäre. Und warum war ihr das immer genau so recht gewesen, und warum heute ganz und gar nicht? Sie selber hatte sich und damit auch ihn mit ihren Spiel-Einfällen in ein geduldiges Dahinleben eingelullt. Sue hoffte, Ed fiele ihr bissiger Ton auf: Schönes weiß ich weniger. Aber gut vorstellen könnte ich mir, daß deine liebe Schwester mal wieder anruft.

Take it easy.

Ihm war nichts aufgefallen.

Bissig machte sie weiter, während sie das altgewohnte, aber seit kurzem nicht mehr an allen Stellen stabile Eis, über das sie sich gehen sah, nun auch noch eine Spur hinkend, als sehr brüchige Fläche empfand (sie könnte sich auf diesem Eis portraitieren, unter dem Titel: Mein Vertrauen zu Ed): Immerhin sinds keine Ortsgespräche, bei deiner Schwester, deshalb dauerts nie allzu lang.

Prima. Ist doch schon was.

Sue kopierte die pingelige Stimme ihrer Schwägerin, was Ed nicht verletzte, er selbst machte das, wenn seine Schwester ihm diesen Aufwand überhaupt wert war, und Sue, die es besser konnte, amüsierte ihn: Das ist ein Ferngespräch, jedes Wort kostet, höre ich immer mit, während sie redet und sich aufopfert.

Und wenn auch Ed, wie erwartet, über die blendend nachgespielte Pedanterie seiner Schwester lachte (niemals könnte ich über irgendwas Bösartiges lachen, wenn *meine*

Schwester das Ziel wäre und Ed oder sonstwer einen Volltreffer landete), dachte sie: Wo bleibt bloß meine Gnade des Liebseins? Nur durch die komme ich in einen besseren Zustand. Die Pillen hatten doch schon gewirkt, zusammen mit den nachts freigesetzten Endorphinen, meinem hausgemachten Morphium, es ging mir doch schon mal gut, als ich vorhin allein in der Küche in meine glückliche Bestandsaufnahme vertieft war. Als ich spielen konnte. Was ist los mit mir?

Oder Prentice.

Ed stand auf, schien nicht zugehört zu haben, und anscheinend war es Zeit für ihn, loszufahren.

Oder Prentice ruft mich mal wieder an, sagte Sue.

Ed mußte noch in der Küche sein, oder in der Nähe der Küche, als er sagte: Da kam übrigens gestern Post vom Institut.

Sie brauchen sicher wieder ein neues Attest, sagte Sue rasch. Hast du den Brief noch nicht aufgemacht?

Doch, hab ich.

Warum hatte er gestern nichts von diesem Brief gesagt? Was stand drin? Sie wollte es lieber nicht wissen, und jeder wollte, daß sie sich endlich vom Gedanken einer Rückkehr an ihren vorläufig durch eine Stellvertreterin besetzten Arbeitsplatz trennen sollte. Jeder in der Familie, und, noch schrecklicherer Gedanke, viel peinlicher, wahrscheinlich auch jeder im Institut. Sicher hieß es von ihr: Sie treibt Vogel-Strauß-Politik. Steckt den Kopf in den Sand. Ja, da steckte er drin: Siehst und hörst nichts, arme Sue. Sie hätte nicht behaupten können: Ich liebe meine Arbeit. Dazu war sie wohl wirklich nicht bedeutend genug, die andern hatten recht. Aber nicht, wenn sie in sie drangen: Gib sie doch auf, was geht schon über die Freiheit. (Wie schädlich die ewige Rumsitzerei vor dem Computerbildschirm für die Augen wäre, sagte jetzt niemand mehr, jetzt bedienten sie sich ihres Landlebens, der umständlichen Fahrerei hin und her als eines unter mehreren stichhaltigen Argumenten gegen ihre Gewöhnung, von Montag bis Freitag die Nachmittage im Institut zu verbringen und Geld zu verdienen, und von Letzterem durfte sie gar nicht erst reden, denn dann wurde sie wahrhaftig ausgelacht, nicht boshaft, nicht ohne Grund, und auch Ed sagte: Das hast du doch nicht nötig, Liebling.) Am meisten störte Sue der Unterton all dieser gutgemeinten Ratschläge: Ihr Job sei es nicht wert, daß Sue oder irgend jemand an ihm hänge. Ihr Job galt nichts. Er war einfach nicht wichtig. Und doch wichtig für sie. Er gab ihr das Gefühl, dazuzugehören. Und sie wußte, wohin sie gehörte. Mit Arbeitskollegen pflegte sie über die Nachmittage im Büro hinaus keine Kontakte, einige waren ihr sympathisch, andere weniger, aber richtig kennen lernte sie niemanden, und Sue selber fand es merkwürdig, daß sie an der Kollegin, die sie immer zur Kaffeepause abholte, wirklich hing, obwohl sie sich nach vielen Jahren der täglich wiederholten Sitte noch immer per *Sie* anredeten – vielleicht war gerade das angenehm. Außerdem spürte sie, daß sie nicht unbeliebt war. Als vorsichtiger Mensch, erst recht bei Gefühlen vorsichtig, riskierte Sue nicht die Empfindung: Ich bin beliebt. Anscheinend bin ich nicht unbeliebt, resümierte sie behutsam und diskret.

Und ohne ihre Arbeit lebte sie in einem Niemandsland, aber das war auszuhalten, weil sie daran glaubte, sie würde sich wieder in ihr System der freien Vormittage und der Büro-Nachmittagsstunden mit den wichtigen Ritualen wie zum Beispiel dem der Kaffeepause einpassen. Das System lag da vor ihr, ein gut zusammengefügtes Puzzle, in dem nur ein kleines Stück fehlte: Sue. Es würde, zur Vervollkommnung des Bilds, wieder in den kleinen leeren Platz gedrückt. Das Institut war dem Botanischen Garten und der Biologischen Abteilung der TH angeschlossen, und Sue, eine Liebhaberin von Gärten und Gewächsen, fühlte und liebte die Nähe zu den Pflanzen sogar, wenn sie bloß ihre Namen in den Computer einspeiste oder sie abrief. An ihrem Computerplatz hatte sie ganz gewiß nichts Sinnliches mit den Pflanzen zu tun, aber sie war eine Spielerin und sah sie vor sich, ganz gewiß doch. Und aus der Cafeteria blickte sie gern mit ihrer Kaffeepausen-Kollegin in ein Stück vom Botanischen Garten bis zu den beiden interessanten, vom Frühjahr bis zum Herbstbeginn hellgrünen Trompetenbäumen, zur kanadischen Zeder mit langen speichenförmigen Ästen, die sie an ein noch nicht fertig aufgebautes Riesenrad erinnerten, und über die Gewächshäuser hinweg.

Sue fiel Eds Anspielung auf Gedächtnisverlust, Nebenwirkung ihrer Medikamente, ein, und die Fratze, die er ihr vielleicht manchmal schnitt. Sie setzte sich in den Kinosessel in der Lounge und war ziemlich sicher, daß Ed in der Garderobe seinen Mantel anzog. Oder nur eine Jacke, es kam ihr warm vor.

Fire Weed, Cardinal Flower, sagte sie.

Sie schreiben sehr anteilnehmend. Ed verbesserte sich schnell und rief: Sehr freundlich im Ton, der Brief vom Institut.

Eds Stimme kam eine Minute später aus dem WC: Willst du nicht wissen, was drinsteht?

Eigentlich keine gute Angewohnheit, die Tür zum WC mehr oder weniger halb offen zu lassen, dachte Sue. Ihre Schuhspitzen spielten mit den leichten Schnurzöpfchen zwischen Sesselpolster und Kachelboden, Schachbrettmuster, sie sah es als große leere Spielfläche vor sich.

Sie schreiben ...

Wild Iris, Buttercups, Indian Pipes, Devil's Paint Brush. Das ist gut, Devil's Paint Brush, rief sie. Findest du auch? Ihre letzten Wörter gingen im Geräusch der Wasserspülung unter.

Dann, Ed, halbnah: Ich versteh nicht ganz ...

Lupine, Milkweed oder Indian Pipes ... Das alles unter der Rubrik Maine Wildflowers. Von wegen Gedächtnisstörung. Sue wollte sich triumphal fühlen, aber stattdessen war sie bloß nervös.

Ed klang ganz ruhig, aber unpersönlich, als hätte er vergessen, ob sie seine Frau oder bloß eine Kundin war: Man meint im Institut, du solltest dir doch durch den Kopf gehen lassen, ob du nicht besser deine Entlassung einreichst.

Die Milkweed auf ihrem bastartigen hellbraunen Gestengel habe ich besonders gern. Und Harpswell, die kleine blaue Aster, eher mauve ... Sue wußte nicht genau, wie *mauve* aussah, sie glaubte: hellviolett. Daß sie nicht auf den Namen für die Goldraute kam, hing garantiert nicht mit einer Gedächtnisstörung zusammen.

Was meinst du? fragte Ed.

Wie bitte?

Ob ich dir jetzt gerade wieder eine Fratze schneide?

Ich bin kurz vor 1/25 bis 1/10, sagte sie scharf. Ich brauche demnächst wieder eine Brille, eine ganz normale dicke Brille.

Was meinst du denn jetzt bloß wieder?

Das weißt du genau. Das ist meine Kompetenz. 1/12 bis 1/10, oder doch nah dran. Ich halts für sonnig, und du schneidest mir eine Fratze.

Tu ich nicht.

Tust du doch. Ich krieg alles mit.

Schätzchen, du idealisierst. Ich müßte schon unterwegs sein, aber das hier ist wichtig. Ed war nicht nur sehr dicht bei Sue, er war auch auf gleicher Höhe, sie drehte den Kopf zur Seite, anscheinend hockte er vorm Kinosessel. Deine Phantasie ist eine große Hilfe, sie ist eine Gnade, das ist sie wirklich. Aber Realismus bringt dich in manchen Dingen weiter. Und du bist nun mal bei 1/50 bis 1/25. Eds gutartiger Ton kam Sue falsch vor.

Das alles ist jetzt schon eine interessante Erfahrung, wollte sie sagen, als sie abends in ihren niedrigen Stammsesseln ihre Harvey Wallbangers tranken.

Ed kam ihr zuvor, er schmatzte ein bißchen: Der richtige Galliano ist das nicht, ich sollte ihn wieder bei Keyser holen. Und einen Salty Dog oder Rudis Rubin ziehe er den Wallbangers eigentlich vor.

Es ist schon jetzt eine interessante Erfahrung, du hattest gemeint, es würde erst dann eine interessante Erfahrung sein, wenn alles wieder gut wäre. Wenn! Sie wollte das *Wenn* anzüglich von den anderen Wörtern absetzen. Aber sie war zu faul dazu. Sie war zu faul fürs Betonen und für die Sätze. Zu faul sogar, um an ihrer Blondie-Zigarette zu ziehen!

Sie bekam mit, wie Ed erwog, ob er die Harvey Wallbangers nicht besser auch mit Grapefruitsaft mixen sollte: Der Salty Dog profitiert von der herberen Grapefruit.

Sue war nicht zu faul, um *Ich glaube, wir spinnen* zu sagen.

Wie bitte?

Sind bekloppt. Kleiner Dachschaden. Sue fragte sich, ob das mit ihren Trance-Verlorenheiten wieder losginge. Mit diesen Absencen, die sie vorher nie an sich beobachtet hatte und durch die sie auf Unsinniges verfiel, aber kam Unsinniges nicht der Wahrheit, was die auch immer wäre, ziemlich nah?

Ed hatte in der Zwischenzeit nur wie mit einem satt vom Essen angereicherten, gleichsam abgefütterten Geräusch, so was wie Lachen, seinen Kommentar abgegeben. Und wäre das so schlimm? Ists nicht ganz nett, ein bißchen zu spinnen?

Sue prägte sich, aus Angst vor etwas, das von Ed ausging, ausgerechnet von dem Menschen, der sie liebte, den sie liebte, der es gut mit ihr meinte und ihr Bestes wollte, fest ein: Cardinal Flower: knallrot, etwas gefiedert, an Stengeln dünn wie Gras. Devil's Paint Brush wie beige, falsch kostümierte Ku-Klux-Klan-Skelette mit bleichen Hängeköpfen. Fire Weed ist eigentlich violett. Bring ich sie durcheinander? Die gelben Buttercups? Nein, das sind die Indian Pipes, die gespensterhaften aufrechtstehenden Leichen. Die Devil's Paint Brush ist freundlich, komischerweise, gelb und orange. Hellrote Lupine. Genießt es Ed, als Alleinherrscher über mich zu verfügen? Dann müßte die Zeit mit ihrem Handicap – wie lang noch, womöglich doch für immer? – auch für ihn eine interessante Erfahrung sein. Sie hatten verhältnismäßig spät geheiratet, Sue hatte vorher unabhängig gut für sich selber sorgen können, und Ed, ein paar Jahre älter, genoß nach seiner ersten, gescheiterten Ehe diese zweite verbesserte Auflage mit Sue, einer in Selbständigkeit geübten, besonnenen Person, die man getrost in Ruhe lassen konnte. Ein Doktor Benrath möglichst fern genügte. Und Sue ließ Ed in Ruhe. Bei Florrie, seiner Amerikanerin, mußte er den Aufpasser spielen, übrigens erfolglos, wenn es die sportliche Disziplin *Seitenspringen* gäbe, wären die Chancen für eine Weltmeisterschaft bei Eds erster Frau nicht schlecht gewesen. War Ed in eine neue Variante der Machthaberposition regrediert und welche Rolle spielte er? Den Polizisten so wie bei Sues Vorgängerin nicht mehr. Den Gangster? Der sie reinlegen wollte? Das würde überhaupt nicht zu dem Ed passen, den sie in neunzehn Jahren gut und, in seiner Vernünftigkeit ihr ähnlich, kennengelernt hatte.

Sue wurde wieder schläfrig und nicht einmal richtig wach, als Ed laut blaffte: Bäh! Bäh! Ätsch! Die Fratze! Danach lachte er und wurde wieder der freundliche bedächtige Mensch, der dem andern zuliebe ein bißchen Ulk macht.

Drang nicht aber aus dem Hintergrund, vielleicht aus der wunderwunderwunderbaren großen Küche, hinter deren Fenstern es meistens so herrlich herrlich schneite, und in das alleinseligmachende Vertrauen zu einem Menschen, drang nicht hinter Eds zuerst hämischem und sicher gutgemeinten (ein Schock tilgt den andern, vielleicht) Geblake und dann gutartigen Lachen etwas Piepsiges, etwas wie das Kichern einer noch sehr jungen Frau? Sue rappelte sich auf, um seine Spaßmacherei so zu parieren, daß er nicht merkte, wie unheimlich sie ihr war: Krieg ich alles alles mit. Von den Fratzen bis zu Prentice.

Prentice?

Daß sie sich hier im Haus rumdrückt.

Ed war der normale, gewohnte, verläßliche und korrekte Ed, als er vergnügt sagte: Kommt nur drauf an, woran man glaubt. Der Glaube versetzt Berge. Sagt doch auch der Arzt. Stimmts?

Ich wüßte ganz gern, wie Prentice mittlerweile aussieht. Sue mußte sich Mühe geben, nicht in ihrem Sessel einzuschlafen. Das war ihr noch nie passiert, und es durfte auch nicht passieren. Hat sie eine andere Frisur?

Glaub ich nicht.

Und diese Faciallähmung? Besser?

Keine Ahnung. Am besten, ich hole sie aus ihrem Kellerverlies.

Wir haben uns immer gut verstanden. Sue redete mit schwerer Zunge, sie wollte noch hinzufügen, wie vieles sie mit Prentice bereden konnte, weil deren Unbekümmertheit ihre Zurückhaltung lockerte, als schlösse man Handschellen auf, aber ach: zu viele Wörter, zu umständliche Syntax. Es klappte gerade bis zur Feststellung: Sie ist ein bißchen vulgär.

Sie redet wie die junge Generation redet. Die kennen unsere Tabus nicht.

Daß Sex langweilig ist, das wäre ein Tabu. Sue riß die Augen auf, bloß damit sie nicht zufielen. Aber das hatten sie dann anscheinend doch getan, denn Ed mußte ein bißchen an ihr gerüttelt haben. He, Kleines, was ist los mit dir? Hast du mehr eingenommen als erlaubt? Oder sonst was dazu?

Du hast mir was in den Harvey Wallbanger getan. Sue schaffte es: Sie lachte.

Und ob ich das habe! Weißt du was? Wir könnten mal wieder ein bißchen Blindekuh spielen.

Das machten sie manchmal. Er versteckte sich, und sie fand ihn immer, bald schneller, bald mit mehr Mühe und Umhertasten. Sie riß wieder die Augen auf. Sie war auf einmal kaum noch müde.

Du bist ein bißchen älter geworden, Ed. Du siehst wie Robert Redford aus, wenn er weniger Haare und ein dickeres Gesicht hätte.

Zuerst schwieg Ed. Vom Blitz getroffen, dachte Sue. Dann sagte er: Und du machst mal wieder ganz auf den guten alten Charlie Chaplin. Bravo!

Aber eine ihrer Chaplin-Nummern hatte sie ja gar nicht hingelegt. Chaplin! rief Ed in der Nachfolge der Erfinderin, Prentice, wenn bei Sue (nach dem Unfall) etwas schiefging, sie rannte den Klavierschemel um, sie stellte ihre Kaffeetasse neben die Untertasse und verschüttete Suppe, weil sie die flachen Teller mit den Suppentellern verwechselte, und mit dem Ausruf *Chaplin* bekam sie dafür sogar noch eine gute Note für groteske Tapsigkeit, als wäre sie gut gespielt; ein netter Einfall damals von Prentice, und nett, liebevoll von Ed, eine Gewohnheit daraus zu machen. Aber einmal, als Sue beinah neben Abraham Lincoln zu Boden gegangen wäre, weil sie sich wie immer auf ihren Instinkt verließ und sich dorthin setzen wollte, wo sie wußte, hier und nur hier steht er, mein prächtiger gewaltiger Lieblingssessel, da war ihr die Sache nicht ganz geheuer. Prentice und Ed konnten noch so amüsiert *Chaplin!* rufen, sie glaubte ihnen nicht, daß sie Abraham Lincoln auf den Zentimeter genau auf seinem Platz stehengelassen hatten.

Und was war jetzt chaplinesk gewesen? Ihr Satz über Redfords und Eds schwindende Ähnlichkeit. Die Aussage einer scharfen Beobachterin. Ed strengte sich mit Weiterlachen an. Sue gingen seine Worte von Telephonaten mit dem befreundeten Arzt durch den dösigen Kopf: Oft könnte man denken, sie mogelt, führt uns alle an der Nase herum, sie spielt und spielt ja sowieso, aber nun auch die Patientin, man könnte auf dumme Gedanken kommen, wirklich ... ja, gewiß, ich weiß, ihre Phantasie bringt Erstaunliches zuwege, durch Zufall kann sie ins Schwarze treffen ... Ins Schwarze, ha! Ganz schwarz ists ja nicht um sie herum, dem Himmel sei Dank ... Sue nahm sich für den nächsten Tag vor, wieder die Höhlenpassage vom Band zu hören, ihre Lieblingsstelle: Will Barrett verliert die Taschenlampe. Damit synchron dachte sie daran, ihren Arzt um einen Termin zu bitten. Worum es ihr ginge, wußte sie noch nicht genau, nur sah sie einen Zusammenhang mit einer neuen Spielidee, der unkindlichsten, die sie je ausprobiert hatte. Die Urheberin war ausnahmsweise Marnie: Sue, wenn ich blind wäre, würde ich spielen, daß ich sehe. Wenn ich taub wäre, würde ich spielen, daß ich höre. Das wird aber ganz schön brenzlig, wenn du antworten sollst und keine Ahnung hast, worauf, hatte Sue eingewendet. Und beim Sehen kannst du auch tüchtig auf die Nase fallen. Jemand fragt dich, wie gefällt dir mein Pullover? Die Farbe? Marnie fand, darauf könne man leicht mit *gut* oder, je nach dem für die fragende Person angebrachten Freundlichkeitspotential, mit anderen Prädikaten antworten. Ich, Sue, ich würde sie mit Begeisterung anschwindeln, immer da, wo es sich machen läßt. Ich würde hinken, wenn ich gehen kann. Aber du könntest nicht richtig gehen, wenn du hinken mußt, Marnie. Und was ist überhaupt der Gewinn bei der Sache? Marnie hatte erklärt: Die Idee dabei ist folgende: Damit beraube ich meine Umgebung, alle diese vor Wohlmeinen triefenden Menschen, der Chance, mir unheimlich zu werden. *Ich* bin die Vortäuscherin, niemand wird *mich* täuschen. Sue hätte gern mehr darüber gehört, denn sie war erst halb überzeugt und vermißte ein paar Beispiele für die Anwendung, aber an dieser Stelle des Bandes sagte Marnie: Mein Band geht zu Ende, und für den Wechsel brauche ich Rhesas Hilfe, ich muß zu ihr rüber, damit sie mir ... Es ist übrigens Rhesas Cassettenrecorder, die Gute hat ihn mir geliehen. Also das wird dauern, bis später, ich bin ganz besessen von ... Und hier war das Band zu Ende, Marnie hatte niemals eine Fortsetzung geliefert. Wenn ich sähe, würde Sue beim Termin, um den sie morgen bitten würde, zum Arzt sagen, könnte ich so tun, als sähe ich nichts. Das geht doch leicht. Und andersrum? Ich sehe kaum was, tue aber so, als könnte ich alles sehr gut sehen. Das geht nicht ganz so leicht, aber in manchen Fällen doch. Was aber gar nicht geht, erkannte Sue ernüchtert, das ist: den Arzt anrufen. Es geht nicht gut ohne Ed.

Was geht nicht ohne Ed? Was wars bloß gewesen, das nicht ohne ihn ging? Sue, später beim Abendessen, fühlte sich unbehaglich bei der Vorstellung, irgendwas stimme als möglicherweise späte Unfallfolge mit ihrem Kopf nicht mehr, mit all diesen Synapsen und Neuronen und Botenstoffen da drin, und so ginge Alzheimer los oder Ed hätte mit seiner Gedächtnisstörungstheorie recht. Und warum hatte sie eigentlich ihren Bademantel schon an, und darunter das Nachttrikot? Sie erinnerte sich an ihre Schläfrigkeit bei den Wallbangers und daß sie sich oft kaum hatte wachhalten können, dann aber wieder hellwach geworden war, aber irgendwie doch komisch wach ... Es war mir peinlich vor Ed, der Kampf gegens Eindösen, dachte sie, der war verdammt peinlich, und daran war das eigentlich Schlimme, daß ihr zum ersten Mal in den neunzehn Jahren mit ihm überhaupt irgendwas peinlich war, daß sie sich vor ihm genieren mußte, das Gefühl hatte, sie mache sich verdächtig und er spioniere bei ihr Reaktionen aus, die er selber eingefädelt hatte. Ed als Intrigant, und auch noch gegen sie: unvorstellbar!

Das Brot ist schimmlig. Eds Stimme holte sie in die Gegenwart am Eßtisch zurück. Schimmliges Brot, schon die winzigsten Spuren von schimmligem Befall, machte ihn reizbar. Und er wußte, dazu konnte sie nun wirklich nichts, dafür war sie nicht verantwortlich zu machen, und doch klang er ungehalten, als habe sie, wie in Zeiten vor dem Handicap, nicht gut aufgepaßt bei dem, was sie auf den Tisch brachte.

Ich finde, du hast dich in letzter Zeit verändert, sagte Sue.

Wie meinst du das? fragte Ed.

Jetzt mal nur auf dieses schimmlige Brot bezogen. Du weißt, damit habe ich nichts mehr zu tun. Vorläufig, ergänzte sie, hauptsächlich ihr zuliebe. Was sie Marnie von ihrem besseren Erkennen des Videobandschnellaufs erzählt hatte, auf dem sie Konturen sah und wußte, wo ein Film anfing und wo er aufhörte auch, ging einen Ed wie diesen, der über Schimmel meckerte, nichts an.

Du hast dich auch verändert, sagte Ed.

Das kann man wahrhaftig nur bestätigen, sagte Sue bitter. Und für mich dürfte diese Veränderung wohl am schlimmsten sein.

Ich meinte nicht die Unfallfolge, das Handicap, du kamst bewundernswert damit zurecht, du hast uns alle überrascht...

Ja ja, unterbrach Sue noch immer bitter und jetzt sarkastisch dazu. Mit meiner Genügsamkeit und meinen Spielchen, vom Lieblingswetter-Regen-Graupelschauer-Schneetreiben-Grau bis zur sanften Ergebenheit, mit der ich die Zimmereinrichtungen und die Gegend und Personen portraitiere – aus dem Gedächtnis! Sue betonte Gedächtnis so scharf und in Silben zerlegt, daß Ed sich seiner

Mahnungen erinnern würde (die Nebenwirkungen, vom Gedächtnisverlust bis zur Persönlichkeitsveränderung... wer weiß, vielleicht wollte er jetzt auf diese Persönlichkeitsveränderung hinaus), und wie friedlich ich dir abends berichte, wie ich meinen langen langen Tag rumgebracht habe...

Rumgebracht! So hat es sich bisher nie angehört.

Zwar fand Sue es schade um die Hummerspitzen in der dicken Sauce, die sanft nach Knoblauch schmeckte, aber sie mußte weitermachen: Diese einmalig geduldige Sue, und ihre begnadete Phantasie! Wenn sie dir abends berichterstattet, wie schön es wieder in der Bibliothek war, wie sie mit der rechten Hand über die Buchrücken streifte, sich in den Regalreihen auskannte und wohlfühlte, ja, das war bestimmt alles sehr angenehm zu hören. Entlastend. Sue dachte: Ein bißchen zu gemein bin ich ja, aber Marnie hat wahrscheinlich recht, mein Einverständnis ist noch immer Schock oder die Folge davon, weißderhimmel, nur stimmts nicht, was Ed nun ernüchtern muß, daß ich nicht wirklich dann und wann beinah glücklich war, natürlich, ich habe das vermißt, schrecklich entbehrt habe ichs, das mit zum Wichtigsten gehört, und doch, wenn ich mir den Stuhl bald da- bald dorthin in die Reihen zwischen den Bücherregalen rückte und dann dort saß, dann habe ich diese stille Freundschaftlichkeit durch die Bücher um mich her gespürt, Geborgenheit, beredtes Schweigen, und wenn ich lang dort aushielt, konnte ich mir einbilden, die Bücher würden anfangen, mit mir zu flüstern. Ich war unter Freunden. Und das wunderschöne alte Haus um mich herum ist in jedem Augenblick auch meine Partei gewesen. Sogar noch, als ich paranoisch wurde und befürchtete, Prentice würde irgendwo rumgeistern.

Später am Abend – wirklich gestritten hatten sie nicht, aber das Abendessen, von Ed ganz im Hinblick auf Sues Liebhabereien besorgt, war doch ein Reinfall, mit dem Sue sich Magendrücken einbrockte: Essen bekam ihr nur gut in einem harmonischen Klima – und bei laufendem Fernsehapparat, dessen Getön bald aus Gerede und Musikeinlagen Eds Zeitungslektüre untermalte, war Sue ungewöhnlich früh danach zumute, ihre Jeans und den Pullover auszuziehen, die Abende waren vorübergehend wieder kühl geworden, und sie wickelte den Bademantel fester um sich, bevor sie sich in Abraham Lincolns ledernem Schoß ausstreckte und sich gegen die Rücklehne drückte, damit der Fußteil ausfuhr. Und dann wußte sie nichts mit sich anzufangen. Ed bekam das mit.

Soll ich dir ein bißchen vorlesen?

Wir könnten auch reden.

Natürlich. Ganz wie du willst, Liebes.

Worüber würdest du gern reden, Ed?

Ich? Aber der Vorschlag stammt von dir. Schieß los. Was macht eigentlich dein Doktor Benrath? Hat er mal wieder ein Tonband geschickt?

In letzter Zeit nicht. Sue bemühte sich um einen gleichmütigen Ton: Irgendwas von Prentice gehört?

Ed hatte nichts gehört. Ihre Besuchsabsicht bestand weiterhin, und sie würde sich wieder melden. Ihm genügte das.

Ed, magst du sie eigentlich?

Prentice? Warum nicht.

Ja, warum nicht.

Bildete Sue sich das ein, oder sprach Ed nun mit mehr Engagement, das er gleichzeitig auf niedriger Flamme zu halten versuchte: Ihr habt euch immer prächtig verstanden. Sie verehrt dich, wie du sicher nicht vergessen hast. Sie hat dich oft richtig aufgelockert.

Etwas spitz konterte Sue: Vielleicht wärs nicht ganz dein Geschmack, womit sie das getan hat.

Na womit denn. Ed gähnte oder tat so, er gab sich väterlich, stellte sich, was er auch zu hören bekäme, auf die

Schlußfolgerung So-ist-nun-mal-diese-Generation und Wir-sind-ein-bißchen-von-gestern – wir-zwei-Gruftis ein.

Zum Beispiel hat sie mich über unser Liebesleben ausgefragt, sagte Sue. Das würde Ed ganz und gar nicht gefallen.

Irrtum. Ed machte *Ha!* und hielt Prentice' Interesse für ein gutes Zeichen.

Bei Gruftis? Vielleicht will sie nur wissen, ob da bei Gruftis noch was los ist, sagte Sue, um ihm eine zu verpassen.

Ed korrigierte sie: Unsere Anschauungen halten diese Kids für gruftimäßig. Aber daß die weiblichen unter ihnen auf älteren Männern stehen, um ihren Jargon zu gebrauchen...

Muß es nicht heißen: auf ältere Männer stehen? Ich glaube, der Casus war falsch bei dir. Besser, wir sprechen unsere Sprache.

Na schön. Was ich sagen wollte, ist: Mädchen im Alter von Prentice bevorzugen die reiferen Jahrgänge.

Bekannt. Sue fühlte sich unbehaglich. Aber das wars nicht, was sie interessiert hat, deine Stieftochter, ich meine, nicht *dein* Liebesleben.

Mit Sicherheit nicht. Und was sonst?

Wegen meines Handicaps, sagte Sue. Wie sich das auswirkt, na und so weiter.

Und, hast du es ihr verraten? Diesmal hatte Ed nur so getan, als sei er noch immer belustigt.

Hätte ich sollen?

Selbstverständlich nicht.

Sue fühlte sich besser. Sie hörte, was Ed nicht aussprach: Vorwitzige freche kleine Person, geht sie einen kalten Dreck an, unser Intimleben. Wenn ihre Einfühlungsgabe aber ausnahmsweise einen Fehler machte? Und Ed und Prentice längst über dieses Problem geredet hatten? Ach, Unsinn. Weg mit den albernen Gespenstersehereien. Ed las ihr einen Artikel vor, in dem es darum ging, was Biologen über das häusliche Leben von Kraken herausgefunden hatten, in Sues Gehörgang eine Geräuschkulisse, in der ihre Unterhaltung mit Prentice nachklang. Damals hatten sie unter der Markise an der Südfront des Hauses gesessen. Sue verzieh sich die Markise, grün und weiß gestreift, obwohl sie ein Stilbruch war, aber von einer Markise hatte sie schon geträumt, als sie noch allein in einer kleinen Mietwohnung mit winzigem Balkon lebte. Aus Tüten, die Prentice in ihrem Acrylreisesack mit schwer verständlich-unendlichem Fassungsvermögen geangelt hatte, kauten sie auf Marshmallows und Popcorn herum, tranken Kaffee, und das alles bei Prentice' erstem (und vorerst letztem) Besuch nach Sues Unfall. Sue erinnerte sich, wie erstaunlich unbekümmert sie sich in Prentice' Gesellschaft gefühlt und sich keinen Moment vor Prentice geniert hatte, sie, die doch beschämt vom Handicap keine Besucher mehr ertrug, Marnie ausgenommen, doch auch mit Marnie konnte sie nicht so ungezwungen zusammensein wie mit Prentice, weil ihr Marnie, der Sue leid tat, leid tat.

Fast alle Krakenarten hielten ihr Heim nach dem Einzug penibel in Ordnung und veränderten es unermüdlich, las Ed vor, während die Prentice vom Nachmittag unter der Markise anfing, einen alten Beatles-Song zu singen: »What goes on, with your heart / What goes on, with your mind ...« oder nicht *with? In* your heart? He Sue, sag mal: What goes on with your sex? Man machts meistens mit geschlossenen Augen, also ich nicht, aber viele tuns ...

Hör zu, geplante Aktionen. Ed las: Manchmal erweckten die Weichtiere den Anschein, als ob sie nachdenken würden. So beobachtete Jennifer Mather, wie einer ihrer achtarmigen Schützlinge nach langen Räum- und Fegearbeiten eine Muschelschale und einen Stein hochhielt und gleich wieder fallenließ, um erneut Sand aus seiner Höhle zu schleudern. Danach hob er die beiden Gegenstände wieder auf, ergriff einen weiteren Stein und betrachtete alle drei Stücke eine Weile, bis er sich daran machte, den zuletzt gewählten Stein in der Eingangsmauer zu befestigen. Interessant, wirklich.

Na ja. Sue hatte Prentice und Ed zugleich geantwortet.

Also nichts, sagte Prentice, nothing goes on with your sex.

Du liebe Güte, was stellst du dir vor, wir sind ein altes Ehepaar, neunzehn Jahre, was soll der Quatsch. Sue war froh über ihre Aufsässigkeit.

Machst du selbst irgendwas?

Ich wüßte überhaupt nicht, wie das geht. Merkwürdig: Vor Prentice hatte Sue Offenheit niemals bereut. Warum war ihr in den letzten Tagen eigentlich so mulmig, wenn sie daran dachte, Prentice könnte ganz in der Nähe sein, jetzt schon, oder sie käme sehr bald und bliebe für länger zu Besuch? Hatte sie, Sue, sich geändert? Prentice sicherlich nicht. Aber Ed? Fiel ihr erst seit kurzem eine neue Facette bei ihm auf? Oder, am allerwahrscheinlichsten, es lief wieder darauf hinaus: Sie sah Gespenster. Was kaum weniger bedrückend war als jede andere Erklärung. *Persönlichkeitsveränderung:* Stand auch in der Legende zu ihrem Medikament, falls Ed das nicht erdichtet hatte. Schon wieder Gespenster!

Der basso continuo über die rastlos häuslich herumwirtschaftenden und nachdenklichen Kraken drang zu Sue: Kraken seien Gourmets, und je mehr Leckerbissen sie in der Nähe eines ihrer Verstecke fänden, desto länger blieben sie denen treu. Doch die Rastlosigkeit brach sich bald wieder Bahn. Pausenloses Umziehen könnte dazu dienen, Spuren zu verwischen.

Und unter der Markise streckte sich Prentice breitbeinig in ihrem Gartensessel (grünstreifig mit weiß wie die Markisenbespannung), fütterte sich mit Marshmallows und Popcorn, bekam Lust auf einen Drink, fragte: Und Ed?

Er wird bald da sein und uns was mixen.

Uns was mixen kann ich selber. Habt ihr Wodka da? Lime-Juice? Das gäbe meinen speziellen Gimlet mit einem Schuß Tabasco.

Bloody Mary paßt besser zu dir.

Igitt, bloß nichts mit Gewürzen und Tomatensaft, wenn wir hier Süßes essen. Prentice schüttelte sich.

Prentice, was hältst du eigentlich von Privatangelegenheiten?

Ach komm, Sue, ich bin nicht einfach neugierig, nimm das doch als deep interest. Mich interessiert es, ob du glücklich bist. Du bists nicht, das ist klar, was dieses widerliche Handicap angeht, aber nebenher gibts auch noch ein paar andere Dinge.

Für dich wichtige Dinge, vielleicht. Ich habe den Verdacht, du läufst dem Zeitgeist nach und unterwirfst dich dem Sex-Leistungsdruck. Diesem Hochleistungssport. Es gibt auch noch so was wie ein Geistesleben.

Ha, daß ich nicht lache. Vergiß nicht, Ed ist ein Mann. Und deshalb hab ich gefragt, was mit Ed ist.

Du redest fast so wie seine ältere Schwester, hast du ein Wörtchen rausgelassen, über Männer, sagt sie meistens abschließend, und sogar wenn man sie nicht sieht, nur am Telephon hört, sieht man sie doch, mit ihrer Ich-habs-ja-immer-gewußt-Leichenbittermiene, also sie sagt, Fazit: Nun schön, geht mich ja nichts an, aber schließlich ist er ja *auch nur* ein Mann. *Nur*!

Die Dümmste ist sie bei diesem Urteil leider nicht.

Sue bat Prentice, nochmals ihren Altersunterschied zu bedenken. Und die Langjährigkeit einer Verbindung wie der ihren mit Ed nicht mit ihren eigenen kurzen From-date-to-date-Amouren zu verwechseln.

Es gibt schließlich Mönche. Priester... Sie wissen sich zu helfen.

Prentice! Keep your mouth shut, hat unsere Englischlehrerin immer in der Klasse gesagt, sie war altmodisch alt, aber in jeder Stunde stolz auf ein ganzes Jahr an einer Grammar School in Walthamstow oder so wo.

Der Einfallsreichtum, mit dem die Kraken ihre Verstecke herrichten, ist für in der Tierhierarchie so niedrig stehende Lebewesen sehr beachtlich. Da sie ihre Behausungen nicht nach Schema F umbauen und so weiter und so weiter, wir haben ja erfahren, sie denken vermutlich nach, Ed hob wieder die Stimme, las vor, kann man nach Jennifer Mathers Ansicht von einem intelligenten Verhalten sprechen.

Intelligentes Verhalten, wenns um Verstecke geht, ist das einzige, was man dulden kann, sagte Sue, die in Abraham Lincolns Schoß zurückgekehrt war.

Wie sie das meine? Nun, wer lüge, das habe sie irgendwo gelesen, brauche ein gutes Gedächtnis. Und wer etwas verheimlichen wolle, müsse intelligent sein.

Ed wußte nicht viel mit Sues Bemerkungen anzufangen, aber es machte ihm nichts aus. Er schaute längst in den benachbarten Artikel: Dem Geheimnis der Spinnwebe auf der Spur. Interesse?

Nicht sehr großes.

Ed las eine Zeitlang für sich, dann rief er: Aber das ist doch was! Kakerlaken kennen anscheinend die Angst vor dem Tod.

Aha. Und wie hat mans rausgefunden? Sue dachte, davon erführe sie gern etwas, schon um es an Marnie weiterzugeben, die stürzte sich auf alle Erkenntnisse rings um Tod, Todesangst, erst recht, wie man sich von ihr ab und zu wenigstens und in einem übergeordneten Sinn befreien konnte. Mit *ihrem* Priester versuchte sie immer wieder, darin Fortschritte zu machen, aber anscheinend war der Priester ebenfalls eher unsicher, und Besuche bei den Sterbenden im Spital und die Gespräche mit den Angehörigen regten ihn auf, er berichtete atemlos abgehackt, wie schrecklich diese oder jene Situation am Krankenbett wieder abgelaufen sei, und wich schnell auf seine Weekends mit Jesus aus (oder waren es Weekends mit Gott?), und sein knochiges eifriges Gesicht nahm eine halbwegs glaubwürdige Fröhlichkeit in sich auf, wie ein Hautöl, ein balsamierendes Make up: Geht wirklich dort nicht zu wie bei ein paar trüben Tassen, wir haben unsern Spaß (mit Jesus? fragte anscheinend die kecke Marnie, und ob der mitrumalbere, und Gott, lacht er?) und ihr Priester bejahte alles das rasch pauschal und wieder kurzatmig. Sue wunderte sich über Marnies theologische Bedürfnisse. Dann darüber, daß sie eigentlich keine verspürte. Sie spielte, mit dem Haus, mit dem Wetter, mit sich selber, und wenn sie Pflanzen liebte, und das voll Interesse und auch inständig und gerührt und was nicht alles, also bestimmt nicht als Biologin, nicht wissenschaftlich, weil sie Pflanzen (beinah alle, Orchideen so gut wie keine) schön fand, dann tat sie es nicht mit dem Nebengedanken an Gottes Gnade und die Wunderbarkeiten der Schöpfung oder dergleichen, dankbar schon, aber ohne religiöse Begleitgefühle.

Also, die willst du loswerden, die Kakerlaken, klar?

Klar. Sue dachte daran, wann sie Ed zum Thema *Prentice ist vulgär* zurücklotsen könne und ob sie es überhaupt tun sollte.

Also gut. Du machst folgendes ...

Aber zum Glück haben wir keine.

Was? Kakerlaken? Wir hatten sie schon, in der früheren Wohnung.

Du meinst, diese paar Schaben?

Küchenschaben und Kakerlaken sind dasselbe, Sue, das weiß jedes Kind.

Okay. Was also mache ich.

Kakerlaken alias Küchenschaben meiden tote Artgenossen. Du legst ihnen also einen Leichnam hin, und sie laufen weg.

Na prima. Ist ja absolut ekelhaft. Sue sagte, sie sähe nicht kommen, daß sie, bis zum möglichen Eintreffen einer nächsten, eine Kakerlakenleiche irgendwo aufbewahre. Du, Ed?

Hm?

Vorhin hats dich interessiert, warum ich von Prentice sagte, daß sie manchmal ziemlich na ja, offen daherredet.

Die reden heute Klartext. Ich sag dir doch, es ist eine Generationsfrage. Sie kennen nicht mehr unsere Tabus. Erkennen sie nicht an. Ed meinte abschließend, alles in allem seien die heutigen Jüngeren besser dran als er und sie im entsprechenden Alter. Immerhin gab er nach einem kurzen Stop fürs Nachdenken gewisse Zweifel zu. Ob sie es wirklich sind, schwer zu sagen. Phantasieverlust als Preis fürs Ablegen jeglicher Verklemmtheit. Ich weiß es auch nicht, und sehr spannend finde ich es ebenfalls nicht. Was kümmerts eigentlich dich? Laß sie doch.

Ich sagte mal zu Prentice, als sie mir auch mit unseren verquasten Tabus zuleibe rückte, sie hätte samt ihren Boy- and Girlfriends ein ganz anderes riesengroßes Tabu, wehe, wenn mans einreiße. Und ich habs getan.

Was getan. Ich hab dir nochmal vom Petit Chablis nachgeschenkt, Liebes, paß ein bißchen auf, das Glas ist mir etwas zu voll geraten. Warte, ich reichs dir rüber.

Den Chablis hätte ich selber geschmeckt. Sue fühlte sich topfit. Ich sagte: Ihr fürchtet nichts so sehr wie die Offenbarung, daß Sex nun auch nicht gerade Weltbewegung ist. Nicht das höchste, das erstrebenswerteste Ziel. Daß es ganz schön blödsinnig immer auf dasselbe rausläuft und ihr euch was vorschwindelt mit all dem Geräkel und Gestöhne, oh oh oh, ja ja ja, und dem immer gleichen Getue, das in den mittelmäßigen heutigen Filmen die Handlung aufhält und den Geist ersetzt und die Dialoge verhindert, und keiner mehr schreiben kann, Dialoge, und daß du und ich …

Was ist mit uns. Ed klang gereizt und wie einer, der es vorzieht, in Deckung zu gehen. Themen wie dieses ließen sie doch grundsätzlich aus.

Du zappst diese Bett- und Körpergymnastik weg.

Was geht das andere Leute an?

Mit heuchlerischer Sanftheit und Vergnügen an ihrer hintergründigen Tücke (oder was wars, Rache?) antwortete Sue: Es ist Prentice, deine admirable Stieftochter, es sind nicht *andere Leute.*

Eds Kommentar fing mit einem Knurrton an, endete damit.

Sue konnte ermessen, daß sein Groll sich gegen Prentice richtete: umso besser, und umso klüger, zur Sache zu kommen: Sie hat mich zum Beispiel über unsere diesbezüglichen Gewohnheiten ausfragen wollen. In ihren Worten klangs klarer: What about sex! Geht das auch aufs Konto junge Generation?

Klar tuts das. Ed war beleidigt, und daß er es indiskret fände, fügte er noch hinzu.

Hab ich ihr auch gesagt. Aber sag ihr was von Intimsphäre, dann fragt sie unerschütterlich: Nimmst du Intimspray? Und daß man das nicht sollte, man sollte nach sich riechen, neues Frauenselbstbewußtsein.

So?

Sue dachte an die Bitterkeit der Schwägerin zum ersten Mal mit trüber Zustimmung: Schließlich ist er auch *nur* ein Mann.

Ihre Mutter klang unecht, als sie seufzerdurchwachsen klagte: Umso besser, Marnie, wenn du recht hast oder Sue das abnimmst.

Marnie wiederholte, Sue habe keine Probleme mit dem Bein und auch nicht mit dem Fuß.

Es ist auf jeden Fall eine dumme Geschichte. Armes Kind.

Marnie vermutete, aus Mangel an schlechten Nachrichten würde diese Frau sich den Vater greifen, unter dessen Knoblauchzehenhäutchen-Schädeldecke langen und vom *kleinen Tumor* ihr Lamento anstimmen, dem allerdings der letzte Schliff fehlte: Dieser kleine Bösewicht war laut MIR-Diagnose gutartig und womöglich im bescheidenen und ebenfalls gutartigen Gehirn ihres zweiten Mannes schon bei der Geburt mitgeliefert worden. Was seine zweite Frau dem Neurologen und allen seinen Instrumenten nicht glaubte. *Wo gibts denn so was? Und er erzählt eurem Vater mysteries von Neuronen, die sich selber auffressen, und daß er seinen Hinkefuß deshalb jetzt erst merkt, weil die Neuronen das im Alter machen.* Warum nahm sie sich nicht wie sonst meistens (weil jetzt auch anderswo was los war, deshalb!) ihrer vielen eigenen Beschwerden an? Wie stehts mit deinen Hüften, könnte Marnie sie jederzeit fragen, bloß um sie von Sue oder dem Vater abzulenken.

Vielleicht sollte Sue sich auch einer solchen Magnet-Soundso-Untersuchung unterziehen. Angenehm solls nicht sein. In Minutenabständen mußte euer armer Vater ein fürchterliches Hämmern in dieser Röhre über sich ergehen lassen, er hat die Sekunden gezählt...

Sue braucht das nicht zu tun. Sie hat gleich nach dem Unfall ein bißchen gehinkt. Marnie dachte dauernd: Ich wills nicht wissen. Sue soll nicht in diese widerwärtige Röhre. Niemand soll was feststellen. Ich will nichts Gräßliches hören, nicht mal einen blöden unwissenschaftlichen Verdacht aus ihrem dilettantischen Kopf, und schon gar nichts Gräßliches über Sue.

Deine Hüfte ist besser? fragte sie.

Je nach Wetterlage. Heute gehts einigermaßen.

Ein saublöder Tag, Schwesterchen Sue. Gerade war ich nebenan in Rhesas Apartment. Rhesa ist ja ein lieber Kerl, wie ein treuer kleiner Hund, sie würde alles für mich tun und deshalb auch für dich, sie weiß von uns – klingt ganz nach Liebespaar, sind wir ja auch, etwa nicht? – aber wenn sie die Gefühle anderer nicht in ihrer kleinen Hirnkammer mit der Aufschrift Phantasie aus einem der paar vorhandenen Schubfächer kramen kann, kriegt sie einen stieren und begriffsstutzigen Blick, sieht richtig erbost aus. Komm später drauf. Und unsere Mutter war mal wieder Erdmuthe oder Frigga oder beides am Telephon, weitschweifig, das ist klar, selbst wenn du ihre Stör-ich-dich-Frage mit deinem ähnlich üblichen Ja-im-Moment-Mut beantwortet hast, sie tuts nicht unter der halben Stunde, und dann sagt sie noch, sie hätte sich kurz gefaßt, aber *Stör ich* bedeutet ihr genau so wenig wie *Gehts dir gut.* Gut, wir vergessen ihr nicht, daß sie, als sie in die Familie kam, um Ma abzulösen, sofort lieb zu uns war. Stichwort Ma, passend zu diesem Mist-Tag: Sie schickte mir wieder was für dich, ich solls weiterleiten, diesmal ein Buch. Ein Buch! Diesmal aus Park City, scheint so was wie eine Vorstadt von Salt Lake City zu sein, wo sie und ihr Konsulatsherzensbrecher bei Freunden blaumachen oder deren Haus hüten, habs nicht verstanden. Wann arbeitet der Typ eigentlich? Vielleicht ist er längst Vertreter für eine koreanische Autofirma oder überhaupt auf Job-Suche. Kurz, sie schickte ein Buch von der Thriller-Millar, Titel: *Blinde Augen sehen mehr.* Da war doch damals *Stiller Trost* noch ein paar Nummern taktvoller. Und wieder dieselbe Widmung, viel Phantasie hat auch sie nicht: Für meine Sue und ihren treuen Eddie, weil der doch so gern vorliest, von Herzen und Good Health: Ma. Hättest du nicht genau so wie ich zu unser beider Überleben und Rettung schwarzen Humor, dann könnte ich dich jetzt nicht drüber lachen hören und hätte diese Verwirklichung ihrer krausen Idee vor dir verheimlicht. Sue, wir haben, ohne uns zu überschätzen, mehr Grips im Kopf als unsere Ma und auch, so leid es uns tut, als das bedauernswerte Väterchen. Sind da Gene von irgendwelchen Vorfahren im Spiel? Über die wissen wir so gut wie gar nichts. Wenn ein Familienleben so kurz nach der Gründung in einem Crash explodiert ... vielleicht kommts daher, aber sein Gutes hat das auch. Du hattest schon früh mit mir deine Last, weil ich Freiheit wollte. Keine Bindungen! Du hattest deine Last, obwohl du dich genau so nach der Freiheit sehnst, da kannst du mir erzählen, was du willst. Bist bloß geduldiger, und dein Ed hat dich ja auch nie gefesselt, meine Männer jeweils alle, sie wolltens von Anfang an, entsetzlich. Nur zwischen uns – gegen diese Bindung ist kein Kraut gewachsen. Unsere Erdmuthen-Mutter hingegen ist gar nicht dumm, sie *kanns* hin und wieder sein, borniert, aber nicht so strohig im Kopf und so durcheinander wie die Ma, hinter ihrer Stirn muß es aussehen wie in einem Kaleidoskop, das immerzu rotiert, sich selbst schüttelt, also die Zweitmutter ist im Grunde ganz klug und wissen tut sie auch genau, wie verdammt unwillkommen mir ihre Bejammerungen deines Handicaps sind, und sie fing trotzdem wieder mit deinem kaum erkennbaren leichten Humpeln an und empfahl irgendeine spezielle Untersuchung, sie sagte, ich, eure Mutter, eine Laiin bin ich zwar, aber du weißt, der Medizin galt schon immer mein Interesse, und dann kam sie mir mit ihrem gesunden

Menschenverstand und sie würde es dir eines Tages... weil ja ich offenbar blockiere, zu feig sei und so weiter – auf den Kopf zu sagen, sie kicherte blöde und wiederholte: auf den Kopf, ha! Es könnte vom Kopf kommen wie bei unserm armen Vater, das würde sie dir sagen, und ich sags dir nur, damit du drauf gefaßt bist und sie abschmetterst. Der Anruf war übrigens wieder früh am Morgen, wenn ich eigentlich noch kein Wort rede. Dann geht der Dialog ungefähr so: Ich: Keine Zeit mehr, Mutter. Und: *Kein Wort mehr*, flehe ich, übel ists mir längst. Sie: Sue sollte zum Neurologen. Zwar halt ich die Diagnose bei eurem armen Vater für gelinde gesagt drollig... Na schön, ich ruf dich wieder an. Ich: Mach das. In Klammern: Kotz kotz! Sie: Hast du schon gefrühstückt, Kleines? Mariannchen? Ich hatte natürlich noch keinen Bissen runtergekriegt, so früh, ich esse immer erst im Büro, hab vorher nur Kaffee und vielleicht Aspirin und eine Gauloise bestimmt, aber natürlich log ich ihr vor, ich hätte gefrühstückt, ich sei eigentlich gerade mittendrin. Sag mal, sind deine Pillen eigentlich auch Benzos? Ich nehme gelegentlich wieder welche, schon ihr Anblick nützt mir, sie sind eine heimelige freundliche Gesellschaft.

Wie löscht man eine Stelle vom Band? Die letzten Sätze würden Sue beunruhigen. Ach, macht nichts: Marnie konnte jetzt unmöglich schon wieder Rhesa um sich haben, und, in etwas leichtsinniger Verfassung, dachte sie an den Fehler, der es vielleicht war, bei Sue immer die Samthandschuhe zu gebrauchen: Schock gegen Schock, und das hier war ja gar keiner, der dem Auslöserschock auch nur im mindesten ähnelte.

Sue, ehe ichs vergesse: Ich bin immer noch und immerzu bereit, mit (ich hoffe, du hörst jetzt Ma, von der wir ja nur noch annehmen können, daß sie so klingt, ich stell mir ihr Sprechen gurrend vor, täubchenartig), also ich kann jederzeit mit deinem Eddi, der dir gern vorliest, reden, wegen Prentice und so, du mußts nur sagen. Noch was zu den

Benzos: Mach dir keine Sorgen! Coburg ist zwar ein konspirierender und wahrscheinlich ein bißchen korrupter Mann, auch als Arzt, ich kenne ihn ja nur als Arzt, ein absoluter Fatalist, er glaubt nicht an gesundes Leben und all den Quatsch. Er sieht die Kranken kommen, hilft, weiß, sie gehen wieder als Kranke. Also, wenn du mit deinen Verordnungen nicht glücklich sein solltest, die Wirkung flaut ja auch ab, dann geh ich zu Coburg und sag ihm: Es ist wegen meiner Schwester. Wir sind so vernietet, keine Zwillinge und doch wie Haken und Öse, kein gutes Bild, du wärst die Öse, Sue, in die ich schußliger Haken immer wieder reinmuß, ich bin oft nicht drin gewesen, arme Schwester, schon als Kind mußtest du immerzu erwachsen zu sein versuchen ... gut, ich sag also zum an alles Elend der Menschen gewöhnten und deshalb alles tolerierenden Coburg, er könnte mit seiner etwas dauermüden und korrumpierbaren Art eine Čechov-Figur sein, im Grunde gütig, ich sage: die Tragödie meiner Schwester ist meine eigene und umgekehrt wärs genau so, aber meine Schwester hat wahrhaftig die besseren Nerven, obwohl sie auf andere den zärteren und den viel scheueren Eindruck macht und als hätte sie die schlechteren Nerven.

Marnie drückte die Stop-Taste. Mit diesem Trick hatte sie damals von Coburg ihre Benzos bekommen. Er hätte sie ihr auch so gegeben. Godwin Heinsheimer, ihrem derzeitigen Freund – er war schon ein wenig überfällig für den Abschied, einmal aus Gewöhnung, hauptsächlich aber, weil er die dumme Gewohnheit angenommen hatte, sich in ihre Angelegenheiten einzumischen, wozu sein scharfer Blick unter zusammengewachsenen Augenbrauen zählte, Augenbrauen wie ein auf die Stirn hochgerutschter schmaler schwarzer Schnurrbart – diesem Mann, der ihretwegen nach bereits fristgerechter Trennung von seiner Frau die Scheidung anstrebte, erklärte sie, die paar Jährchen ohne Highlights (*Chemikalien nennst du Highlights, tz tz* – oh ahnungsloser sturer Blödmann!) waren nie passend für mich, etwas fehlte (*dir fehlt was!*), etwas entging mir, es hat so wenig zum Typ Marnie gepaßt wie die kürzere Phase ohne Alkohol und die etwas längere ohne Nikotin und die ohne Joints dann und wann. Nur weil Godwin Heinsheimer ein Feigling war, diagnostizierte Marnie, erblickte er selbständig und in freier geheimer Wahl in Marnies Rückkehr zu den Benzos die Ursache, die ihm lieber war: den Unfall ihrer Schwester. Alles andere war Gerede. Er entschloß sich, es liebenswert zu finden. Seine Frau erschien ihm neben einer so hohen Dosis quirlig-unberechenbar verrückter Bohème-Durchtriebenheit wie ein Biobauernbrot, wie ein aus lauter pestizidfreien Körnern zusammengeknetetes Vollwertgebäckstück. Marnie hätte ihm gar nicht mehr erklären müssen, ihr Hirnstoffwechsel produziere zu wenig an Endorphinen, deshalb müsse sie, was körpereigen nicht zu haben war, sich per Rezept besorgen. Marnie liebte das Leben, aber das Leben war lahm, lag passiv vor ihr und wartete darauf, daß sie ihm einen Schubs gab. Sie betrachtete den dünnen verblichen rostroten Buchara-Teppich. Er war staubig. Wartet drauf, daß man ihn bearbeitet. Wie das Leben. Man muß was damit machen. Ab sofort wollte sie nicht mehr an Godwin Heinsheimer denken.

ON: Sue, ich hab eine kleine Pause gemacht, brauchte einen Kaffee und was zu rauchen. Keine Blondie! Ich weiß also nicht mehr genau, womit ich vorhin aufgehört habe, und zurückspulen, das Band, will ich lieber nicht, könnte sein, daß ich dann doch wieder meine kleine Dienerin Rhesa brauchte. Kapitel Doktor Coburgs pessimistische Güte beendet. Weiter mit meinem saumäßigen Tag. Seit ich öfter mit dem Spital-Priester morgens bis zum Kennedy-Platz fahre, manchmal mit dem kleinen engen Twingo von seiner Freundin, weil er seinen wundervollen Rover 620 Si am allerliebsten hat, wenn er in der Garage steht, bin ich nicht mehr so nervös, ich hatte vorher oder wenn er nicht kann, weil unsere Anfangszeiten nicht zusammenpassen, immer richtiges Reisefieber vorm pünktlichen Aufbruch zum Job, lächerlich. Zum Glück übernachtet er jetzt beinah immer nebenan bei seiner Margo. Diese Frau würde dich irritieren, sie ist nämlich immer fröhlich und patent und gut drauf, wie sie selber das nennt, und neben ihrem Beruf, Herstellerin für ein paar Verlage, hat sie noch andere Dienste übernommen, sie hat mir erzählt, welche, ich hab nicht aufgepaßt, ha ha, aber daß sie alle ehrenamtlich sind, das kannst du nicht vergessen, so nachdrücklich, wie sie es sagt, kannst dus unmöglich vergessen. Trotzdem, sie ist eigentlich nett. Sie macht auch kein Getue, und es ist, glaub ich, alles für gute Zwecke, aber sie hat nichts von der Ich-tue-gute-Werke-Penetranz an sich. Die Gesellschaft des Priesters bis zum Kennedy-Platz, wo er mich absetzt, macht mich ruhiger, was komisch ist, denn er selbst wirkt immer ein bißchen fahrig. Übrigens kann ich jederzeit mit ihm zu dir rausfahren, er sagt: Das Angebot steht. Er ginge dann, so lang ich bei dir wäre, spazieren, entweder mit oder ohne seine Margo. Er ist ein ziemlich wortkarger, trockener Westfale, der nicht besonders gut Auto fährt, aber komisch, ich hab immer das Gefühl: Ich werde pünktlich in dem blöden PGF-Büro sein. Nur heute, vielleicht weil der Tag schon so übel angefangen hatte, ging er mir auf die Nerven. Von seinen Freizeiten, manchmal heißen die bei ihm auch Rüstzeiten, was ich einigermaßen schrecklich finde, hat er mir schon öfter erzählt. Auch von den Weekends mit Jesus. Oder mit Gott. Und er meinte, so ein Weekend wäre was für mich, aber das ist nichts Neues, das Neue ist: auch für dich! Ich gebs mal so wieder, wie er es ungefähr vorgebracht hat: Vielleicht nicht gerade das nächste Weekend mit dem Herrn, denn da besuchen wir unter anderm eine romanische Kirche in einem ganz unscheinbaren kleinen Kaff, und es wird auch wieder viel Spaß dabei sein. Mich wollte er dorthin lotsen. Für dich fand er besser etwas ohne Besichtigung. An einer Ampelkreuzung fragte ich ihn, und das war schon ganz schön aus dem Hinterhalt, ich hatte es übrigens nicht geplant, reinlegen wollte ich ihn auch nicht, ich mag ihn ja, wie gesagt. Ich fragte: Glauben Sie eigentlich an Gott? Sue, stell dir das vor! Und wenns bei dieser Ampel Rot ist, bedeutet das Zeit, Geduld, es dauert. Und mein Priester nagte aufgeregt an seinem Pfeifenmundstück, er gewöhnt sich gerade das Rauchen ab, und das geht nur, wenn er auf dem Mundstück rumbeißt und dran knabbert und ab und zu am leeren Pfeifenkopf schnuppert. Er hatte mir halb das Gesicht zugewendet. Er sah aus wie ein Holzfäller, der einen riesigen Baumstamm mit ziemlich viel Ehrfurcht und Respekt und auch mit Angst prüft, er hat den Auftrag, ihn zu fällen, er wiegt den Kopf ein bißchen, kommt dann beinah grob und abrupt zum Entschluß: Okay, diesen Baumriesen hauen wir um, es muß sein, den schaffen wir auch noch. Aber etwas wie Es-ist-mir-nicht-ganz-geheuer behielt sein Gesichtsausdruck, er mußte sich einen Ruck geben, und so ruckhaft und komisch zerstreut, irgendwie fahrlässig hat er dann auch *Ja ja, tu ich* geantwortet und, weils längst auf Gelb gestanden und auf Grün umgesprungen war, dabei richtig wütend seine Gangschaltung schikaniert, und es war heute sein geliebter Rover, den er so mißhandeln mußte, der Ärmste. Sue, ich weiß, du bist zu diskret, um von Gott und alldem und ob man glaubt oder es nicht tut und betet und so weiter gern irgendwas zu hören, und noch viel weniger gern würdest du drüber reden, aber erstens gehts mir darin völlig anders und zweitens verschone ich dich mit mehr davon, nur so viel muß ich jetzt bekennen. Nachdem er es, wenn auch mit Furcht und Zittern, aus sich rausgestoßen hatte und ich wußte, er glaubt wirklich an Gott, und daß das so hindernisreich ist wie die Schwerarbeit des Holzfällers vor dem Mammutbaumstamm, da wars mir zum Beispiel völlig egal, daß ich unpünktlich wäre und Ärger in der PGF bekäme. Was heißt: Es ging mir plötzlich gut. Das war aber auch der einzig gute Moment an diesem insgesamt miesen Tag. Mein Priester stört mich ja oft, wenn er, von diesen unsäglichen Weekends mit der Heiligen Familie und dem Jux, den sie miteinander haben, faselt und von den Stillestunden und den Meditationen und daß sie auch immer wieder Lehrmeister anderer Religionen zu Vorträgen bitten und viel lernen, aber jetzt habe ich ihm alles verziehen, auch sein Stöhnen über die Momente, wenn einer seiner Schützlinge stirbt und die Angehörigen sich abwenden und versteinern, weil ich dann immer denke, wenn nicht er, wer denn sonst könnte hier trösten. Aber was erzähle ich dir davon, wirst du dich längst fragen, ich weiß, es ist dir schon lang peinlich, das hier. Ich erzähle es, weil ich plötzlich durch die etwas brutale Frage *Glauben Sie eigentlich an Gott* beziehungsweise durchs Beobachten seiner Holzfällerreaktion eine Spielidee für dich bekam, eine neue, und eine tolle Spielidee ists auch für mich. Sue, wir stellen uns die Leute vor, die wir gut kennen, und was für einen Ausdruck die ins Gesicht kriegen, wenn man ihnen diese Frage hinterrücks stellt, nicht eingebettet in ein theologisches Gespräch unter uns Amateuren, nicht so, daß jemand drauf gefaßt sein könnte.

Probiers mal aus, ich habs schon angefangen. Margo, die Freundin meines Priesters, kennst du nicht, die nahm ich mir als erste vor. Ob sie an Gott glaube? Sie blickt mich tapfer an und platzt bald vergnügt heraus, eine wie sie zögert bei nichts länger als eine Minute, sie gluckst, als hätte sie jemand gefragt, ob ihr ein bestimmter Käse schmecken würde, und es ist zufällig ihre Lieblingssorte auf dem Teller: Aber und wie, ganz natürlich, weil das schon immer so war, darüber muß ich nicht lang grübeln. Etwas überrascht lacht sie aber, sie ist froh und eine Spur verlegen, weil die Frage aus dem Zusammenhang gerissen doch nicht ganz gehörig ist, und dann bekräftigt sie ihr Bekenntnis für alles, was sie auf dem Teller hat, alles Erste Wahl. Sue, sie und ihr Priester haben einen kleinen Becher mit Würfeln, den sie vor dem Essen schütteln, und dann fallen die Würfel raus, auf denen stehen Tischgebete. Ich war schon zweimal bei ihnen drüben zum Essen. Es paßt eigentlich nicht zu Margo, daß man bei ihr nie richtig satt wird. Sie kocht gut, aber nicht viel. Und dann spricht Margo das Gebet vorm Essen, das beim einen Würfel obenauf liegt, und der Priester das andere vom andern Würfel nach dem Essen. Wenn auch er bestimmt gern noch mehr abgekriegt hätte, dankt er fürs Essen und für die Gesellschaft, mit der ein Gast, aber auch Gott, wenn kein Gast da ist, Gott gemeint sein kann. Die Gebete laufen immer darauf hinaus, sie machen das mit den Würfeln wegen der Abwechslung.

STOP. Wie sähe Sue bei dieser Frage aus? Das wollte Marnie lieber zuerst einmal allein durchdenken. Sue zöge den Hals ein, schrumpelte auf ihrem Sitz zusammen, das kleine zarte Gesicht verschwände im grauen Rollkragen ihres Pullovers. Geht keinen was an, drückte ihre Haltung aus. Ein Über-so-was-spricht-man-nicht-Blick, falls sie nicht sofort die Sonnenbrille vor die Augen schob. Das Gesicht erschrocken wie das des Priesters, aber gar nicht nach seiner Holzhackerart entschlossen, sich dem Baum entgegenzustellen, vielmehr strikt willens, ihr Geheimnis zu hüten.

Marnie dachte an Sues schöne große veilchenblaue Augen, ihre Ich-weiß-doch-das-alles-nicht-Augen, und wurde traurig. An Sues: Ich kanns nicht *sehen*. Sue, die Phantasienkünstlerin, konnte zwar sogar noch trotz des Handicaps aus ihrem großen Pech ein glückliches Bewußtsein herauszwingen, aber für Marnie blieb nun einmal der Verdacht betrüblich, daß sie sich mit dem irdischen Vergnügen (ach: Sues Vergnügen!) beschied. Mit einem Vergnügen nicht in Gott! Nicht einmal mit dem Bemühen, es dringend anzustreben! Für Marnie bedeutete das grauenvolle Todesangst, und die hatte sie auch *mit* der festen Absicht zu glauben: Nach dem Tod ists endlich aus und vorbei mit all dem Quatsch hier unter den Lebenden. Aber warum bedauerte sie ihre geliebten toten Großeltern, wenn sie mit einer Tasse Kaffee vor ihren freundlichen Gesichtern auf dem Photo, das sie nebeneinander auf ihrem Biedermeiersofa abbildete, Rast machte. Schnell sagte sie zu den beiden: Ihr habt bestimmt jetzt auch euren Kaffee und nicht mal mehr die Spur Angst, ob diesmal die Galle und das Herz auch keine Spielverderber sind. Cheers, ihr zwei Lieben!

ON: Sue, ich stell mir vor, jedes Gesicht gehst du durch, von allen, die du kennst, und malst dir die physiognomischen Veränderungen aus. Bei Ed hab ichs probiert; aber du mußt es besser wissen und ihn dir unbeeinflußt davon, wie ich ihn sehe, vorknöpfen. Also paß auf: Ed, leg ich los, am besten, während er Belege für die Steuer sichtet oder sowas, Akten studiert, Ed, sag mal, glaubst du eigentlich an Gott? Zuerst reagiert er überhaupt nicht, ich wiederhole meine Frage, er zeigt mir den Vogel, aber daß er beunruhigt ist, merke ich, und drüber nachdenkt, merke ich auch, er redet sich nämlich, was sein gutes Recht wäre, nicht damit raus, daß ich ihn störe. Er wiegt den Kopf hin und her und sein Mund wird noch schmaler, alles in allem, während er drüber nachdenkt, wie er antworten soll und ob er glaubt, sieht er so aus, als würde er eine nicht so befriedigende Bilanz prüfen, er weiß nicht genau, ob sie in Ordnung ist. Jetzt weiß ich bloß nicht genau, wie er antwortet. Tut ers überhaupt? Du kennst ihn besser ...

STOP. Genau daran glaubte Marnie nicht. Sue und Ed schienen sich nicht gerade anzustrengen, einander auszukundschaften. Es paßte zu der Ruhe und der Freiheit, in der einer den andern sich selbst überließ. Marnie seufzte und brauchte einen Scotch. In ihrer Boeing 747-Bordküche ging sie vor dem Spirituosenschrankteil in die Hocke und entschied sich für den edlen Ragganmore, dem Bestechungsversuch eines Zahnarzts mit der fixen Idee, in Wahrheit fürs Schreiben von TV-Serien geschaffen zu sein. *Years 12 old* stand in schönen altmodischen schwarzen Handschriftbuchstaben auf dem ovalen weißen Etikett am Flaschenhals. Neidisch auf das stille, zank- und streitlose, das wahrlich *erwachsene* eheliche Leben ihrer Schwester, der sie deshalb unbeirrbar gleichzeitig mit diesem Neid alles Glücklichmachende in dieser Welt wünschte, mußte sie an ihren ersten Reinfall denken, an den Mann, mit dem die Abfolge der Reinfälle angefangen hatte, so daß Reinfall ein Synonym für Mann geworden war. (Warum gings nicht ohne Männer? Wegen der Anfangsstadien. Die Anfänge machten Spaß. Verliebtsein ist erstklassig.) Gehört zum Besten, murmelte Marnie, der es mit dem ersten Schluck vom zwölfjährigen Ragganmore besser ging, ihrer Schwester zu. Aber Lieben ist das Allerletzte. Zum Beispiel Geliebtwerden, wenn es dir selber zu weit geht. Du wirst ein Besitzstück. Roberto war wie ein Mensch, der bettelarm aufgewachsen ist, und dem zum ersten Mal in seinem Leben etwas gehört. Ein schrecklich armes Waisenkind kriegt sein erstes Spielzeugauto und wenn ein anderes Kind ihm nah kommt, um das Ding zu bestaunen und wie ers auf dem Boden hin und her dirigiert, ballt er sofort seine kleine Faust drum und wird es nie mehr rausrücken. Marnie arbeitete sich mit den Füßen aus ihren Schuhen und hievte die Beine auf einen mit dem rechten Fuß hergehangelten Polsterschemel. Ihr erster Reinfall hatte sie bis in den Haushaltsmüll verfolgt. Schnüffler, dachte sie, aber auch: Armer Teufel. In der Abfalltonne hatte er nach zerrissenen Briefen vom potentiellen zweiten Reinfall, dem nächsten Interessenten für das attraktive Spielzeug, gesucht und sich nicht einmal geniert, es ihr auf den Kopf – er war fündig geworden – zuzusagen. Ich bin nie an einen Mann geraten, Sue, der mich so wie dich dein Ed in Ruhe ließ, jeder hat mich ziemlich bald der Untreue verdächtigt. Sue hatte ihr auf diese Beschwerde hin mitleidig erklärt, sie wäre nun einmal jemand, der immer etwas zu verstecken hätte. Du kannst anscheinend nicht leben, wenn du nichts verheimlichen mußt. Mach doch mal Pause mit deinen Männergeschichten. Aller Anfang ist leicht, Prost Goethe! Sue fand den Anfang eher schwer, gab dem Sprichwort und nicht Goethe recht. Und dann, das Lieben wie zwischen uns, Sue! Dieses Lieben ist auch das Allerletzte, es ist etwas total anderes, es ist zunächst mal gegenseitig, zieht dich enorm rein, kein Entrinnen. Marnie ging ihre Freundinnen durch, sie hatte eine Menge Freundinnen, und ihre Freunde, nicht ehemalige Liebhaber, aber ein paar von denen, in die sie ein bißchen verliebt war und bei denen sie darauf achtete, daß dieses Stadium des Unerledigten nicht überschritten wurde, der erstklassige Schwebezustand, und dann stellte sie fest: Alles prima, bei jedem auf seine Weise, angenehm und abwechslungbringend, aber kein persönliches schweres Mißgeschick von jemand aus dieser schwer entbehrlichen Gruppe könnte mich ernsthaft gefährden und ins Unglück stürzen, ganz und gar nicht. So bald ich sie an Sues Handicap Maß nehmen lasse, weiß ich genau, worin der Gefühlsunterschied besteht und wie meilenweit entfernt das Lieben vom Nettfinden, Gernhaben ist. Heraus stellt sich natürlich, daß ich mit X oder Y oder Z ehrliches und starkes Mitgefühl bei irgendeinem Schicksalstritt vors Schienbein empfände, aber eine Stunde nach der schlechten Neuigkeit könnte ich mit Z II. im *Bologna* Orecchiette und Gnocchi verschmausen und über Alice doesn't live here anymore und ein mögliches Remake diskutieren. Am Ergehen anderer, Nahestehender, nimmt die

Liebe Maß. Sogar am kleinen Tumor vom nie ganz eng als vertraut und väterlich erlebten Vater (nicht nur, weil ihm die Ma fortgelaufen war) legte Marnie dem alles in allem netten Freundeskreis die Meßlatte an, und der kleine Tumor, demnach der kleine Vater, wuchs hoch über den ganzen brauchbaren Haufen hinaus. Erst recht wenn seine Frau vom kleinen Tumor berichtete wie von einer neuerlichen Ungeschicklichkeit ihres Mannes, so als wollte sie sagen: Einem wie ihm mußte ja so was eines schönen Tages zustoßen. Marnie sah sich als Thermometer, der bei der Meldung *Krebs bei X* nur erhöhte Temperatur anzeigt. Hat aber die bis auf ihre Instinktlosigkeit eigentlich von Anfang an passable Zweitmutter mit ihrem hinterhältigen Verdacht doch recht und Sue humpelt, weil auch in ihrem Kopf ein kleiner Tumor sitzt, dann rast das Quecksilber, Synonym für Liebe, sofort so weit nach oben wie es überhaupt geht, will höher rauf, höher weiter schneller, und ich geh mit keinem ins *Bologna* und diskutiere mit niemandem über irgendwas, ab sofort bin ich zu jedem, der mich anzusprechen wagt, hundsgemein. Ich sags dir, Sue, Lieben ist das Allerletzte.

An die auf gegenseitiges Vertrauen gegründete Ruhe und Freiheit zwischen Sue und Ed hatte Marnie immer gern gedacht. Aber stimmte es denn noch genau so mit den beiden? Sues Andeutungen über ihr Unbehagen, was Prentice anging, gefiel Marnie nicht. Sie zwang ihren Argwohn nieder, Ed hätte entdeckt, ungleiche Machtverhältnisse besäßen auch einen nicht zu unterschätzenden Reiz. Es würde ja überhaupt nicht zu ihm passen, er war bequem und rational und Sue auf diese unabhängige Weise, die Marnie bei keinem anderen Mann erlebt hatte, treu und ergeben, und er würde demnach niemals ihre Behinderung auszunutzen versuchen. Treu, *ganz* treu? Marnie bekam einen heißen Kopf. Ja, doch, treu, und die seltsame schöne Erinnerung, über die sie beide, Ed und sie, ohne einander abzusprechen, immer geschwiegen hatten, hing nicht mit Treue oder Untreue oder gar einem Defizit Sues zusammen. Sue hat ja *nie* etwas gesehen. Gut, damals konnte sie nicht, als es passiert war, aber auch vorher schon, kurze verlegene Blickwechsel. Oder doch? Sue war diskret und tolerant. Und nicht nur einmal hatte sie (als die unvermittelt knallharte Sue, die sie aus dem Stand sein konnte) mit einem kurzen Auflachen, als mache ihr das sogar Spaß, festgestellt: Ed war schon immer in dich verknallt. Er wars, als wir uns verlobten. Du hattest damals zwei Männer, einen halb abgestoßenen, einen auf dem Vormarsch, und wahrscheinlich hat ihn das fasziniert. (Ihre Schwägerin hätte mit *Schließlich ist er auch nur ein Mann* resigniert, Sue war amüsiert, Marnie eben nur die *kleine Schwester*, die sie ewig bliebe, und schließlich, für eine Ehe zog Ed problematischen Faszinationen die sanfte zuverlässige Vernunft Sues vor.) Marnie erinnerte sich, weil es sich um eine Qualitätsüberraschung gehandelt hatte, zwar nicht oft, aber wenn sie es tat, in der Empfindungsmixtur der Kontraste Benommenheit und Aufregung, an die für den bedächtigen Ed gar nicht geläufige Plötzlichkeit. Eds Zugriff, gleichzeitig fest und zart, alles stumm, Eds Umarmung. Ein paar Meter entfernt Sue. Nur die Rückwand des alten, weinrot überzogenen Sofas zwischen ihnen. Das war ein paar Tage nach Sues Unfall passiert. Sue lag auf dem altmodischen Sofa, das sie mit ihrer frischen Begeisterung für das innen neue alte Bauernhaus mit Eds und Marnies Hilfe dahin und dorthin gerückt hatte, bis sie entschied: Es soll mitten im Zimmer stehen, wie in amerikanischen riesengroßen Wohnzimmern, mit der Rückwand zur Eingangsschiebetür (einer Schiebetür mit weißgestrichenen Holzrahmen um Sprossenfenster, die immer halb offen stand), und davor die anderen Sitzmöbel, alles so, damit von da aus der Blick aus den Fenstern nach Süden ins flache Land rausgeht – siehts nicht wie Holland aus? England? New England? Und dort, ohne den Ausblick zu genießen, hatte Sue gelegen, freundlich, still und ganz bestimmt deprimiert, kurz nach dem Unfall und noch ohne Ideen fürs Zurechtkommen mit dem Handicap, noch nicht die Spielerin Sue, die Herrscherin über ihre Phantasie, eine Sue ohne den Einfall: Lieblingswetter. Ziemlich dicht hinter ihrem Elend hatte Ed stumm Marnie, die Unvorgewarnte, umschlungen, etwas unterhalb der Schultern, und an sich gedrückt und festgehalten, und Marnie hatte sich nicht gerührt. Nachher wollte sie sich gern vormachen: Er tats aus gemeinsamem Schmerz, ich ließ es ihn tun, aus dem gleichen Grund, gemeinsamer Bund für Sue, Verschwörung, wir helfen ihr, für sie halten wir zusammen, es ist alles für Sue – aber es war viel zu schön und eindeutig Selbstzweck und ganz ohne Sue. Es ist nie wieder zu einer solchen Heimlichkeit gekommen, platonisch wars nicht, geschwisterlich auch nicht, aber doch nicht einmal Stadium 1, eher Stadium 0,6 – Sex? Ah nein, vielleicht ein bißchen Erotik ... Und doch wars ein Schandfleck, und Marnie wußte, Sue, die Großzügige, die ewig *ältere Schwester*, würde es aufs gnädigste interpretieren: Die Spannung hat sich gelöst. All die Sorge meinetwegen. Eigentlich bin ich schuld, und außerdem freuts mich, wenn ihr zwei euch sehr gern habt. Niemals käme sie zur Er-ist-schließlich-auch-nur-ein-Mann-Diagnose von Eds Schwester. Marnie warf sich vor, wie gut sie mit einem schlechten Gewissen zurechtkam.

In den ersten Wochen nach dem Sturz auf der Treppe war Marnie noch öfter raus aufs Land zu Besuch gekommen. Und in der Zeit, es war einfach allzu leicht gewesen, klaute sie bei den Speyers Drinks (sie machte sich in der Küche allein an den Flaschenvorrat) und, wirklich schlimm, immer auch ein paar von Sues Tabletten. Durch die kam sie wieder auf den Geschmack, und sie ging zum allzeit gnädig-korrupten Fatalisten Coburg, der ihr jeden Little-mother-helper aufschrieb, um den sie ihn bat.

Zu den damals häufigen Wochenendbesuchen fuhr sie Rhesas *Baby*, der mit einer Flasche Diät-Pils getaufte Punto, aufs Land, und bei keiner Fahrt vergaß Rhesa zu scherzen: Heut paßt doch endlich mal wieder mein Aufkleber. Womit sie auf das an die Rückscheibe rechts oben gepappte Schild *Baby an Bord* und Marnie anspielte, die sie genau so wenig mit meine *kostbare Fracht* zu würdigen vergaß. Treu ergebener kleiner Hund, dem zu seinem größten Glück und Verständnis von wirklicher Freundschaft auch noch Pflichten anvertraut wurden. In diesen ersten Wochen, als Sue sich noch nicht aufgerappelt hatte, alle Dienstleistungen abzuschütteln, noch nicht stark genug, um sie als demütigend zu empfinden, hatte Rhesa mit ernstem, beinah feindseligem Gesicht und gerunzelter Stirn, wenn man ihr sagte *übertreibs nicht*, überall im großen Haus aufräumen und saubermachen dürfen, und bis heute verstand sie nicht, und ihr Ausdruck war mißtrauisch-mißmutig, warum man sie nicht weiterhin mit ihren kleinen Eimern und Wischlappen umherwuseln oder im Garten Unkraut zupfen und mit der Schubkarre herumfuhrwerken und Einkäufe tätigen ließ. Auf den Rückfahrten neben der von der Arbeitsanstrengung wie frisch belebten Rhesa faßte Marnie in der Manteltasche nach der kleinen Dose mit den geklauten Pillen, erschrak und freute sich gleichzeitig über die Beute und prägte sich ein: Jede andere, nur nicht Sue, würde ich berauben. Nach dem Medikament nahm sie sich Ed vor: Bei jeder anderen, nur nicht bei Sue, würde ich die verbotene stille eigenartige Umarmung eines für die Dauer der Umarmung geklauten Mannes genießen. Bei jeder anderen, jedem Mann von jeder anderen, würde ich die schönste, merkwürdigste und wichtigste von allen meinen bisherigen Intimitäten – bloß eine Umarmung, aber was für eine! – rekapitulieren, obenrum hart und gepreßt vor lauter Herzklopfen, unterhalb der Gürtellinie weich und aufgeheizt, im Kopf glühend und voller Phantasien, jeder Gedanke ein neues Wort in der Fortsetzungsgeschichte. Nur nicht bei Sue.

Marnie mußte ein paarmal durch ihr enges Apartment laufen, mit Rast am über Eck verlaufenden Spiegel, um sich für Sue-geeignete Mitteilungen zu präparieren. In der Wirklichkeit hatte die wunderschöne Kleinigkeit mit Ed nicht die Spur von einer Chance für eine Fortsetzungsgeschichte. Ed war Marnie zu wikingerhaft, gar nicht ihr Typ. Und um Sues willen, die sich wegen Prentice beunruhigte, müßte sie mit ihm reden. Sues Gespenster wollte Marnie weder sehen noch umherschleichen hören, aber sie kam nicht drum herum, sich ihrer anzunehmen, denn Sue hatte Probleme mit diesen Gespenstern. Wo war ich? Beim Glauben-Sie-an-Gott-Spiel, diesmal war Ed dran. Marnie sprühte *Fit-Vite-Fixo* in beide Nasenlöcher, um einen klaren Kopf zu kriegen, zündete eine Gauloise an. Nun war sie bereit, zum Cassettenrecorder zurückzukehren.

Der gute Ed, bergsteigerhaft wie meinen Priester, der taxiert, ob er den gigantischen Gipfel erklimmen kann und dann *Ja es ist möglich* mit einem Ruck fast ärgerlich entscheidet, so sehen wir ihn wohl beide nicht, Sue, aber vielleicht magst du meinen Spielvorschlag überhaupt nicht, du fragst dich nicht mal selber nach Glauben und Gott und so weiter. Ed, glaubst du eigentlich an Gott, damit hab ich ihn nun mal gestört, und ich sehe ihn von dieser nicht überzeugenden Bilanz aufblicken, er wird nochmal mit dem Buchhalter reden, und ich höre ihn: Warum nicht? Sollte ich etwa nicht? Dann würde er grinsen, es wäre nur eine Mini-Grimasse, sehr kurz auf seinem skandinavischen hageren Gesicht, und das hieße so viel wie: Jetzt laß mich bitte in Ruhe. Hör auf mit dem Seich und Schnickschnack und Edelschmus. Womit er mir stumm aber unmißverständlich eine Abfuhr erteilt, ganz nach der Art von hundertprozentigem Mann. Etwas kontaktwilliger hätten wir sie ja schon ab und zu ganz gern, aber sind uns nicht, verglichen mit denen, die sich bei uns mit ihren Salbadereien ausweinen und mit ihren unästhetischen Outings löchern, denen die Offenbarungseide schon als wärens final überhöhte Cholesterinspiegel aus Nase und Ohren tröpfeln – sind diese reichlich bockigen und verstockten Eds uns nicht tausendmal lieber? Die Zwitter sind meistens umgänglicher und netter und immer freundlich, sie schnauzen dich nie an und sie haben für alles Verständnis (durchforsten keine Abfalleimer nach Verdachtsindizien, verschwieg Marnie und genehmigte sich 12 years old Maggadonnan), aber verlieben tu ich mich nur in die Prototyp-Männer. Weil wir noch bei Ed sind: Ich biete es dir wieder an, mit ihm zu reden. Wegen Prentice und daß du sie im Moment noch nicht bei euch haben willst. Ich könnte es ihm am Beispiel des Schlafens erklären, denn *die* Erfahrung hat er gemacht, deine aber nicht: Ed, wie schön Schlafen ist, merkt man erst beim Halbschlaf-Aufwachen. Man hat ein Verlustgefühl. Trennung, Abschied, von etwas, das doch sehr schön gewesen sein muß – nur, währenddessen kriegst du es nicht mit. Denk mal an Zahnweh: Wie schön es ohne ist, fällt dir überhaupt nicht auf. Du warst nicht dankbar dafür. Erst der Schmerz macht dich auf dein Glück aufmerksam, als der Schmerz nicht da war, hast du nicht gewußt, wie gut du dran warst. Du brichst dir das Bein, den Arm, oder es ist bloß ein Fußzeh: genügt schon. Vorher hast du den kleinen Fußzeh überhaupt nicht beachtet. Seit er lädiert ist und du nicht mehr richtig gehen kannst, seit deine Fingerknochen gebrochen sind und du über die ganze Hand nicht mehr so wie vorher verfügst, erkennst du, was dir verlorenging. Ich weiß nicht, so viel ich weiß aber wars Georg Christoph Lichtenberg, der vom unscheinbaren Glück geschrieben hat, und wie hoch wirs einschätzen, wenn es uns abhanden kam. Und so leite ich zu deinem Handicap über, Sue. Findest du das nicht geschickt? Du hast in Ed einen der Besten, wirklich, aber daß er eine Größe in Sachen Einfühlung ist, bezweifle ich doch. Ich weiß noch, als du, es war im Winter, und ich hatte euch besucht, auf der Stufe vorm Eingang hingeschlittert bist und gesagt hast: Ich habe das Glatteis nicht gesehen. Es war aber überhaupt kein Glatteis, und Ed hats ziemlich schonungslos gesagt. Vielleicht gehört das ja zu eurer Taktik. Damit, neudeutsch gesagt, umzugehen, fällt mir schwer. Und nicht nur Ed, keiner kann sich wirklich vorstellen, wie das ist, mit deinem Handicap. Nur muß ihm einfach genügen, daß du Prentice jetzt nicht willst. Sue, ich muß bald Schluß machen, aber stell dir noch was Komisches vor: Rhesa, sie kommt, um zum saumiesen heutigen Tag zurückzukehren, als Schlußpointe sowieso noch dran, je nach Länge des Tonbands, Rhesa bei der Glaubensfrage: Das kleine, eigentlich putzige Gesicht wird empört und sie zieht eine Schippe, weißt du, so einen muffigen Mund, ihr ganzer Ausdruck bedeutet Ablehnung und Für-so-was-hab-ich-keine-Zeit, und antworten wird sie schließlich: Also, nach allem, was ich so mitkriege, glaub ich, ich muß dich enttäuschen. Siehst du sie auch so? Als ich gegen fünf an ihrer Tür klingelte, wegen Bandeinlegen, hat sie mir hocherfreut aufgemacht. Jetzt war sie wieder ganz der knopfäugige lustige treue kleine Hund, zu jeder Schandtat bereit, aber ihre Schandtaten sind Wohltaten für mich, sie beteuert, für mich was zu erledigen, wäre für sie das Beste, was ihr passieren könnte. Du ahnst nicht, mit welchem Stolz sie mir dann ein grauenhaftes Monstrum vorgeführt hat, und zwar ist das Scheusal für dich. Sie hats mit der Hilfe von einem Typen aus ihrer Autowerkstatt, mit dem sie auch manchmal auf ein Bier in die Kneipe neben der Werkstatt geht, fabriziert. Und diese Mißgeburt hat sie mir strahlend vorgeführt, ich wußte, daß da etwas in Arbeit war und habs versucht abzublocken, und worum handelt es sich? Vorweg sagt Rhesa immer: Sie – das bist du, Sue, sie verehrt auch dich! – weigert sich ja, einen Rollstuhl zu benutzen, und ich sag ihr jedesmal: Sie kann ja gehen, also gibs auf! Nein, weil das Gehen nicht – *noch* nicht – das Ideale wäre, hätte sie eine Superlösung, an der nichts an einen gewöhnlichen Rollstuhl auch nur von ferne erinnere. Das allerdings ist richtig. Das kleine selbstgebastelte Ungeheuer besteht aus einem ausgedienten Autositz (der war in einem echten Daimler, ruft Rhesa stolz und klatscht sich und dem Ungeheuer und dem Werkstatt-Typen Beifall), und dem haben sie vier Beine aus irgendwelchem Stahlrohr verpaßt, und an denen wieder sind Räder mit Gummireifen, abmontiert von einem Kinderwagen. Du stellst dir im Ernst vor, daß meine Schwester sich in so was setzt? Aber natürlich stellt sie sich das vor. Und sich damit ins Freie wagt, unter die Menschen? Warum denn nicht? Ich war verärgert, weil sie das Ungeheuer ja selbst irgendwie doch auch komisch fand. Weil sie meint, wir zwei wären fürs Komische. Gut, wir sind dafür, aber nicht, wenns uns betrifft und etwas Ernstes bei uns. Erinnerst du dich: Wir müssen fast noch Kinder gewesen sein, da haben wir uns schon in die Hand versprochen, wenn eine drum bittet, würde die andere sie töten. Woran haben wir damals bloß gedacht? Bestimmt doch nicht an schwere Krankheiten, ich kann mir nicht vorstellen, daß wir überhaupt schon was wußten zum Beispiel von so was wie Krebs. Um Schulnoten gings sicher auch nicht. Ich weiß wirklich nicht, wodurch wir auf diesen Pakt kamen. Zurück zu Rhesa und ihrer Sturheit: Sie meint es bestimmt gut, sie sah enttäuscht aus. Dann hat sie mich wie immer *Wie war dein Tag* gefragt. Sie behauptet, sie würde so gut wie nie fernsehen (natürlich sagt sie wie alle, denen die falsche Grammatik nicht wehtut, fernsehen gucken, ich habe das und das *geguckt*, hast du das *geguckt*, ich wollte das *gucken*), also sie *guckt* angeblich kaum je *fern*, aber *Wie war dein Tag* ist eine Formulierung, die es bei uns seit der Synchronisation amerikanischer Filme gibt. Mein Tag war Qualitätsstufe 1. Eine Sternstunde nach der andern. Ein Stück Kuchen, gespickt mit Rosinen, die ich nicht ausstehen kann, alles, was es an Extras gibt, ist aus dem Teig in dieses eine Stück Kuchen gerutscht. Mein erster Autor, noch bevor ich was im Magen hatte, roch komisch, so bald er den Mund aufmachte, und er hatte ihn selten nicht offen, er sah dermaßen nach Umweltschutz aus, und den Umweltschutz bringt er sogar in sein Treatment für eine Krimi-Serie, und als er nicht locker ließ, mich für den Abend irgendwohin einzuladen, *zum Griechen* hat er das genannt, x-mal und mit Mundgeruch (als ob es nicht mindestens 739 000-einhalb Griechen bei uns gäbe!), bin ich ihm nur dadurch entkommen und sogar noch sympathischer geworden, daß ich gesagt habe, ich hätte einen Termin bei den Anonymen Nichtrauchern. Das wurde nur insofern kritisch, als er zwar die Wichtigkeit eines solchen Termins sofort einsah, aber erstens nicht wußte, daß es so was überhaupt gibt, gibts ja wohl bis jetzt auch nicht, und zweitens, schlimmer: Er wollte sich mir gern anschließen. So hat er sich ausgedrückt und es wäre eine Sache, für die sich der Einsatz lohne und dem Umweltschutz schließlich nah verwandt. Ist das wahr? hat Rhesa mich gefragt und geschwankt, ob sie empört über meine verächtliche Art sein sollte oder beeindruckt, denn sie tut, was sie kann, bei der Rettung der Umwelt mitzuhelfen, vom Mülltrennen bis zum Waschen mit Bimsstein und Essig. Übrigens habe ich diesen Autor frei erfunden. Und ich erzählte ihr von meinem nächsten Autor, Typ multikultureller Sozialpädagoge, dem ich, anstatt auf einen Kaffee mit ihm in die Kantine zu gehen, vorgeschwindelt hätte, ich hätte ein Date mit irgendwelchen Mahnwachenleuten und müßte vorher noch Kerzen kaufen. All die Sachen, die Rhesa ernst nimmt, alles wegen dieser fahrbaren Mißbildung für dich. Ich habs ihr beim Weggehen nochmals gesagt: Sue würde sich niemals in so ein Ding setzen. Ich mich auch nicht. Sie holte ihren kleinen gelbblonden Zopf nach vorne, weit gehts nicht, der Zopf ist eigentlich nur ein Stummel, so straff sie auch das Haar zurückkämmt, mehr wird nicht draus, und hat uns zwei, Sue, dich und mich, erstens unrealistisch gefunden und dann auch humorlos. Das Ding sei originell. Längst sah sie wieder munter aus und stolz auf ihr und des Werkstatt-Typen Machwerk. Fast hat sie mir plötzlich auch ein bißchen leid getan, einfach so neben meiner Wut her. Sue kann sich selbst drin fortbewegen: Rhesa wollte es mir vormachen, aber ich hielt sie zurück und hab wiederholt: Aber gehen kann sie ja. Nur nicht weit genug, hat sie gesagt, und durch einen Stimmungsumschwung bitterernst zu mir raufgeblickt. Ich kann dir...

Bandende. Gleichzeitig wimmerte das Telephon, es hörte sich jämmerlich aber auch herausfordernd an, und genau so klang dann Godwin Heinsheimer: Bist du in der Versenkung verschwunden? Abgetaucht? Du wolltest mich anrufen, ich warte und warte... Und dann versuchte er, so etwas wie eine Verlockung seiner Stimme aufzupfropfen: Wie wärs mit circa in einer Dreiviertelstunde, ich kann rüberkommen, wir könnten irgendwo was trinken, dann...

Zum Griechen? Ha ha, machte Marnie.

Zu was für einem Griechen?

Keine Ahnung.

Stimmt irgendwas nicht?

Exakt, sagte Marnie.

Dann erzähls mir gleich nachher. Godwin hatte Pech mit den einschmeichelnden Tönen, klang wieder kläglich anklägerisch.

Heute geht gar nichts mehr. Marnie ärgerte sich, denn ihre Strenge hatte ihr gefallen, als sie etwas versöhnlicher *leider* und *beinah* mit Schmelz *Ciao* nachschob. Die Katze läßt das Mausen nicht, ging es ihr durch den Kopf, als sie auflegte. Sie konnte sich nicht erinnern, je zuvor im Leben diesen Spruch gebraucht zu haben.

Stromausfall, aber es war noch lang nicht Nacht, nur für die Jahreszeit etwas zu früh am Nachmittag hereinbrechende Dämmerung. Sue wußte nicht, wie viel Uhr es war, aber eigentlich brauchte sie keine Zifferblätter und Uhrzeiger mehr, sie urteilte nach ihrem Tagesgefühl, Appetit, Lust auf Kaffee, Lust auf eine Blondie und einen Drink, und auch ihr Magen-Darm-Labor arbeitete meistens verläßlich an den Lieferungen, womit sie, darüberhinaus mit einem Instinkt für die Stimmungen (jetzt muß es elf am Morgen sein, jetzt gehts gegen vier nachmittags) ausgerüstet, über genügend Anhaltspunkte zur Orientierung verfügte.

Die Dämmerung nahm sie als gutes Zeichen. Außer, daß Dämmerungen zum Lieblingswetter-Spiel gehörten: Das war die beste Dämmerung seit dem Handicap, weil sie wirklich war, kein Spiel. Marnies Waffengang gegen die Bemitleider hatte sie nicht vergessen (... *wenn ich taub wäre, würde ich so tun, als hörte ich alles, wenn ich sähe, würde ich eine Blinde geben* – und Sue ergänzte bei sich: Und ich könnte die Fratzen sehen, die sie mir vielleicht schneiden, oder irgendein ekliges verständnisinniges Einanderzublinzeln von zwei Komplizen, und Prentice ...), und sie hatte lang genug ein freundliches Spieltalent zu ihrem eigenen Nutzen, erst recht aber zu dem der Menschen in ihrer unmittelbaren Nähe mit großem Erfolg bewiesen. Wenigstens probeweise könnte sie Marnies absonderliche Idee, durch die sie selber die Täuschende würde, keiner sie reinzulegen vermöchte, in die Tat umsetzen, mal sehen für wie lang. Nicht nur davon hing die

Dauer ab, wann ihr Trick – kein liebes Spiel diesmal, ein rachsüchtiges! – aufflöge, Sue würde auch vielleicht deshalb die Irreführung nicht lang durchhalten, weil sie ein freundlicher Mensch war, mit Harmoniebedarf. Sie fürchtete, womöglich wirklich *die Fratze* am Klapptisch neben dem Küchenfenster auf Eds Gesicht zu sehen, und *die Fratze* stand für all das Gräßliche, das sie vielleicht sähe, die Verständigungsblicke: *Sue ist ein Problem, aber wir müssens nun einmal ertragen.*

Wer hat es eigentlich verdient, daß ich immer so engelsfromm sanftmütig alles über mich ergehen ließ, was ich in schonender Wattigkeitsverpackung zu hören bekam, hinter meinem Rücken klang es garantiert um viele Minusgrade kälter, fragte sich Sue, die plötzlich auf die Idee gekommen war, sich umzuziehen. Irgendwohin zu fahren. Sie schaute in ihren Kleiderschrank. Die Dämmerung darin war tiefer. Sues Tastsinn funktionierte gut bei den paar Kleidern, aber sie würde niemals freiwillig ein Kleid anziehen. Und das hier war die Kreppbluse, eindeutig. Ebenso eindeutig hatte sie gerade zu der am sichersten Identifizierten keine Lust. Der Ärmellänge nach mußte das eins ihrer Männerhemden, Knabengröße, sein, erkennbar auch daran, daß die Knöpfe anders als bei Frauensachen auf der rechten Seite angenäht waren, links die Leiste mit den Knopflöchern. Aber ob sie nun das braune mit den rötlichen Karos oder das blaue mit den kleinen weißen Streifen anzog? Das ließ sich nicht herausfinden. Schwierigkeiten bei den Jeans gab es auch, obwohl sie ziemlich sicher war (denn das Material war etwas gröber als bei den anderen), daß sie jetzt in die anthrazitgrauen stieg.

Wo will ich eigentlich hin? Was ist mit Doktor Benrath? Bei diesem Gedanken meldete sich ein kleines Gehämmer hinter den Rippen, der Puls ging schneller und ihr Kopf wurde warm, sie mußte lachen, so lustig fand sie ihre

Reaktionen. Sie hatte nicht mehr gewußt, wie das war, sie war die ganze Zeit über wie jemand gewesen, der einem abfahrenden Zug nachwinkt, mit nachlassendem Gefühl für den Abschied. Ich bin auch jetzt nicht wirklich verliebt, sagte sie vor sich hin, es handelt sich nur um etwas Vergnügliches, um eine kleine reizvolle dahinglimmende innere Verbindung von ihm zu mir und von mir zu ihm, und bleiben lassen könnte ichs genau so gut, dachte sie eine Minute später, als die Stromausfall-Spiel-Dämmerung ihr vor dem Badezimmerspiegel nicht mehr ganz so recht war. Bei Stromausfall sehe ich attraktiv aus. Verschafft mir bloß leider keine Gewißheit über mich in Doktor Benraths Augen. Welchen Treffpunkt wir auch verabreden, nirgends wirds mit der Beleuchtung Probleme geben. Warum sollte ich eigentlich nicht wirklich gut aussehen? Sue fuhr sich mit den Fingern übers Gesicht. Im Gesicht hatte sie nicht zugenommen. Und überhaupt hatte sie nur gerade so viel zugenommen, daß außer ihr selber das niemand merken würde.

Ist er aber jetzt schon in seiner Wohnung? An einem gewöhnlichen Donnerstag wohl eher noch nicht. Macht er vielleicht eine seiner Jagdreisen in Sachen *osteuropäische Kulturgüter?* Oder arbeitet er noch in seinem kleinen Büro im Museum? Büro ... Museum ... zwei Schauplätze, die Sue nicht kannte und die ein Abschweifen zu ihrem Arbeitsplatz im Institut auslösten. Sollte sie dort eine Stippvisite machen? Bei Fire Weed, Cardinal Flower, Wild Iris, Buttercups, Indian Pipes, Devil's Paint Brush und Lupine? Was für eine Überraschung! Susanne Speyer! Frau Speyer, wie fühlen Sie sich? Es geht aufwärts, stimmts, Susi? Sue verwarf den Plan. Mit ihren Bedenken wollte sie sich lieber nicht abgeben. Weg mit euch! Die Begrüßung hörte sich überrascht, aber nicht freudig genug an. Da meldeten sich wahrscheinlich wieder die lästigen Hirngespinste und fixen Ideen aus der allerletzten Zeit, als sie schrecklicherweise aufgehört hatte, in Ed den Fels inmitten der Brandung, ihren unerschütterlich wegweisenden Leuchtturm zu sehen. Und doch würde sie gern dem Institut ein Zeichen geben, als Vorboten für ihre in absehbarer Zukunft mögliche Rückkehr. Mit mir ist bald wieder zu rechnen! Die Stellvertreterin kann sich darauf einrichten, all das muß ja organisiert und von langer Hand vorbereitet werden. Vielleicht ließe sich das mit Doktor Benraths Hilfe machen. Also dorthin, und wenn er nicht in seiner Wohnung war, hatte sie eben Pech gehabt. Sie würde mit Hilfe ihres Tageszeitengefühls so lang warten, bis es, falls er nicht käme, wahrscheinlicher wäre, daß er eine seiner Dienstreisen machte. Benrath schließlich hatte als einziger ihr nie mit irgendwelchen Ratschlägen, Problem Institut, penetrant zugesetzt. Als einfühlsamer Mensch... Sue überlegte: Ist er das? Einfühlsam? Was für ein Mensch ist er überhaupt? Keinen blassen Schimmer. Falls er vielleicht bloß ziemlich unemotional war, rundum gleichmütig, dann wollte sie das in diesem Moment nicht gelten lassen. Lieber wieder so: Als einfühlsamer Mensch achtete er sie und respektierte stillschweigend auch ihren unscheinbaren Beruf, den *Job*, der bei allen andern seit dem Unfall nichts mehr galt, bei ihr hingegen eine Menge, und, wie sich herausstellte, erst recht seit dem Unfall. Äußerungen schwirrten durch Sues Gedächtnis, allesamt lieblos in scheinbar bester Absicht, Sticheleien... oh ja: An kleine, zustechende Insekten erinnerten sie die hin- und herzukkenden Sätze, die sie geduldig ertragen hatte, weil sie ihnen Wohlwollen unterstellte. (Marnie: Deine Engelsgeduld, das ist immer noch der Schock!) Wie auf einem Schnappschuß erkannte Sue jeden der kleinen Tips als Insektenstiche, Zeckenbisse, hinterhältig, sie saugten an ihrem Blut, und alle Tröstungen als schludrig, ohne Einfühlung in *ihre* Bedürfnisse, deshalb beinah gemein. Wahrscheinlich sehe ich Gespenster, hörte sie sich sagen, zu wem denn nur? Vor wenigen Tagen noch hatte sie das irgend jemandem zu bedenken gegeben, natürlich in der Hoffnung auf die beruhigende Antwort: Ja, liebe Sue, genau so ist es, also verjage sie, deine Gespenster. Aber jemand hatte stattdessen brutal – wars etwa nicht wirklich brutal? – *Dann siehst du wenigstens etwas!* gesagt. Tausend Dank, Ihr Lieben alle miteinander! Ich habe keinen einzigen von euren wundervollen Ratschlägen vergessen: Mach doch nun endlich definitiv einen Schlußstrich unter dieses Institut, deine Arbeit dort ists doch nun wirklich nicht wert, daß man ihr auch nur eine Krokodilsträne nachweint. Die Hockerei am Computer kann dir auf die Dauer bloß schaden. Warten willst du noch? Worauf denn aber? Sue, blick den Tatsachen ins Auge, entschuldige den Vergleich, aber ganz so gut wie vorher wirds vielleicht mit dir nicht mehr werden, laß uns bei aller berechtigten Hoffnung auch zwischendurch mal ein bißchen realistisch sein.

Gar nicht in diese Litaneien paßte Prentice' Stimme, die mitten in die Katzenmusik hinein *What goes on with your sex* sang. Ha! machte Sue. Gute Frage. Nothing goes on, but better late than never. To make a long story short, what goes on with your sex, Doktor Benrath? Spinne ich? Bin ich übergeschnappt? Allerdings, eine gute Portion weniger von der altgewohnten Sue kann nicht schaden. Es muß ja wohl erlaubt sein, in irgendeiner Weise auf ein Wunder zu reagieren. Das Handicap ist im Begriff, sich zu verabschieden. Handicap ade / Scheiden tut fast gar nicht weh. Ich sehe was, was du nicht siehst. Noch weiß keiner, was ich weiß. Sue Rumpelstilzchen. Sie mußte aufpassen, daß die Waghalsigkeit sie nicht verließ. Als sie zwei von den (persönlichkeitsverändernden, stimmts nicht, Ed?) Pillen mit einem Schluck Gordon's Dry Gin nahm, tat sie es zum Zweck, die ordentliche Sue für eine Zeitlang auf Distanz zu halten, um so etwas wie eine Prentice-Marnie-Melange zu bleiben.

Trotzdem traute Sue ihrer Stimmung nicht ganz, sie traute ihr wenig Haltbarkeit zu, und nach Sex ausgehungert, dachte sie, das war ich nie im Leben, bins jetzt genau so wenig. Etwas mehr in Richtung Erotik, etwas Anfangsstadiumhaftes und Unvollendetes erschien ihr auch noch im leichten, aber durch diese Sperre in ihr gefährdeten Zustand teilweise abgestreifter Sue-Qualitäten so viel verheißungsvoller als die Praxis der nackten Tatsachen. Alles noch wie eh und je, empfand Sue und bediente sich wieder mit Gin, gleich aus der Flasche diesmal. Die Schwelle zwischen sich und der Absicht, ein Experiment zu riskieren, blieb gleichwohl hoch. Als sie bei einer kleinen Wanderung durch ihr schönes Haus am Flügel vorbeikam, lockte sie ein Test, es wäre auch ein riskantes Experiment, demnach eine Vorübung. Sie setzte sich auf den drehbaren Klavierschemel und klappte den Deckel über der Tastatur hoch. Endlich erkannte sie wieder das Schwarz und Weiß der Tasten, und mit aufgeregter Freude vermischt erschreckte sie der Anblick. Sollte sie es wirklich mit diesem gebleckten Gebiß aufnehmen? Sie gab sich einen Ruck. Eine ganz andere Sorte Risiko! Sie wollte ausprobieren, wie weit sie noch mit *Von fremden Menschen und Ländern* auswendig kam. Es tat ihr weh wie eine Beleidigung, so wenig weit kam sie. Diese Erfahrung war schmerzlicher als ein Scheitern mit Doktor Benrath. Damit verglichen, daß sie vergessen hatte, wie viele Noten die linke Hand und wie viele die rechte Hand übernahm, wäre alles Staubtrockene zwischen ihr und Benrath absolut wertlos. Nach drei mißratenen Takten der dritten Wiederholung machte sie Schluß und dann beim *Armen Waisenkind*, obwohl das etwas leichter war und zu ihren Glanznummern gehört hatte, sogar noch mehr Fehler. Alles in allem mehr Mißtönendes als früher bei viel schlechteren Lichtverhältnissen, wenn sie manchmal so zaghaft leise, als höre doch jemand im leeren Haus ihr zu, ein bißchen zu spielen versucht hatte.

In der Dielen-Lounge strich sie wie probeweise über die Tasten des Telephons. Ich könnte mich irgendwohin fahren lassen, dachte Sue, es muß ja nicht zu Benrath sein. Zu Marnies Apartment hatte sie einen Schlüssel, also könnte sie sich auch dorthin bringen lassen, falls Marnie nicht da wäre, würde sie auf sie warten. Oder zu Freundinnen – zu welcher am liebsten? Die Taxi-Nummer war am leichtesten zu merken: Dreimal die vier, also die erste Taste links in der zweiten Reihe, und einmal die neun, rechts außen, zweite Reihe von unten. Sue probierte, aus welcher Entfernung, ganz nah, etwas weiter weg, und mit bald dem einen, bald dem anderen Auge, weit offen gings schlechter als halb zugekniffen, sie vielleicht die Zahlen lesen könnte. Sie waren einfach zu winzig und zu blaß. Die Idee saß in ihr fest: Zu Doktor Benrath, sonst nirgendwohin. Damit die Unternehmung anständiger wäre, auch geeigneter für einen Bericht (*Ed, hör zu, ich hatte plötzlich einfach Lust, ein paar von unsern Freunden zu verblüffen*), würde sie kurz bei den Schneyders Halt machen, bloß um *Guten Tag* zu sagen und daß sie sich zu einer kleinen Rundfahrt durch den Freundeskreis aufgelegt gefühlt hätte.

Der junge Taxifahrer, neben dem sie sich auf den Beifahrersitz schwang, machte es genau richtig: Fahren Sie diesen Stock da ein bißchen spazieren?

Erraten. Sue lachte. Und wenn ich nun sagte, ich bin ein Hinkebein und brauche deshalb das Ding? Oder: Ich bin eine Blindmaus?

Dann würde ich Sie bestimmt nicht dahin fahren, wo Sie hinwollen. Dann wüßte ich was Besseres.

Und wohin wäre das? Wohin würden Sie mich fahren?

Na, sofort zu Arnie Meyers Talentschuppen. Der Taxifahrer lachte. Für eine, die hinkt oder die nichts sieht, kommen Sie ganz gut zurecht.

Was ist das für ein Talentschuppen? Sue lachte auch. Ein Geplänkel wie das jetzt schien seit werweißwann gefehlt zu haben, es war so wohltuend bedeutungslos, und Sue mußte an ihr Kioskehepaar in der kleinen Welt zwischen den Ausdünstungen von bedrucktem Papier und gekochtem Fettaugenwasser denken. Sie kam sich wieder ein wenig wie Marnie vor, oder vielleicht Prentice, nur ein wenig – die zweite Besetzung der Rolle. Merkwürdiges Gefühl, aber es tat ihr gut.

Talentschuppen, das ists, womit wir Arnie Meyer bloß frozzeln. Im Ernst, er hat eine richtige Agentur aufgezogen. Der Taxifahrer erzählte, dieser Meyer hätte schon mindestens ein gutes Dutzend junger Typen, meistens Mädchen, aber auch Burschen, weitervermittelt und als Models oder beim Fernsehen unterbringen können.

Na großartig. Sue merkte, wie dringend sie dem Taxifahrer gefallen wollte, in der Art, wie sie auf ihn reagierte. Sie hätte schwören können, er war jung, er klang so, und wenn sie ihrem Blick auf sein Profil trauen konnte, sah er auch so aus. Ihren Blick taufte sie auf den Namen *Stromschnellen-Blick*. Damit könnte sie anfangen, mit diesem interessanten Namen, ihr Geheimnis zu lüften, nachdem sie es so lang es zu machen war gehütet hätte. Ganz prima, sagte sie. Sie hoffte, er dächte von ihr irgendwie kastenmäßig, in der Art etwa: Sind ja gar nicht alle so hochgestochen, die Leute aus den höheren Schichten mit den dicken Portemonnaies, die sich von der einen teuren Villa zur andern einen saftigen Fahrpreis leisten. Aber vielleicht irrte sie sich in einer altmodischen, längst verjährten Weise, und das Selbstbewußtsein des Taxifahrers reichte auch ohne ihre Anbiederungen aus, um sich mit ihr auf einer Stufe zu fühlen.

Weltstars hat Arnie noch nicht gezaubert, aber in Serien machen ein paar von seinen Entdeckungen mit, und einige sollen schon über die ganz kleinen Nebenrollen raus sein.

Mädchen und Burschen. Sue, nicht mehr sehr lang und sie würde fünfzig, war in den Augen des Taxifahrers und daraufhin in ihren ein Mädchen, geeignet für diesen Arnie Meyer und seine Talentschmiede, und natürlich scherzte der Taxifahrer, als er sagte, dort wolle er sie abliefern, aber seine Einschätzung (eine Wertschätzung) löste in Sue eine Kettenreaktion aus, die ihr zum Ziel vorauseilte: *Jung* und als *Mädchen* sah sie sich im störrisch-schiefen und verlegenen Blick von Doktor Benrath, der vor lauter Verwirrung nichts damit anzufangen wußte, daß sie vor seiner Wohnungstür stand. Strahlend, so unerwartet wie eine außerirdische Erscheinung. Und wenn ein Mann aus einer solchen Überrumpelung nichts machte, würde der junge Taxifahrer ihn für einen Obertrottel und allerletzten Blödmann halten oder für einen Homo, und falls er den verklemmten Empfang noch mitbekäme, rufen: Na da sehen Sies ja selber, bei Arnie Meyer wärs schneller gegangen. Und Sue würde Doktor Benrath in diesem Moment auch für einen Schwachkopf halten. Für seine Hemmungen hatte sie zwar von Anfang an viel übrig gehabt. Aus Draufgängern machte sie sich nichts. Trotzdem war sie nicht ganz die gewohnte, ruhige Sue, die Pawlow'sche-Reflex-Sue, eine, die es bevorzugte (gelernt oder angeboren?), mit Phantasien zu leben und mit vielen kleinen Spielelementen die meistens etwas erbarmungswürdige Wirklichkeit zu überlisten. Beim Taxifahrer fühlte sie sich Marnie-Prentice-beschwingt. Wahrscheinlich wären diese beiden jetzt nicht beschwingt, euphorisch. Stattdessen sachlich, nüchtern, gleichmütig, wie schon längst im Durcheinander zwischen Männern und Frauen trainiert.

Sue, nicht bei Arnie Meyers Agentur abgeliefert, fragte nach dem Fahrpreis (*Diese Digitalzahlen sind so undeutlich*, dazu ein Lachen, und der Mann sagte: *Mir brauchen Sie nichts mehr vorzuspielen* und nannte den Preis, gab ihr auch eine Karte: *Wenn Sie sichs anders überlegen*, und Sue lachte wieder und sagte: *Kann gut sein*), sie hielt das geöffnete Portemonnaie schon bereit und reichte dem Taxifahrer zwei Scheine schräg rüber. Ed schob die Zehner immer vor die Zwanziger, dann kamen im selben Fach die Fünfziger, von jeder Sorte zwei, und weil sie nicht lang rumfingern wollte, war sie nicht hundertprozentig sicher, ob sie zwei Zehner gegriffen hatte. Um lässig zu sein und in der Sprache des netten und, wenn nicht alles täuschte (Halbprofil und Stimme und seine ganze Art), jungen Mannes zu sprechen, sagte sie *Ist okay so* und *Alles klar* und bereute zu viel Trinkgeld nicht (es war bestimmt zu viel, weil der Taxifahrer *oh* machte und anders klang, als er *Schönen Tag noch* wünschte), ja vermutlich ein verrücktes Trinkgeld, sie bereute es nicht, bis auf einen kleinen Schubser in der Herzgrube rauf zum Hals, das ist der Bruch mit dem Gewohnten, sagte sie sich: Eine Stimmung wie ihre war ja wohl unbezahlbar, etwa nicht? Als der Taxifahrer anerkennend durch die Zähne pfiff, weil sein Fahrgast nicht einmal eine Quittung brauchte, regte sie sich doch ein bißchen auf, brave Sue, Gewohnheitstier: Vielleicht hatte sie – Unordnung im Portemonnaie – doch übertrieben bezahlt, womöglich mit Fünfzigern, und das *wäre* übertrieben, aber dann erklärte er seinen Pfiff: Um die Quittung ging es überhaupt nicht. Das ist aber mal ein Kasten! Da wollen Sie rein?

Er meinte die Nummer 36 in der Heine-Straße.

Eine Jugendstil-Villa, erklärte die von Doktor Benrath informierte Sue. Stellt was vor, hm?

Na ja, ist ja wohl Geschmacksache. Aber nett mit all den Erkern. Meine Frau würde mir allerdings was husten, wenn ich ihr mit so was zum Wohnen käme. Gib mir zwei Putzfrauen und einen Butler dazu, dann ists in Ordnung, das würde sie sagen.

Sie haben vor kurzem das Fachwerk renoviert. Das Haus steht unter Denkmalschutz.

Alle Achtung. Na denn, viel Spaß da drin. Alles klar?

Alles klar.

Überhaupt nichts war klar. Sue konnte sich nicht erinnern, jemals alles so wenig klar gefunden und jemals *alles klar* behauptet zu haben. Doch, vielleicht damals gegenüber den Umzugsleuten oder den paar Handwerkern kurz nach dem Umzug, als immer noch einmal dieses und jenes zu tun gewesen war.

Kaum stand sie allein vor dem Gartentor, da vermißte sie auch schon den Taxifahrer. Wie käme ich eigentlich je wieder von hier weg, wenn ich gar nicht reinginge? Sie merkte, daß sie sich nicht wünschte, woran sie vorhin gedacht hatte und das genau hier, mit ihrem Eintritt in dieses Haus, anfinge: Durcheinander. Ed müßte wieder in sein Bild vom früheren Ed zurückverwandelt werden, sie dachte an die friedliche Darstellung eines wunderschönen ehemaligen Bauernhauses in Wiesen und gesäumt von Liguster, ein Weg mit glänzenden Schlammspuren in den Fahrrinnen führte zum See, krummgebogene Kopfweiden, ein Mann und eine Frau rechts und links unter den Giebeln, Leute, denen man ansah, daß sie einander in Ruhe ließen und ein freundschaftliches friedfertiges Leben führten, sie sah diesen schönen Wunschtraum, als betrachte sie einen Fries über einem Portal, und Ed müßte mit frischen Farben übermalt werden und dann wieder der sichere Lotse und beste verläßlichste Freund sein. Wozu vor allem sie selber ihre Gespensterseherei auszurotten hätte. Denn die allein war dran schuld, daß der Ed vom schönen Fries verblaßt war und sie ihn in den spiralenförmigen Sog gezogen hatte wie trübes Waschwasser, schlecht abfließend, das vorm verstopften Gully gurgelte. Nein, Sue wünschte kein Durcheinander. Sie war nicht der Typ dafür. Sie war keine Marnie und sie war keine Prentice und auch keine Marnie-Prentice-Melange. Sie suchte nach Klingelknöpfen am Gartentor. Es sollte alles beim alten bleiben oder wieder zum alten werden – anscheinend gab es keine Klingeln am Gartentor –, unbedingt sollte es bei diesen beiden auf die ruhige vernünftige Art zufriedenen, vielleicht sogar glücklichen Menschen bleiben, Ed und Sue wie eh und je. Was war mit dem Glück? (Sue hatte das Gartentor geöffnet und schloß es jetzt hinter sich und fühlte sich von der Vorstellung, aus den Fenstern der Jugendstil-Villa beobachte man sie, belästigt, unterdrückt; also ging sie sehr langsam auf dem Kiesweg zwischen niedrigem dunklem Gebüsch, es sollte so aussehen, als hätte sie hier gar nichts Bestimmtes im Sinn. Das Glück von Ed und Sue? Wenn es vielleicht nicht das Glück war, dann waren es doch Akzente, Highlights in ausgesuchten, aus dem Tagesablauf kristallisierten Momenten. Täglich, täglich, Tag für Tag gibts das bei uns, dachte Sue und: Jetzt haben sie sich schon Operngläser vor die Augen gepreßt und beglotzen mich aus allen Fenstern. Und: Weil auf diese glücklichen Momente Verlaß ist, haben Ed und ich es zu einem prinzipiellen, irgendwie teppichartigen Behagen gebracht, wie unser Bodendecker-Immergrün unter uns ausgebreitet. Dauernd glücklich sein kann keiner, und Glück würde, als etwas Chronisches, überhaupt nicht mehr wahrgenommen, man empfände es nicht. (Sue war bereits in den Hausschatten vorgedrungen und verlangsamte ihr Tempo noch mehr, was beinah dem Stehenbleiben gleichkam.) Sie wollte sich unbedingt in eine Gegenrichtung zumindest denken. Das *unscheinbare Glück* des Georg Christoph Lichtenberg, her damit! Ich weiß so gut über dich Bescheid, unscheinbares Glück, dem Handicap sei immerhin für diese Erkenntnis Dank. Schneid dir die Nasenspitze ab oder eine Fingerkuppe oder erwische deinen Mann bei einer schnellen Nummer, und schon weißt du zu schätzen, was du vorher, ohne es als Glück zu spüren, mit Nasenspitze und Fingerkuppe und treuem Ehemann gar nicht bemerkt hast.

Aber jetzt, dem Abscheu gegen unordentliche Verhältnisse zum Trotz und immun gegen Prentice' Erzählungen von reibungslos funktionierenden Patchwork-Familien mit ihren kreuz und quer zusammengeflickten Bindungen, furchtbar, fand Sue, Prentice wars egal, jetzt wollte Sue irgendwas von und mit Doktor Benrath, etwas, das zu ihrer beider Vorgeschichte nicht paßte, und die Tonangebende wäre sie, sehr wichtig, dieses Machtverhältnis. Seine Hemmungen, die er, wenn sie sich nicht schrecklich täuschte (schrecklich: denn das wäre demütigend), mit Schnoddrigkeit zu tarnen versuchte, machte Lust drauf, ihn zum Objekt der Verführung zu verdonnern. Verdonnern? Sue stand nun unter dem Vordach. Oh ja! Wütend, in aller Seelenruhe wütend bin ich auf ihn, meinen Doppelgänger in Engelsgeduld und Unschlüssigkeit. Er soll eine Sue kennenlernen, die ihn erschreckt. Sehr dämmrig wäre dieses Haus im Innern. Auch an der Haustür fand Sue keine Klingelknöpfe. Vielleicht war das nicht der Haupteingang. Wieder ging sie über einen Kiesweg, Häuser wie diese waren verwinkelt, und möglicherweise war der erste Eingang der für Lieferanten gewesen. Auf der Rückseite des Hauses, schattig, demnach an der Nordseite, fühlte sie nicht mehr die Blicke der Leute hinter den Fenstern, die ihr nachspionierten, froh über den unverhofften Zeitvertreib an diesem warmen langen Nachmittag, und sich über sie lustig machten. *What goes on, with your heart, what goes on, with your sex:* Weil sie sich von neuem ermutigen mußte, summte sie die Beatles-Melodie, mit der sie ziemlich gleich nach *Hallo, du hast keine Halluzinationen! Ich bins, Sue Speyer, kein Irrtum, kein Double* den guten armen Doktor schockieren wollte. Der Kiesweg führte zu drei Stufen, über die sie – Vorsicht, übertreibs nicht! – zu einer Tür stieg. Sue vermutete dem vor ihrem Blick matt leuchtenden Schimmern nach zu urteilen in die Türfüllungen eingelassene alte Buntglasscheiben. Auf der linken Seite an der Hausmauer fand Sue eine Dreierreihe mit Klingelknöpfen und Namensschildern, und ohne zu überlegen fand sie, daß Doktor Benrath in ein Parterre paßte. Er mußte ein Parterre-Bewohner sein. Ich bin keine Kalamitäten-Marnie. Ich hasse das Durcheinander. Sie drückte auf den untersten Klingelknopf. Mit einer Sprechanlage hatte sie bei einem alten Haus wie diesem nicht gerechnet, deshalb erschreckte sie eine leise Frauenstimme. Sie klang nach jüngerer Frau: Ja, bitte?

Oh! Verzeihung! Ich habe Sie aus Versehen gestört, ich möchte nämlich zu Doktor Benrath, aber es ist ziemlich dunkel hier... Ich bin keine Analphabetin, nur... Sue verstand nicht, warum die unsichtbare Frau sie so lang zappeln ließ. Wollte sie, daß sie sich lächerlich machte? Sollte sie erst nach dem richtigen Stockwerk *fragen*? Daß sie die Namensschilder nicht lesen konnte, lag doch auf der Hand, sie hatte schließlich gesagt, es ist dunkel hier, das zum einen, und zum andern: Sollte sie sich nochmal vertun, ein zweites Mal womöglich wieder nicht bei Benrath klingeln? Sue hoffte, die andere Frau sagte ihr endlich das richtige Stockwerk von selbst, der Stimme nach war sie doch nett.

Die andere Frau sagte: Sie sind ja richtig bei Benrath.

Umso besser. (*Wer sind Sie?* Sue kämpfte mit etwas Klumpigem im Hals und ihr Mund war trocken.)

Ich mache Ihnen auf. (*Wer aber um Himmels willen sind erst recht Sie?* Aber das fragte die Frau sich offenbar überhaupt nicht, sie machte einen ruhigen Eindruck.)

Sogar einen elektrischen Summer hatten sie, die Tür nölte und ließ sich nach innen drücken, eine schwere Tür.

Wieder ein paar Stufen. Im Haus war es so dunkel wie vor ein paar Tagen noch beim Spiel: Schau, Ed, dieses Gewölk, schon fast schwarz, gleich gibts Lieblingswetter. Sue fand hinauf, was ihr wie Magie vorkam, und oben flimmerte in der offenen Tür zur Wohnung in mehr Helligkeit eine Frau, deutlich noch viel heller als das Flurlicht, hell von oben bis unten: Sie hatte anscheinend einen Bademantel an und war ziemlich viel kleiner als Sue, die glaubte, sie müsse zart aussehen, passend zu ihrer Stimme. Über dem Kopf der Frau reichte das Licht knapp aus, ihr Haar als kurz und glatt zu erkennen, aber das Gesicht lag im Dämmrigen. Sue fiel jetzt erst ein, daß vorhin durch die Sprechanlage ihr Deutsch ein wenig fremdartig geklungen hatte.

Nach etwas *Guten-Tag* und *Bitte-hier-hinein* und *Danke*-Hin-und-Her rief die Frau in die Wohnung in ein zum Glück wirklich viel helleres Zimmer: Da ist jemand für dich. Eine Dame. Bist du so weit? Und zu Sue, wobei sie sich anhörte, als lächle sie beim Sprechen: Er braucht sicher nicht sehr lang, wird gleich kommen. Davon hob sie ein Miniaturlachen ab: Wir sind beide leider nicht richtig angezogen.

Ich komme ja auch unangemeldet. Sue fühlte sich stocksteif neben der Frau, über die sie inzwischen raus hatte, daß sie noch jung und, so weit erkennbar, auf eine beinah kindliche Weise niedlich war, beinah rührend, vielleicht war sie eine Studentin. Sie wurde in das Zimmer geführt, die Kleine ging ihr voraus. Es war eins von den Zimmern, die man mit geschlossenen Augen für altertümlich und groß halten würde. Das Wohnzimmer, schätzte Sue. Es hatte einen von diesen Erkern, die der Taxifahrer mit seinem Pfiff anerkennend registriert hatte. Sue war zu verwirrt, als daß sie sich die Zeit zum genauen Orientieren hätte nehmen können. *Wir sind beide nicht richtig angezogen.* Das konnte heißen, die Kleine war Benraths Schwester und sie hatten gemeinsam ein Sonnenbad genommen, was Sue keinen Moment lang glaubte. Die Frau hatte gar nicht *Wen darf ich anmelden* oder *Worum handelt es sich* gefragt. Benraths Assistentin oder, wenn er eine hatte, seine Sekretärin war sie wohl nicht. Vielleicht doch eine Verwandte. Doch seine Schwester. Seine Cousine? Was für eine fahrlässige Zuhörerin sie immer bei Doktor Benraths Anteilen an einer Unterhaltung gewesen war, merkwürdig: nur bei ihm – das gereichte ihr jetzt zum Nachteil. Bestimmt hatte er ihr einiges von seiner Familie erzählt, aber sie hatte nie aufgepaßt. Alles, wovon er berichtete, für Ersatz gehalten. Er konnte ihr nie und nimmer gestehen: Sue, ich bin in dich verliebt. Aber schließlich und endlich: Nichts dergleichen war ihm je über die Lippen gekommen, und Sue, ohne Marnie- oder Prentice-Instinkt in diesen Herzensbrecherangelegenheiten, konnte sich vielleicht ganz gewaltig getäuscht haben. Wer war die Frau im weißen Bademantel? Sie hatte ihn geduzt: *Jemand für dich ...* Eine Geliebte gestand Sue Doktor Benrath nicht zu. Sie traute ihm keine zu. Erstens weil er schüchtern war. Zweitens glaubte sie immer weiter an sein auf sie allein konzentriertes Interesse. Aller Wahrscheinlichkeit eine Verwandte oder eine gute alte Freundin, eine Kommilitonin von früher – nein! Sie machte einen für gemeinsame Studienzeiten zu jungen Eindruck.

Sue rechnete damit, daß die kleine Person ihr zulächelte, und sie selber verstärkte ihr Lächeln, das sie allmählich wie eine geschminkte Maske auf ihrer unteren Gesichtshälfte spürte, eine Schicht verkleisterte sie um den Mund herum. Gleichzeitig empfand sie sich als tölpelhaft und plump – plump war sie nun wirklich nicht, sie war ein bißchen rundlicher seit dem Unfall geworden, aber nur in der Bauchgegend, was man in den für diesen Trip ausgewählten Jeans überhaupt nicht sah, und trotz der leichten Gewichtszunahme immer noch bei weitem schlanker als so ungefähr alle Frauen ihres Alters und sogar als die meisten von den jüngeren. Und als Störenfried empfand sie sich sowieso, seit sie sich in der Sprechanlage gemeldet hatte. Sie wünschte, sie wäre überhaupt nicht gekommen. Sie hätte es besser wissen müssen. So was lag ihr einfach nicht.

Er wird ganz sicher gleich kommen.

Nun wußte Sue, warum ihr die Sprechweise der Frau als

fremdartig erschien, es lag an ihrem französischen Akzent. Der hörte sich gut an, leicht exaltiert, wie in Filmen, in denen eine Französin klischeegemäß für Verwirrungen gebraucht und von der Synchronstimme im Tonfall übertrieben wurde und deren drolliger Liebreiz und erotisches Flair in Unmengen von Grammatikfehlern kulminieren mußten.

Ich habe mich noch gar nicht vorgestellt, wie unhöflich von mir, sagte Sue und tat es nun.

Es ist Sue Speyer, rief die Französin.

Und dieser Zuruf tat seine sofortige Wirkung. Bemerkt hatte Sue ihn noch nicht, als sie Doktor Benrath in ungläubigem, überraschtem Tonfall hörte: Sue Speyer! Und dann noch so etwas wie: Warum hast du das nicht gleich gesagt! Wenn du es gleich gesagt hättest, wäre ich unrasiert gleich rausgekommen, vollendete Sue den Satz, und das Umziehen ließ er bleiben, er stand vor ihr, sie erkannte ihn ziemlich gut, wobei ihr seine Aufmachung half (*ihr* war sie peinlich, was war mit *ihm?*): In einer massigeren Größe als seine Empfangsdame hatte auch Doktor Benrath einen weißen Bademantel an, der ihm trotzdem zu kurz war. In dem knielangen Gewand erinnerte er mehr an einen Jiu-Jitsu-Kämpfer als an sich selber, so wie Sue ihn gewohnt war. Es handelte sich um die Art Bademantel, wie sie in Hotels der oberen Kategorie in einem Schrankfach für den Gast bereitliegen. Das gute alte Handicap! Sue war deprimiert, fast fehlte ihr das Handicap wirklich, aber sie bekam trotzdem die Komik mit: Gemeinsames Scheitern des Doktor Benrath und der Sue Speyer, die in geheimnisvoller Distanziertheit um ihre Gefühle füreinander kreisten wie benachbarte Planeten auf ihren Umlaufbahnen, immer in Reichweite, ewig gesetzestreu den Abstand wahrend. Komisch, daß der verlegene korrekte Mann, bei dem *Das sind schöne Strümpfe, die Schuhe auch* bereits die Eskalation einer Gefühlsäußerung war, nach der er sich auf der Stelle in die sicheren Redestoffgefilde osteuropäischer Kulturgüter retten mußte, daß so einer, der auch bei dreißig Grad im Schatten seine Krawatte immerhin lockerte, aber wenigstens doch umhatte, hier entblößt vor ihr stand und von dieser Groteske, seiner Blamage nicht das mindeste ahnte. Mein Scheitern ist komplizierter. Sue empfand es ungenau, doch wars eine Schmach, sie war Zeugin von etwas Intimem, in das sie nie hätte eindringen mögen, und das sie nicht durchschaute, und am besten finge sie ihr Gefühl von Derbheit, Dorftrotteligkeit vor sich selber ab, indem sie irgendwas Saloppes sagte. Übt ihr zwei Karate? Das sind diese Bademäntel, wie man sie aus Hotelzimmern klaut. Nein. Gescheiter, sie verhielte sich so, wie Benrath und diese Französin es von ihr erwarteten: Sue Speyer kriegt gar nichts mit, vor ihr muß man nicht Versteck spielen. Als Benrath gehört hatte, wer da *für ihn da* war, hatte er die Absicht, sich ordentlich anzuziehen, sofort verworfen. Nicht nötig, welche Erleichterung! Für Sue, braves altes Handicap, konnte er getrost in diesem oder in jedem anderen, noch diffamierenderen Aufzug erscheinen, sogar nackt.

Sue! Sue Speyer!

Verdammt, ja, so heiße ich, dachte Sue, lächelte mit der maskierten steifgeklebten unteren Gesichtspartie. Oder: Die nahm es ihr ab. Auf die hatte sie gar keinen Einfluß.

Was für eine Überraschung, Sue!

Ich wollte einfach mal ein bißchen raus ...

Aber wie bist du denn ... hat Marnie dich ...

Ich bin mit einem Taxi gekommen. Mach ein paar Shorties. Quickies. Sue lachte. Stip-Visiten, auf deutsch. Eine Art Sightseeing durch den Freundeskreis.

Ein gutes Zeichen.

Sue erkannte den ermatteten Ton wieder, das war der gute altgewohnte Nachbarplanet; Stimme nach unten, das zeigte immer an: Von jetzt an weiß er nicht so recht weiter, außer wir kommen übergangslos auf die osteuropäischen Kulturgüter.

Er stellte die entsetzlich langweilige Frage (unhöflich obendrein, oder?), ob Sue den Taxifahrer draußen warten lasse, und sie flunkerte ihm was vor von einem dringenden Funkruf zu irgendeiner Adresse, wo jemand in eine Klinik gebracht werden müßte, und daß die Heine-Straße 36, das Jugendstil-Villa-Parterre hier, ihre letzte Station und sie von so vielen Kurzbesuchen bei all den Freunden schon ziemlich erschöpft wäre. Sie fühlte sich etwas rehabilitiert, zugleich legitimiert, und Doktor Benrath müßte denken, er sei ihr plötzlich und vor allem als Letzter gerade noch in den Sinn gekommen, purer Zufall.

Ich habe dir von ihr erzählt. Er redete jetzt mit der kleinen Gestalt in Weiß, der französischen Frau, was immer sie sonst war, und er schaffte es, noch einmal lebhaft zu werden: Es geschehen noch Zeichen und Wunder! Sue, großartige Idee, endlich aus deiner Klausur auszubrechen! Dann redete er die Frau an, Sue verstand den Namen nicht, überhaupt hatte sie oft Benraths fahrige schnuddelige Angewohnheit zu reden verflucht, die vielleicht, nicht allein, mit schuld dran war, daß sie ihm nicht gut zuhörte; er sagte also nach der Sowieso-XYZ-Genuschel-Anrede: Du weißt ja, Sue Speyer hat nicht einmal erlaubt, daß man sie besucht.

Die Frau bestätigte, sie wisse davon, und diesmal redete sie wie eine dieser Seitensprung- und Quirligkeits-Filmfranzösinnen, von der Synchronstimme zur Lächerlichkeit verdonnert: Isch waiß, isch waiß das.

Benrath war schon wieder abgeflaut, zwar nicht inhaltlich, aber in der Übermittlungsart seiner Bekundung von Wunder, Zeichen, froher Botschaft, er klang flau beim Satz: Und nun steht sie selber höchstpersönlich hier mitten im Zimmer. Ein Wunder, wunderschön!

Genau so hätte er mit einem Museumsdirektor irgendwo

in Osteuropa über die Rückgabe irgendeines Kulturguts verhandelt. Es war sein Tonfall für alles, auch fürs Überschwengliche, wenn es – selten – in seinem Leben vorkam, und bei jeder Steigerung tat er sich vermutlich Zwang an.

Du hast mich noch nicht mit ihr bekannt gemacht, schadet aber nichts. Die Frau mit der diesmal nur leicht französischen Sprechart lachte.

Warum redet sie so leise? Gewiß, das ist angenehm, Marnie beschwert sich sogar manchmal über mich, weil ich nicht ihre Stentorstimme habe, aber diese Frau übertreibts. Sue mußte die Ohren spitzen, um sie zu verstehen. Ihr gefiel es auch gar nicht, daß sie durch dieses leise Sprechen in eine weitere Gemeinsamkeit mit Benrath aufrückte: Auch ihn mußte sie immer viel zu oft *Wie bitte* fragen, darauf folgte unweigerlich der kleine liebenswerte und endlich zur Abwechslung wieder einmal private Dialog: Ich werd alt, ich werde schwerhörig (Sue). Und Benrath: Aber nein, ich hab mir im Büro eine furchtbar schusselige Sprechweise angewöhnt. Das viele Telephonieren. Sue bewunderte Leute, die am Telephon nicht wie sie, die immer so laut wurde, als müsse sie der Verbindung nachhelfen, die Stimme hoben, sondern wie nebenher und ohne den geringsten Aufwand, der Teilnehmer schien dicht neben ihnen zu sitzen, vor sich hin redeten.

So was wie Vorstellen vergißt er, Madame Speyer. Die französische Frau betonte Speyer auf der zweiten Silbe und sprach diese wie von einem Accent grave geadelt aus. Aber Sie kennen ihn ja gut genug, vielleicht. (*Vielleischt*: Angeberei? Wohl nicht, sie gab sich Mühe, aber nicht immer mit Erfolg. Sue, sei gerecht. Die Kleine ist unschuldig. Unschuldig ist übrigens auch Doktor Benrath, vergiß das nicht. Und du wirsts bleiben, oder wieder werden, unschuldig.)

Setz dich doch. Wir lassen dich hier rumstehen!

Sue spürte an ihrem rechten Ellenbogen den vorsichtigen Druck von Doktor Benraths Hand, er schob sie ein Stück nach vorne, und gerade als sie erklären wollte *Nicht nötig, geht gut allein*, ließ sie es bleiben. Komisch fand sie das, aber wieder mußte sie *gutes altes Handicap* denken und: *Wer weiß, wozu ich dich noch brauche.*

Sue fiel das Aufwachen an diesem Tag ein und damit zusammen der Satz, der sich wie ein Reflex in ihrem Bewußtsein gebildet hatte, das Aufwachen und der Satz gehörten wie Frage und Antwort zusammen: Freuden erschrecken auch. Was war hier Frage, was die Antwort? Das Aufwachen war Frage und Antwort, der Satz auch. Wäre sie mit Doktor Benrath allein gewesen, hätte Sue ihm gern erzählt: Ich bin wie jeden Morgen ohne besondere Erwartung aufgewacht, aber bei der üblichen Zugabe von noch ein bißchen Schlaf war schon irgendwas komisch. Die Fortsetzung im Halbschlaf hatte so was Durchlässiges. Ich hab mich gefragt: Wo bin ich überhaupt? Was ist los? Was stimmt da nicht? Es kann doch nicht sein, daß das noch Träumen ist, denn daß man nicht mehr richtig schläft, merkt man schließlich. Es war so viel heller als sonst.

Sue dachte, statt all dem What-goes-on-with-your-sex-Schwachsinns-Programm hätte sie, mit dem Freund allein, am liebsten ernsthaft geredet wie sonst auch, noch ernsthafter, und ihm gegenüber den Täuschungsmumpitz verworfen. Freuden erschrecken auch. Wie unauflösbar die Freude mit dem Schrecken kombiniert sein konnte, wußte sie beim Aufwachen noch nicht, und sie wußte es auch jetzt im Erkerzimmer der Jugendstil-Villa noch nicht, hier kam ihr die Dreierkonstellation, sie und die zwei Bademantel-Bewohner, diese Zwickmühle, nur wie eine von vielen albernen Szenen eines Boulevardtheaterstücks vor, blödsinnig und peinlich, aber nicht mehr so peinlich wie vor ihrer erschwindelten Besuchstour mit den Shorties und Quickies bei Freunden und Freundinnen, und erschreckend war genau betrachtet nichts daran. Was sie beunruhigte war ein Vorgefühl vom Schrecken, der noch bevorstände.

Warum spiele ich den beiden Theater vor? Sie fand es absurd, hielt es gleichzeitig für klug, brachte es trotzdem nicht über sich, von ihren unfreiwilligen Gastgebern als bedauernswert ungeschickt belauert zu werden, von Doktor Benrath gesteuert, der Kurs nahm auf ein Sitzmöbel, und deshalb waren ihre Schritte kräftig, sie mußten einen von jeder Hilfe unabhängigen Eindruck machen. Dann landete sie tief in einer durchgesessenen Stelle auf einem länglichen Polsterding, dem Diwan (Am besten, du setzt dich auf den Diwan, hatte Benrath gesagt, und zur Französin: Da kann sie sich auch ein bißchen hinlegen, und wieder zu ihr: Das muß dich doch alles angestrengt haben, so viel Hin und Her und Menschen, und zur Französin: Sie hat ja monatelang wie im Exil gelebt), und Sue saß still in einer Mulde zwischen Sprungfedern und war nervös und wünschte wieder, sie wäre nicht hergekommen. (Marnie: Täusche die Bemitleider! Aber in diesem Augenblick verstand Sue überhaupt nicht mehr, wie Marnie ihr Kreuz und Quer der Taktiken meinte.)

Ich bin Elaine. Elaine Fauve-Millet.

Ah ja. Ich dachte schon an was Französisches.

Man hört es immer noch? Ich habe ziemlich lang hier gelebt. Ich war einmal Elaine Benrath. Die Frau lachte wieder, leise, diskret, kurz.

Blödsinnig fand Sue Doktor Benraths künstlichen Anfall von trockenem Gehüstel.

Ich glaube, das hat er mir irgendwann erzählt, behauptete Sue. Wenn sie auch noch so viel verpaßt hatte beim Zuhören, *das* bestimmt nicht. Eine Ehe! Die wäre ihr nicht entgangen, eine andere Frau! So etwas gehörte nicht zum Benrath'schen Erzählstoff-Repertoire, das sie langweilte, was immer ganz angenehm gewesen war, weil sie sich dann in Ruhe um ihre interessanten Phantasien kümmern konnte: Er ist in mich verliebt, er schaffts nicht, zur Sache zu kommen, wie spannend, wie liebenswert! Nein, eine Ehe, auch noch mit einer Französin, hätte sie nie und nimmer verpaßt. Ihre Anwesenheit sank im Wert noch tiefer. Sie versackte in Lächerlichkeit.

Sie trinken einen Tee mit? fragte Benraths Ex-Frau.

Ich weiß nicht recht... Was Sue nicht wußte, war Folgendes: Was wäre noch lächerlicher: Zum Tee bleiben? Oder, als wäre die verflossene Ehe dafür verantwortlich, aufzubrechen? Sähe das nicht so aus, als hätte sie mit dem Ex-Mann der Französin allein sein wollen – und wozu wohl? Oder als mache das Zusammensein mit der Ex-Frau ihr zu schaffen und Kummer und das hieße dann: Eifersucht. Richtig doof, dachte sie, während sie antwortete: Ich will nicht stören.

Aber Sue! rief Doktor Benrath, dem diese Äußerung seines unerwarteten Gasts endlich wieder einen kleinen Temperamentausbruch ermöglichte. Sue, wie könntest du stören! Wir freuen uns doch!

Ja, wie könnte ich: Sue dachte an die weißen Bademäntel, die diese zwei ungeniert (wegen des guten alten brauchbaren Handicaps) nicht in ordentliche Kleidung umzuwechseln vorhatten. Sie hatten ja eindeutig fürs erste erledigt, was hier zu erledigen war, Sue störte nicht, Sue bot sogar vielleicht eine ganz amüsante Abwechslung.

Ja dann, sagte sie ratlos und unglücklich, weil sie sich so tapsig benahm, als hätte sich das Handicap einen neuen Behinderungsort ausgesucht und auf ihr Reaktionsvermögen verlagert. Nützlich wäre es zu wissen, wie lang dieses Bademantelpärchen schon geschieden war – oder waren sie es nicht, lebten bloß getrennt? Wenn das zutraf, blieb immer noch ungewiß, ob ihre gemeinsame Geschichte verjährt war. Ach, das half ja auch nicht weiter. Die Bademäntel wiesen auf eine neue Versuchsanordnung hin.

Falls Sue nicht wieder Gespenster sah, hatten die zwei ein Wiederaufnahmeverfahren gestartet.

Benrath redete die ganze Zeit über von seiner Freude über Sues neuen Lebensmut, bis sie widersprach: Das hat nichts mit neuem Lebensmut zu tun.

Mit was denn sonst?

Die französische Ex-Frau klirrte in der Küche herum. Alle Türen standen offen, und Sue dachte, wie bei Ed und mir. Ach, mein wundervolles einzigartiges Haus, warum bin ich nicht dort, wohin ich gehöre! Und was für eine Idiotie, wenn dieses einstige Ehepaar miteinander intim war, was durch zwei Bademäntel noch lang nicht bewiesen wird, für mich als schlimm einzustufen, als Gespensterseherei. Verliebtheit zwischen dem reizvoll verschüchterten und treu beharrlichen spröden Freund und mir, einer Spielerin, einer Phantasie-Expertin, ist nichts, worauf ich fixiert bin. Ich werde ohne das auskommen.

Ich hatte niemals einen Moment ohne Lebensmut, behauptete Sue.

Du hast immer Haltung bewiesen. Warst großartig. Aber...

Ehe ihr Freund wieder abflaute, sagte Sue: Ich habe immer mal wieder kleine Wunder erlebt, unvoraussehbare blinkende Brillianten, ein Funkeln im Düstern, plötzlich kurze Euphorien, Glücksmomente...

Das können wir nicht Betroffenen wohl nicht nachvollziehen. Benrath war wieder erlahmt.

Glücksmomente im allgemeinen Unglück, erinnerte sich Sue fast mit Heimweh. Und die waren so intensiv, daß sie wahrhaftig über sich urteilen und auch daran glauben konnte: Irgendwo in einem kleinen inwendigen Kern in mir drin, vielleicht ists meine Seele, da bin ich ein begnadeter Mensch, glücksfähig, wo andere es nie sein könnten. Ihre stolze Verweigerung von Besuchen beispielsweise und ihr *Nein* zu Einladungen auf Parties oder Zusammensitzen mit Freundinnen beim Kaffee hatten ihr ein erhabenes Vergnügen bereitet. Und keinen Moment der Betrübnis über etwas, worauf sie notgedrungen lieber verzichten wollte. Ihre Ablehnungen bedeuteten ja: Sie will keinen sehen, demnach braucht sie keinen. Sehen? Nicht gesehen werden! Darum ging es.

Als die Ex-Frau mit einem Tablett zurückkehrte, empfing Sue einen Geistesblitz: Durch den konnte sie die, wie sie unterstellte, körperliche Gymnastikleistung zwischen Bettlaken in eine andere Sportart umwandeln, sie sagte mit einem Lachen: Daß ich wirklich gravierend störe, glaub ich ja auch nicht mehr. Hier hätte jetzt wohl sowieso eine Pause stattgefunden, nach all der Anstrengung.

Wie meinst du das? fragte Doktor Benrath, und die kleine Frau lachte, goß Tee ein, bugsierte ein rundes helles Gebäckstück auf einen Teller und hielt ihn Sue hin, sie dachte, sie müsse Sues Hände rechts und links zum Tellerrand geleiten.

Hast du einen Tennisplatz hinterm Haus? Oder eine Sauna im Keller? Sues Fragen gingen an Doktor Benrath und waren die Antwort auf sein unbehagliches *Wie meinst du das.* Sofort lachte sie wieder. Sie wandte sich in die Richtung der Französin: Jetzt denkt man von einem Freund, man kennt ihn, aber von wegen! Tennis oder Sauna, beides gehört so ungefähr zum Letzten, was ich bei ihm erwartet hätte.

Auch die Französin lachte, und Benrath sagte, Sue besitze einen guten Instinkt für Menschen. Und er weder einen Tennisplatz noch eine Sauna und für beides nicht den mindesten Ehrgeiz.

Wie kommst du drauf? fragte er schließlich.

Jetzt müßte sie sich zu den Bademänteln bekennen. Sue trank einen Schluck Tee, der noch zu heiß war, am liebsten hätte sie den Mundvoll zurück in die Tasse gespuckt, was aber vollkommen ausgeschlossen war, und wenn sie sich hundertmal unbefangen geben wollte, dann biß sie von einem Gebäckstück ab, es war weich und schmeckte nach sehr süßem Bisquit und Erdbeerkonfitüre, und sofort danach tat ihr der Bauch weh, wenn sie nervös war, sollte sie nichts essen. Der Bauch spannte und war von einer auf die andere Sekunde angeschwollen, so daß selbst die unterhalb der Taille sitzenden anthrazitgrauen richtigen Jeans zu eng wurden. Sie bedauerte, daß sie keinen Blazer mitgenommen hatte und unter ihm das Malheur verstecken konnte. Als hätten mir diese Greenpeace-Leute aus der gestrigen Tagesschau Beton reingeschüttet; gestern hatte sie der Nachricht nur zugehört, sich das Bild (1/50–1/25) nur vorgestellt, die Greenpeace-Fatalismus-Besieger hatten in irgendeinem Endlager einen Abwasserkanal mit Beton gegen vermutlich kontaminiertes Zeug blockiert.

Wie ich auf Tennis oder Sauna gekommen bin? Ich hab dir doch mal von ein paar Verbesserungen beim Handicap erzählt, sagte Sue zu Doktor Benrath.

Das Videoband, die Konturen, ja. Er klang erleichtert, wenn auch verwirrt. Die Frau war nicht verwirrt, summte ihr adagiohaftes Lachen, und Sue hätte gern gewußt, wie hübsch sie war. Daß sie hübsch war, stand für sie fest, merkwürdig, aber sie war sich da ganz sicher.

Die Frau hatte sogar begriffen: Sie erkennt, daß wir nicht sehr gesellschaftsfähig angezogen sind.

Nicht zum ersten Mal stellte sich heraus, daß auch Doktor Benrath ein schlampiger Zuhörer war, genau so wie sie bei ihm paßte er bei ihr schlecht auf, wenn sie etwas erzählte. Das war Sue oft aufgefallen, und natürlich konnte es sich auch um Zerstreutheit handeln, sie hatte es wohlweislich so gedeutet: Ein mit seiner Arbeit liierter Mensch wie er ist in den Human-touch-Angelegenheiten vergeßlich, erstens. Und zweitens denkt er sicher darüber nach, während ich rede, wie er endlich zu einem Ausstoß seiner Gefühle für mich vorpreschen könnte. Jetzt erkundigte er sich nach den Grauschleiern. Er meinte natürlich die grauen Wedel, diese Fächer, die sie zuweilen sah. Vorher, als seine Ex die nicht gesellschaftsfähigen Bademäntel erwähnte, hatte sie mitbekommen, daß er ihr ein Zeichen gab. Das Zeichen übersetzte sie etwa folgendermaßen: Hast du vergessen, was mit Sue Speyer los ist?

Darüber ärgerte Sue sich. Dafür, daß sie sich die ganze Zeit über wie reingelegt vorgekommen war, trug sie mit ihrem törichten Blindekuh-Theater selbst die Verantwortung, und deshalb sagte sie: Stimmt, ich dachte, die Bademäntel deuten auf etwas in der Richtung Sport hin. Diese grauen Wedel sehe ich noch, manchmal, aber ich hab jetzt einen Stromschnellenblick. Glaub ich wenigstens.

Warst du deswegen beim Augenarzt? Doktor Benrath wickelte den im Sitzen erst recht zu kurzen Bademantel enger um sich, aber bei den Beinen schaffte er es nicht bis zu den Knien.

Noch nicht.

Was ist das, Stromschnellenblick? Haben Sie so gesagt, Stromschnellenblick? erkundigte sich die kleine Ex.

Ja. Oder der Blick des flachen Wasserfalls. Sue lachte, ihr Bauch ließ sich immer noch nicht einziehen, einbetoniert wie er war. Als Indianerin könnte ich mich jetzt Flacher Wasserfall nennen. Oder eben: Stromschnelle.

Das sind schöne Namen, sagte die französische Frau höflich.

Es geht dir besser, willst du damit sagen. Auch Doktor Benrath klang höflich, nicht mehr irritiert, er hätte ebenso gut seinen Sessel ein paar Meter weit von ihr abrücken können, um den Abstand zwischen sich und Sue zu vergrößern.

Anscheinend denken die zwei von mir, diese Frau ist leider übergeschnappt, die Ärmste, nun auch das noch. Sue hielt es für das Klügste, ihre Sottisen über die Assoziationen anzubringen, die diese blöden Bademäntel ausgelöst hatten. Ihre Selbstachtung und die Achtung der andern würde sie damit auch noch zurückgewinnen, sofern überhaupt von Zurückgewinnung hier in diesem Ambiente die Rede sein konnte. Zwei Fliegen mit einer Klappe schlagen, dachte sie: Habt ihr die Bademäntel aus einem Hotel geklaut? Habt ihr ein Training in Karate hinter euch? Kaum ausgesprochen, waren das zwei absolut beschränkte, kindische und sogar geschmacklose Sätze. Nur mit dem vertraulichen *ihr* war Sue einverstanden. Es verringerte den Respekt vor einer ehemaligen Frau Benrath und bewies Gutmütigkeit und daß sie nicht eifersüchtig war.

Dieses einstige Ehepaar aber wirkte in der gemeinsamen nichtssagenden matten Reaktion wie frisch vereinigt. Sie antworteten überhaupt nicht auf die beiden dusseligen Fragen, lachten aus ihrer höflichen Distanz. Von Sue schien Ansteckungsgefahr auszugehen. In ihrer Diwan-Delle zwischen geborstenen Sprungfedern mit dem Greenpeace-Beton-Bauch saß sie wie in Quarantäne fest. Als sie *Nein danke* sagte, weil die Französin ihr Tee nachschenken und sie hinzufügen wollte: *Ruft jemand für mich ein Taxi*, erklärte die Französin mit dem Adagio-Lächeln in der Stimme: Wir zwei, er und ich, wir testen, ob es ein zweites Mal geht, mit uns ...

Sieht vielversprechend aus, oder? Sue bekam ein bißchen Atemnot. Die Bademäntel ...

Deine Ex-und-Hopp-Frau ist taktvoller als du, dachte Sue, als Doktor Benrath gar nicht auf ihre Bemerkung einging, womit er sie stillschweigend als abgeschmackt und witzlos denunzierte, sondern wie ein weit entfernter Bekannter fragte, warum Ed sie nicht als Allererstes zum Arzt verfrachtet hätte.

Ed weiß noch von gar nichts, sagte Sue. Es ist erst heut morgen passiert, und er war da schon weg, hatte heute sehr früh einen Termin und ...

Das ist alles sehr erfreulich, sagte Doktor Benrath. Man wird dich ja auch wieder besuchen dürfen.

Ja. Ich finds auch sehr erfreulich. Sue stand auf, es ärgerte sie, daß dieser kleine Prozeß nach starker Bemühung aussehen mußte, denn beide Bademäntel kamen ihr sofort sehr nah, man half ihr rechts und links mit Handgriffen um ihre Oberarme.

Danke, laßt nur, es geht doch... Sue befreite sich. So was von plump und schwerfällig! Sie merkte beim Feixen und Grinsen, daß die untere Gesichtspartie nicht mehr von der Maske blockiert war. Demnach schien sie längere Zeit nicht gelächelt zu haben.

Du und plump! Oder schwerfällig! Das war fast der liebe und begehrte Benrath-Ton von früher, wenn er sich zu Kurzkomplimenten (*Gute Farbe ist das*... und es blieb offen, was er meinte: Bluse, Haare, Sues Gesicht) aufgeschwungen hatte. Sue hörte seine anziehend altmodische Verehrung heraus, diese Überwindung seiner Scheu zum Bekenntnis ehrlicher Bewunderung.

Man kommt schlecht hoch aus diesem Ding, kommentierte die Französin Sues Problem mit dem Aufstehen. Diesmal war ihr Akzent ziemlich filmreif ausgefallen: *schläscht ooch.*

Es muß dringend zu einem Polsterer, sagte Doktor Benrath.

Sue befreite sich: von wessen Hand? Die Hand wich zurück, hatte sie um den kleinen Tisch zwischen Diwan und der Bewegungsfreiheit im Zimmer geleiten wollen. Sie versuchte, den Bauch zu straffen. Ihr tat so ziemlich alles weh. Wacklige Knie hatte sie auch, und Puddingbeine.

Ähr ängt an dem alten Schdügg.

Wenn mir jetzt jemand ein Taxi rufen würde? Sue erkannte eine Art Schemel, sie mußte sich wieder hinsetzen. Wahrscheinlich war es unnötig und sogar einfältig, darüber eine Erklärung abzugeben: Paßt schlecht zu jemand, der Stromschnelle heißt, oder Flacher Wasserfall. Sie lachte allein.

Ist doch völlisch normal, tröstete die Frau, die mit Benrath intim gewesen war und garantiert außergewöhnlich aussah, nicht einfach hübsch, und ergänzte: Isch hasse Schdeeparties. Lang rumschdehn issd für misch gans schleschd. (Vielleicht war sie jetzt müde, ihr besseres Deutsch kam ihr deshalb abhanden.)

Ist in Ordnung so: Das war Benrath, aus größerer Entfernung. Sue fiel etwas Besseres ein als ihre indianischen Namen und die dazugehörende dumme Selbstbezichtigung: Sitzen ist besser als Stehen. Liegen ist besser als Sitzen, oder Besser als Sitzen ist Liegen. Sie lachte. Das weiß ich nicht so genau, aber der Schluß von diesem Schopenhauer-Ausspruch gehört zum Besten: Besser als Liegen ist Totsein.

Ui je. Die Ex-Frau Benrath versuchte ein amüsiertes Aufkreischen, aber ihre Stimme war zu adagiosanft, Sue dachte zusätzlich: zu schwach. Sie ist schwach auf der Brust.

Doktor Benrath telephonierte: Guten Tag, bitte einen Wagen für die Nummer 36, Heinrich Heine. Wie bitte? Oh ja, für Benrath. Links rauf bei der Firma Voss und Gmelin. Danke. Wiederhören. Er legte auf. Kommt angeblich gleich, sagte er ins Zimmer.

Dann gehe ich am besten schon raus, sagte Sue.

Wir bringen dich, warte, sagte Doktor Benrath, und ehe Sue es tun konnte, erinnerte die andere Frau ihn an seine für die Straße ungeeignete Bekleidung. Ihm wurde daraufhin erst so richtig klar, wie ungeeignet sie wider Erwarten auch für seinen Besuch gewesen war. Du mußt entschuldigen Sue ...

Aber wenn man unangekündigt kommt ... Wer plötzlich so eindringt, der ists, der sich entschuldigen muß.

Ich ruf dich an klang wieder nach den guten alten Tagen vor diesem alles vermasselnden, alles verändernden Tag. Und *Ich darf dich bald besuchen* auch. Es war so, als gäbe es auf einmal keine dritte Person im Zimmer, und schon gar keine französische Frau und ehemalige Ehefrau, die zu Testzwecken hier zu sein berechtigt und mit der eine Fortsetzungsgeschichte Benrath & Benrath denkbar war.

Aber mein Abgang: erstklassig. Sue lobte sich auf dem gekieselten Trottoir in der Heinrich-Heine-Straße, es war sehr warm hier draußen, auch der leichte Wind warm und er wehte einen süßlichen Geruch um sie, blühen konnte jetzt eigentlich nichts, aber ein bestimmter Kunstdünger roch so. Sue taten die Augen ein bißchen weh, nach der Dämmerung hinter den Buntglasfenstern drin schien es im Freien sehr hell zu sein, und sie bereute, daß sie nur die matt getönte Brille aufgesetzt und sich nicht für die richtige Sonnenbrille entschieden hatte. Es war einfach alles zu viel auf einmal. Das Taxi ließ auf sich warten. Sue ging vor der Nummer 36 hin und her, und weil ihr Abgang das Beste vom ganzen Besuch gewesen war, machte ihr die Vorstellung, die Benraths beobachteten sie von ihren Fenstern aus – doch gewiß nicht mit Operngläsern, das paßte wirklich nicht zu ihnen – beinah gar nichts mehr aus. Der Besuch war Mist, ein Totalreinfall, ein etwa einstündiger andauernder innerer Rausschmiß mein gesamter Aufenthalt dort: Sue benotete ihre Unternehmung. Aber ich habs wettmachen können, ha! Nicht ganz, doch bis zu einem gewissen Grad schon, am Schluß hab ich Souveränität bewiesen, war Herrin der Lage. Auf Doktor Benraths Versicherung – im vertrauten Ton aus der Vorzeit, und er ließ sie wunderbarerweise wieder an seine eindringlichen Empfindungen für sie glauben – er würde sie bald besuchen, hatte sie geantwortet: Ja, tu das. Und dann, als gefiele ihr das viel besser, komme einer Erleuchtung gleich, freudig, herzlich sogar: Aber kommt doch beide! Bring doch deine Elise mit. *Elise*: Das war gelungen, war stolze böse Absicht! Sue hatte es nicht vergessen, die kleine französische Ex hieß *Elaine*, und Doktor Benrath korrigierte sie arglos und ohne besonderen Nachdruck, aber wars nicht doch etwas beleidigend? Eine kleine Wunde, ein beißender kleiner Kratzer neben der ernstzunehmenden Schußverletzung? Die Kugel hatte Benraths Selbstbewußtsein an der Stelle durchdrungen, wo das Gefühl saß: Sue und ich, wir zwei brauchen unsere Isolation. Für uns, auch wenn wir einfach nur wie gute Freunde zusammensitzen, ists das Höchste und schwer entbehrlich, miteinander allein zu sein. *Kommt beide! Bring sie mit!* Schaut mir nur zu, wie gelassen ich hier draußen auf und ab spaziere! Sue spitzte die Lippen, es sollte so aussehen, als pfiffe sie eine Melodie vor sich hin. Sogar ihr Bauch tat nicht mehr weh, kein Beton mehr drin, sie konnte ihn wieder einziehen. *Deine Elise.* War beides prima, *deine* genauso gönnerhaft wie *Elise.* Lobi, lobi, murmelte Sue, und da kam auch das Taxi. Sue erkannte durch die Scheibe neben dem Beifahrersitz, daß im Innenraumdämmerlicht eine dicke Frau am Steuer saß und sich, um ihr die Tür zu öffnen, fast auf das Nachbarpolster hinter ihrem ausgestreckten Arm her fallenließ. Ja, sie war ziemlich dick, und das Taxi warm, es roch nach einer Mischung aus Virginia-Tabak und Kaugummi mit Pfefferminzgeschmack. Die dicke Taxifahrerin und die stickige Gegenwelt zu der im Parterre der Bademantel-Benraths entsprach ganz dem, was Sue sich für die Rückfahrt gewünscht hätte. Den Taxifahrer vom Hinweg würde sie jetzt nicht mehr genießen können, für Flirts und irgendwelches Geplänkel drumherum war sie zu faul, sie war trotz des guten Abgangs ziemlich am Ende. Komisch, ihr fiel im Taxi erst die Hilfskonstruktion ein, als die sich das Rauchen einer Zigarette immer bewährte.

Das scheint mal kein Nichtrauchertaxi zu sein, Glück

gehabt, sagte sie, atmete auf, fand in ihrer Tasche die Packung mit den Blondies.

Ich bin eins von den letzten. Die Frau identifizierte sich mit ihrem Taxi.

Sue wiederholte das dumme Zeug, das sie zum Material Laster auf Lager hatte, eins müsse man ja wohl haben und so weiter, und dachte dabei an die Krönung ihrer geretteten Selbstachtung beim Abschied, während die Frau wissen wollte, wie man in solch einem Kasten – sie meinte die Nummer 36 – lebte, und Sue, um es der Frau rechtzumachen, berichtete ein bißchen abschätzig von der alten Pracht. Die Krönung: Auf dem entprivatisierenden *Kommt beide* und der Unaufmerksamkeit beweisenden *Elise* thronten wie ein Triumphbogen Sues Abschluß-Sätze: Aber andererseits: Man *muß* mich nicht besuchen. Keine Pflichtbesuche! (Das noch in scherzhaftem Ton, von da an ernsthaft und mit Nachdruck!) Ich bin nämlich unheimlich gern allein. Ja, ich habe geradezu eine Gier danach. Ich glaube, ich brauche es wirklich, das Alleinsein.

Wenn das nicht gesessen hat! Sue fing an, sich den mißratenen Besuch zu verzeihen. Sie konnte sehr gut wieder lässig lächeln, erinnerte sie sich, bei all diesem üblichen flüchtigen *alsdann* und *ciao* und *machts gut*, und dafür, daß sie so ohne jede Vorwarnung reingeplatzt war, hatte sie sich auch noch entschuldigt, jetzt jedoch entspannt und obenhin, wie ein belustigter Mensch, der gar nicht genau auf seine Worte achtete, alles Small talk. Sie genoß ihre Blondie und die Autofahrt neben der dicken Frau, die gewiß ebenfalls zufrieden war, weil die Strecke sich finanziell lohnte, und vor ihr würde sie sich nicht genieren, wenn sie mit den Geldscheinen nicht zurechtkäme, sie würde ihr einfach das Portemonnaie überlassen, damit sie sich selbst rausnehmen konnte, was ihr zustand, die Frau qualmte jetzt auch, und Sue dachte überhaupt nicht mehr an den Slogan beim Aufwachen *Freuden er-*

schrecken auch; als die Frau, bei Rot die erste vor der Ampel, zu ihr hinüberschaute und dann sagte: Du lieber Himmel, wie schade um die schöne Bluse! Was haben Sie denn mit der gemacht?

Oh! Ich weiß auch nicht genau, wie das passiert ist... Sue hatte keine Ahnung, die Ampel sprang auf Gelb, die Frau gab Gas, fuhr an, und Sue strich mit der linken Hand über den Blusenstoff: Ihre Fingerspitzen blieben in einem Riß rechts oben stecken. Dem Stoff nach, eine Art Krepp, hatte sie sich vor dem Kleiderschrank für die braunweißgestreifte Bluse entschieden. Aber die blauweiße gegriffen, aus dem gleichen Material, doch es war nun mal leider die Bluse mit der zerfetzten kleinen Brusttasche, die beinah ganz runterhing. Was war eine halbentblößte Sue gegen *Kommt beide* und *Elise* und die *Gier nach Alleinsein?* Da spielte eine auf Nummer 147 Plazierte gegen ein Doppel, ganz allein gegen zwei Weltranglisten-Erste.

So was Blödes, sagte sie zur Taxifahrerin. Ich habe die Bluse extra nicht weggepackt, ich hab sie angezogen, damit ichs nicht vergesse, sie eben meiner Freundin zu zeigen, sie schneidert nämlich, es ist ihr Hobby, und habs doch total vergessen.

Und ihre Freundin hat auch nichts gemerkt? Na ja, sagte die dicke gleichmütige Frau verständnisvoll, ich kenn das, wenn man erst mal so richtig ins Schwatzen kommt...

Sue liebte diese Frau. Sie hatte, als sie in den Wiesenweg zwischen den Kopfweiden einbogen – Sue erkannte die schwarzen Büschel, die wie zerraufte Perücken zwischen den Ästen hockten – beinah Angst, sich von ihr zu trennen.

What goes on with your sex, summte sie, als sie ins Haus eintrat und sogar mit dem Alarmschlüssel, großer Bart nach unten, Drehung nach rechts, gleich beim zweiten Versuch erfolgreich war. Nur ein komisch flattriges Ding zappelte in der Herzgegend ... what goes on with my heart ... Sie faßte wieder an diese zerrissene Stelle rechts bei der kleinen Tasche. Halbnackt. Ganz schön sexy, verdammt noch mal.

Meine Schwester und ich, wir habens nicht nötig, uns regelmäßig zu beschnuppern und miteinander rumzuglucken. Aber heute brachte Marnie ihre einzigartige Liebesart (viel zu groß für den Tagesgebrauch, bah – aber wer versteht das schon!) nicht in Übereinstimmung mit ihrem Gewissen. Sie mußte sicher gehen. Sie mußte sich der Sache stellen, leider. Sie wußte nicht, was Sue wußte, wie viel Sue mitbekommen hatte. Ach wie furchtbar war das alles, nur – glattgebügelt werden, das mußte es, und es blieb an ihr hängen, das zu tun. Ed würde natürlich seinen Senf dazu geben, aber wie ein Mann, Ehemann hin – Ehemann her, Marnie war die Schwester, und das bedeutete die allernächste Nähe vom ersten Babytag an. Sie fühlte sich hundsmiserabel. Bei jeder andern außer Sue, der weh zu tun wie eine Selbstverstümmelung war, hätte ihr die bevorstehende Auseinandersetzung sogar einen gar nicht zu verachtenden Spannungseffekt eingebracht, sie wäre, nicht ohne Schadenfreude, neugierig drauf gewesen. Jemand, der auf einen eifersüchtig war oder doch vermutete, Grund dafür zu haben, erhöhte den Selbstwert. Jemand, ja, aber Sue war nicht *jemand.* Kein Lustgewinn für Marnie, nicht bei Sue, oh leider ganz und gar nicht bei Sue. Marnies Aufgabe war schlimmer als ein Examen, Schwerarbeit. Aber sie konnte sich nicht davor drücken, und deshalb führe sie am Spätnachmittag zu Sue raus aufs Land. Gestern wars passiert. Marnie war gestern erst dort gewesen, und Rhesa, die sie fuhr und auf dem Hinweg halb in ihr Vorhaben einweihte, war über ihre Einsilbigkeit auf der Rückfahrt nicht weiter erstaunt, Rhesa nahm alles, wie es kam, dachte wahrscheinlich wieder mal *Ziemlich verrückte und verschrobene unnatürliche Familienverhältnisse* und legte eine Cassette mit Schuberts Wanderer-Fantasie ein, was Marnie vor Kummer fast nicht durchstand. Sie hoffte, heute wäre Ed noch nicht zu Haus, und *ihr* Priester hätte Zeit, sie zu chauffieren. Mit einer Autorin, die sie im *Virus* träfe und deren Exposé der Redaktion gefallen hatte (die Autorin, ehemalige Polizistin, hatte im Streifendienst drei Jahre lang Erfahrungen gesammelt), würde sie es kurz machen, am besten schon im *Virus* mit einem Bier plus anderthalb Benzos anfangen.

Der Priester hatte Zeit, Marnie fragte ihn auf der Fahrt zur PGF, er konnte schon gegen vier Uhr im Spital Schluß machen.

Ich hoffe, heut nachmittag braucht dann endlich Margo mal ihren Zwerg selber. Marnie trommelte mit den Fingern aufs Armaturenbrett.

Sie geht gern zu Fuß. Sie braucht die Bewegung. Der Priester wirkte wie gewohnt kurzatmig und überfordert.

Aber dein sensationeller 620 Si Rover braucht auch Bewegung. So viel verstehe sogar ich von Autos. Rumstehen ist schlecht für sie. Ich hab wirklich nichts gegen diesen Twingo, aber komisch, ich krieg immer einen Glühkopf drin und dicke heiße Füße.

Sie hatten vor ein paar Tagen Margos fünfundvierzigsten Geburtstag gefeiert und duzten sich seitdem.

Die Heizung ist nicht an, sagte der Priester in der abgehackten und aufgeregten Art, die ihn im Dauerstreß strapazierte. Es schien bei jeder Trivialität ums Ganze zu gehen. Immerzu so als gälte es, jemanden fürs Freundschaftschließen mit Gott zu gewinnen, auch wenn man ihn nur gefragt hatte, wie hoch seine Stromrechnung war, immerzu ruckhaft, um mit Wucht zur Überzeugungskraft vorzustoßen oder wie beim fast angewiderten Berichten von seinen Problemen mit den Angehörigen seiner sterbenden Spitalklientel. Halb unwillig war er immer im Dienst, chronisch überfordert. Vielleicht, dachte Marnie, ist das alles nichts weiter als schlechte Atemtechnik bei ihm. Der 620 Si ist eine Klasse für sich: Ein Sicherheitspaket mit zwei Airbags, ABS, Seitenaufprallschutz, verstärkter Fahrgastzelle... Der Priester betete das Vaterunser oder den Rosenkranz, nervös und engagiert. Diebstahlsicherung, dreifache Wegfahrsperre, Bord-Apotheke...

Oh, die Bord-Apotheke ist gut! Hast du wenigstens was Gescheites drin? Marnie grinste den Priester an, der es merkte und ihr deshalb kurz sein blasses knochiges Gesicht, aus dem die kalte Pfeife wie ein Wegweiser ragte, mit verblüfft wißbegierigem Ausdruck zukehrte. Ich hab nichts Nettes vor diesmal bei meiner Schwester. Es wird schwierig. Also: Was bietet sie denn, die Bord-Apotheke?

Pflaster, Verbandsmull, vielleicht ein Aspirin... und ich denke, noch eine Menge mehr, alles, was man für Erste-Hilfe-Aktionen braucht. Der Priester hatte sich nie um den Inhalt der Bord-Apotheke gekümmert. Bist du nicht erst gestern bei ihr draußen gewesen? stieß er heraus.

Gestern, ja, leider. Ich wollte mit Ed reden, wegen Prentice, die sie besuchen will, und Sue, wie du weißt, sie fühlt sich nicht nach Besuchtwerden...

Und du hast deinen Schwager nicht überzeugen können. Der Priester sah wieder so aus, als bedrohe ihn die Frage nach Gott und ob er an ihn glaube, und drohend starrte er den Mercedes an, der vor dem Twingo in der Warteschlange vibrierte; mit dem Umspringen von Rot auf Grün würde er der Verkehrsampel und dem Mercedesheck seinen Glauben feindselig bekennen. Eine bittere Angelegenheit, der Glaube an Gott, aber eine andere Lösung gab es nicht.

Es ist was schiefgelaufen. Marnie empfand verwundert das Bedürfnis, den Priester-Freund einzuweihen. Bis zum Kennedy-Platz dauerte ihr Geständnis, mehr Zeit beansprüchte es trotz einiger Verzierungen zur Selbstverteidigung beim besten Willen nicht.

Der Priester, Bruder aller Todeskandidaten, machte den üblichen verzweifelt entschlossenen Eindruck, erstaunt war er nicht, entrüstet war er sowieso, er hätte genau so gut *Ja, ich habe meine Stromrechnung bezahlt* oder *Mein Freund, ich sterbe ja auch, nun laß uns an die Frohe Botschaft glauben* sagen können, als er vorschlug: Wenn du möchtest, komme ich mit zu ihr rein. Ich könnte sie zu einem unserer Weekends mal persönlich überreden. Er redete so abgehetzt wie ein Marathonläufer, dem jemand kurz hinter der Ziellinie nach den ersten paar Atemzügen ein Mikrophon hinhält, damit er sagen kann, ob er mit seiner Leistung zufrieden ist. Das aber war Marnies Priester nie, was ihr an ihm gefiel, von Sue und dem gräßlichen Problem ablenkte und sie auf die verlockende Idee brachte, sich in ihn zu verlieben. Auf seine bergsteigerhafte, waldarbeiterhafte Art würde er ihren Zustand mit der gleichen Entschlossenheit wie damals prüfen, als sie ihn *Glauben Sie eigentlich an Gott gefragt* hatte, und hier wie dort käme er zu einem mutigen Entschluß, bei allem Respekt für Margos altes Anrecht und selbstverständlich platonisch. Vielleicht lerne ich ja auch noch, wie Sue den Reiz des Unvollendeten zu genießen, dachte Marnie. Bei diesem Abschied, gebeugt in den niedrigen Twingo, lächelten sie beide gleich abgehetzt, runtergewirtschaftet, interessiert, Marnie und der Priester.

Wenn ich mich an den niederschmetternden Moment erinnere ... halt! War er denn niederschmetternd gewesen? Sue überlegte. Schreiben ging noch schlecht. Aber seit dem niederschmetternden Moment (sie nannte ihn vorerst so, es war ihr erster Einfall für seine Charakterisierung) fühlte sie sich nicht unbelauscht, wenn sie aufs Tonband sprach. Sie traf die Linien in ihrem Notizheft nicht, doch die verliefen sowieso zu eng, und sie brauchte einen breiten Zeilenabstand. Vielleicht würde sie ihr Vergewisserungsprotokoll niemals mehr lesen wollen (wozu sich allzu genau ans Scheußliche erinnern?), nur sollte es lesbar sein. Der Moment entspricht dem, was man Schrecksekunde nennen würde. Er hatte aber schon was von den Eigenschaften seiner Spätfolgen, ich erschrak, ich konnte es nicht glauben, was da vor sich ging, es war so ungefähr das, was immer so abgedroschen bei sehr großen Überraschungen mit sehr schlechtem Beigeschmack von den meisten Leuten *Das darf doch nicht wahr sein* und *Das gibts doch nicht* heißt, und in der Schrecksekunde war wirklich schon die Auswirkung drin, etwas Enttäuschendes, Lähmendes. Immer wenn ich die Schrecksekunde wiederholen will, möchte ich sie gleichzeitig verscheuchen. Am besten, ich fange mit diesem Slogan-Satz vom Aufwachen am ersten Tag (erst gestern!) an, dem ersten Tag des langsamen und sicherlich langen Abschieds vom Handicap: Freuden erschrecken auch. Ein Werbeslogan gegens Freuen. Ich bin mitten im Finstern eine Hellseherin. Aber es war ja zum ersten Mal nicht finster gewesen! Ich hatte vergessen, wie hell es sein kann.

Das Aufschreiben tat Sue gut. Fast kam etwas Stolz auf. Die Abfolge der erlebten Miseren analytisch durchzugehen, dazu gehörte Mut, wenn man selbst die erniedrigte Person war. Erniedrigt? Sie? Nicht durchweg. Nur bei der ersten Kalamität des miserablen gestrigen Tags. In Teil II hatten sich zwei andere erniedrigt, und zwar vor ihr. In Teil II wurde sie reingelegt. Su zwang sich zu Teil I. Er war noch so elend szenisch. An Szenisches, das nicht von ihr selbst gemacht und deshalb immer behagliche Zufriedenheit, auch Glück auslöste, Szenisches realistisch – nein, daran war sie demnach gar nicht mehr gewöhnt. Mach dir nichts vor, sagte sie sich, nimm dich zusammen. Nicht die Eindrücke von der Wegstrecke im Taxi und weder den jungen Fahrer auf dem Hinweg, dessen Komplimente sie in Schwung versetzt hatten, und schon gar nicht die dicke Taxifahrerin vom Rückweg störten szenisch. Vielleicht würde sie endlich beim Protokollieren ihres Zwei-Katastrophen-Tags die Bilder los, das Bademantelpärchen, vor allem die Französin, ihre Befürchtung in dieser gräßlichen Sofamulde beim Anblick, den ihr dicker Betonbauch bot, schließlich der Schock: die zerfetzte runterhängende Bluse, die ihre Erholung in der ruhestiftenden Nähe der dicken Taxifrau zunichte machte (doch nur kurz, sie hatte es geschafft, sich aufzurappeln), aber ihre beim Testen gestörten Bademantel-Gastgeber hatten sie die ganze Zeit über in dieser Wegwerfbluse gesehen.

Und das ist und bleibt peinlich, wenn ichs auch irgendwie im Griff habe, schrieb Sue in großen Buchstaben in ihr Heft. Die Rückblende paßt zum Katarakt. Ich vermute, das ist jetzt ein Katarakt bei mir. Er hat das Handicap abgelöst: großer Fortschritt. Nur bin ich einer saftigen Täuschung erlegen, als ich glaubte, tiefer als mit diesem verrückten Besuch könnte ich nicht mehr sinken. Mit dem, was mich noch für den Rest des Tags erwischte, war nun wirklich nicht zu rechnen. Und kam ich nicht gut ins Haus rein?

Fast schon wieder seelisch saniert, was ich bestimmt zum größten Teil der Taxifrau verdanke, mit ihr zu reden tat mir ungefähr so gut wie früher die paar Wortwechsel mit dem Kioskehepaar – etwas, wo Freude nicht erschreckt, das ist: Bei denen werde ich nächste Woche, wenn die neue Programmzeitschrift fällig ist, bestimmt aufkreuzen. Übrigens kann ich, nach dem Augenarzt, wieder Western und alles sehen ...

Sue wurde unschlüssig, dann traurig, und sie erlebte die Schrecksekunde nach: Mit Ed? Mit Ed noch fernsehen, ginge das? Nach gestern? Schreib erstmal weiter, Punkt für Punkt, vielleicht siehst du dann klarer, wie es in Zukunft sein könnte. Oder: sein muß.

Die ans Spielen mit Phantasien gewöhnte Sue, die sich so gut selbst überzeugen konnte, konnte es diesmal nicht. Nichts wäre mehr genau so wie vor dem niederschmetternden Moment, oder wie immer sie ihn nennen sollte.

Sie suchte nach der vorher beschriebenen Zeile und nahm einen großen Abstand zu ihr und schrieb: Nicht wegzuschwindeln, mein Auftritt in der Heinrich-Heine-Straße ist und bleibt blamabel. Nur am Schluß war ich gut, mit *Kommt beide* und *Elise* und der *Gier aufs Alleinsein.* Aber das Mißglückte ists immer, an das sich die Leute am besten erinnern. Außerdem, und das ist bestimmt das Schlimmste, war ich leider mitleiderregend (die Bluse!). Jemand Mitleiderregendes kann nie und nimmer als Glanznummer in irgend jemandes Gedächtnis bleiben, ich hatte einfach keine Sternstunde ...

Sue dachte nach. Verglichen mit der *Schrecksekunde* nistete im Gegenteil von einer *Sternstunde* in der Heinrich-Heine-Straße etwas beinah Tröstliches. Ihr Gemüt hellte sich auf, das war wie Fernsicht, die dem plötzlich um so vieles besser belichteten, schärfer konturierten Nahsehen beisprang, es ergänzte zu einem ganz und gar normal deutlichen Blick. Sie schrieb, die Augen dicht über dem Papier, damit sie mit ihrer Schrift den Anschluß an die abgebrochene Zeile traf: Was mir trotz all der Verkorkstheiten aber mein Instinkt sagt ist Folgendes: Noch so viele Defizite und was auch immer ich vermurkse und sogar eine kaputte Bluse, einfach nichts kann freundschaftlichen Gefühlen, die mehr sein wollen und deshalb auch mehr sind, also Dr. B.'s Gefühlen für mich, wirklich Schaden zufügen. Nichts kann sie einfach auslöschen. Vielleicht sah ich sogar ziemlich rührend aus, so abgerissen, und das hat ihn ergriffen und aufgeregt?

Sue mußte an die Wollknäuel denken, die sie vor dem Unfall gekauft hatte, um wieder das Stricken auszuprobieren, zuerst an einem Schal. Es ist wie bei melierter Wolle, schrieb sie, freundschaftliche und erotische Gefühle meliert, wie bei meiner Wolle mit den verschiedenfarbigen Fäden, blau bis hellgrau. Freundschaft mit Erotik, unsere Gefühle, für immer angenehmerweise auf der Annäherungsstufe Nr. 1. Zu mehr hatte ich auch nie Lust.

Sue fiel die Schrecksekunde ein und Ed und daß er dieses Notizheft vielleicht zu Gesicht bekäme, und sie überlegte, ob sie nicht den letzten Satz durchstreichen sollte. Und auch das Wort *angenehmerweise*. Geschähe ihm recht. Doch sie strich nichts durch. Zum einen ging es ihr um ein Protokoll, und was taugte ein Protokoll, das die Tatsachen verdrehte? Nichts. Ed würde, zum andern, ihr Heft nie finden, weil er nie in ihren Sachen herumkramte (zum ersten Mal kam ihr der erschütternde Gedanke: Interessiere ich ihn genug? Aber doch, beruhigte sie sich, und absurderweise kehrte die grundsätzliche Gewißheit seiner Interessiertheit und auch seiner Nähe, der Gemeinsamkeit und engen Verbindung durch etwas so Banales wie eine Oat-and-Wheat-Packung zurück. Die er ihr nur kaufte, weil sie die Schrift so schön fand. Allerdings: Sie mußte bald ganz aus der Nähe prüfen, ob er nicht die letzte leere Packung, die zur Dekoration, bis eine neue käme, auf dem alten Küchenbüffet stand, überhaupt noch da war.) Und wenn er wirklich ihre Eintragungen jemals läse, würde er bei dieser Stelle bloß grinsen. Er nahm Doktor Benrath überhaupt nicht ernst. Doktor Benrath hieß bei ihm *dein Doktor Mops*, manchmal auch *Doktor Schwabbel* oder *Herr Konfusius zu Schüchtern* oder so ähnlich.

Wo war ich? Sue untersuchte ihre ausgezackten Buchstaben. Sie dachte, ich konnte es also auf dieser Stromschnelle leidlich aushalten und ich kam deshalb auch halbwegs guter Dinge nach Haus, ich hatte so wundervoll wenig Mühe mit dem Alarmschloß, mein rechtes Auge war lichtempfindlich, gelobt sei das Leben mit einem Katarakt! Und ich glaube, ich hatte vergessen, daß ich ein bißchen humple und so weiter und so fort, aber meinen flachen Wasserfall, bis zum Nachhauskommen wirklich alles in allem doch das Beste, was ich seit dem Unfall hatte, den habe ich unterschätzt. Es geht noch tiefer runter als bis zu Erniedrigungen in einer Jugendstil-Villa, und die hatte ich ja schon so gut wie verschmerzt. Sue, sag ich mir, es kann dir im eigenen Haus passieren. In deinem eigenen Traumhaus, du hast es für deine Festung gehalten, es hat dir in der Finsternis immer beigestanden, es war dir treu, der beste Freund, der sicherste Trost, aber kaum wirds hell...

Das Schreiben machte Sue Spaß, aber es verführte zum Verfälschen der Fakten. Das Haus war unschuldig, die besseren Beleuchtungsverhältnisse: unschuldig, der flache Wasserfall ebenfalls, der Fortschritt *Katarakt.* Das Haus war so ideal wie immer, und Sehen war grundsätzlich besser als Nichtsehen, aber... nicht immer, murmelte sie: Der Unfall nach dem Unfall. Zuerst wird der Körper ramponiert, dann das Herz.

Sue war zu vernünftig, um sich ein gebrochenes Herz zuzutrauen. Sie ging ein bißchen durchs Zimmer, kehrte zum Notizheft zurück, suchte nach ihrer Niederschrift, um die letzten beiden Sätze auszustreichen, aber dann ließ sie es sein. Sie wollte noch mehr aus Flachem Wasserfall und Stromschnelle machen, auch Katarakt gefiel ihr. Wäre ein Abstecher ins große Wohnzimmer inspirierend? Zurück zum Schauplatz der Schrecksekunde, dem so nun einmal benannten niederschmetternden Moment? Das unschuldige Wohnzimmer, und die Kombination aus Erinnerung und Phantasie, die das Wirklichkeitsspiel doch immer nur beinah vervollkommnet hatte, mußte nicht mehr beim Genießen helfen! Es hieß doch: Etwas verlor seine Unschuld, das hieß es von Gegenständen, von Sonnenuntergängen, von allem möglichen Schönen, dem durch ein häßliches Ereignis ein Makel zugefügt worden war, der Vollmond verlor seine Unschuld, weil zwei Menschen sich unter seinem sanften Widerschein grausam behandelten, in Haß auseinandergingen nach maltraitrierenden Sätzen, und der Vollmond wäre nie wieder die sanftmütige Erinnerung aus früheren Nächten. Sue sah es trotzdem nicht ein. Gut und schön, besser: schlecht und traurig, der Mond riefe die eklige Kränkung ins Gedächtnis zurück, und ungefähr so erginge es ihr mit dem geliebten Wohnzimmer. Aber beide blieben sie unschuldig, sie konnten nichts dazu, wozu Menschen ihren Frieden mißbrauchten. Sue würde auch nicht umräumen. Ich sollte erklären: Ich gehe jetzt erst mal für eine Zeitlang von hier weg, aber wohin, und brächte sie das über sich? Sie fühlte sich hier so seßhaft, wenn auch seit der Schrecksekunde nicht mehr als die Herrin über ihr Domizil, irgendwie rausgeworfen. Sie konnte gar nicht anders, als sich zu diesem Zimmer zu beglückwünschen. Es war nach ihrem Plan auf die richtige Weise eingerichtet, das gemütliche Stoffsofa mit dem altmodischen Blumenüberzug stand nach dem Vorbild amerikanischer Filme mit großen Wohnungen mit der Rückwand zum hinteren Teil des Zimmers, vorgerückt zum Ausblick aus den Fenstern auf die Bauernwiese, und weil der Raum so geräumig war, blieb immer noch reichlich

Platz für den runden Tisch und die drei Sessel, und Sue freute sich über das Sofa, und es erschien ihr nicht das Phantombild, evoziert von gestern, das Sofa war leer. Eigentlich glaubte sie, sie sähe von nun an für immer die beiden Hinterköpfe, so wie im *niederschmetternden* Moment, in der Schrecksekunde, oder irgendwas mit noch viel mehr traurigem Tremolo, irgendwas Tiefsinniges. Aber dann wärs kein Protokoll, entschied sie, und es erleichterte sie zugleich, denn sie war etwas zu faul, mit komplizierten Gedankengängen und vor allem, an deren Formulierung, zu experimentieren. Aber als sie schon mitten im nächsten realistischen Satz war, um die Abfolge der Ereignisse festzuhalten (... und weil es angenehm kühl im Haus war, habe ich mir zuerst über die zerrissene Bluse meine dunkelgraue Strickjacke angezogen ...), hielt sie ein, denn der Nachhall eines doch geheimnisvollen, eines in der Tat unwirklichen Gefühls drängte sich ihr auf. Das Gefühl paßte nicht in den Zeitablauf. Gestern war sie einfach nur erschrocken gewesen (sie fragte sich: Wie wäre es mit *entgeistert*) und zu aufgeregt, sie hatte keine Zeit gehabt, um mysteriösen Empfindungen nachzuspüren. Doch wie sie gerade eben noch vom hinteren Teil des Wohnzimmers aus aufs von ihr abgekehrte und dem Ausblick zugewandte Sofa geblickt hatte, war ihr zumute, als wäre sie hier noch viel weniger als bloß ein Gast, eine fremde Frau. Und noch viel weniger als diese Distanziertheit bedeutete, daß sie sich tot fühlte. Sue korrigierte sich: Ein bißchen tot. Und das gibt es nicht, entweder tot oder lebendig. Sie freute sich ja über die Vollkommenheit des Zimmers. Es hat was von einem Märchen, könnte sie, wenn ihr Protokoll bis zu diesem Moment vorhin gediehe, niederschreiben. Die Hausherrin besucht als Tote den Ort, an dem sie einmal glücklich war. Sie probiert aus, wie es sich auf dem Sofa sitzt, und es wird nie mehr so wie früher sein. Im ganzen Haus wird nichts mehr wie früher sein.

Ich habe die Strickjacke bis rauf über die abgerissene Bluse zugeknöpft und dann erst einen Geruch wie von Gauloises geschnuppert, und es waren nicht meine Blondies, die so rochen, und das wäre auch nicht möglich gewesen, weil ich ziemlich lang weggewesen bin.

Freuden erschrecken auch: Warum habe ich beim Aufwachen gestern den Schrecken gleich mitbedacht, nein, ich habe ihn nicht wirklich gedacht, es war mehr unbewußt, aber warum? Anstatt einfach *Hurra* zu rufen und Ed zu rufen und aus dem Bett zu springen? Ich muß schon eine Vorahnung gehabt haben, ich hatte die Freudenschrekkenvermischung schon wie eine Witterung aufgenommen, und Witterungen aufnehmen, das kann ich, das Handicap war ein prima Lehrmeister. Deshalb lag ich erstmal still in einer lichtgesprenkelten Dämmerung, und als ich endlich wagte, die Augen aufzumachen, hat es mich gewundert, daß ich nicht einfach glücklich, ja überglücklich war. Nicht in der Hurra-Stimmung, nicht nach Ed rief, nichts Überschwengliches, gar nichts Besonderes ging in mir vor, ich fühlte mich irgendwie stur. Und so stur wie ich war, hab ich nur immer *ab 1/25 ist die Brille dran* gedacht. Und daß es so ähnlich wie bei Grauem Star ist und daß ich wieder nicht sicher war: grau oder grün, obwohl mir das der Arzt oft genug erklärt hat.

Wer hatte hier im Haus eine Gauloise geraucht? Prentice? War sie doch schon eine ganze Zeitlang immer dagewesen? Marnie raucht Gauloises, Prentice raucht, was gerade kommt, ihr ists egal und sie kanns sogar auch lassen, aber wie sollte Marnie ins Haus gekommen sein? Mit Ed? Hatte er früher als sonst in der Firma Schluß gemacht und sie reingelassen? Aber ich habe doch den Alarmschlüssel im Schloß rumgedreht, hab ich das nicht ganz sicher getan, großer Bart nach unten, Drehung nach rechts, ich war doch noch stolz drauf, wie schnell ich das Schloß fand und mit allem zurecht kam, oder war ich doch so aufgeregt, daß ich mir bloß einbildete, es wäre abgeschlossen? Ed kann auch mit Marnie zusammen gekommen sein, und dann wären sie durch die Garage reingegangen, das ist für mich plötzlich die einzig plausible Erklärung gewesen, denn ich hatte ja auch kein Auto draußen parken gesehen, weder Rhesas noch das von Marnies Priester. Ich muß unbedingt anmerken, daß ich bei diesem Hin- und Herüberlegen kein bißchen hektisch oder so was war. Ich habe mir gar nichts dabei gedacht, weil ich an Prentice nicht wirklich glaubte, und selbst wenn sie es gewesen wäre, es hätte mich nicht nervös gemacht, ich bin einfach zuerst mal in die Küche gegangen, um die Küche zu genießen und um mir schnell einen Kaffee zu machen, schließlich hatte ich nur diesen grauenvollen Tee bei B. und seiner kleinen Bademantelfrau. Ich weiß überhaupt nicht, wie der Tee geschmeckt hat. An *Freuden erschrecken auch* und mein komisches Stursein vom Aufwachen an erinnerte ich mich überhaupt nicht mehr. Ich bin einfach aufgestanden und fühlte mich immer noch nicht überwältigt oder wenigstens bloß froh. Nachträglich scheint mir doch die Eingebung (denn es war nichts Geplantes) sehr sehr seltsam, Ed nicht einzuweihen. Ich verstehe es nicht.

Ich kam gut bis zum ersten Rolladen vom Bett aus, das war nichts Besonderes, das schaffte ich ja auch in tiefster Nacht. Warum öffnete ich den Rolladen mit Herzklopfen? Ich kann nicht glauben, daß ich am Handicap hing, daß mir die Trennung schwer fallen würde. Es stimmt trotzdem: Schon beim ersten aufgerollten Spalt bin ich erschrocken, mir ist fast schlecht geworden und ich habe mich wacklig auf den Beinen gefühlt, und in meinem Kopf taumelte etwas und rotierte, drehte sich wie ein Spirale, ich mußte an einen verstopften Waschbeckengully denken, wie wir ihn vor dem Unfall im Gäste-WC hatten, das Wasser gurgelte umher und kam wieder hoch und der Trichter, in dem es sich vor dem Gully windet, stockt, dreht sich wieder ein bißchen, langsam, langsam. Und: Langsam, langsam Sue, warnte ich mich. Das blendet. Tut wirklich weh. Ganz und gar kein Lieblingswetter, das Wetter von heute.

Zu diesem Besuch auf dem Land versorgte Marnie sich vorsichtshalber mit einer Drei-Joints-Ration, den ersten Joint drehte sie für die Strecke zwischen Bushaltestelle und Bauernhaus, und ihre Packung mit den Benzos nahm sie auch mit. Sie hoffte, sie könnte ihren Priester-Chauffeur zu einer Rast dort in der Nähe der Haltestelle verleiten. Die Leute vom Kiosk hatten ein paar Tische und Stühle unter zwei Sonnenschirmen aufgestellt, und es gab wirklich Leute, die es dort für richtig und ländlich-nett genug hielten, um sich von der kleinen runden Kiosk-Frau bewirten zu lassen. Man bekam Bier oder Wasser und Säfte und Cola, zum Essen Heiße Wurst, aber auch Eis oder irgendwelche Riegel, das gesamte Angebot, das man sonst am Schalter kaufen konnte. Marnie wünschte sich, auf dem letzten Wegstück allein zu sein, außerdem zu Fuß zu gehen. Das Gehen würde sie entspannen und abkühlen. Wenn sie bis zum Haus führe, stiege sie mit diesem Autofahrt-Glühbirnen-Kopf aus, sogar aus dem Rover. Den bekam sie – und erst recht, wenn sie unter Starkstrom stand – schon auf Strecken unter zwanzig Kilometern. Bei der Stelle mit Sues Kopfweiden (Sues, denn sie hatte sie vor dem Unfall wieder und wieder photographiert, aber aus allen Blickwinkeln zu zeichnen später nie gewagt, doch mit den gesprochenen Portraits angefangen), dort, wo der Weg in der Grasnarbe verlief und vielleicht so etwas wie ein Treidelpfad war, nähme Marnie den ersten *little helper*, und schon ein paar Minuten später im kurzen Alleestück wäre ihre Spannung aufgelöst und sie selber jeder Attacke gewachsen. Sue und Attacken? Gegen die *Kleine Schwe-*

ster? Das war so abwegig und nie dagewesen wie ein Sonnenuntergang am frühen Morgen oder ein Killer-Hai im kleinen See westlich von Sues und Eds Anwesen. Attacken waren ganz und gar nicht denkbar. Aber besser als Schweigen. Gegen Attacken ließ sich argumentieren, was auch immer, auf Attacken konnte reagiert werden. Marnie sah sich eher in Benommenheit stillhalten, abwarten, mit Sues Stillhalten konfrontiert, und da brauchte sie fast jetzt schon ihren ersten Joint.

Ich komme einfach nicht dahinter, warum sie mir kein Sterbenswörtchen gesagt hat, nicht die kleinste Andeutung, obwohl es doch ums Allersensationellste ging, das seit ihrem Unfall passiert ist. Marnie gab ein kleines Stöhnen von sich und blickte zum Priester rüber. Seine Kinnbacke, die rechte im ihr zugekehrten Profil, setzte sich sofort in Bewegung, als hätten ihre Worte ihm etwas zum Kauen gegeben. Ruckhaft setzte er sich etwas straffer zurecht, packte das Steuer anders, vielleicht fester? Und er schob den Kopf vor – lauter kleine Maßnahmen des Gewappnetseins. Marnie fand oft, er habe durch sie so gut wie nie Grund zur Aufregung, aber ihn schien alles in Aufregung zu versetzen. Und weil er den Anschein erweckte, von ihm sei in den nächsten Sekunden eine weltbewegende Replik zu erwarten, verblüffte all der Aufwand, seine physiologische Hektik des Auf-der-Hut-Seins umso mehr, als er dann doch bloß vorschlug zu erwägen, ob Sue nicht vielleicht eine Überraschung im Sinn gehabt hätte.

Könnte doch sein, schob er auf Marnies stummes Kopfschütteln hin, ruhiger geworden, nur so abgehackt wie bei ihm üblich nach. Und gut möglich, daß sie es nicht mal geplant hat, es kam ihr einfach so, während ihr telephoniert habt.

Ich kapiers nicht, und es ist und bleibt sonderbar. Sue *ist* nicht sonderbar. Marnie lachte. Sie ist nicht wie ich. Ich bin für Tricks und solche Dinge zuständig.

Der Priester regte sich wieder auf, oder er erweckte den Eindruck, Marnie seufzte wieder, bei ihm kam man nie dahinter, und leider hatte er ihr schon erklärt, er würde weder Bier noch sonstwas beim Kiosk zu sich nehmen, sondern sie am Ziel abliefern. Ein Spaziergang fehlte ihm seit langem.

Normal wärs gewesen, wenn Sue mich gleich am Morgen und nicht ich sie gestern mittag angerufen hätte. Normal, denn Sue ist normal. Und Ed hat sie ebenso wenig eingeweiht. Sie haben sich gestern morgen nicht mal *gesehen*, bevor er wegging. Allerdings ging er früher als sonst.

Der Priester hatte ein Mittel gefunden, das ihn von seiner hyperkinetischen horchpostenhaften Erwürgungsangst erlöste, der Druck der Schlinge um seinen Hals löste sich, er redete sich in sein Themenrepertoire und nahm sich daraus das erste, beste: Die Weekends mit dem Herrn.

Wenn du möchtest, komme ich mit rein, nur für eine Weile, es erleichtert dir und bestimmt auch ihr den Start, und dann überrede ich sie persönlich. Wer diese Weekends nicht mitgemacht hat, der stellt sich werweißwas drunter vor, von sektenhaft bis einfach blöd, aber unter Garantie nicht, daß sie lustig sind. Des Priesters knochige rechte Wange verschob sich nach unten, was so viel wie Grinsen bedeutete, und Marnie fand die Weekends *blöd*, weil sie *lustig* waren, lustig oder nicht, sie müßten auf jeden Fall blöd sein.

Ich fürchte, sie würde dein Erscheinen als düsteres Vorzeichen deuten, weißt du, du kommst da als Priester, sagte sie.

Als Freund. Der Priester kaute verstärkt, wirkte verärgert, beeinträchtigt. Von Angesicht zu Angesicht ... aber dummerweise nicht mit Gott. Dies alles war verdammt irdisch und die nächste Strangulation. Marnie dachte: Wahrscheinlich hat er nichts weiter als Lust, seine Pfeife anzuzünden, oder Sodbrennen.

Ja, ein Freund, aber trotzdem, es hätte was von Letzter Ölung und solchen Sachen, weißt du in Richtung Trösten und Das-Fleisch-ist-schwach-Predigen. Sue hat ziemlich viel schwarzen Humor.

Den hast du.

Sue noch mehr. Ich sags doch, niemand schätzt sie je auf schwarzen Humor ein. Jeden überrascht sie damit. Stille Wasser sind tief, warum vergißt man das so leicht bei diesen wenigen stillen Menschen, die es überhaupt heute noch gibt, heutzutage quasselt alles, jeder über jedes und am liebsten über sich...

Outing, hechelte der Priester, der Marnies Verachtung teilte, aber als sie bekannte, sie selber müsse sich in diesem überdrehten Ausgequatschetheater leider mitspielen sehen, glückte ihm ein Schwenk zum Befürworten dieser undeutlichen, mißbrauchten Einrichtung und Zeitgeistlieblingsbetätigung hin, die er in runtergehaspelter Hysterie (wahrscheinlich doch nur wieder Lust zu rauchen oder was Spastisches in den Därmen) bald *Gespräch*, bald *Kommunikation* nannte. Schließlich kannte er die Lehre: In unserem hochindustrialisierten gesellschaftlichen Kontext und im technischen und Medienzeitalter leben wir Menschen ohne wahre Nähe und ohne Wärme des einen für den andern nicht miteinander, sondern nebeneinander her... so faseln sie sich vermutlich durch die erste Stunde ihres Weekends, während sie einen Kreis bilden, vermutlich sitzen sie auf dem Boden, schon fangen sie an zu lächeln, sie werden immer wärmer, sie schwitzen, die Männer und auch die Mehrzahl der Frauen, entschlossen zur Rückkehr und Umkehr, was so viel heißt wie Natur, worin sie Gottes Witterung aufnehmen, um sich auf seine Spur zu setzen, als verberge er sich wie ein kapitaler Bock zwischen Gebüsch und Unterholz, diese kleine gutwillige Truppe benutzt kein Deodorant, und die es noch tun, werden es auch bald bleiben lassen, weil es nicht natürlich ist und deshalb aller Voraussicht nach nicht religiös ... Marnie hielt plötzlich die Idee für gar nicht übel, selber einmal eins dieser Weekends auszuspionieren, quasi als Verdeckte Ermittlerin, und warum sollte nicht sie statt all der überwiegend wie von ihrer eigenen Bedeutungslosigkeit paralysierten sturen Jungautoren versuchen, ein Drehbuch zu schreiben und es bei ihrer eigenen Firma einreichen. Eine Serie mit dem Obertitel *Ein Wochenende, dem ich viel verdanke* befand sich ohnehin in Planung. Was würde sie einem Weekend mit Gott verdanken, außer diesem Drehbuch? Das aber, nur wenn sie es wäre, die Entscheidungen treffen könnte, Chancen hätte?

Sue redet nie über sich, sagte sie. Mir wärs lieber, wenn ich es auch schaffte, so diskret zu sein.

Eins unserer Weekends ... Atemlos erleichtert ließ der Priester sich ins Wort fallen, Marnie sagte: Wäre das Letzte, was sie machen würde. Sie wußte, daß es nicht nötig war, aber sie fügte sanft hinzu: Sei bitte nicht gekränkt, ja? Nicht jedermann ist dafür geschaffen.

Der Priester war nicht gekränkt, und Marnie glaubte zu wissen, er selber war nicht dafür geschaffen. Vielleicht war er zu katholisch für diese Weekends. Paßten sie nicht besser zu den unsichereren und ein bißchen pfadfinderhaften evangelischen Christen, diesen in Selbsthilfegrüppchen unter Sozialpädagogen-Anleitung zusammengescharrten, händchenhaltenden, naturbelassenen Ersatzfrommen? Deren lustige Weekends konnte Marnie sich besser vorstellen. Sie machten Wanderungen mit Rohkost-Picknicks und Vollkornkeksen und hatten Raupen im Haar vom Liegen auf Wiesen und sie sangen Lieder, die nicht im Kirchengesangbuch standen, in denen Gott die ziemlich distanzierte unscheinbare Rolle desjenigen spielte, dem die ganze wundervolle Natur zu verdanken war, die Schöpfung sprach für sich, und daß sie alle gegen deren Bedrohung vorzugehen gedachten, sangen sie auch.

Margo paßt, ich meine, zu diesen Wochenendtreffs mit dem Lieben Gott und vielleicht der Mutter Maria, die euch die Suppe kocht und Brote schmiert...

Man hätte ebenso treffend von einem Specht, der gegen seine Baumrinde hackt, behaupten können: Der Specht lacht, und der Priester lachte wie ein erboster, auf seinen Wurm ungeduldig begieriger Specht. Wieder war er nicht gekränkt, und Marnie hielt sich plötzlich für eine Wohltäterin. Sie bekam ihm gut. Sie war als Zukost, gleichsam als Dessert nach dem Hauptgericht Margo geradezu unentbehrlich. Noch besser paßte als Würze: Pfeffer, Salz, Chili, Sambal Olek und was es sonst noch gab, nur immer drüber gestreut und eingerührt in die Gesundheitsküchenresultate all der Margos um ihn herum.

Aber dann mußte der Ärmste sich wieder aufregen, zumindest kinetisch exaltieren, Steuerrad umkrampfen, Kinnbacken malmen lassen, auf dem Polster rucken, denn Marnie fragte, nachdem sie festgestellt hatte, eigentlich kenne sie sich mit Katholiken nicht gut aus: Ihr geltet doch als sinnenfroh, ich meine, Mönche und so, gutes Essen, tief ins Glas schauen ... seid ihr das, sinnenfroh, wenn du weißt, was ich meine.

Aber ja, glaub schon, im Allgemeinen, keine Kostverächter ... ich selber ... Der Priester lachte, weil er nicht weiterwußte, er hackte spechtgemäß gegen die widerspenstige Rinde.

Gleich kommen wir zu Sues geliebten Kopfweiden, sagte Marnie, damit er wieder Luft zum Atmen kriegte.

Sinnenfroh? Er ists ja vielleicht, aber nicht wie diese Klischee-Mönche auf Bierdeckeln mit den kugelrunden Köpfen und den Scheinschwangerschaften unter ihren milchkaffeebraunen Kutten. Als Liebhaber stellte Marnie sich den Priester interessant vor, er müßte in überdurchschnittlicher, höchst bemerkenswerter Rage sich für ein Ziel abrackern, wenn ihn schon die alltäglichen Dinge so aufsehenerregend in Fahrt brachten, und beim Sex-Match hätte er seinen holzfällerhaften Ausdruck oder den gipfelprüfenden Blick des Bergsteigers, der sich kurz vorm Finale zum Entschluß durchringt: *Ja, wird gemacht*, ganz wie bei der Frage *Glauben Sie eigentlich an Gott?*

Und Marnie wußte von ihm, daß er auch gern gut aß, bei Margo war es ihm bestimmt zu schonkostartig, und mit Portionen, auf die der große Mann halbwegs gefaßt einen erschütterten Blick warf, mußte er sich bescheiden, was ihm offenbar leichter fiel, wenn er beim Essen aus seiner Vikariatszeit auf dem Land erzählte: Die westfälischen Bauern lieferten der Pfarrhausküche die in Qualität und Quantität superlativischen Highlights ihrer Schlachterfolge. Auf dem Sektor Trinken bevorzugte er Bier, Kornschnäpse, geprägt von der westfälischen Erinnerung, die über sein Vikariat hinaus bis zurück in die Kindheit reichte: Er war Westfale.

Ohne sein Staccato beim Sprechen wäre sein Akzent deutlicher herauszuhören.

Aber neben dem fleischlichen Aspekt der Sinnenfreude, bei dem alles in Ordnung zu sein schien, wirkte der seelisch-geistige alarmiert und hypochondrisch, wie unentwegt in Konflikte verwickelt, die jederzeit im Schlimmsten kulminieren und in denen der Priester als einziger hierzu Berufener Ordnung schaffen müßte. Ihn trennte eine Schallmauer, durch die er niemals stoßen könnte, vom In-Gottes-schöner-Natur-*Frohsinn* des nichtkatholischen und deshalb doch ein wenig verlegen und ausweichmanövrierend religiösen Wochenendgrüppchens, das Marnie in die verschwitzte Sommerszenerie phantasierte, wirklich *lustig* alle, und absolut *blöd*. Es mußte unter den Katholiken jenseits der blindlings bejahenden, vertrauensvoll munter-patenten Margo-Sorte Varianten geben. Zum Beispiel die des Priesters, des nervösen Lauschers im Hinterhalt, umdüstert und aufgeregt.

Laß uns wenigstens die paar Schritte durch die Allee zu Fuß gehen, bat Marnie. Hier gleich rechts bei der Einbuchtung kannst du dein Prachtstück sogar in den Schatten stellen.

Der Rover 620 Si wurde unter einem schonenden lichtdurchblinzelten Ulmenblätterdach geparkt. In der Sonne war es noch heiß, auch windig, im Gewölbe, zu dem sich die hohen alten Bäume mit ihren laubreichen Kronen aufeinander zu neigten, hatten Hitze und Wind keinen Zutritt. Hier war es fast kühl in der leichten Luftbewegung, an die sich ein Geruch von wäßriger Süße geheftet hatte, ein *grüner* Geruch, fand Marnie. Sie dachte über *Frohsinn* nach und sagte es, weil sie beim Priester etwas Krampfhaftes spürte; der Ärmste suchte sicher nach einem Gesprächsthema.

Wie kommst du darauf? erkundigte er sich, Ungünstiges witternd, und deshalb klang er geradezu dynamisch, straffte und streckte sich auch. Glücklicher Zufall: Ihm fiel ein, daß Marnie bis jetzt immer noch keinen Joint gebraucht hatte, und er erwähnte es.

Marnie machte ihm das ehrliche Kompliment, und es freute ihn: Ihm sei es zu verdanken, daß sie den Joint wirklich vollkommen vergessen hatte.

Aber jetzt wärs keine schlechte Idee. Über diese Weekends bin ich auf *Frohsinn* gekommen, und ich dachte, es ist nichts eigentlich Katholisches, ihr seid so beneidenswert deutlich und unangefochten auf eure Rituale fixiert und braucht den Überbau-Quatsch nicht, ihr habt eure Heilige Mutter Gottes, Jungfrau Maria, und sicher den Teufel und das Fegefeuer, ich kenne mich nicht aus ... den Rosenkranz ...

Angefochten sind wir auch. Der Priester hörte sich ausnahmsweise wie ein ruhiger Mensch an, der feststellt: Das Wetter ist der Jahreszeit entsprechend.

Und ihr sündigt auch, aber das macht nichts, denn ihr

geht zur Beichte, ihr seid zerknirscht, ihr betet euch frei oder sonstwas, das euch der Beichtvater verordnet ... sag mal, beichtest du bei dir selber?

Das auch. Das tun wir doch alle. Als hätte der Priester sich Marnies Joint genehmigt, so sediert und gleichzeitig hellwach konnte er auf einmal ein Frage-und-Antwort-Spiel durchstehen.

In meiner Kindheit haben Sue und ich den furchtbaren *Frohsinn* von evangelischen Menschen, die hauptsächlich an Weihnachten mit etwas Erfolg fromm zu sein versuchen, Ostern geht schon nicht mehr richtig, also dieses Glänzenden-Auges-das-Kindlein-in-der-Krippe-Bemühen bei unserer zweiten Mutter miterlebt. Frigga-Erdmuthe ... oh Himmel, und wir haben den Frohsinn als auf Teufel komm raus hochgespielt verdächtigt. Weißt du, dieses *Es muß einfach sein, Weihnachten ist wundervoll!* Es ist eine einzige Anstrengung, aber sie braucht es, es macht sie sogar glücklich, und dabei tappt sie völlig im Dunkeln, sie kennt sich in diesem Mischmasch nicht aus, singt *O Tannenbaum, o Tannenbaum*, du weißt, was ich meine, sie singt nicht *Christ ist erstanden*, aber das ist wahrscheinlich ja auch eher Ostern oder Himmelfahrt, mein lieber Jonny, Himmelfahrt ist *Vatertag*, da könnt ich glatt konvertieren ... Nein, sie glaubt wirklich, daß auch die Tannenbaumnadeln irgendwie *heilig* sind, sie macht sich besser gar keine Gedanken drüber, wie das war mit Maria und Joseph, ich nehme an, wenn man sie fragte, würde sie sagen *Ist doch süß, man verstehts nicht, aber mußte es nicht einfach unter allen Umständen keusch zugehen bei einer Geburt wie dieser?* Sue und ich, wir haben schon, als das noch eigentlich richtige Kindheit hätte sein sollen, diesen Mischmasch na ja, ich will nicht sagen: durchschaut. Aber: nicht wirklich genießen können. Die rührselige und konsumgierige Heilige-Nacht-Innigkeit, und dabei war irgendwas in uns drin, das es dringend, ganz dringend unerhört schön finden wollte, und wir hatten mit Hilfe eines Adventskalenders, auf den wir dummerweise nicht aufgepaßt haben, so daß wir ihn nie mehr finden können, mit diesem Adventskalender hatten wir unsere private Vorweihnachtszeit, und die war unheimlich gut, und es hat geschneit, wenn überhaupt kein Schnee fiel, es war alles wie in dem Kalender, wir hatten ganz liebe altmodische Eltern wie die Kinder vom Kalender, die Mutter mit einer Schürze um und einem Haarknoten im Nacken, und der Vater hatte die richtige Körpergröße, während unser eigenes armes Väterchen einen Kopf kleiner ist als seine zweite Frau ... Verdammt, wir sind gleich da. Ich habe überhaupt nicht mehr an diese gräßliche Sache gedacht, an Sue und gestern ... Wie findest du diese Sorte von evangelischen Christen? Die beispielsweise aus der Kirche austreten, aber bei *Kling-Glöcklein-klingelingeling* mitmachen und zwar all das unter dem Vorwand, sie brauchten keine *Kirche*, weil sie lieber unabhängig an Gott glaubten, was sie wahrscheinlich nicht tun, nun, es sei ihre Sache, und mit *der Kirche* könnte kein vernünftiger Mensch mehr wirklich einverstanden sein ... habt ihr auch so ähnliche Katholiken?

Diesmal machte der Priester wieder den gewohnten, aufgescheuchten Eindruck, als er übereilt *doch doch, haben wir* ausspuckte, und Marnie mußte an einen Menschen denken, der mit anderen als Tourist auf einer Aussichtsplattform steht und, weil er es müde ist, sich vergeblich weiterzubemühen, schleunigst behauptet: Ja doch, ich sehe ihn auch, den Steinbock dort drüben (oder das verdammte Chrysler Building, den blöden Elysée-Palast).

Ehrlich gesagt, Jesus Christus, immerhin der Sohn Gottes, als Baby, damit hab auch ich meine Schwierigkeiten, bekannte Marnie.

Aha, hechelte der Priester, was so viel wie *mach bloß schnell weiter* und *wehe du stellst mir Fragen* ausdrückte. Ja ja, klar. *Klar* klang überaus unklar.

Ein Sohn Gottes sollte niemals ein Baby sein und dann auch kein Kleinkind und nie in die Pubertät kommen ... Er sollte nicht wie jedes Baby in seine Windeln gepinkelt und gekackt haben, pardon! Und nie jemals gerülpst, *sein Bäuerlein* gemacht haben. Wirklich, das sollte ein Sohn Gottes nicht. Marnie blieb stehen, der Priester auch, er blickte auf sie hinunter voll Entschlußkraft, von der er nicht wußte, wofür er sie einsetzen sollte. Da sagte sie: Du bist erlöst, und er lächelte holprig, aber Marnie fand ihn attraktiv. Er ist wahrhaftig sexy, dachte sie, und ich habs erst heute so richtig kapiert.

Es ist ziemlich unhöflich, dich nicht mit rein zu nehmen.

Ist es nicht. Der Priester lächelte immer noch.

Ich glaube, wir verknallen uns gerade ineinander, sagte Marnie nicht, aber sie vermutete, sie sah so aus, als brauche sie es auch gar nicht mehr zu sagen. Und es war entschieden angenehmer, in diesem eindeutigen Schwebezustand Sues Türklopfer, eine schlapp ergeben herabhängende Messinghand mit eingezogenem Daumen, anzuheben und gegen das schwarzgestrichene Holz der Haustür fallen zu lassen, viel angenehmer als unverliebt und mit einem Joint-Kopf. Was war, falls Sue (natürlich verschüchtert) aufs Ganze ginge und Ed ins Spiel brächte, mit Vorwärtsverteidigung, munitioniert mit der köstlichen winzigen Erfahrung? Taufrisch, und zugleich so uralt wie Adams und Evas Entdeckung nach dem Verschmausen des Apfels. Marnie, frontal, noch bevor Sue etwas anderes als ein müdes *Hallo* verlautbart hätte: Hör zu, Schwesterchen, du kennst sie doch auch, und es gibt sie, meistens dauern sie nur einen halben Moment oder noch kürzer, denk an deinen rundlichen scheuen Doktor Benrath, es gibt diese mysteriösen Epiphanien zwischen Männern und Frauen, sie blitzen aus dem Gar-nichts-war-jemals-zuerwarten auf, sie sind nur eine Achtelnote, oder eine Sechzehntel, und gleich danach kommt der durch Takte und nochmal Takte durchgehaltene Ton der ganzen Note, und das heißt: Der Interpret hat sich mit der falschen Taste einen Fehler zuschulden kommen lassen, hoffentlich merkts der Kritiker nicht, hoffentlich hat er die Partitur nicht mit und glotzt rein … und es heißt auch, wenn die richtige Taste, und die richtige, die ganze Note angeschlagen ist: Es war nichts, vergessen wir das vorwitzige Achtelchen, nun herrscht wieder Ruhe, alles in Ordnung.

Was nicht stimmt, der langanhaltende Ton bedeutet, daß es weiterschwelt und ich mich auf die Rückfahrt freue, um meinen Priester zu irritieren. Aber gerade als Marnie mit dieser Empfindung loslegen wollte, öffnete sich die Tür, und sie grinste, sofort so beschämt, wie es sich in ihrer Lage gehörte, unsicher in die Richtung auf Sues Sonnenbrille, die in der Dämmerung des Entrées, die wenig Helligkeit von der Lichtkuppel über der Dielenlounge abkriegte, im Gesicht ihrer Schwester besonders viel Platz einzunehmen schien. Und Marnie würde mit keiner Silbe von irgendwelchen Epiphanien und Männer-Frauen-Mysterien schwärmen, auch nichts dergleichen dozieren, es wäre alles verlogenes Gefasel trotz Wahrheitsgehalt, und vor allem, weder zu Sue noch zu ihr selber paßte eine Suada, das war nicht die Sprache, in der sie miteinander redeten. Sue fände Marnie kitschig, und Marnie fände sich hilflos, aber das war sie ja jetzt schon, und so matt hörte sie sich selten an: Hallo, Sue. Ich bin halt heut doch besser nochmal rausgekommen …

Ich sehs, sagte Sue und trat beiseite, damit Marnie eintreten konnte. Hallo, Marnie.

Mitten im Rekapitulieren erster lichtempfindlicher Katarakt-Eindrücke und als sie darüber nachsann, wie aus dem flachen Wasserfall und der Stromschnelle mehr Poesie herauszuholen wäre, störte Sue das treue Handy mit seinem verwirbelten zweimaligen Piepsen, der dienstbare kleine Hund, der beim Bellen immer unglücklich klingt, weil er es nicht kann. Kaum merkte sie, daß es ihre Mutter II. war, da merkte sie auch, wie enttäuscht sie war. Sie mußte, als das Hundchen wimmerte, unbewußt gehofft haben, Doktor Benrath sei dran. Nun war sie enttäuscht, vielleicht einfach bloß, weils eben besser und interessanter gewesen wäre als Erdmuthe, oder Frigga, nun konnte sie Benraths Schweigen förmlich hören. Während ihre Mutter die gewohnte Mixtur aus ihren, des Vaters Leiden (bei ihr handelte es sich um Leiden, bei ihm waren es Wehwehchen, sogar der Tumor, so mini mini mini, wie ein Babynabelchen) und den Überlegungen zu Sues Leben mit dem Handicap wie beim Abschlußexamen für Schnellredner Punkt für Punkt absolvierte, korrigierte sich die kaum zuhörende Sue, die ihre Mutter mit ein paar *Ach was* und *Ja ja* auch vollkommen zufriedenstellte (*Ja-jas* waren allerdings riskant, schon öfter hätte Sue *lieber nicht* stattdessen sagen sollen)! Nein, das Schweigen ist kein Geräusch. Es ist wie eine dicke kaltgewordene Pampe. Um mich herum überall diese Pampe. Haferbrei fiel ihr ein, kalt und klumpig gewordener Haferbrei. Ein Plumeau aus Haferbrei. Die Frau in der Geschichte, die in Wales spielte (oder wars die Kanadierin mit der unglücklichen Liebe in der schäbigen Pension?), egal, eine Frau, eine glückliche sowieso nicht, stieg in ihr Bettzeug und hatte diese Porridge-Vision, und Sue erschrak ein bißchen, weil ihr klar wurde, daß sie von der ganzen vorgelesenen Lektüre des dicken Bandes (zwei Cassetten) sich außer an diesen Haferbrei-Bettzeug-Vergleich an nichts mehr sonst erinnern konnte, und viele Geschichten hatten ihr imponiert.

Hörst du mir überhaupt zu? Du solltest deine Abschiedsparty anleiern, es gibt jetzt diese netten kleinen Pflaumendinger sehr günstig, und wenns mir einigermaßen geht, helfe ich dir, bei den Apéros sowieso, aber sonst hättest du ja deine Schwester Marnie und die hat doch noch diese treue eifrige kleine Rhesa im Schlepptau, die würde alles tun. Sue, du hörst mir doch zu?

Ja, was denn sonst? Sue bereute, daß sie zufällig wahrheitsgemäß geantwortet hatte. Wie lästig, wie dumm, zugehört zu haben. Weil ihr klar wurde, daß sie ihre Mutter im Dunkeln tappen ließ – oh ja, jetzt waren es die jeweils andern, die im Dunkeln tappten, und nicht mehr sie, aber sie könnte noch lang drüber schweigen! – hellte sich ihre Stimmung auf.

Sue, mein Schätzchen, glaub mir, du mußt dich von diesem Job trennen. Du kannst nicht für immer und ewig in einer Traumwelt leben. Marnie schimpft mit mir, wenn ich so rede, aber ich tus aus Liebe, und daß ich mich dazu überwinden muß, kannst du mir glauben. Übrigens hoffe auch ich, du wirst wieder. Ich bin nicht taktlos, ich würde dir nie ein solches Info-Ding über neue Methoden für Menschen in deiner Lage schicken, ich meine, die trotzdem fernsehen wollen, und die erste Frau eures Vaters hat das getan, sie hats an Marnie geschickt, ich weiß nicht, diesmal so viel ich mitgekriegt habe von den Bahamas. Phhh – ein tiefer Seufzer, nach dem es damit weiterging: Für sie, die zweite Frau und Mutter in der kleinen Familie, bewohne diese erste ohnehin niemals ein anderes Gebiet als das Bermuda-Dreieck. Auch das war Sue bekannt. Die

Zweite mißbilligte, was sie *Lebenswandel* nannte, der Ersten, aber sie mißgönnte ihn ihr nicht, glaubten die Schwestern. Die Zweite war eine seßhafte Frau, so ungefähr seit dem Klimakterium war ihr Anspruch an sich als einer Person mit geistigen Bedürfnissen gewachsen. (Wenn es in der Stadt nichts Interessantes gab, behalf sie sich, und das schon morgens um sechs, mit dem Radio, diesem treuen Diener, um Vorträgen aus den meisten Wissensgebieten zuzuhören, von denen sie *profitierte: Ich weiß, daß ich profitiert habe, dieser Professor ist ein phänomenal begabter Mensch, und ich habe, so ehrlich bin ich nun mal, weiß Gott nicht alles verstanden* usw.) Ein bürgerliches Leben, mittlerweile ein bildungsbürgerliches, zog sie dem eskapadenhaften Umherschwirren ihrer amtsmüde gewordenen Vorgängerin vor.

Ich möchte Gestern so vergessen wie alle diese Geschichten auf den beiden Cassetten. Sue arbeitete endlich wieder an ihrem Protokoll weiter. Auf die Abschlußfrage ihrer telephonierenden Schnell- und Vielredner-Schulen-Absolventin *Und gibts bei dir und Ed irgendwas Neues* hatte sie *Nicht daß ich wüßte* geschwindelt. Das müßte irgendwohin ins Protokoll. Gestern vergessen wie diese vielen vielen Sätze. Aber sie hatte schließlich den Haferbrei, das klumpige Bett, nicht vergessen. Und was dem Haferbrei aus den Erzählungen in ihrem *Gestern* entsprach, war alles andere als eine schwer lösbare Rätselaufgabe.

Heine-Straße: Hafersuppe. Mein Blick auf die Sofarückwand beim Eintritt ins Wohnzimmer: mieser knolliger klammer aufgequollener Haferbrei. Das unappetitliche Plumeau deckt mich bis zum Kinn zu, mir ist beides zusammen, kalt und heiß. Eben rief unsere Mutter an, es war alles wie üblich, nur hat sie diesmal kraß von meinem angeblichen Traumland geredet, mit ihrer Schnellfeuergewehrzunge, als es um meinen Job im Institut ging (das Gewohnte, endlich Schluß machen und lauter solche

Dinge, Abschiedsparty vorbereiten usw. usw.). Ich komme also langsam aus dem einen Traumland rausgewandert, und wohin gehe ich? In das andere Traumland. Von einem Niemandsland ins nächste. Trotz Handicap hat mir das erste besser gefallen.

Sue mußte wieder ein bißchen umherwandern. Merkwürdig, die Treppenstufen gefielen ihr gut, sie liebte diese Treppe, sie war nicht wütend auf ihren Unfallort. Wie geschmackvoll: Der Imitation von schwarzem Granit mit seinem kleinen grauen Streumuster standen das Bordeauxweinrot des Läufers kombiniert mit den Messingstangen, die ihn Stufe für Stufe festzurrten und ihr zum Verhängnis geworden waren (eine von ihnen, eine von wem auch immer mangelhaft verschraubte – oder gelokkerte?) ganz ausgezeichnet, und Sue erlabte sich Schritt um Schritt beim Treppaufgehen. Niemandsland, Traumwelt, und hatte nicht kürzlich Ed, als er genau nach Wunsch untherapeutisch und wie gegenüber einer Person, die keinen Anlaß für Palliativbehandlungen gab, wegen irgendwas gereizt war, ihr vorgeworfen, sie verschanze sich in Utopia? Ungefähr so: Scheint sich ja beneidenswert friedlich dort zu leben, so schön abgeschieden von den häßlichen Realitäten auf diesem Globus. Er hatte eine Entschuldigung nachgeliefert: Ist schon okay, du hältst dich gut, man könnte dir werweißwas andichten, bloß nicht, daß du eine Jammertrine wärst.

Utopia, das Nirgendsheim. In der Küche fand Sue die Top Bran und die Bran Flakes, Cornflakes, Clusters, Nachips für die mexikanischen Saucen und die Packung mit den schuhsohlenförmigen Weizenkuchen, die einfach bloß nach der Firma hießen, die Weetabix, aber nicht eine einzige Packung Oat and Wheat Bran von Weetabix. Die hatte immer vor der längst nicht so gut designten Cornflakes-Packung auf dem Abzugsdach über dem Herd gestanden. Mein Nirgendsheim, murmelte Sue, es gefiel ihr fürs

Protokoll. Vielleicht arbeiteten Schriftsteller so: Ein kleiner Rundgang durch ihr alltägliches Areal, und schon machten sie, Glückszufall, Beute.

Utopia, das Nirgendsheim, schrieb sie, und es gefiel ihr immer noch, obwohl sie sich da nichts vormachen konnte: Wieder verführte sie das Aufschreiben mit seiner Eigendynamik zum Schwindeln. Mit verbissener Sturheit nur wäre diese Zentrifugalkraft zu beeinflussen, doch Sue sah mit Wohlgefallen und beinah geschmeichelt ihre Gedanken ins Poetische fliehen, aus der Nüchternheit, vom Boden unerquicklicher Fakten weg in bessere (*höhere!*) Sphären. Ihre Reserven kannte sie, groß waren sie nicht, und sie würde bald wieder wie mit leeren Händen der überhaupt nicht stilisierten, gänzlich unlyrischen Wirklichkeit gegenüberstehen, doch so lang der Vorrat reichte, nutzte sie die Chance, und die Flucht ins Spiel machte sie stolz. Mit dieser Fliehkraft hatte sie schließlich auch das Handicap einigermaßen gemeistert. Schneetreiben mitten in der knallsonnigsten Hitzewelle! Kein Wölkchen am Himmel für Ed und alle andern, aber Sue schwelgte unterm vielversprechenden, wie ein Hämatom schillernden Gewitterfirmament! Bei den Lieblingswetterphantasien hatte sie sich aber nicht wie jetzt beim Protokoll mit seinen Abstechern aus der Realität als Fälscherin erkannt.

Utopia, das Land, das Gebiet (es kann ein Grundstück mit einem einstigen, im Innern umgebauten Bauernhaus drauf sein), wo niemand je war und keiner je hinkommt.

Oh doch, das machte sich gut. Nur auf den ersten Blick stimmte es nicht, denn sie *war* im Nirgendsheim, und es befand sich hier und nicht nirgends, bei nachdenklicher Betrachtung stimmte es aber sehr wohl, denn im Spiel lebte sie wahrlich da, wo niemand je war und wohin keiner je käme, absolut keiner, und mit keinem teilte sie sogar ihre Wetterwelt. Wäre das allerdings ohne Handicap durchzuhalten? Gab es eine Fortsetzung ihres Entfliehens? Sue erschien das Bild vom klumpigen Haferbrei-Bett. Das Protokoll kam ihr auf einmal nützlicher und deswegen vernünftiger vor, als drauf zu hoffen, es ginge mit dem schönen Imaginieren weiter. Es idealisierte, und wenn es auch Wehmut war, in das es die Vorgänge verwandelte: Melancholie war schließlich auch etwas, wovon sie gelegentlich profitierte, manchmal Seelenlabsal (als Kinder schon hatten Marnie und sie die Melancholie wie eine Spezialität unter den paar möglichen Wonnen herbeigezwungen und in einem Gartenversteck zwischen Taxus und einer Barriere aus rötlichen Disteln und Brombeergestrüpp und hohen Brennesselstauden beheimatet, und als Heranwachsende begingen sie hier die Initialriten im Trinken von billigem Obstschnaps und teurem, aus der, wie sie fanden, spießigen Hausbar entwendetem Whiskey). Und vielleicht waren Sues Lieblingsstellen im Protokoll, diese unerwarteten Epiphanien, überhaupt nicht poetisch und keine Epiphanien, sondern sentimental, und vielleicht war die Wehmut weinerlich? Ehe dieser Verdacht ihr zu schaffen machte, folgte Sue ihrer Entscheidung für die trockene Berichterstattung; sie bekam ein bißchen Hunger und mußte an den Käsekuchen im Eisschrank denken, aber nach dem Essen wäre sie bestimmt zu träge, um weiterzuschreiben. Ein winziger Geruch, hell, süßlich, *gelb*, dachte Sue, weil er sie an Grapefruit oder Zitronen erinnerte, zog durchs Haus mit seinen offenen Türen und bis zu ihr, es roch, wie wenn etwas langsam vor sich hin verschimmelt. Sie müßte das in der Küche kontrollieren, aber dann würde sie doch nicht widerstehen und den Käsekuchen aus dem Eisschrank holen.

Ich weiß nicht, ob ich es Ed gesagt hätte. Aus irgendeinem Grund war kein Ed mehr im Haus, als ich schließlich aufgestanden war. Ich hoffe, ich hätte es ihm gesagt, es nicht zu sagen wäre doch ziemlich verrückt gewesen, und ich fasse es zwar im Fall Mutter, aber schon nicht mehr bei Marnie. Also, kein Ed. Anscheinend hatte ich vergessen, daß er mir gestern erklärt hatte, warum er früher als gewöhnlich wegmußte. Er muß manchmal früher weg und sagt es immer. Er hat mich dann wohl nicht stören wollen, als er nichts von mir hörte. Sie schläft noch, wird er gedacht haben. Als gegen Mittag Marnie anrief, habe ich ihr mit keinem Wort was davon verraten, was doch das supermäßigste Ereignis auch für sie gewesen wäre, und ich verstehe es immer noch nicht. Wenn überhaupt jemand, hätte doch die *kleine Schwester* die allererste Adresse für das Wunder sein müssen. (Die Marnie von vor dem gestrigen Tag? Sue konnte es nicht beantworten.) Und Marnies Telephonanlaß war, sie könnte am späten Nachmittag vorbeikommen, Rhesa wäre sowieso schon eingeschnappt, weil Marnie in letzter Zeit, wenn überhaupt, mit ihrem Priester oder mit dem Bus gefahren ist, und sie sagte noch was von einem *Schnellen Stuhl*, weil sie den abgelehnt habe, mache Rhesa sowieso ihr begriffsstutziges schmollendes Ich-will-keinen-zu-seinem-Glück-zwingen-Gesicht, und der Priester und seine Freundin Margo müßten eins ihrer komischen Gottes-Wochenenden vorbereiten. Allerdings hat Rhesa schon gegen sieben eine ihrer Versammlungen, entweder Tierschutz oder Rettet die Schöpfung, hat Marnie noch gesagt, und ob dann Ed sie zurückfahren könnte. Sie würde auch wieder mit Rhesa fahren, aber sie glaubte, sie brauchte ein bißchen länger, und dann hat sie gekichert und gesagt, weil ich mit Ed reden will. Ist nicht nötig, habe ich gesagt und bin richtig erschrocken. Laß mich machen, es ist wegen Prentice und all dem, was damit zusammenhängt. Also, ob das okay wäre? Und ich war so perplex, daß ich, glaube ich, wie aus Versehen *Kein Problem* gesagt habe. Der nächste Satz von Marnie hat mich fast noch mehr umgehauen, er ging etwa so: Steht dir übrigens sehr gut, wirklich. Und sie hätte es mir beim letzten Mal schon sagen wollen, aber es wäre irgendwie untergegangen. Nein, *das* wars noch nicht, was mich umgehauen hat, ich glaubte, sie meinte irgendwas, das ich anhatte und das sie vielleicht noch nicht an mir gesehen hatte. Weil ich mir das aber gar nicht erklären konnte, denn ich hatte nichts Neues und hab sowieso meistens so ungefähr dasselbe an, irgendwelche Jeans und sonstwas drüber, Sweatshirt, T-Shirt, Bluse, fragte ich: Was? Was steht mir sehr gut? Da hat Marnie mir erklärt, der neue Mahagonifarbton stehe mir prächtig, und Ed sei ein lieber Kerl, sie würde keinen zweiten Ehemann kennen, der für seine Frau die Tönungswäsche erledigte, und das noch nach neunzehn verheirateten Jahren, wo doch das meiste erstarrt und auf ein Minimum reduziert wäre, sie verhaspelte sich ein bißchen, weil ihr das Handicap einfiel, und hat rasch gesagt, er hats ja auch vor dem Handicap immer treu und brav gemacht. Und seit dem Mahagoni hatte ich Probleme mit dem Schlucken und ein ganz blubberiges Herz, denn was sollte das schon wieder? Ein neues Gespenst aus der alten Zeit! Ich wollte doch Schwarz wie immer. Und ich fragte mich: Warum habe ich das nicht bemerkt? 1/25 ist verdammt wenig. Aber ich muß zugeben, daß ich mich bis jetzt an allen Spiegeln so ziemlich vorbeigemogelt habe. Ich sagte nur: Ach so, ja. Und mir fiel ein, daß die letzte Tönung lang her ist und ich ziemlich viel draußen war, und daß die Sonne die Haare verfärbt hat, und Marnie riet mir, Ed dazu zu bringen, den Ansatz nachzutönen. Fiel mir auf, sagte sie, als du im Sessel warst und ich hinter dir stand.

Sue brauchte wieder Bewegung und jetzt vielleicht doch eine Portion vom Käsekuchen. Auch Kaffee war fällig. Sie registrierte: Es geht und geht nicht aufwärts mit mir, ausgerechnet, wenn ichs mal rein körperlich und gesundheitlich und nur auf mich bezogen nehme, ausgerechnet nach einem Sensationstag wie gestern, und wegen gestern kommt auch heute keine glückliche Stimmung auf. Sie müßte mehr sein als das: ein Hochgefühl! Wo bleibt mein Talent für die Fliehkraft, nichts wie weg und dorthin, wo keiner mich findet, in mein schön und freundlich möbliertes Nirgendsheim, fragte sich Sue, die eine umwölkte, unheimliche Gemütsverfassung hinunterzwang, aber der Satz wars wert, noch vor dem Käsekuchen aufgeschrieben zu werden, und ausnahmsweise verfälschte diesmal seine Poesie gar nichts.

Nachdem sie (zu viel) vom Käsekuchen gegessen hatte, der aus der Küche des nächsten, aber ungefähr einen Kilometer entfernten Anwesens stammte, worauf noch, im ursprünglichen Bauernhaus, keine Städter sondern Vieh- und Acker-Bauern wirtschafteten, brauchte sie einen neuen Rundgang mit erweitertem Radius. Sie rieb sich über den Magen, diese Krönung aller Käsekuchen mit Rhabarberschnitzen hatte sie viel zu rasch gegessen. Sie sind *rich*, urteilte Marnie immer über die Backkunstwerke der Nachbarsbäuerin, und daß sie *rich* waren, bewies schon der Versuch, ordentliche Stücke zu schneiden: Ihre weiche, einschmeichelnde Konsistenz zerfiel unterm Messer, jeder Bissen verwöhnte den Gaumen mit einer verhätschelnden (Sue dachte vorhin: barmherzigen) Zärtlichkeit. Sie hatte sich einen starken Kaffee gefiltert, war beim Vorhaben, eine Schümli-Maschine anzuschaffen, trübsinnig geworden (hatte sie hier noch Wünsche?), und ihr war leicht übel. Bei halb heruntergelassenen Läden ging sie umher. Alle Zimmer machten einen überraschten Eindruck, als würden sie von ihr gestört, bei etwas, das die Möbel, Bilder, Teppiche rituell betrieben, erwischt. Und Sue, die Pflanzenliebhaberin, war überhaupt noch nicht übers Grundstück spaziert! Sie nahm vorsichtshalber den Stock mit ins Freie, denn mit der Fernsicht war auch heute wenig los. Der Himmel fing schon früh an, heruntergesackt bis in die Krone der alten Rotbuche links vom Abzweig auf die Landstraße, er war undurchsichtig wie zusammengerutschtes Gewöll aus Watte und Plüsch. Na, so was wie eine Prentice hab ich nirgendwo getroffen, hat sich aus dem Staub gemacht, sagte Sue zu ihrer italienischen Eiche, einer Extravaganz, deren Blätter auch im Winter grün blieben. Aber Sue hatte sich eine ganz normale Eiche gewünscht, und die Extravaganz verfügte bis jetzt weder über grüne, noch sonstwie nennenswerte Blätter (Sue strich mit den Fingern über hutzliges eingerolltes Laub, das sich wie Pergament anfühlte, Sue dachte: Ich fasse die Haut eines alten Mannes an), und sie weigerte sich, zu wachsen. Die Eiche müßte ausgetauscht werden. Sollte Prentice je im Haus gewesen sein, woran Sue immer mehr zweifelte: Gespenster! Damit ist jetzt Schluß.

Ed stöhnte oft: Das ist kein Garten, das ist eine Unkraut-Plantage. Er ließ die Dinge schleifen, manchmal, und Sue freute sich heimlich. Ed hatte Probleme in der Firma und mit viel Arbeitsaufwand einen Vergleich mit den Gläubigern erreicht, und sie liebte Wildnis, *Wildkräuter*-Plantage, hatte sie Ed korrigiert.

Sie flüsterte ein bißchen mit den Pflanzen, ging in die Hocke, um genauer zu sehen. Sie strich über hohe Büschel mit kleinen weißen Blumen, zwischen den etwas auseinanderliegenden Platten vom Fußweg, der zur Haustür führte, hatten sich Gräser und Nester mit blaßvioletten Blüten auf niedrigen dünnen Stengeln angesiedelt. Und sie entdeckte winzige Kissen von aquamarinfarbenem Blau: Wildes Männertreu, sagte sie leise, na das paßt ja, wild und Mänertreu, und an ihren Job dachte sie da über die hübschen zarten Blümchen gebeugt nicht. Sollte sie zu Ed sagen, anzüglich, sehr ironisch: Zupf besser das wilde Männertreu nicht aus, dann haben wir so was wenigstens im Garten. Sollte sie das? Marnie läge so was, ihr aber nicht. Sie würde gar nichts sagen, und vielleicht wäre es ihr sogar egal, wenn ein gärtnernder Student vom Uni-Job-Dienst demnächst die ganze fröhlich wuchernde Pracht wegrasierte. Aber kann ich hier bleiben? Einige Löwenzahn befanden sich schon auf ihrer Entwicklungsstufe als Pusteblume. Sie blies gegen einen der flauschigen Schöpfe, dazu fiel ihr ihre Großmutter ein, sie hatte auch so topfrunde Häkelmützen getragen und war, wenn das Kinderspiel recht behielte, schon nach vier Jahren mausetot, obwohl sie die Fasern besonders vorsichtig angehaucht hatte. Und hellblau: Veronika, kriechender Günsel, rosigweißes Wiesenschaumkraut. Sue probierte aus, ob sie die Maine Wild Flowers noch so schnell auswendig parat hatte wie mit dem Handicap: Fire ... Fire und wie weiter? Weed, ja, Fire Weed. Und diese Pipes? Oh, sie kam nicht vom Fleck, was war das noch mit dem Devil und der Brush gewesen, was bürstete der Teufel? Waren das nicht diese gelben? Ah, die Pipes! Indian gehörte davor. Geisterhaft und an Ku-Klux-Klan erinnernd. Sue merkte, daß sie eine Welt verlassen hatte. Wie konnte es aber dem Gedächtnis passieren, seinen gesicherten Bestand nicht mehr festzuhalten?

Auf den Fußwegplatten, deren Zufallsform man nicht verändert hatte, wimmelte es von kleinen, penetrant grellroten Käfern. Sue kannte sie vom letzten Sommer. Sie wuselten umher, bei einer Tätigkeit – Fressen zum Beispiel, bei einem Transport nach Ameisenart – sah man sie nie, weshalb nicht herauszufinden war, was sie im Schilde führten, wozu sie gut waren und wem sie schadeten. Immer wirkten sie eilig, betriebsam für nichts, und nie erwischte man einen von ihnen bei einer kurzen Rast, alle verbrachten ihr kurzes und rätselhaft selbstzweckartiges Dasein ununterbrochen aufgescheucht und in panischer Eile, die nur etwas gebremst wurde, wenn zwei von ihnen im Hin- und Her-Gekrabbel Sex hatten und wie winzige Wagen als Doppelgespann herumliefen, nicht einmal für die Fortpflanzung gönnten sie sich eine Ruhepause. Besonders vor diesen Fuhrwerken unter ihnen ekelte sich Sue. So weit sie es bei ziemlich gutem Nahsehen beurteilen konnte, mußte sie Eds Klagen über das Verwildern ihres nur noch sogenannten Gartens rechtgeben: Die Malve war in einem

Taubnessel- und Grasbüschel-Dickicht überhaupt nicht mehr zu erkennen, die Hortensien würden bald ersticken, das Unkraut war höher als die drei Krüppelkiefern, und so ähnlich gedieh überall auf dem Gelände die Umzingelung der Pflanzen, die sie in Gartenabsicht hatten setzen lassen, grün und üppig in unentwirrbarem Wachstumseifer weiter.

Etwas schwindlig und immer noch zu satt setzte Sue sich auf die altmodische, weißgestrichene Gartenbank, die sie von den Vorbesitzern übernommen hatten. Das Endlich-wieder-Glücksempfinden und der stumme Sei-uns-willkommen-Gruß zwischen den Gewächsen und unter freiem Himmel blieb aus, es ging ihr wie in den von ihr überraschten, fremdelnden Zimmern, sie fühlte sich beinah abgewiesen, als wäre sie ein Eindringling, und vielleicht lag es bloß an den Augen, aber wohin sie auch schaute, sogar in unmittelbarer Nähe jetzt auf unwillig-ungeduldig im Wind schwankende Grashalme, alles schien von ihr entfernt und ohne Beziehung zu ihr zu sein. Aber war das ein Sehproblem? Sue nahm sich vor, in ihren Eindruck nichts Exaltiertes hineinzuinterpretieren. Alles ist doch noch sehr frisch und ungewohnt, es ist überhaupt zu viel auf einmal, sagte sie sich, und damit lag sie bestimmt richtig. Sue verstand den kläglichen Bellversuch des Handys, sein Hündchen-Gewimmer erst beim dritten Mal – sie war ein wenig benommen, döste vor sich hin – nahm das Handy von dem Platz auf der Bank neben ihr und hob es ans Ohr, nachdem sie die blaue Taste – *ach ja, natürlich ist sie blau, ich dachte sie mir immer grün!* – gedrückt hatte.

Hallo? Sue sagte nie: *Sue Speyer hier* oder *Speyer* mit diesem kellnerhaften hörbaren Ausrufezeichen dahinter, sie fand, dann hätte sie sich genau so gut mit *zu Befehl* melden können.

Ich bins nochmal. Sie wars wahrhaftig nochmal und sie brauchte dem nichts hinzuzufügen, Frigga-Erdmuthe –, die zweite Mutter, aber die erste, die geblieben war. Wie meistens drückte ihre hohe Stimme ein prinzipielles persönliches Mißvergnügen aus, eine immense Kritik am Klima des Tages, dem heutigen Feuilleton, an diversen Ärzten, ihrer Ehe und ihrer Putzfrau, dem Filialleiter vom A bis Z-Supermarkt und immer so weiter, aber das täuschte, denn sie lebte gern und interessiert und jetzt zum Beispiel mußte sie alles andere als mißvergnügt, sie mußte vielmehr sehr vergnügt sein, weil sie telephonierte, was sie von allem, das sie tat, wahrscheinlich am liebsten tat.

Weil es nicht außergewöhnlich war, daß ihre Mutter zweimal am Tag oder noch öfter anrief, war Sue nicht überrascht, nur normal irritiert und normal enttäuscht. Und sie gestand sich ungern ein, daß sie blitzschnell, im legendären Bruchteil einer Sekunde, ohne es wirklich zu wissen, als sie die Hör- und Sprechtaste drückte, wieder Doktor Benraths Stimme mit ihrem Tongefälle (nach unten, als bekunde er seine Nebensächlichkeit) erwartet hatte. Erhofft? Nun ja, vielleicht. Sue fing endlich an, ihrer Mutter zuzuhören.

... und du mußt einfach Ed dazu bringen, es dir vorzulesen! Diese Geschichten sind wie für dich geschrieben, glaubs mir. Er ist dir doch ein Begriff, dieser Oliver Sacks? Er wurde in letzter Zeit doch ziemlich berühmt, Neuropsychologie, eine Koryphäe, und so menschlich! Und schreiben kann er auch, aber wie!

Ja, ich weiß, Mutter.

Also merks dir: Eine Anthropologin auf dem ... wart mal, beinah hätte ich gesagt: auf dem Eis! Ihre Mutter wurde ein bißchen albern, hörte sich dennoch weiterhin mißvergnügt an, sie sang: Eine Dame ganz in Weiß / Die wollt' Schlittschuh laufen auf dem Eis... Du kennst es noch? Ich sangs euch vor, dir und Marnie, deiner kleinen Schwester, sie hatte damals leider schon ein bißchen allzu viel Spaß an unanständigen Sachen, und mir sangs eine

Tante vor, als ich ein Kind war... Aber es ist ein Planet. Es ist der Mars, ich wußte, es war was aus unserm Sonnensystem und es war einsilbig. Alle andern Planeten in unserem Sonnensystem sind mehrsilbig, wart mal, ich will sie der Reihe nach hinkriegen, von der Sonne aus gesehen, in dieser Reihenfolge: Merkur, Venus, dann kommen, glaub ich, wir, die Erde. Und danach besagter Mars, dann Saturn, nein, Jupiter vor dem Saturn, oder? Und mit Uranus und Pluto bin ich mir nicht mehr so sicher. Mein Gott, wir werden alle nicht jünger.

Sue hörte nun wieder bloß mit der Aufmerksamkeit eines Menschen zu, der die Fu-Mu im Flughafen-Warteraum erduldet, indem er seine Wahrnehmung zu drosseln versucht. Aber als Quintessenz zog sie aus diesem zweiten Telephonat der Mutter die unverhofft positive Bilanz: Sue war sogar dankbar! Der Mutter war entfallen, daß sie Sue bereits von Sacks' paradoxen Geschichten erzählt hatte, wenn auch bisher nur von der Anschaffung, aber das schadete nichts, denn Sue ging es bloß um den Titel, und an den jetzt gerade erinnert zu werden, paßte ihr ungemein gut im Blick aufs Weiterschreiben an ihrem Protokoll. Was für ein schöner, ein elegischer Titel! Manchmal hatte diese Frau doch tatsächlich recht, traf ins Schwarze! »Zwischen zwei Welten, und in keiner zu Haus.«

Mit einem »verloren« als Bindeglied in der Mitte erreichte der Satzseufzer eine ungleich tiefere, traurigere Wirkung: Zwischen zwei Welten verloren und in keiner zu Haus, schrieb Sue auf eine neue Seite, weil sie es eilig hatte und nicht lang nach der letzten Zeile suchen wollte. Wenn das nicht Nirgendsheim ist. Ich war eben im Garten, und vorher bin ich durchs Haus gegangen, und zwischen beiden Welten... Sue stockte. Nein: *In* beiden Welten, nicht dazwischen, hatte sie sich verloren gefühlt. Vor einiger Zeit hatte Sue in *Counterlife* gelesen, wie viel Mühe der Held, ein Schriftsteller, aufwenden mußte, um ein paar

Leute davon zu überzeugen, er schreibe niemals *über* jemanden, also hätte es überhaupt keinen Sinn, mit dem Gekränktsein Zeit und Nerven zu verschwenden, die Darstellung verändere alles, kaum daß sie den Ausgangspunkt, Bruder Henry, Ehefrau Maria, wen auch immer, verlassen habe. *Bleib auf dem Boden, Sue!* Von der mütterlichen Fu-Mu war deren bewährte Taktlosigkeit haften geblieben, und mit Gründlichkeit staffierte sie die Inhaltsangabe des für Sue gewiß interessantesten Kapitels aus. Doch wieder ganz ohne die gewohnte Gereiztheit und Ungeduld war diesmal Sue einverstanden, dankbar. Und ihre Mutter ahnte nicht, warum! Sue hatte auch diesmal nicht die große Neuigkeit preisgegeben. Allmählich kam die ihr wie ein Schatz vor, und ein wenig so wie ihr letzter, einziger, wirklich allein ihr verfügbarer Besitz, an den keiner herankonnte.

Der Patient bei S. war, per Operation (was für eine Operation gibts da demnach doch?) von Blindheit befreit, dann aber vom Sehen bis zur Panik schockiert. Der P. hatte sich längst alles ganz anders vorgestellt. Sue sann über eine Ergänzung nach, um die zwei Welten hineinzubringen. Er hatte sich seine Welt längst eingerichtet, hielt sie schließlich für einigermaßen befriedigend. Doch das war nicht ihre Krankengeschichte. Sue fiel bloß die Handy-Taste ein, die nicht grün, sondern blau war, und machte das ihren Fall nicht viel aufsehenerregender? Ihre Verlorenheit, warum mußte sie sich als Fremde und verlassen fühlen, und zwei Welten waren es auch bei ihr, grübelte sie vor sich hin. Sacks' Patient war schockiert, sie – eher unwirklich, wenn man ein bißchen tot sein könnte, dann schriebe sie das hin. Mein Fall ist trostloser, entschied sie. Schockierend: Das war gestern, etwas weniger schlimm bei dem getrennten Bademantelehepaar und seinem Experiment, über dessen Ausgang sie keine Vermutungen anstellen konnte, sie hatte, wie sich jetzt herausstellte, keinen blassen Schimmer vom privaten Doktor Benrath, dem, der nicht gerade mit ihr zusammen in die melierte Wolle ihrer Erotikfreundschaft eingewickelt war. Und vernichtend schockierend: der Anblick beim Eintritt ins Wohnzimmer, die bordeauxrot geblümte Rückwand vom alten großen Sofa und die beiden runtergerutschten Hinterköpfe, verwuschelt der rechte, Eds Rasurschnitt konnte nicht verwuscheln. Das waren doch zwei furchtbar banale Welten, bei ihr. Bei dem Patienten in einer der paradoxen Geschichten von Oliver Sacks hing der Schock nicht mit anderen Menschen zusammen, jedenfalls kam das in seiner Fallbeschreibung nicht vor. Anscheinend hatte der Patient, von der Blindheit erlöst, als Sehender keine von Menschen angerichtete gemeine Häßlichkeit entdeckt.

Jetzt lenkte diese listige, bläulich pfauenhaft schillernde Fliege Sue schon mindestens zum vierten Mal ab, und jedesmal stand sie vom Schreibtisch auf, wenn die Fliege von neuem das Fenster anflog, um sie dort mit ihrem bereitgehaltenen Kleenextuch endlich zu zerquetschen. Sie tat das nicht gern, sie hatte immer ein schlechtes Gewissen, nur kurz, und murmelte in Selbstjustiz *Mörderin*, was schon als halbwegs ausreichende Portion von Vergebung das Verbrechen ausglich; Sue liebte Tiere, aber nicht im Haus und, wenn sie ehrlich war, auch keine Insekten, und wenn sie vorhin keinen von den hysterischen kreischroten Käfern oder gar eins dieser langsamer krabbelnden kopulierenden Tandems zertreten hatte, dann bloß aus Ekel und weil sie die Sandsteinplatten nicht mit dem Geschmier der Leichen verhunzen wollte. Die raffinierte Fliege bewies auch dieses Mal die Überlegenheit ihres Reaktionsvermögens, zappelte und hastete bald da, bald dorthin, ehe sie abflog, was jeweils bedeutete, daß sie für eine Weile völlig verschwand, zu Nichts geworden; sie war so klug, keins von den andern Fenstern anzusteuern. Und Sue gab auf, bis zum nächsten Mal. Die Fliege war dick und sicher schwanger, und ihr Kleenextuch war dünn, und die gräßlichen madigen Innereien würden sich, bei einem Totschlagerfolg, durch die feinen Papierfasern quetschen und ihre Finger besudeln, und Sue schüttelte sich, versuchte die Fliege zu vergessen, aber beeinträchtigt fühlte sie sich in der augenblicklich unsichtbaren Gesellschaft doch. Alle diese Viecher waren nun einmal nicht hygienisch, und bei den offenen Türen im Haus wies bestimmt ihr Radarsystem (hatten Fliegen so was? Vögel hatten es) den Weg in die Küche, und vielleicht besaßen sie ja auch einen Geruchssinn. Den Patienten hat die Welt, die er als Sehender falsch eingerichtet fand, abgeschreckt, sicher so etwas Krasses, denn er war ja nicht nur enttäuscht, er war schockiert. Und die von ihm verlassene Welt als Blinder, die Welt als seine Vorstellung (läßt sich hier aus *Die Welt als Wille und Vorstellung* was machen? – nein, bleib Sue, Hausfrau und Bibliotheks-Sekretärin im Biologischen Uni-Institut – kleine Sue, verlaß dein Utopia und leiere die Abschiedsparty an!) hat der Geheilte vermißt und sein Heimweh war so groß, daß sich sein Gehirn in die Blindheit zurückrettete!

Sue, trotz allem, hatte das nicht vor, aber wie paßt man auf sein Gehirn auf? Am besten, man gibt sich einen Ruck und bläst nicht mit so viel Inbrunst Trübsal, und vielleicht ists auch ein Fehler, alles zu protokollieren: Sue glaubte, sie sollte mit aller verfügbaren Willenskraft ihrem Seelenleben eine Kehrtwendung verordnen. Die Fliege war es nicht, die sie dazu veranlaßte, schon wieder abzubrechen, die Fliege blieb noch immer verschwunden. Nein, sie hörte hier am Schreibtisch auf, weil sie plötzlich fürchtete, ihr Gehirn würde ihr das vermeintlich Gute erweisen und sie in ihr Handicap zurückretten wollen, wie bei dem Blinden. Deshalb durfte sie gar nicht weitermachen, vielleicht taugte das bisherige Protokoll auch nur dazu, ihre gutmütigen grauen Zellen, die sie dann aber gründlich mißverstanden, auf die makabre Rettungsaktion einzustimmen. Nach dem Befehl *Reite nicht auf deinem Elend herum* (und war nicht schon wieder einmal *Elend* zu hoch gegriffen?) und *Schließlich wars kein Weltuntergang* (in diesen Minuten erlebten Millionen Frauen ähnliche Szenen wie sie gestern nachmittag), kommandierte sie sich ins großartige Bad, ein Bade*zimmer*, so viel Platz hatten andere nicht fürs Wohnzimmer, und seine grün mit grünlich gemaserten, länglichen Fliesen entsprachen immer noch ohne das mindeste Fehlerchen ihrer Vorstellung, einem Unterwassergefühl, es erging ihr wirklich nicht im Entferntesten so wie dem Blinden aus Sacks' Geschichte. Sie hatte sich für einen Besuch hier entschieden, weil erstens von diesem Raum schon immer eine nachsichtige, glättende und mildernde Stille ausgegangen war – Grün schimmerte auch durch die Milchglasfensterscheiben mit ihrem Tränentropfenmuster, das unentwegt Regen vortäuschte, der grüne besänftigende Widerschein vom kleinen dichten Waldstück im Nordteil des Grundstücks, das Wildnis bleiben durfte. Zum zweiten schätzte Sue, jede normale andere Frau hätte sich als Allererstes vor die beste Spiegelfront des Hauses gewagt, wenn auch vielleicht mit Zittern und Zagen, aber es wäre das Wichtigste gewesen, und jede Frau hätte es so gemacht. Und Sue war fest entschlossen, sich *normal* zu benehmen, damit ihr Gehirn sich nicht irrte und keine gutgemeinten Zicken machte. Außerdem, als Drittes, galt es, ihr Fremdlingsgefühl zu testen: Wäre auch das Bad überrascht, abweisend, gestört? Überhaupt nicht. Sue brauchte sich gar nichts um dieser nun angestrebten Normalität willen vorzumachen. In dem grünen ruhigen Dämmerlicht ging es ihr viel besser als den ganzen bisherigen Tag über irgendwo sonst, und sie stand wie in einem algenreichen unbewegten Meer still, es roch auch wäßrig, ja, hier ging es ihr gut. Oder kam das daher: Weil sie, bevor sie sich vor ihr Spiegelbild wagte, von eingeschalteten

Glühbirnen wie mit einer leuchtenden Girlande gesäumt, von Neugier, Nervosität, Befürchtungen keine Rücksicht auf etwas so Diffiziles und Unbeweisbares wie die Stimmungsausstrahlung eines Raums nehmen konnte? Doch kaum kam ihr der Verdacht, da memorierte sie auch sofort, um bloß bei Vernunft und sachlich zu bleiben: grüngefliest, mit Ed zusammen in der Keramikfirma ausgesucht, auf dem Heimweg Abendessen in einem drolligen Landgasthaus, wo wir unter alten hohen Blätterschirmen von Kastanien saßen und die Hühner zwischen den Tischen rumliefen und ich vor lauter Hühneramüsement mit dem ewigen Kopfrucken und dem breitbeinigen Scharren nach rechts und links beinah nicht zum Essen kam, Hühner sind so wundervoll, so komisch, sie sind wie furchtbar und unablässig beschäftigte, ihre ihnen auferlegte Pflicht erfüllende ältere Hausfrauen, und die Spiegelwand, extra angefertigt, zugeschnitten nach meinen Wunschmaßen, auch die Einfassung, die Lämpchendekoration, mein Glanzstück: meine Idee. Und Lieblingswetter konstant, es sitzt im undurchsichtigen Glas drin, Fensterglas mit Regendesign, wieder *meine* Wahl, und Ed war sofort einverstanden. Sue zwang sich dazu, beinah laut *Der gute Ed, der Ed, der auf mich eingeht und mitspielt* ins wasserlose grüne Bad zu sprechen. Wie viel war von diesem Beweismaterial für die gemeinsame Sache zwischen ihnen übriggeblieben? Konnte doch sein: alles. Um nicht wie Oliver Sacks' sehend gewordener Blinder von falschverstandener Hilfe ihres Gehirns reingelegt zu werden, wiederholte sie: *Lieber Ed.* Aber mit der Inventur hörte sie besser auf. Genau das hatte sie ja täglich beim Handicap trainiert, damit sie es im Griff behielt, was auch geglückt war. Beinah geglückt, korrigierte sie ihre Erinnerung, denn das hier war tausendmal besser. Liebes Gehirn, mach keinen Fehler und bugsiere mich bloß bitte nicht ins Handicap zurück.

Jetzt aber Mut gefaßt, Mut zu Mahagoni statt Schwarz

und zu dessen Umrahmten: zum Gesicht, und machs so dicht am Spiegel, wie es der granitgrauweißgesprenkelte Tresen mit den beiden Lavabos erlaubt! Wasserleichengesicht! Sue hatte sich beim ausgiebigen Alleinsein in den letzten Monaten an eine Art von stummem Sprechen gewöhnt, mit dem sie sich im Spiegel grüßte, kaum die Lippen und nur ein wenig die Zunge bewegend, ein Minimalstadium von Flüstern, und trotz der denunziatorischen Anrede an sich selber grinste sie und schnitt ein paar Grimassen, sie machte *bäh bäh bäh* und mußte an Ed denken und seine Reaktion auf ihren Verdacht, *die Fratze*, und ob er bloß untherapeutisch nett mitgespielt hatte oder nicht, würde sie nie herausfinden, auch egal, sie war ziemlich vergnügt und von ihrem blaßgrünen Gesicht angenehm überrascht, Mahagoni oder Schwarz fiel im Algenmeeresdämmer nicht ins Gewicht, aber sie schaltete die Lämpchen-Girlande nicht an, heller brauchte es fürs erste nicht zu sein, und ihr Argwohn, daß Ed ihre Ponyfrisur nach seinem und nicht nach ihrem Geschmack schnitt, also etwas zu kurz, bestätigte sich auch. Sie zerrte ein paar Strähnen hinter dem Fransenansatz zur Stirn hin, aber da würden sie nicht liegen bleiben. Na schön, Haare wachsen nach: Sue reduzierte Flüstern aufs stumme Minimum. Mit dem Handspiegel kehrte sie dem Spiegel den Rücken zu und betrachtete sich von hinten. Braver Ed, gute Arbeit, was den Nacken betraf, etwas kürzer geschnitten als an den Seiten. Wer weiß, vielleicht waren ihm die Ponies einfach nur mißlungen? Sie prüfte sich wieder von vorne. Nein, es war Absicht, kein Mißgeschick, er hatte diese gerade geschnittenen Ponies gern und keinen Blick dafür, daß das Klein-Doofi-mäßig machte. Trotzdem, sie grinste nicht mehr nur, sie lächelte, erstes Lächeln dieses Tages: Ed hatte ein bißchen Zeit für *seinen* Geschmack gehabt, dank Handicap.

Was aber, Sue hielt den Handspiegel jetzt über ihren

Kopf, so daß er ihr das Abbild des Zenit zurückwarf, was um Himmels willen lag denn da Helles über dem Haar? Ihre Hand wischte drüber, aber das Helle ging nicht weg. Sie hatte sich nicht mit Trockenshampoo eingepudert und bloß vergessen, das Zeug rauszubürsten. Sah aus wie Schnee. Feiner Pulverschnee, dessen Anblick schickte einen Boten zu dem Neurotransmitter, der für Schubert/ Winterreise zuständig war: »Der Reif hat einen weißen Schein mir übers Haar gestreuet; da glaubt ich schon ein Greis zu sein und hab mich sehr gefreuet...« Singend öffnete Sue das Regentropfenfenster und lehnte sich über die Brüstung hinaus ins wattierte, plüschige Licht vor dem tiefen Grün des Waldstücks. Ihr Haaransatz, wenn Ed zu lang nicht mit Tönung gewaschen, und von dem Marnie bemerkt hatte, er bedürfe einer Nachbehandlung, schimmerte sonst dunkler durch, wuchs in ihrem natürlichen Dunkelblond in die getönten schwarzen Haare nach. Und so ähnlich würde das auch im Mahagoni aussehen. Sue verstand, daß sie graue Haare bekommen hatte, oh nein, weiße Haare sogar! Der volkstümlichen Ableitung von vorzeitigem Ergrauen – und bei ihr war es vorzeitig! – traute sie keine wissenschaftliche Bedeutung zu. Eher ists was Genetisch-Vererbtes: minimalisiertes Flüstern hinter stillhaltenden offenen Lippen und zusammengebissenen Zähnen, nur die Zunge bewegte sich, und Sue entwich ein mikroskopisch dünner Pfeifton. Aber ihren unmittelbaren Vorfahren hatte vorzeitiger Haarausfall gar keine Zeit zum deutlichen Umwandeln in die Farben des Alters gelassen, das Zwiebelköpfchen, gekreuzt mit Knoblauch und seinen schilfernden splittrigen Häutungen opalisierte schutzlos blaßrosa zwischen einer Materie, die viel weniger mit Haar als mit Staub zu tun hatte, und was sich unter der Perücke ihrer leiblichen Mutter abspielte, wußte Sue nicht, ganz gewiß aber nur die letzten Überreste der natürlichen Bepflanzung, ein tristes Pompeji. Sue entschied sich dafür, daß der Volksmund bei ihr einen Zufallstreffer machte: Mehr als mir bewußt war habe ich seit dem Unfall unter dem Handicap gelitten. Oder ist das alles erst gestern passiert, in der Schrecksekunde? Nun ja, sagte sie, auch gut. »...und hab mich sehr gefreuet...«, das nicht gerade, aber da oben, das Helle, der Reif, der Pulverschnee, ha! von nun an trag ichs mit mir herum. Wenigstens bis zur nächsten Tönung, falls ich Ed die noch machen lassen will und nicht lieber zum Friseur gehe. Sie hob nochmal den Handspiegel über den Kopf, und nicht wie bei Schuberts Wanderer war dieser Reif *hinweggetaut*, doch sie wollte unbedingt »wie weit noch bis zur Bahre« singen und »Vom Abendrot zum Morgenlicht ward mancher Kopf zum Greise«. Aber auch, weil man eine Melodie nicht in der vorletzten Zeile und dem letzten Takt abbrechen konnte: »Wer glaubt's? Und meiner ward es nicht auf dieser ganzen Reise!« Und ebenfalls, als sie ihre Inspektion beendete: Ich hab mein Lieblingswetter immer bei mir. Nicht mehr vorm Küchenfenster am Klapptisch beim Frühstück, dort ists vorbei mit dem dunklen Gebräu mit den ineinanderlaufenden schwefligen und elefantenhautgrauen, krampfaderblauen Blutergüssen. Adieu, verabschiedete sie sich von der grünbleichen Nixe im Widerschein der Kacheln, und zum Weiß auf ihrem Schädelwetter sagte sie: Schon okay. Lieblingswetter.

Marnie brauchte den ersten Joint, als sie Sue in der Lounge gegenübersaß. Sue zündete sich eine von ihren blonden Gauloises an, aber sie legte sie nach dem ersten kurzen Zug auf den verbeulten Blechaschenbecher in eine der drei Riefen zwischen den dreimal eingravierten Schriftzug der Brauerei Jupiter.

Blondie solltest du deine Marke nicht mehr nennen, sagte Marnie, um überhaupt irgendwas zu sagen. Als nächstes würde sie vorschlagen, ihren Seagram's anzubrechen. Sie hatte ihre kanadische Phase, und es handelte sich um einen Crown Royal.

Und warum? Warum nicht Blondie? Sue schien es wie Marnie zu gehen, die Antwort interessierte sie nicht, und sie fragte, um überhaupt irgendwas zu fragen, ein selbständiger Einfall fehlte.

Hitlers letzter Hund hieß so. Glaub ich wenigstens.

Ach so.

Sues *Ach so* versetzte Marnie einen Stich und warf sie zurück in den Spätnachmittag gestern. Sues *Ach so* klang genau so wie gestern, als sie ins Wohnzimmer gekommen war. Mit wenig Druck hinter der Stimme, etwas müde und nach abgewiesener Bitte, nach enttäuschtem Kind und beinah bescheiden. *Ach so.* Als wäre es Sue, die sich verlegen für eine Ungeschicklichkeit entschuldigen müßte. Ach so. Sue stand nur ein paar Schritte weit von der Türschwelle entfernt und wich auch dahin wieder zurück. Das ist gestellt, rief Marnie. Vor Entsetzen war ihre Stimme schrill und sehr hoch, und sie konnte es bis zu diesem Moment nicht fassen, daß sie bei Sues *Ach so* mit keinem

Gedanken aufs Handicap gekommen war und folglich doch nicht der geringste Grund zur Aufregung bestand. Wie Ed sich verhalten hatte, wußte sie nicht, ihr blieb keine Zeit, drauf zu achten. Um den Schock wegzukriegen, Sue! Nur deshalb! Und sie stand auf, von ihrem eigenen Gefuchtel und Geschrei wie eingekesselt. In diesem Augenblick hatte Ed *Zu spät* gesagt, daran erinnerte Marnie sich, und daß er dieses rätselhafte *Zu spät* ganz ruhig gesagt hatte. Sue sagte gar nichts. Sie lächelte vorsichtig wie sehr kurzsichtige Menschen, die unerwartet ihre Brille absetzen, um die Gläser zu putzen, und vor denen sich die andern ein wenig genieren, weil es beinah unschicklich ist, ihre immer so gut versteckten Augen plötzlich aushalten zu müssen.

Auch jetzt, in der Lounge, nahm Sue für einen Moment die Sonnenbrille ab, und Marnie tat so, als habe sie den schwarzgerahmten Stich über der Rennaissance-Kommode mit der rötlich marmorierten Marmorplatte, die Marnie an Aufschnitt in Aspik erinnerte, noch nie gesehen, weshalb sie aufstand und sich über die Marmorplatte beugte, damit sie die bleiche Schrift knapp über dem Passepartout erkennen konnte. Abendandacht vor einem Madonnenbilde. Gegend am Monte Serra. Um die Frist zu verlängern, las sie sich weiter vor: 1 Elle, 19 Zoll breit, 1 Elle, 10 Zoll hoch. Angekauft vom Sächssischen Kunstvereine 1834. Ha, sächsisch hat man damals mit zwei *s* geschrieben. Sie setzte sich wieder und hätte etwas von Sue wie *sehr komisch*, einfach was wohlverdient Zynisches ihrem lahmen *Ach ja, nie drauf geachtet* vorgezogen.

Er ist hübsch. Marnie setzte sich wieder.

Wir haben ihn auch sehr gern. Wir haben ihn schon ziemlich lang, sagte Sue.

Diese Dinge kann man heut kaum noch kriegen.

Und erst recht kaum noch bezahlen.

Stimmt.

Leider.

Pause, dachte Marnie so angestrengt, daß sie fand, es sei beinah zu hören. Dem Himmel sei Dank, Marnie empfing eine Botschaft, vielleicht, denn er war ihr plötzlich eingefallen, dachte der Priester beim landmännischen, zur Dauerwachsamkeit verdonnerten ausspäherischen Dahinschreiten gerade an sie. Er würde meinen Priester begeistern, euer Stich. Als von Sue ein *kann sein* kam, mit dem rein gar nichts anzufangen war, setzte sie lasch hinzu: Wegen der Madonna. Und der Andacht. Doch Sues ermattende, abgehalfterte Insuffizienz setzte Marnie zwar zu, aber das Virus übertrug sich nicht auf sie, und sie hielt es wieder einmal nicht durch, Lähmung mit Lähmung zu rächen. Sie platzte heraus damit, ihr Priester sei gar kein typischer Priester, er laufe nicht mit dem Rosenkranz zwischen den Fingern herum.

Herumlaufen damit tut doch wohl keiner, sagte Sue.

Na schön, aber du weißt, was ich meine. Er hat ja auch schließlich diese Margo. Marnie warnte sich: Paß auf. Finger weg vom Thema Freundin und daß der Priester sexy ist. Wär ja nun das denkbar Letzte in meiner Lage. Oh verdammt! Es war ein Fehler, daß ich gekommen bin! Schwesterchen! Du bist auf dem Holzweg! Marnie müßte sich zum Anlaß ihres Besuchs katapultieren.

Wie ists mit Godwin Heinsheimer und dir? Alles in Ordnung? Sue fragte freundlich und interesselos. Aber das Gefälle – der Priester, dann Godwin, der steady friend zur Zeit – machte Marnie hellhörig, und sie fand, Sue ists, die hellhörig ist.

Ah, der gute Godwin. Dauert nicht mehr lang, und er findet endgültig seine brave Vollwert-Ehefrau weniger anstrengend als mich.

Aber zur Abwechslung ... Männer mögen Abwechslung ...

Bitte Sue, Marnie gab sich einen Ruck, wenn du jetzt bereit bist, mit mir über gestern zu sprechen, dann ...

Ich hol mir einen von Hitlers Hunden. Sue war aufgestanden. Sie hinkte kaum. Diese Blondie vergaß sie erst nach dem dritten Zug.

Bei einer wie dir, Sue, vermißt man nichts. Bei dir braucht keiner eine Abwechslung.

Keine Ahnung.

Godwins Frau ist total anders als du. Marnie sprach aus Überzeugung. Und Sue wußte das. Sie wußte auch, wie meilenweit entfernt von anderen Frauen sie diese fundamental andere Frau war. Marnie legte sich ins Zeug: Goddies Safttante ist total eindimensional und nichts als vernünftig …

Vernünftig bin ich auch, unterbrach Sue geduldig. Männer finden das wohl bisweilen langweilig, und dann haben sie ganz gern so eine stressige Marnie nebenher.

Whow! machte Marnie. Ihr gings besser, obwohl die *stressige Marnie nebenher* wieder heikel Gestern heraufziehen ließ, eine dunkle Wolke mit explosiver Gewitterfracht drin. Du bist vernünftig, aber anders vernünftig, wohltuend vernünftig, und außerdem bist du nicht *nichts anderes als vernünftig*. Deine Phantasien … Goddie fängt an, in meinen Sachen rumzuschnüffeln, ist nur ein Verdacht vorerst, aber als ich neulich aus dem Bad kam, saß er komisch auf dem Fußende vom Bett, ich meine, er hat mich komisch und irgendwie spionierend angeglotzt und gesagt, ich wäre ja ganz schön lang im Bad gewesen …

Wenn er ein bißchen auf dich aufpaßt, fände ichs nicht übel.

Leider gab der Gesprächsstoff Godwin nicht das geringste Fitzelchen mehr her. Es entstand die nächste Flaute, halbherzig nahmen sie das mediokre Exposé und die falschen Konjunktive in der heruntergewirtschafteten Sprache der Dialoge dran, dann ein bißchen was vom Wetter, die Prognose für die drei nächsten Tage, und wieder die PGF und eine Kollegin von Marnie, ihren quotensüchtigen

Chef, und Marnie vermutete, auch Sue fürchte, sie müßten sich noch ihr sonderbares Elternpaar und gar außerdem die Eskapadenmutter Nr. 1 vorknöpfen. Wie lang würde der Vorrat an Überflüssigkeiten noch reichen, um das Notwendige, diese abscheuliche Ration *Gestern*, auf Distanz zu halten? Sue schien es genau darauf anzulegen.

So war es gestern gewesen: Eds *Zu spät*. Er hatte recht, aber Marnie vielleicht auch. Marnie, das war schon mit dreizehn dein Hobby: Männer. Aber nie wars das von Ed, Flirt, Untreue, niemals.

Ich hab das lanciert, als Stellprobe für Ed mit Prentice, damit du, du weißt schon: Schock gegen Schock ... Zu spät.

Ed unterbrach Marnies Anstrengungen. Sue, komm her und setz dich bitte.

Marnie bekam sich einigermaßen unter Kontrolle. Sue, zuerst planten Ed und ich, Ed sollte auf der bewußten Stufe kauern, sich an der Stange zu schaffen machen, in einem Moment, den wir abpassen würden, etwa so: Du kämst aus der Küche in die Lounge, du wolltest zur Treppe ... Nochmal, Sue. Daß Prentice hier rumgeistert, war keine Gespensterseherei. Also, du bist ins Zimmer eingetreten, und dann kam dir irgendwas komisch vor, man weiß ja, daß, wenn ein Sinn ausfällt, die andern sinnlichen Eindrücke stärker werden, vom Hörsinn weiß mans, aber man kriegt sicher auch einen intensiveren Sinn für Eindrücke, ein Gespür ... wirklich gesehen haben kannst du die zwei Hinterköpfe nicht, Eds und den mit dunklem Haar, den von einer Frau. Stimmts? Es könnte Prentice' Kopf gewesen sein.

Sue antwortete nicht. Und Marnie hatte sich blödsinnig verheddert. Schließlich gab es ja im Zentrum ihrer Schilderung des Tathergangs den Störfaktor, ihre Stimme, ihr aufgeregtes Zurufen, den Störfaktor *Wahrheit*, der ihre komplette und konfuse Verteidigung über den Haufen warf.

Sue! Sue antwortete nicht. In der bis oben zugeknöpften Strickjacke, obwohl es so warm war, stand sie nur im hinteren Teil des Wohnzimmers, unergründlich passiv, und als müsse sie sich selbst dazu überwinden, rückte sie, eine Angewohnheit, an ihrer Brille, dann kreuzte sie die schmalen Arme über dem Oberkörper, und ihre rechte Hand umfaßte die linke Schulter, die linke die rechte Schulter, und diese Gestensprache hieß: Kommt mir nicht nah. Gleichzeitig signalisierte dieser Eindruck von Frösteln: Ich soll bei krummen Geschichten mitmachen. Ich bin nur mit mir selbst verabredet. Sue sah nicht erzürnt, nicht bekümmert, nicht den Tränen nah, nicht aufgeregt aus. Sie sah auch nicht finster aus. Eher: abgekühlt. Größer konnte kein Gegensatz sein: Marnie in Beweisnot nahm Zuflucht zu dummem Zeug, wurde albern, sie führte sich auf wie in einer ersten Unterrichtsstunde im Paddelboot. Sue, immerhin bist du auf dem Weg der Besserung, erkennst Hinterkopfkonturen, ist das noch 1/50-Schärfe? Ha, Ed sag was, he! Es ist wohl schon mehr als 1/25 oder 1/10. Hurra! Das wäre das Positive an der Geschichte. Zu blöd, wir habens leider verpatzt, ich meine, sonst ständest du da jetzt nicht so stocksteif rum wie das leibhaftig gewordene Mißverständnis. Na! Besser so: Ed und ich, wir sind das Mißverständnis. Verdammte Prentice. Die wäre das Negative dran ... obwohl, es war als Therapie ausgeheckt, Trauma gegen Trauma. Marnie dachte: Ich rede idiotisches Zeug, aber ich rede. Immer noch besser als Eds vorgetäuschte Heiserkeit mit seinem Geräuspere.

Die Sue von gestern hatte nach Marnies Suada endlich angefangen zu sprechen, erschreckend ruhig mit dem ersten wahrhaftigen, realistischen, die Dinge in ihre Ordnung rückenden Satz: Nur, daß du es warst, kleine Schwester.

Die Sue von heute saß steif und gerade im schwarzen hochlehnigen Kirchenstuhl mit seinen Elfenbeinintarsien und fuhr mit dem Zeigefinger ihrer rechten Hand durch die gedrechselten Rillen am Ende der Armlehne. Die Marnie von heute benutzte nur das vordere Drittel des Kinosessels mit seinen Troddeln, wenn es ihr auffiel, ließ sie sich zurückfallen, drückte sich ins Polster, aber nicht lang, und sie landete wieder nah der Sitzkante. Kirchenstuhl und Kinosessel: Die Positionen der Schwestern waren ungleichwertig aufgeteilt. Sue so hoch, Marnie zu niedrig und damit schon räumlich unterlegen, was allerdings die inhaltliche Geometrie versinnbildlichte und demnach doch gerecht war. Aber Marnie unterstellte Sue keine Absicht, als sie sich für den steilen hohen Stuhl entschied und ihr mit einer Handbewegung das Kinosesselchen zuwies. Oder lag ihr an körperlicher Distanz? Weiter von einer zur anderen entfernt konnte man in der Dielen-Lounge gar nicht sitzen.

Sue trug keine Brille. Sie blinzelte wieder wie vorhin beim Öffnen der Haustür, und manchmal verzog sie ein bißchen das Gesicht dabei, wie jemand, der durch eine Wimper im Auge gereizt wird. Sie verkörperte das Warten, kein besonders geduldiges Warten. Wachsam wie in einer Lage, in der man leicht übers Ohr gehauen wird, hätte sie statt Marnie ebenso gut einer Staubsauger-Vertreterin gegenübersitzen können. Zur Begrüßung hatte sie aber ihr Dreiviertellächeln aufgesetzt, was keiner auf Marnies heutigen Auftritt abzielenden Sparsamkeitsmaßnahme gleichkam, ein Dreiviertellächeln entsprach Sues Vorsicht, selten strahlte sie Leute an, Übertreibungen waren Marnies Spezialität.

Alles in allem gibts doch Grund zur Freude, sagte Marnie mit unecht erhobener Stimme. Ich sags besser so: Die Freude überwiegt das andere.

Was: das andere?

Das Malheur. Marnie durfte das *Malheur* nicht allein stehen lassen. Das Malheur ist der Irrtum. Es ist nicht, was du denkst. Es ist das Mißverständnis.

Ich weiß nicht, warum du es gut findest, daß wir drüber

reden. Sue zupfte an ihrem blauen Angorapulllover herum. Die Wolle sonderte kleine Gespinstnester ab, an manchen Stellen wurde der Flausch kahl. *Warum ziehst du dich so warm an, Schwester?* Aber Marnie fragte stattdessen: Erwartest du es denn nicht? Daß wir drüber reden? Ich finde, es muß sein, es muß dir zuliebe und auch mir zuliebe sein. Ich muß das doch alles aufklären. Licht ins Dunkel bringen. Marnie lachte über die Hemmschwelle weg: Licht ins Dunkel paßt! Du bist mir eine gerissene Geheimniskrämerin! Und jetzt haben wir ein neues Handicap statt des alten.

Ich bins nicht ganz los, das alte.

Aber es muß ja wohl zu neunundneunzig Prozent besser sein. Marnie gefiel das frische Fahrwasser. Einem brackigen stockenden toten Flußarm war klares bewegtes Wasser zugeflossen.

Zu achtzig Prozent. Sue zupfte die flauschigen Absonderungen vom Pullover und deponierte sie auf dem Kaffeehaustisch mit der Marmor-Platte und dem schwarzen Gußeisenbein, dem *Café-Stallburg-Tisch*. Möchtest du was zu trinken?

Marnie dachte an ihre Flasche Seagram's Crown Royal, fragte trotzdem: Was hast du? Was *hättest* du?

Noch aus alter Gewohnheit trug Sue ihre Armbanduhr nicht, sie würde sowieso eine neue brauchen, eine Männerarmbanduhr mit großem Zifferblatt, und sie fragte: Wie spät ists? Es muß gegen fünf sein.

Erraten. Zehn nach fünf.

Noch Kaffeezeit, entschied Sue.

Kaffee war sowieso fertig, und es stellte einen schwesterlichen Liebesbeweis dar, daß ihn Sue ihr in ihrem Lieblingsbecher kredenzte, auf dessen Rundung das US-Sternenbanner gemalt war. Bei den rot-weißen Querstreifen und der Zahl der weißen Sterne auf blauem Grund hatte der Keramikkünstler sich stark eingeschränkt.

Wie groß müßte ein Gefäß sein, auf dem die komplette amerikanische Fahne deutlich abzubilden wäre, sämtliche Staaten? Marnie, die im Kaffee einen Vorläufer entweder ihres Seagram's oder eines Angebots aus Sues Bar und im Becher Gesprächsstoff erblickte, wußte nicht, was sie sonst sagen sollte. Im frischen Fahrwasser der Restprozente des Handicaps lauerten Untiefen. Sinds neunundvierzig?

Was: neunundvierzig?

Staaten. Neunundvierzig Staaten.

Glaub schon.

Der Kaffee ist erste Klasse. (Das war er, aber Marnie brauchte einen Kick.)

Lavazza.

Oh, Lavazza, klar!

Wir nehmen immer Espresso-Kaffee, auch für den normalen.

Mach ich auch. Man muß nicht Espresso aus Espresso machen, man kann, aber man muß nicht.

Stimmt.

Sue schien auch einen Kick zu brauchen, fand Marnie. Sue konnte allzu seelenruhig (wenn man die Seelenruhe nicht wörtlich nahm, Marnie meinte: eher etwas stur) Marnies Bagatellgeplätscher abwarten, stocksteif nüchtern, und an ihrem Angorapullover endlos so weiter rumpulen. Sues allumfassender Nachteil aus der Szene von gestern wandelte sich zu ihrem Vorteil in der Szene *Lounge/heute*.

Aber ach: Sue blieb, was auch Verstörendes zwischen sie und Marnie trat, die fürsorgliche und (fast pervers!) mitleidige große Schwester, die es über sich brachte, der kleinen weiterzuhelfen, sie sagte: Ed hat mir doch die Stirnfransen zu kurz geschnitten, ich habs geahnt. Sue hatte sich für einen Unterhaltungsbeitrag aus der banalen wichtigen Frauenproblematik *Wie sehe ich aus* entschieden. Marnie wertete es als Großtat und sagte: Sieht aber gut aus. Und sehr kurz ist es nicht. Es geht jedenfalls nicht an den

Schläfen höher rauf, und das ist der entscheidende Punkt. Wenn es dann so reifenartig aussieht, so wie eine Halskette.

Er hats nach seinem Geschmack gemacht.

Hinten hat ers genau richtig hingekriegt. Ich find es alles in allem flott. Gut, doch. Wirklich, Sue. Marnie, bei aller Dankbarkeit für Sues Einladung ins Reich des Nichtigen (und wie viel fiele ihnen noch zum Thema Frisur/Haare ein, würden sie schließlich bei der Perücke ihrer Mutter-auf-Reisen landen, beim brüchig-papierenen Knoblauchschalengeschilfer auf dem väterlichen Schädel mit seiner Haarparodie), Marnie inmitten des Geplänkels: Es machte sie doch wieder nervös, weil Sue und sie genau wußten, wir reden um den heißen Brei herum. Sues Hände tappten über ihren hübschen kleinen Kopf, danach verwuschelte sie ihre Frisur, schob die Finger am Nacken in die Haare und brachte eine attraktive Zerzaustheit zustande, die nach wenigen Minuten wieder in die alte glatte Ordnung zurücksackte. Es ist mir zu käppchenartig, sagte sie. Sollte ich Locken haben?

Aber nein! Marnies Ausruf kam aus Überzeugung. Kein Kontext, diesmal.

Warum nicht? Du hast doch welche.

Du hasts nicht nötig. Glatt ist schöner. Ich hätte es auch glatt, wenn ich nicht so früh angefangen hätte, mir mit der Ausprobiererei meine Haare verhunzen zu lassen. Jetzt muß es kraus sein, damit man nicht sieht, daß es zu wenig ist.

Das ist eine deiner fixen Ideen.

Bis auf Sues geistesabwesende Sprechweise klang jede Bemerkung nach Normalität. Aber sie war nicht bei der Sache, sie redete wie jemand, der wohl oder übel nachgibt und beweist, daß er seinen Text auswendig hersagen kann. Und sie blinzelte wieder. Sie setzte die Brille ab und legte sie zwischen ihre zu einem Kranz angeordneten Angorafusselbällchen. Marnie erschrak beinah vor Sues blanken, wie polierten aquamarinblauen Augen, sie hätte sich besser gefühlt, wenn die getönte Brille sie vor diesen beiden großen Glanzstücken geschützt hätte.

Hast du Wodka im Haus? (Sue hatte *Noch mehr Kaffee* gefragt.)

Ich denke schon.

Zitronensaft? Wenns nicht unverschämt ist.

Du meinst, du willst einen Wodka Gimlet.

Wäre wunderbar. Her damit. Marnie versuchte, salopp zu sein. Sie rief Sue nach, die eine Wendung zur offenen Küchentür hin machte: Ein Screw Driver wäre auch nicht schlecht. Das ist dann statt Lime-Juice Orangensaft.

Na klar.

Blöd von mir, rief Marnie, Cocktails kenne ich ja eigentlich bloß von euch. Ed macht wundervolle. Früher sind mir Cocktails zuwider gewesen. Ich fand sie doof. Und vertragen hab ich sie auch nicht. Aber seit ich die von Ed kenne, habe ich meine Meinung geändert.

Von Sue kein Kommentar. Marnie hatte absichtlich, um zum Zweck ihres Besuchs vorzustoßen, Ed auf dem Umweg über seine Qualifikation als Drinkmixer zu seinem längst fälligen Auftritt in die Szene *Lounge/heute* gezerrt. Wenn schon nicht körperlich, so mußte er als imaginärer Mitspieler auf diese Bühne. Es hatte sie Überwindung gekostet, doch Glück im Unglück: So kam sie wenigstens jetzt zu einem alkoholischen Getränk. Obwohl ihr die puren lieber waren als die gemixten, aber dann hätte sie nicht scheinbar unbezweckt Ed einführen können. In der Haarschnitt-Frage war Sue ihr in puncto Ed nicht zu Hilfe gekommen. Keine Lücke für eine Rückblende gelassen. Dachte Sue, die in der Küche Wasser über den Behälter mit den Eiswürfeln laufen ließ, denn überhaupt nicht an dieses *Gestern*? Das konnte nicht sein, schon weil ja Marnie da war, und nur wegen des Vorfalls gestern da war. Sue konnte nicht alles von sich abgeschüttelt haben. Eiswürfel klapperten ins Ablaufbecken, klirrten in Gläser, und Marnie dachte: Sie kann ihren Schock nicht eingefroren haben.

Und Marnie irrte sich nicht.

Sue erinnerte sich: Nur, daß du es warst, kleine Schwester, habe ich, glaub ich, gesagt. Die Marnie von gestern hat sich angestellt wie als Kind, wenn sie sich verteidigen mußte und überhaupt nicht kapierte, daß es zwecklos war, sie hatte alle Indizien gegen sich, und gestern hat sie mir irgendwas von Prentice zugerufen, es könnte Prentice auf dem Sofa mit Ed gewesen sein, sie muß den Verstand verloren haben, wenn sie schon darauf aus war, daß ich das glaubte, dann überhaupt ihre Stimme für nur ein einziges Sterbenswörtchen benutzt zu haben, armes Schwesterchen, wie es sich reinreitet und selbst überführt. Und ich sagte: Okay, vielleicht kann ichs *gesehen* haben, es sollte mal eine freudige Überraschung sein, ganz bald, und sie nutzten die Gelegenheit so zu tun, als hätte ich sie verraten und nicht sie mich. Okay, ich kann sehen, nicht nur 1/50 – 1/25, es sind mindestens 1/15 – 1/10, aber dafür ists halt nichts Schönes. Ich glaube nicht, daß ich schon so weit war, mit Marnie über unseren alten Slogan von den zwei Schattenseiten zu lachen, bestimmt nicht, nein, und auch nicht über unsere Summe des Elends, die immer gleich bleibt. Und ich habe ihnen ausgeredet, mich noch weiter mit Prentice zu belämmern. Prentice war eine fixe Idee. Ich habe das, denk ich, gut streng hingekriegt. Strengt euch nicht an, erzählt mir nichts. Ist schon in Ordnung. Marniechen regte sich weiter auf und machte auch mit *Schock gegen Schock* und ihrer *Stellprobe* weiter, all der Kram, und Ed murrte bloß vor sich hin, er würde sich wohl besser für eine Weile verziehen. Und Marnie würde sich wohl besser auch verziehen, und dann hat er wieder so getan, als müßte er sich räuspern, hätte irgendein Problem mit dem Hals, und husten, und Marnie hat *Nein, wieso denn* und sie müßten mir das doch erklären, alles aufklären, gesagt, na, sie hat ziemlich rumgeschrien, sie war so außer sich, daß das schon wieder schlecht gewesen wäre für jeden Anwalt, den sie zu ihrer Verteidigung genommen hätte, weils eindeutig gegen sie sprach. Mich selber fand ich ziemlich souverän, und beim Protokoll bin ich bis zu meinem total coolen Satz gekommen: Bleibt ruhig, bleibt wo ihr seid. Ich werde selber gehen. Mach uns was zu trinken, Ed. Hoheitsvoll, das war es wirklich. Und dauernd hats mir irgendwie gedämmert oder so was, daß mir das alles am meisten wegen dem Haus leid tat. Für das Haus, um das Haus, ich bekam richtiges Mitleid, zuerst mit dem Zimmer, in dem es sich abgespielt hat, dann wars das ganze ideale Anwesen. Als würde es sich von mir verabschieden, nicht freiwillig, mit Heimweh, gezwungen.

Sue kam mit den Drinks zurück, und Marnie machte *hmm*, um die Stimmung anzuwärmen.

Gimlet oder Driver?

Egal. Das, was nicht du lieber willst.

Mir ists auch egal.

Also losen wir.

Aber Marnie merkte, Sue legte es wieder drauf an, daß sie sich verzettelten. Vielleicht meinte sie es gut. Ihr Priester würde nicht stundenlang spazierengehen, sicher war er schon auf dem Rückweg. Beim kurzen Abstechergedanken an den Priester und die aufgeladene Anbahnung zwischen ihnen empfand diesmal Marnie nichts. Wenn das hier so weiterginge, entzöge das der Route zurück in die Stadt auch noch das letzte Bruchstück von Empfänglichkeit für interessante Schwingungen zwischen einem Mann und einer Frau. Marnie entschied sich für den Wodka Gimlet.

Ed, weißt du, Sue, er ist dir dermaßen ergeben, er ...

Weil Sue in ihrem hohen Kirchenstuhl zu wachsen schien, brach Marnie ab, lachte, nahm den zweiten Schluck: Rückkehr zu den Weibertrivialitäten, auch gut.

Aber eine neue Tönung ist mal wieder dran, lieber Ed. (Am besten ganz unbefangen von ihm reden, wie eh und je. Wie vor dem großen Knall.) Marnie drohte dem Abwesenden mit dem Zeigefinger.

Sue lachte nicht. Sie wischte sich übers Gesicht, als müßte sie einen von den grauen Wedeln aus der Handicap-Zeit vertreiben, und sie saß so schrecklich aufrecht in dem feierlichen schwarzen Stuhl mit dem matten Schimmern der obskuren Elfenbeinphantasiewesen, symmetrisch zueinander angeordnete Pferde mit riesigen Flügeln, Raubkatzenkörper, auf denen Engelsköpfe saßen; irgendwo in der Mitte, aber Sue saß davor, mußte auch ein nackter Mann sein, Hinteransicht, und Marnie konnte bis heute nicht begreifen, was diese surrealen Figuren und die an Beardsley erinnernden Embleme auf einem Kirchenstuhl zu suchen hatten.

Sue, hör zu, fing Marnie an.

So reden sie immer in amerikanischen Filmen, Leute, die was zu erklären haben, immer mit diesem *Hör zu*, sagte Sue, worauf Marnie, ermutigt, mit ihr lächelte, wahrhaftig, Sue hatte als erste gelächelt, es war ihr altes schwesterliches Gesichterschneiden, wie es seit ihrer Kindheit für ein Einverständnis gegen die Erwachsenen gebraucht wurde.

Sie übersetzen es wörtlich. Bei uns sagt man eher: Hör mir mal zu oder gut zu oder so was. Marnie nahm einen neuen Anlauf: Sue, das alles kam so. Mir fiel neulich plötzlich Jasmins Mann ein, du kennst ihn auch, diesen Großen, er heißt Clemens, aber Jasmin nennt ihn bloß Clemm, und unwillkürlich stellt man sich *Clemm* mit einem *k* vorne vor, und dann klingts nicht sehr anziehend...

Und was ist mit diesem Clemm?

Stimmt, ich sollte nicht abschweifen. Und ich tus nicht aus Verlegenheit oder sonst was in der Art... ich tus...

Aus schlechtem Gewissen, stellte Sue freundlich, beinahe belustigt fest. Nach der Art: Na, wie gehts wohl weiter, *kleine Schwester*, armes Kind? Ich werd dich da schon wieder rausholen, was bleibt mir anderes übrig, aber zuerst zapple du mal eine Zeitlang in deinem Netz.

Keine Spur, Sue, wirklich, ich hab kein schlechtes Gewissen. Und ich bin drauf und dran dir zu erklären, warum nicht.

Na schön.

Sue war ganz *große Schwester*, und Marnie half es, infolgedessen die *kleine Schwester* zu sein. Frisch erwischt bei einem pubertären Flirtversuch mit einem GI, stumm bei der Hand genommen und weggezerrt. Sorry. She is still a child, you know. Aber die Beute, zwei Doughnuts und Wrigley's Spearmint-Kaugummis genossen sie im Gartenversteck gemeinsam.

Als dieser Clemm mir einfiel, wars aus keinem andern Grund als dem: Ich grübelte mal wieder über deiner möglichst sofortigen Rettung. Der Befreiung vom Handicap, du weißt schon.

Lieb von dir. Armes. Sue sagte das ohne einen Luftzug von Ironie. Marnie drehte sich den zweiten – den dritten? Joint (wenns mir gut geht, will ichs erst recht, nämlich steigern), inhalierte mit Andacht – morgen ists mir schlecht – und fühlte sich allem gewachsen.

Ich war nie dafür, daß du dich so intensiv mit meinem Problem abquälst, sagte Sue.

Marnie hielt eine Zwischenbilanz für angebracht, eine Zäsur im Rechenschaftsbericht für etwas Übergeordnetes, das wie bei einem Aufmacher in der Tageszeitung das Wesentliche aus der verfahrenen Lage herausfilterte, indem es sämtliche durcheinanderlaufenden Einzelereignisse zusammenfaßte. Sie sagte: Die Schlagzeile des Tages ist doch: Das Aus fürs Handicap.

Ich bin mir nicht so sicher, sagte Sue, sie setzte die Brille wieder auf, und Marnie, die vorhin noch Sues Augen wie eine Indiskretion, die Enthüllung einer besser verborgen gehaltenen Intimität schockiert hatten, empfand die Brille jetzt als Rückschlag.

Aber dann sagte Sue, sie solle nicht so viel Gras rauchen, und alles war wieder in Ordnung.

Wie ist das, wenn man plötzlich alles wieder erkennen kann? Ist es nicht wie eine Erlösung? Alles klar zu sehen?

Es ist nicht so klar. Sue lachte knapp. Außerdem, denk an die zwei Schattenseiten. Es hat alles seine *zwei* Schattenseiten.

Marnie tat so, als hätte sie die Botschaft, wenn es eine war, nicht empfangen. Die Anspielung auf gestern. Aus diesem Grund ergänzte sie mit der gefühlvollen Heiterkeit, die man beim Erinnern an einen alten gemeinsamen Pakt an den Tag legt: Oh ja, und dann die Sache mit der Summe des Elends. Die gleich bleibt.

Und genau so ists mal wieder. Scheint doch so, oder?

Sue dachte sicher an die zwei runtergerutschten Hinterköpfe, ans Sofa von hinten, weswegen Marnie einen Schwenk machte: Ich weiß nicht, diesmal ... also ich weiß nicht, obs diesmal paßt. Hatten wir nicht auch den Leitspruch *Hauptsache gesund!*, Sue, wenn uns Frigga-Erdmuthe in Kleider zwingen wollte, die wir nicht ausstehen konnten, oder wenn sie sagte: Kommt mir allmählich verdächtig vor, das mit dem Whiskey, und sie wollte den Flüssigkeitspegel mit Tesafilm markieren, aber sie hats vergessen ...

Wieder war Sues Lächeln kurz und nicht mehr wert als ein vom Bankkonto sparsam abgehobener Betrag.

Mach weiter mit diesem Mann von deiner Jasmin oder Nicole.

Jasmin.

Mit diesem Clemm. Sues Ton war ironisch.

Gut, also, Clemm arbeitet als Arzt seit ein paar Jahren bei Ciba Geigy in der Forschungsabteilung, in einer

Zweigniederlassung hier, glaub ich wenigstens, oder diese Forschergruppe ist nur hier angesiedelt... er ist Vollmediziner, früher hat er auch praktiziert, so viel ich weiß als Internist, jetzt erforscht er irgendwas bei Würmern...

Spielt keine Rolle, entschied Sue.

Wirklich, das tuts nicht. Marnie machte die Erfahrung eines Menschen, der einen Prestigeverlust hinnehmen muß und der, in Fügsamkeit ungeübt, mit verwundetem Selbstbewußtsein zu lernen versucht, wie man das hinkriegt: Untergebenheit. Sue war die Tonangebende, und dieser Vorrang stand ihr weiß der Himmel zu. Andererseits – von Clemm habe sie die wichtigsten Methoden gegen Schocks gelernt – wechselte Sue nun noch einmal zu ihrem gewappneten, enttäuschten und etwas ermüdeten *Ach so* über, es erinnerte ganz hundsmiserabel an gestern. *Ach so*. Wie von jemand Vernünftigem, der auf den ersten Blick begreift, daß er nichts Gutes zu erwarten hat.

Clemm konnte ich von jeher zu jedem medizinischen Phänomen befragen. Aus dem Stegreif, und er wußte immer alles. Hat alles parat. Ein Superhirn.

Alle Gehirne sind gleich groß.

Aber die Formate müssen mal dichter besiedelt, mal ziemlich leer sein. Stimmts?

Na klar. Sue seufzte.

Er also, Clemm, er wollte zuerst bei Adam und Eva anfangen, Nulldurchblutung, Mangeldurchblutung...

So ziemlich Adam und Eva ists auch bei dir, Marnie. Was ist mit deinem Priester? Ihr habt doch was verabredet für die Rückfahrt.

Oh ja, ich dachte, es geht so eine Stunde ungefähr...

Aber die ist gleich rum. Du kannst ihn reinbitten.

Ja aber dann, er würde stören. Er würde dir von seinen frommen Weekends erzählen.

Sue kehrte vom Fenster neben der Haustür zurück und

berichtete, der Priester defiliere bald vor, bald hinter seinem Rover. Marnie war etwas torkelig, als sie hinauslief. Sie hielt sich die Hände fächerförmig vor ihre Gesichtshälften, weil ihr Kopf glühte, und daß der Priester sie mit einem roten Gesicht nicht zu sehen bekommen sollte, hatte überhaupt nichts mit der Anbahnung pikanter Gefühlsfrequenzen zu tun, es hing mit der ganz normalen, angeborenen Eitelkeit zusammen, diente dem Schutz ihrer Identität. Es änderte auch nichts, daß sich ihr Priester seine Alleestimmung nicht abgewandert hatte, was ihr sein Pilotenblick zu verstehen gab, mit dem er den Jet Marnie entschlossen prüfte: Diese Maschine war bestens gewartet, und schon wars ein Wir-starten-Blick.

Ich muß noch bleiben, wir sind noch mittendrin. Fahr allein los.

Aber Marnie konnte ihn erst, als sie Margo erwähnte, rumkriegen.

Margo wird warten. Wahrscheinlich hat sie schon mit den Vorbereitungen fürs Abendessen angefangen. (Mit den lächerlichen Spatzenportionen, die er nervös überblickt und allein mit den Augen verschlingen könnte.) Margos Warten schaltete beim Priester den inneren Zensor ein. Beim Zurückspringen ins Haus empfand Marnie es doch als überaus angenehm, den vieldeutigen Gesichtsausdruck des Priesters im Geheimtresor ihrer Gehirnkammer für Highlights und Akzente der Zukunft mitzunehmen. (Das Leben geht weiter, nicht Hauptsache gesund, sondern Hauptsache verknallt.)

Ich werde den Bus nehmen, irgendwann. Marnie verschnaufte im Kinosessel.

Ed wird dich fahren. Sue klang nicht anzüglich.

Warum setzt du dich nicht bequemer?

Ich sitze gut hier. Ed kommt heute wahrscheinlich ziemlich spät. Ich soll mit dem Essen nicht warten.

Hört sich an, als ob alles normal liefe, wollte Marnie

sagen, aber dann hielt sie den Zeitpunkt für verfrüht. Gibts noch einen Drink?

Wenn du meinst? Denk an die Rückfahrt.

Meinte Sue: an die Rückfahrt mit Ed? Oder an die mit dem Bus? Oder war sie einfach die an ihre Aufsichtspflicht gewöhnte große Schwester?

Ich schaffs. Aber mach dir keine Mühe, der Wodka könnte diesmal auch pur sein. Ich hol mir selbst was, nur ein paar Zentimeter. Zurück mit dem Glas sagte sie: Also Clemm wußte alles mögliche über Schock. Mangeldurchblutung, Nulldingsdabumsda, und wenn die sistieren und nicht nach Minuten reversibel sind... und ich sagte, so viel wissen wir, und meine Schwester kriegt dieses Medikament zur Durchblutungsverbesserung...

Ja Marnie, was denn noch? Sue kam aus dem Tiefkühlfach, sie war einer von den Eiswürfeln, die sie vorhin aus dem Behälter ins Becken hatte kullern lassen. Ihre Stimme unaufgetaut, ach, die geschmolzene Sue von vorhin: wieder ganz und gar gefrostet.

Clemm kam dann von selbst auf die Psycho-Komponente bei Schock, Trauma, also dorthin, wo ich ihn haben wollte.

Das Kind ist auf den Kopf gefallen. Sues Ton war weich, aber sie artikulierte sehr akzentuiert, überdeutlich, und für ihre Verhältnisse redete sie ungewöhnlich laut. Die böse Fee schmeißt das Kind in böser Absicht wieder hin.

Woher hast du das, Sue?

Wenn ichs nicht geträumt habe, ist es ein Märchen.

Marnie vergaß für diesen Moment die Peinlichkeit (ich bin in einer bekloppten Zwickmühle) und rief: Aber so ungefähr triffts das, was Clemm mir gesagt hat! Wie gings dem Kind nach dem zweiten Sturz? Was hat die böse Fee mit dem Hinschmeißen bewirkt? Ich sags dir, sie hats zwar vernichten wollen, aber das Gegenteil erreicht.

Dem Kind gings wieder gut. Hast du bis dahin auch geträumt?

Was macht das schon. Ich weiß nicht mehr.

Sue! Schock und Seele, das ist wahnsinnig interessant. Ein ähnliches Ereignis findet statt wie das, wodurch jemand den Schock kriegte, und die Biochemie des Gehirns kehrt das Ereignis um!

Ja und? Sue, nach einer Marnie rätselhaften Pause, in der sie die vom Pullover gezupften Fusselklümpchen zusammendrückte, sagte mit bei ihr überraschender Schärfe und noch mehr Lautstärke als zuvor: Ich hatte mein Handicap schließlich nicht von einem *bestimmten Anblick*. Es war kein Anblick, durch den ich den Unfall hatte und dann den Schock. Das wäre mir ja eine wunderschöne Befreiung vom Handicap! Was Mieses sehen und ... weißt du, es ist nicht mal logisch. Wenn ich ja noch gar nicht sehen kann, weil ich ja noch unter Schock stehe, angeblich.

Marnie versuchte, das von ihr zusammengequirlte Chaos zu ordnen: Zuerst dachten Ed und ich, mit dem ich Clemms Wissen beredete, mit Ed, wir dachten zuerst, Ed sollte auf der bewußten verfluchten Treppenstufe hocken, wenn du drauf und dran wärst, rauf- oder runterzugehen, und du würdest gegen ihn stoßen und es für eine Wiederholung halten.

Na, tausend Dank. Ed als die böse Fee. Sue lachte beinah amüsiert über die zwei, Ed und Marnie, zwei Volltrottel, aber solche mit den besten Absichten. Zwei Witzfiguren. Habt ihr nicht bedacht, daß für mich Ed immer diese böse Fee geblieben wäre, und noch beim allerschönsten Sonnenuntergang?

Uns kams ja auch zu schauerlich vor. Marnie war etwas gekränkt und gleichzeitig ermutigt. Sue war keine Tiefkühlpackung jetzt, geschmolzenes Eis.

Wärs denn das gewesen? Die Wiederholung?

Aber nein, natürlich nicht, aber Sue, was *denkst* du!

Und warum kams euch dann so schauerlich vor?

Was man dir auch nachher beteuern könnte, du würdest nie vom Zweifel loskommen, hat Ed die Stange gelockert? Hat ers oder hat ers nicht?

Ich ging die Treppe runter und kein Ed saß auf der Stufe.

Er hätte es vorher getan haben können.

Also was nun. Wars dann die Wiederholung, die ihr mir gestern geboten habt? Ich glaube, ich brauche jetzt auch noch Wodka pur. Und du, auch?

Gern, wenn du es verantworten kannst.

Marnie wollte diesen Wodka mehr um Zeit zu gewinnen. Wodka pur kostete allerdings wenig Zeitaufwand, und sie hatte sich noch keine plausible Strategie zurechtgelegt, als Sue ihr nachschenkte. Den Wodka und daß Sue die Brille wieder abgesetzt hatte, nahm Marnie als die Fortsetzung der unterbrochenen Geschwistervertraulichkeit. Fast tat es jedesmal weh, so schön waren sie, Sues Augen. Marnie stammelte etwas von Nixenaugen.

Ab 1/25 gibts dann eine wahrscheinlich noch sehr dicke Brille, so kugelförmige Brillen, die sehen ziemlich scheußlich aus. Sue stand noch, sie setzte sich nicht wieder auf den Kirchenstuhl.

Vielleicht gibts diese dicken Brillen auch getönt, sagte Marnie. Wie gut kannst du eigentlich sehen? Sie war froh: Vom Thema *Wiederholung* abgekommen. Es hatte niemals eine Wiederholung gegeben. Zwischen Ed und ihr lebte – und mit Sicherheit nicht mehr bei Ed – nur die Erinnerung an diese eine überraschende Umarmung, zärtlich und sehr kurz, die sich wie eine Sinnestäuschung in ihre nüchtern-freundschaftliche Beziehung verirrt und keine Spuren hinterlassen hatte.

Sue ging umher, hinkte ein bißchen, Marnie versetzte es einen Ruck, doch sogar das leichte Nachziehen des Beins wirkte gut bei Sue. Ihre Anmut war leicht lädiert wie ein edler Schmuck, der sich durch Gebrauch verschönert, ums Geliebtwerden verschönert, und die Puppe, mit der ein Kind am meisten gespielt und die es am wenigsten geschont hat, ist die abgenutzteste in der Puppenfamilie und zugleich die schönste.

Es ist jetzt so wie beim Katarakt. Die Sehschärfe auf dem einen Auge. Beim Star. Das rechte Auge ist sogar besser. Sue schob sich die Sonnenbrille wieder auf die kurze, wie bei Ingrid Bergman ein wenig nach oben gestülpte Nase.

Ein Katarakt. Klingt gut.

Katarakt ist auch ein flacher Wasserfall. Und Stromschnelle.

Oh! Wasserfall und Stromschnelle! Das klingt noch besser.

Es paßt irgendwie, sagte Sue. Mit einer Handbewegung beschrieb sie einen Halbkreis in Gesichtshöhe.

Zu dir, ja, es paßt.

Ich meinte, ein Wasserfall ... da gehts von oben nach unten. In der Stromschnelle auch, immer abwärts.

Marnie machte *hm hm* und *kann sein* und fühlte sich elend. Ihr fiel nichts anderes ein, deshalb sagte sie: Jetzt kannst du das *Glauben Sie eigentlich an Gott-Spiel* machen. Und die Physiognomien beobachten.

Ich glaub nicht, daß ich das mache.

Was ist mit deinem Doktor Benrath?

Was soll sein? Es ist nichts. Alles wie immer. Sue lachte kurz und freundschaftlich boshaft: Wir hatten nie eine Wiederholung.

Sue, was das betrifft, Ed und ich auch nicht. Aber wir dachten folgendermaßen ...

Es rührt mich, wie viel ihr hin und her gedacht habt. Sue lachte, sie hörte sich nicht bitter an. Aber bestimmt würde sie bald die klassische Betrogene-Ehefrau-Frage stellen. Sie mußte sie einfach stellen, es konnte nicht sein, daß sie diesen Evergreen vergaß, sie mußte unbedingt *Wie* lang geht das schon fragen. Wovor Marnie sich nicht fürchtete: Ich sage dauernd die Wahrheit, das Problem ist nur meine Glaubwürdigkeit, und erlogen, als einziges erstunken und erlogen, ist, daß es eine Stellprobe war. Es war ein fremdartiger Irrgast, wie damals die schnelle Zärtlichkeit, der bunte fremde Vogel plötzlich zwischen den einheimischen Spatzen und Meisen, dessen Orientierungsradar ausgefallen ist... Marnie dachte: Und wenn es bloß wenigstens so verzaubernd wie diese frühere kleine Umarmung gewesen wäre. Wenn es bloß nicht gar nichts gewesen wäre.

Sue, wirklich, wir haben uns das Hirn zermartert. Und weil dir mulmig war wegen Prentice und daß sie rumspukte und außerdem offiziell kommen wollte, fand ich, ich sollte mal mit Ed drüber reden, da fing es an, und jetzt haben wir den Schlamassel. Es sollte Prentice sein, mit Ed, ein Prentice-Schock...

Aber da gabs nie etwas Ähnliches, erstens, sagte Sue sehr ruhig, und langsamer: Und da saß keine Prentice auf dem Sofa.

Nehmen wir mal an, ich wars...

Ach Marnie. Komm, hör auf. Und wars nicht eine Probe, oder wie hast du mir zugerufen: Es ist gestellt, Sue!

Wars auch. Marnie ärgerte sich über ihr *wars auch*, es war kindisch, trotzig, pampig, alles mögliche, bloß nicht überzeugend. Und wenn das wirklich so eine üble In-flagranti-Geschichte gewesen wäre, Gott würde mir vergeben, weil das sein Beruf ist.

Auf die Karte hast du schon als kleines Kind gesetzt. Und damals hatte immer ich diesen Beruf.

Es ist von Heinrich Heine. Mir gefällts.

Mir auch. Sue sah verträumt aus, auch überrascht, plötzlich schien sie mit den Gedanken anderswo zu sein.

Was ist los mit dir, fragte Marnie. Woran denkst du?

Sues kurzes Lachen löste die Spannung, sie erzählte ganz vergnügt, Heinrich Heine habe eine Assoziationskette bei ihr ausgelöst. Hin zur Heinrich-Heine-Straße. In der Nummer 36 bewohnte Doktor Benrath das Parterre einer skurrilen Jugendstil-Villa.

Die Villa steht unter Denkmalschutz.

Warst du je da?

Nicht, wenn er allein war.

Du stehst auch unter Denkmalschutz, Sue. Du kennst mich, ich meine, mit Männern, ich bin nicht weiter zimperlich, aber verdammt wählerisch, das bin ich sehr wohl. Nur, so wie es bei dir ist... Doch vor allem wollte ich sagen: Du kennst deinen Ed.

Nicht so gut, wie ich dachte.

Oh doch, genau so gut, wie du dachtest. Es ist gestern absolut dein Ed gewesen, der, den du kennst. Ich schwörs dir.

Nicht hundertprozentig, diagnostizierte Sue, und Marnie dachte, sie hat recht, aber neunzigprozentig immerhin. Und deshalb war es nicht der Ed aus dieser Epiphanie.

Du weißt ja, was Eds Schwester immer abschließend über irgendeinen Mann sagt, von dem es nichts Gutes zu berichten gibt: Sie senkt das Fallbeil über sein Haupt und sagt, mit einer Stimme, aus der man jede Hoffnung abgesaugt hat: Na ja, schließlich ist er auch nur ein Mann.

Die beiden Schwestern lachten. Sue freute sich über den bevorstehenden Verlust ihrer Schwägerin – sie müßte einen Posten in ihrem Ich-tue-meine-Pflicht-und-Schuldigkeits-Programm durchstreichen und auf ihre regelmäßigen Mitleids-Telephonate verzichten – und Marnie freute sich mit ihr.

Ed hatte eine Auswahl von Fischsalaten und Sues Lieblingslobster in der cremigen Sauce aus der Stadt mitgebracht – sie hatte *geschmeckt*, daß sie rosa waren, genau dieses Rosa hatte sie geschmeckt! – und Sue dabei unterstützt, Marnie das Taxi auszureden: Bleib zum Essen, ja tu das, Ed kauft immer zu viel, und wir haben noch die Party-Brötchen und für hinterher Apfelkuchen und Vanilleeis, so wechselten sie sich ab und überzeugten Marnie, aber Sue hörte eine gekünstelte Forschheit, mit der er seine Vorsicht übersprang, bei Ed heraus: Ist doch überhaupt kein Thema: Klar fahr ich dich zurück. Und nicht irgendein Taxifahrer.

Es gibt auch nette. Vielleicht kriegt sie den, der mich gestern bei Arnie Meyers Talentschuppen absetzen wollte.

Die beiden wollten wissen, wovon Sue redete, aber sie gab nur die kleine Spazierfahrt zu. Von der ich gestern nachmittag zurückkam. Der heute abend betont gewissenhaft besorgte und höfliche Ed sagte schnell, das sei eine ausgezeichnete Entscheidung gewesen. Endlich mal wieder ein paar Anblicke genießen, stimmts, Sue?

Normalerweise hätte er Kleines oder Liebes gesagt und vorhin nicht, daß etwas *kein Thema* war: Er haßte die modischen Sprechgewohnheiten. Übermäßig eifrig wehrte er jegliche Hilfe in der Küche ab, verzog sich mit seinem Tom Collins dorthin, offensichtlich darüber erleichtert, daß die zwei Schwestern bekannten, sie wären schon reichlich beschickert, aber durch ihre Fesselung an ihren problematischen Gesprächsgegenstand waren sie es eigentlich kaum, nur ein bißchen entspannter, als wenn sie beim

Kaffee geblieben wären. Es gäbe wirklich Grund zum Feiern, rief Ed aus der Küchentür ins Haus. Marnie hatte ihn mit den Worten *Sue hat jetzt nicht mehr weniger Sehschärfe als eine schnelle Stromschnelle. Als ein flacher Wasserfall* begrüßt. Dann erklärt, was ihre seltsame Poesie bedeutete. Und Ed kaute auf seinen Backen herum. Gratuliere! Und wann hättest du dein Geheimnis preisgegeben? Fast komisch zu beobachten, wie schnell ihm wieder das seiner Lage angemessene Benehmen einfiel. Sue erriet die Sätze unter seinem skandinavischen Schädel mit den rasierten hellblonden Stoppeln, von hinten erinnerte er an ein Seeigel-Monstrum: Knurrigkeit kannst du dir nicht leisten. Demut, alter Knabe, Glacéhandschuhe, aber nicht zu auffällig, tu am besten beiläufig und vor allem: Sei nett.

Auf seine Frage antwortete Sue nicht, und sie wußte auch keine Antwort. Bis jetzt immer noch nicht verstand sie ihr Verschweigen. Das Handicap, es ist kaum noch der Rede wert! So etwas hätte jeder andere in die Welt der Freunde und Bekannten hinausposaunt, zuallererst die Familienmitglieder informiert, und jede natürlich handelnde Ehefrau hätte ihren Mann in seinem Büro angerufen, wenn es sein mußte, wäre sie mitten in die brisanteste Konferenz mit einer Neuigkeit wie dieser geplatzt.

Nach dem Essen bestand Ed darauf, Abwasch und Ordnung in der Küche allein zu erledigen. Zu den Fischsalaten hatten sie einen neuseeländischen Weißwein ausprobiert und sich alle besser zu fühlen angefangen. Ed wagte sich sogar, den Lotsen Marnie im Blick (ein wahrlich nicht verliebter Blick, neutral und aus Stahl, stellte Sue fest), durch die risikoreiche Fahrrinne zwischen den Klippen Gestern und Heute: Ist das Mißverständnis vom Tisch?

Marnie sah etwas ratlos mit einer Kleine-Schwester-Grimasse auf ihre Schwester, und Sue antwortete, ehe diesem Ungeheuerchen und Schützling eine Auskunft einfiel: Laß nur. Ich hatte sowieso kein Bedürfnis nach einer

Auseinandersetzung. Das war Marnies Idee, und sie hats gut gemeint.

Na umso besser, sagte Ed flau. Er schien nicht viel von diesem Unentschieden zu halten. Marnie hatte kein Tor geschossen. Er selbst würde es gar nicht erst versuchen. Er räumte den Tisch ab und fragte mit farbloser Aufmunterungsverkrampftheit: Warum geht ihr beide nicht ein bißchen nach draußen und entspannt euch? In unsere Verwahrlosungs-Plantage? Die zweite Frage machte ihn wieder auf die alte Ed-Art munter. Während ich für den Espresso und alles andere sorge.

Er hat nicht immer schlechte Einfälle, sagte Marnie.

Als die zwei Schwestern sich mit ihren Zigarettenpakkungen (keine Joints mehr bei Marnie) auf den Weg zur Terrasse an der Südseite machten, rief Ed ihnen nach: Übrigens, Sue, du hast heut vergessen, die Post reinzuholen.

Hab ich nicht. Post und Zeitungen sind da.

Dann muß das nachträglich eingeworfen worden sein. Obwohl, der Brief ist frankiert. Liegt auf der Kommode, ist für dich, dein Freund Benrath hat dir geschrieben. Laß dir mal seine Klaue zeigen, Marnie. Mich erinnert seine Schrift immer an dünne Maden, die in ein Tintenfaß gefallen sind.

Aha, an kleine Spötteleien traute er sich schon heran, aber zu Benraths Spitznamen von Doktor Schwabbel bis Mondgesicht hatte er sich doch noch nicht durchnormalisiert, stellte Sue gleichsam nebenher fest, denn der Ruck in ihrer Herzpartie beanspruchte sie mehr, es vibrierte da oben wie manchmal beim Einschlafen, höchst verwunderliche Symptome. Ihr Kopf, hatte der sich denn immer noch nicht endgültig von der Verliebtheit verabschiedet (wenn es überhaupt eine richtige Verliebtheit gewesen war, es war doch hauptsächlich die Genugtuung über *seine* Verliebtheit, falls es sich bei der nicht auch mehr um ihre Vermutung handelte), und war sie denn bloß halbherzig entschlossen gewesen, sich an die melierte Wolle zu halten, die Fäden Freundschaft mit den Fäden Erotik verschlungen? Gleichviel, sie gratulierte sich. Der erste Anlaß für Freude, Vorfreude. Obwohl Benraths Briefe (wenn er dienstlich ins Ausland reiste, schrieb er ihr, und sie mußte die Couverts mit den frankierten Briefmarken für ihn aufheben) waren unpersönliche Referate, Sue dachte jedesmal, er berichtet gleichsam sich selber von dem, was *ihn* interessiert. Nur die *allerherzlichsten Grüße* nahmen einen Anlauf und altmodische Komplimente setzten über die fade Getreulichkeit weg: Der Freund *verneigte* sich, legte ihr seine *Ergebenheit zu Füßen*, war ihr *Diener*, und das *in Demut*, sogar – welch ein Luftsprung über die Hürde Schüchternheit hinweg! – *voll Bewunderung*. Kurzum: Sue hatte nichts von dieser Post zu erwarten, das sie dazu zwänge, sie heimlich zu lesen, aber sie würde sie heimlich lesen und mit diesem Vibrieren, und sie freute sich darauf. Wie sie Benrath kannte, würde seine trockene Briefprosa nicht einmal aus ihrem gestrigen seltsamen Besuch etwas Spannendes machen, aber für sie wäre es, so oder so, Suspense.

Ihm hast dus erzählt? fragte Marnie.

Was erzählt? Sue setzte sich neben sie auf die Gartenbank. Samenflocken taumelten durch die Sommerabendluft, und der Himmel hing so tief wie bei einer heruntergerutschten Bühnendekoration im Puppentheater, aber Sue konnte nicht beurteilen, ob das vielleicht nur *ihr* Himmel war. Möglich, daß es an ihren Augen lag. Der Himmel erinnerte sie an ein Baumwollfeld, vom Hubschrauber aus betrachtet.

Vom Katarakt. Daß du beinah wieder okay bist. Von der Stromschnelle. Marnie überlegte. Was war nochmal das andere, das Poetische, für Katarakt?

Flacher Wasserfall.

Wie ein Indianername. Ihm hast dus erzählt?

Nein.

Aber wenn er dir schreibt? Er würde dir doch keinen Brief schicken, wenn du nichts damit anfangen kannst.

Keine Ahnung.

Marnie kicherte. Seine Briefe liest Ed dir doch hoffentlich nicht vor, oder?

Wieso: hoffentlich?

Na, weil ichs für dich hoffe.

Ed *könnte* sie lesen.

Arme Sue!

Arme Marnie! Ich werde Eds Lupe brauchen für Doktor Benraths Maden-Gewimmel. Marnie, du bist wieder obenauf, stimmts?

Ich hab eine Menge getrunken.

Du mußt dich nicht verteidigen. Ed ist nicht mehr ganz derselbe.

Ach, ich finde ihn so wie immer. Er ist doch oft ein bißchen hölzern. Dagegen heute abend, ich finde ihn beinah aufgekratzt. So irgendwie in Schwung.

Das ist es ja gerade.

Sue, wenn er nicht ganz der Ed ist, den du kennst, dann ...

Den kenne ich auch nicht ganz.

Wie bitte?

Den, den ich kenne. Sue dachte: Ich war immer zu sehr mit meinem Spiel beschäftigt, Lieblingswetter-Spiel, all die andern Rituale, das Handicap hat mich so über die Maßen beschäftigt, daß ich vergessen habe, wie Ed und ich vorher miteinander gelebt haben. Marnie, die mit weit von sich gestreckten Beinen in ihren Blue Jeans auf der Gartenbank mehr lag als saß, sagte irgendwas von abgewendetem Besuch und Prentice, und Sue ließ sich von ihren Gedanken in ein fiktives Telephonat wegziehen; Prentice fragte gerade: Aber warum willst du von Ed weg?

Warum läßt du nicht Marnie sausen? Du willst für eine Weile Distanz, okay. Aber warum von Ed und nicht von Marnie? Und Sue würde antworten: Marnie kenne ich schon so lang. Ed ist erst seit neunzehn Jahren da. Ed ist bloß mein Mann, aber Marnie ist meine Schwester. Ich kenne sie seit etwas mehr als vierzig Jahren. Dann mußte sie lachen.

Worüber lachst du? Ich dachte nur, jetzt, ohne Handicap, könntest du jede und jeden wieder zu Besuch kommen lassen. Ich meine, du wärst jedem Menschen gewachsen. Nichts geschähe, was du nicht siehst. Was es ja sowieso nicht tut.

Herzlich willkommen im Nirgendsheim! Sue lachte. Einverstanden. Und während ich die reizende Gastgeberin bin, bin ich in Wahrheit dort, wo niemand je war und niemand je hinkommt, dachte sie und hätte es eigentlich Marnie gern gesagt, aber sie war Sue und nicht Marnie, und deshalb genierte sie sich ein bißchen.

Marnie rückte sich höher und saß wieder. Mir tut der Hintern weh. Wie wärs mit etwas Laufen? Warst du schon bei den Kopfweiden? Sue, die Gewissenhafte! rief sie, als die einwandte, Eds Espresso wäre irgendwann fertig, und er würde nach ihnen suchen müssen.

Sie liefen im Garten umher. Marnie stand wie Sue auf der Seite der unausgerupften Wildkräuter.

Zwei Liebhaberinnen der Wildnis. Sue, du bist beim flachen Wasserfall mit dem Handicap, du hast die Stromschnelle erreicht! Du wirst sehen, alles wird wieder.

Die Summe des Elends bleibt gleich, oder? Stimmt doch mal wieder, Marnie, gibs zu.

Bloß, wenn du mir nicht glaubst, bloß dann bleibt die Summe des Elends gleich. Wenn du nicht ans Mißverständnis glaubst.

An ein Mißverständnis glaube ich ja. Vielleicht an meins. Es bleibt bei den zwei Schattenseiten, die alles hat.

Und dabei, daß du solche Sachen zu ernst nimmst, ich meine, selbst wenn ich gelogen hätte und zwischen Ed und mir dieser idiotische saublöde Mist was anderes gewesen wäre als eine...

Mach nicht weiter, kleine Schwester.

Marnie bemühte sich um einen Rekordseufzer. Anscheinend ist bei jemand dermaßen Geradlinigem wie dir auf diesem albernen Geknutsche-Gebiet nichts zu wollen. Ich gebs auf. Tut mir so verdammt leid, daß ausgerechnet ich diesmal eine Schattenseite war.

Aber nicht mehr bist.

Sie schlenderten unterm Küchenfenster vorbei und sahen Ed als Schattenriß: Er rieb mit Ausdauer einen Teller trocken.

Der Gute, sagte Marnie. Da gibt er sich Mühe. Für dich, Sue.

Ja. Er tut es nicht zum ersten Mal, Abtrocknen und alles das.

Was hast du eigentlich gestern gemeint mit Weggehen? Nur die Küche?

Sue antwortete nicht, sie bückte sich nach weißblühendem Unkraut und fing an, einen Strauß zu pflücken.

Sue! Als Ed sagte, es wäre wohl gut, wenn er sich verzöge oder so ähnlich, und von mir wollte er es auch. Marnie stand neben Sue. Was hast du da gemeint? Mit: Er könnte ruhig bleiben, aber du...

Ich werde für eine Weile weggehen, habe ich gemeint, sagte Sue so gelassen, als hätte sie gesagt: In diesem Sommer haben wir bis jetzt keine Blattläuse. Sie steckte jetzt blaue trichterförmige Blüten zwischen die weißen. Ließ Marnie sich aufregen, beunruhigen, ließ sie protestieren und alles als übergeschnappt abfertigen. Sue stand ihr schließlich bei, die arme Marnie war atemlos und der Rest ihrer Rebellion aufgezehrt: Warum sollte ich nicht wie alle Leute eine Zeitlang da- und dorthin reisen?

Aber es geht um deine Hintergedanken dabei! Um dein Motiv!

Als hätte sie Marnie gar nicht gehört, fuhr Sue mit der schicksalsergebenen Heiterkeit ihrer Stimme fort: Ich will ja nicht unsere Mama I. imitieren. Ich machs ohne Liebhaber und ohne Perücke.

Auf deine Weise wärst du so verrückt wie sie. Marnie probierte einen Schwenk ins Komische: Und Verrücktheiten liegen dir nun mal nicht. Fürs Verrückte hast du immer mich gehabt. Ich bin kompetent drin.

Ungerührt vervollständigte Sue ihren Strauß mit dem Eidottergelb der Butterblumen – oder ihrer wilden Abart: Sue konnte es wirklich jetzt wichtig finden, ob das Butterblumen waren oder eine andere Pflanze. Diese hier für den Strauß waren etwas kleiner, und sie wollte unter Marnies Kinn prüfen, ob sie auf der Haut ihren matten Glanz gelb widerspiegelten: Mal sehen, ob du gern Butter ißt.

Sue, entschuldige, du spinnst. Marnie hielt aber ihr Kinn für das Kinderspiel hin. Ich esse sowieso Diät-Margarine.

Es sind Butterblumen: Denn du hast ein Butterkinn, sagte Sue. Hör zu, Marniechen ...

Synchronisierter amerikanischer Film, *listen* als *hör zu.* Na schön, was gibts?

Sie arbeiteten sich durch Gestrüpp ins Waldstück vor, in dessen hinterstem Winkel zwischen Buchen, Akazien und Ahorn ein Versandhaus-Tempelchen noch nicht von der Verwilderung angesteckt war, nur müßte dort bald radikal gerodet werden, das Unterholz stand hoch, und man mußte aufpassen, nicht an den Dornen im Brombeerdikkicht hängenzubleiben. Die Brombeeren säten sich überall hin aus. Auch hohe Disteln, diese hier im Waldstück waren nicht rötlich, sondern ganz normale einheimisch gewohnte Exemplare. Im kleinen Tempel, in den man über eine winzige Veranda eintrat, setzten sie sich auf die oberste Treppenstufe.

Findet Ed uns hier?

Wenn er schlau ist, bringt er den Espresso hierhin.

Genaugenommen war der Gartentempel kein Tempel, er war eine Hütte. Aber er hieß nun einmal Tempel, so wie die Diele nicht Diele sondern Lounge hieß. Darüber wechselten sie ein paar Sätze, und sie kamen für Marnie zur rechten Zeit: Sie erinnerte Sue an ihre Liebe zu allen diesen Täuflingen und daran, wie sehr präzise sie doch in ihrem Ideal gelandet sei. Und das sind deine eigenen Worte, sie waren es von eurem Einzug an.

Um Marnie nicht zu belasten, verschwieg Sue ihre Empfindung vom Abstand zu den vielen wundervollen Einzelheiten des Ideals. Die überraschten und gestörten Zimmer ihres ersten Rundgangs kamen ihr in den Sinn. Nur auf dem wasserlosen Meeresgrund im Badezimmer hatte nichts abweisend Fremdes gestört. Vielleicht aber nur, weil sie dort so stark von ihrem aus verschiedenen Perspektiven begutachteten Konterfei in Beschlag genommen wurde.

Nach Kentucky könnte ich.

Kentucky? Was willst du in Kentucky?

Ich könnte zu Florrie.

Eds erste Frau, die amerikanische, auch sie hatte wieder geheiratet, einen Kinderpsychologen, durch den Florrie nach einem verdächtig kurzen Studium ebenfalls als Kinderpsychologin praktizierte.

Marnie rief: Du mußt wirklich meschugge sein. Zu Prentice' Mutter? Sue!

Wir verstehen uns ganz gut, wir schreiben uns manchmal, und ich hab mich ja auch immer mit Prentice gut verstanden. Bis meine Gespenster aufgetaucht sind.

Sue, das alles paßt nicht zu dir. Marnie klang zwar besorgt, aber auch eine Spur eifersüchtig. Oder so, als wäre sie gern diejenige, die nach Kentucky oder sonstwohin abreiste, schon morgen mit dem ersten transatlantischen Flug.

Oder in die Schweiz, sagte Sue.

Wohin denn: in die Schweiz? *In die Schweiz, in die Schweiz, in die Schweiz!* Du nimmst mich auf den Arm.

Das wäre nicht fair. In die Schweiz einfach.

Aha, du gehst an den Fahrkartenschalter und verlangst ein Ticket in die Schweiz. Wirklich, ganz einfach.

Sue wußte es nicht genauer. In Romanen gehen Leute wie ich erstmal in die Schweiz.

Du stilisierst dich zur Tragödienfigur. Du machst in Heroine.

Der Krautblumenstrauß lag zwischen den Schwestern. Sue nahm ihn von da weg und legte ihn auf die andere Seite. Marnie dächte vielleicht, weil sie angefangen hatte, an ihm herumzuzupfen. Sue wünschte, sie hielte es für eine Metapher. Sie hatte den Strauß gedankenlos auf einen andern Platz gelegt, aber nachträglich sah sie in der Minimialgeste die Symbolik. Nichts trennt uns. Bei der Erinnerung an ihr erfundenes Telephonat mit Prentice mußte sie lächeln. Was für ein absonderliches Argument ihr da als erstes eingefallen war: Ich kenne sie so lang und Ed erst neunzehn Jahre und er ist bloß mein Mann, Marnie aber meine Schwester. Sie hätte auch, noch absurder, als Motiv in der Alternative Wem-von-den-beiden-halte-ich-die-Stange und Durch-wen-bin-ich-schwerer-gekränkt-worden nennen können: Marnie habe ich sowieso schon immer wieder und wieder irgendwas vergeben müssen, Ed nie.

Marnie war gerade bei ... *hier hats dir am besten gefallen, und jetzt endlich brauchst du nicht mehr aus dem Gedächtnis zu leben und diese Portraits zu sprechen, du kannst dir alles zurückerobern, es sehen ...*

Vielleicht hab ich mirs doch dauernd schöner vorgestellt, in meinen Handicap-Phantasien. Damit löste Sue aus, daß Oliver Sacks' operierter Blinder wieder auftauchte. Sie stellte Marnie dessen aufsehenerregenden Fall dar. Aber keine Angst, ich möchte um keinen Preis, daß mein Gehirn in bester Absicht sich so an die Arbeit macht wie seins. Alles in allem kommt man sich doch doof vor. Und betrogen, ich meine, mit einem Handicap. Sue lachte, um die Anspielung aufs Betrogensein abzuschwächen. Um sie ganz zu tilgen, fügte sie hinzu: Betrogen um so was Schönes wie diese Blüten. Sie hielt sich den Strauß dicht unter ihre Stromschnellen-Augen. Und trotzdem, ich hab mir in der Zwischenzeit alles schöner vorgestellt. Du hast mir gesagt, daß ich am Haaransatz eine Nachtönung brauche, du hast mir nicht gesagt, daß ich weiße Haare kriege. Gleich weiße, nicht mal graue.

Das darfst du nicht schwernehmen, Sue. Kennst du meine Halb-und-halb-Freundin Berthild Kaup? Egal, aber sie ist jünger als du und ich und schon weißgrau. Ihr stehts sogar, obwohl ich, also ich würde es färben. Andererseits, mit einem jungen Gesicht...

Sue strich sich über die weiße Stelle oben auf dem Kopf. »Der Reif hat einen weißen Schein mir übers Haar gestreuet...« »Da glaubt ich schon ein Greis zu sein und hab mich sehr gefreuet«: Marnie stimmte ein, und sie sangen die ganze Strophe bis »...wie weit noch bis zur Bahre...«, und nach ihrem Duo mußten sie lachen.

Lieblingswetter, sagte Sue. Ich trags mit mir rum.

Als sie Ed sich einen Weg durch die Wildnis bahnen sahen, sagte Marnie: Jetzt stört er eigentlich.

Das tut er, sagte Sue.

Sie lachten verschwörerisch und beschlossen, Ed zu bedauern: Der Arme. Kommt da ahnungslos an. Wir sind gemein.

Ed balancierte das Tablett mit der Espresso-Maschine und drei kleinen weißen Tassen und stellte seine Fracht auf einem kleinen rotangestrichenen runden Gartentisch ab. Es war ein altmodischer Tisch aus Eisen, an der Platte fraß der Rost sich durch den roten Anstrich, und er war in keinem besseren Zustand gewesen, als sie ihn von den Vorbesitzern spottbillig übernommen hatten, den Preis, mehr eine Anerkennungsgebühr, hielt Ed immer noch für zu hoch, aber Sue liebte den Tisch auf den ersten Blick. Zwei Tassen paßten zueinander, die dritte war kelchförmig und etwas höher als die beiden gedrungenen, töpfchenartigen. Aber es geht gleich viel rein, hatte Sue gesagt, als sie nach der dritten Tasse griff, nach der, die nicht dazugehörte, während Ed und Marnie noch über dieses Verteilungsproblem verhandelten. (Marnie: Ich bin der Außenseiter. Ed: Ich als der einzige Mann auch. Aber Sue nahm die Tasse mit dem Kommentar: Out-law-Tasse.) Alle schmückte das lustige Firmenzeichen der Triestiner Rösterei Hausbrandt, eine vermenschlichte Kaffeekanne im Profil, rötlich-braun, mit einem großen gierigen Auge und aufgesperrtem Mund, vor dem aus einer weißen Tasse Dampfwölkchen aufstiegen, deren gestrichelte Konturen den Satz *Che piacere un buon caffè* abbildeten.

Soll ichs ihm sagen? fragte Marnie.

Was: sagen? fragte Sue.

Worum gehts denn, Geheimnisse? fragte Ed.

Marnie nannte bloß die Stichworte Kentucky, Schweiz und Sue sagte: Oder ich könnte nach Maine rauf. Das würde mich reizen. Ja, rauf nach Maine. Der Herbst ist dort ganz unglaublich, von den Farben, die du da zu sehen kriegst, kannst du hier bloß träumen.

Sie will ein bißchen verreisen, erklärte Marnie.

Im Herbst? Keine schlechte Idee.

Ich glaub nicht, daß ich bis zum Herbst warte. Höchstens, daß ich im Herbst noch dort wäre.

Ed, sie will eine Zeitlang allein weg. Das Handicap hat sie doch angestrengt...

Sue, ich halte das für keinen guten Einfall. Nein, ich finds nicht gut. Du liebst das alles hier. Ed streckte den rechten Arm aus, um mit einem Bogen Sues Lieblingskulisse anzudeuten, aber weil er die Tasse dabei in der Hand hielt, mußte er seine Bewegung stoppen. Verdammt, schon übergeschwappt.

Ed haßt Fußbäder, erläuterte Sue. Kaffee auf der Untertasse.

Hier kannst du dich am allerbesten erholen. Ed redete wieder in seinem normalen Ton. Keine Anstrengung mehr, eine Scharte auszuwetzen.

Marnie bot Joints an, aber die Speyers blieben, trotz der besonderen Situation und all der Drinks, die sie gehabt hatten, für Joints und ähnlich unkonventionelle Offerten zu vernünftig.

Fire Weed, Devil's Paint Brush, Indian Pipes …

Das ist ein einheimisches Unkraut, Sue. Wenn das ein Strauß sein soll, den du in der Vase haben willst, dann würde ich sagen, er braucht Wasser. Ed stand auf, als wäre es ihm gar nicht so unrecht, wieder für eine Weile zu verschwinden. Ich versorge das Zeug mal.

Ich krieg sie wieder zusammen. Sue erschien das zwar erfreulich, aber auch merkwürdig. Beim ersten Versuch, sich an die Namen von Maines Wildflowers zu erinnern, war sie halbwegs gescheitert. Es glückte anscheinend nur mit dem Innenblick beim Handicap. Aber jetzt kamen sie alle zurück: Lupine, Cardinal Flower, Wild Iris, Buttercup …

Was ist damit? fragte Marnie.

Zu denen könnte ich fahren, rauf nach Maine. Ich hatte sie zuletzt vor dem Unfall im Computer, im Institut.

Sue! Marnie klatschte sich aufs über das linke geschlagene rechte Bein in der abgewetzten verwaschenen Jeans. Das Institut! Du brauchst deinen Job nicht aufzugeben! Schon dran gedacht?

Seltsam, Sue hatte noch nicht daran gedacht. Und Marnies Überschwang, in dem Sue Suggestionsabsicht, etwas Verkrampftes ihr zuliebe witterte, steckte sie nicht an. Seit gestern hatte sich so viel verändert. Auch das Bild von ihr selber dort im Institut am alten Arbeitsplatz.

Marnie rief ihre Neuentdeckung dem zurückkehrenden Ed zu: Sie kann den Job weitermachen, Eddie! Und Sue, ich glaube, es gibt Leute, die sich darüber ärgern.

Die zwei Schwestern lachten, auch Ed wußte, die zweite Mutter war gemeint, und er ermahnte sie guter Laune: Bleibt gerecht. Sie war immer nett zu euch.

Das war sie.

Sie hats gut gemeint.

Das genügt nicht.

Ed und Marnie entschieden sich gegen alles Marginale. Primär bleiben: Sieg nach Punkten oder durch K.o. über das Handicap. Der Herausforderer: geschlagen. Weltmeister Sue.

Mit dem Handicap Nummer zwei, sagte Sue.

Der Katarakt? Stromschnelle und flacher Wasserfall? Das wird schon wieder.

Und als erstes gehts morgen zum Arzt, ordnete Ed an.

Ich habe was anderes gemeint. Weil die beiden schlagartig verlegen wurden – ohne sie anzusehen, konnte Sue es spüren – und ihnen nichts zu sagen einfiel, erlöste sie ihre niemals von ihr durchschaubaren gescheiterten Therapeuten mit den Worten: Aber Nummer eins – ich meine, jeder würde sagen, Nummer eins war schlimmer. Ha, und für Nummer zwei könnte ich mich sogar rächen. Sue lachte, plötzlich war ihr Doktor Benrath eingefallen, sein ungeöffnetes Couvert mit dem gewiß wieder lahmen spröden Brief drin, auf den sie gleichwohl neugierig war, und sie stellte sich vor, wie er hinter einem langweiligen, einfallslosen, monströs verpackten Blumengebilde sein dickliches, abschüssig lächelndes Gesicht hervorzuschaffen versuchte, und in diesem Moment mußte sie gähnen.

Müde? Sie muß ja höllisch müde sein! Das stelle ich mir anstrengend vor, so viele Eindrücke, bis man die geordnet und verarbeitet hat, nach so langer Zeit ohne all die Außenreize ... Sues Gähnen wars und nicht die Andeutung einer Chance für Rache, die den beiden aus der Klemme half. Ed und Marnie: Sünder? Unschuldige? Mit fadenscheinigen, eigentlich schwachsinnigen Argumenten beteuerten sie ihre Unschuld, sprachen dem eindeutigen Indiz seine zweideutige Aussagekraft ab, somit schien ein Freispruch unausweichlich.

Die hier draußen spärliche Straßenbeleuchtung ging an, zuerst schimmerte es rosa, dann verwandelte es sich in helles Gelb. Im fernen Nachbargehöft irrlichterten zwei Fenster. Der Himmel kam immer tiefer, und Sue sagte, Nebel um diese Jahreszeit sei außergewöhnlich.

Nebel? Wieso Nebel?

Die paar Lichter sehen aus, als wäre alles um sie herum in einen Verband gewickelt.

Aber es ist nicht neblig, Sue, es ist ... Marnie hörte abrupt auf wie jemand, der sich mit der vor den Mund geklappten Hand dabei ertappt, daß er im Begriff war, eine Taktlosigkeit auszusprechen. Na, vielleicht ein bißchen wattig oder so, es war den ganzen Tag über nicht so ganz klar, sagte sie.

Aber da stimmt was nicht, sinnierte Sue. Und warum gibt sie plötzlich diesen Verbandsmull-Nebel doch zu und hört sich dabei so krankenschwesterartig tröstlich an, irgendwie so begütigend wie Na-das-kriegen-wir-schon-wieder-hin, warum denn?

Es ist die Fernsicht, die bei mir nicht klappt. Sue wollte es selber sagen. Sie wollte hier ihren Mut zum Realismus demonstrieren und auf keinen Fall es noch ein einziges Mal wieder mit *Bemitleidern* zu tun bekommen. Deshalb ging sie auch auf Marnies Ablenkung (*Ihr beide seid wirklich zu beneiden, ihr wohnt einfach wundervoll*) nicht ein, sie schüttelte sich ein bißchen und eroberte sich ihre Unabhängigkeit, indem sie von der kleinen Stadt in Maine erzählte, die ihr seit einem dreiwöchigen Besuch vor zwei Jahren nicht aus dem Kopf ging. Eine Kollegin, fast so nett wie die Kaffeepausen-Kollegin, war mit ihrem amerikanischen Mann dorthin ausgewandert, für ihn bedeutete das eine Rückkehr an sein ehemaliges College, wo er Neuere Geschichte lehrte, und die Kollegin hatte Sue schon bei der Abschiedsparty im Institut eingeladen, Sue war aber erst später gekommen. Sie hatte warten wollen, bis auch Ed sich von der Firma aus einen Urlaub genehmigen konnte. Während Sues drei Wochen Brunswick hatte er in einem geliehenen Ford in den Staaten Connecticut und Massachusets Ausschau gehalten.

Ich würde wieder im Captain Daniel Stone Inn wohnen. Die Klimaanlagen sind schrecklich, so laut und so unberechenbar, aber alles in allem gefällts mir, die Leute sind enorm nett, und man kann sich vom Frühstück an in der Hotelküche selbst versorgen, du kannst jederzeit an den Eisschrank, an die Kaffeemaschine und dir zum Frühstück wunderbare Heidelbeermuffins holen. Ich kann in der Mensa vom College essen, aber ich bin in den letzten beiden Wochen entweder auf einen Becher Kaffee und irgendeinen Lunch, meistens nahm ich mir ein Sandwich, in einen kleinen Studentenladen gegangen, ja, du kriegst da zu essen und Kaffee, und sie verkaufen hauptsächlich für die Studenten Papier und Bücher, T-Shirts, die Studenten können dort kopieren. Oder ins *Wild Oat*, so eine Art alternatives Food-Dings, eigentlich ists eine Bäckerei, wenn du reinkommst, denkst du, es ist eine Bäckerei und sonst nichts. Aber in einem Nebenraum kannst du essen. Selbstgebackenes Brot, Kuchen, Muffins, Süßigkeiten aller Art. Doughnuts, Popcorn, Marshmallows. Neben der Kasse haben sie einen Teller mit Gebäckresten zum kostenlosen Selbstbedienen. Man holt sich alles selber, sucht sich zusammen, was man will, außer Salaten und Pizzas, die Pizzas müssen noch heiß gemacht werden. Dann haben sie noch zwei große Töpfe mit Suppe, zwei Sorten: Karottensuppe mit Ginger, Tomaten mit Reis, Erbsen, Bohnen. Dazu gibts Brot umsonst. Zum Nachtisch esse ich einen blueberry muffin zum small coffee. So heißt er, small, der Becher ist aber riesig. Alles würde auch verpackt, take away, sogar Kaffee und Suppen, zum Mitnehmen also, entweder ins Auto oder nach Haus, wohin du willst. In dem Auto, das ich geliehen hatte, auch ein Ford, alles Automatic, herrlich leicht zu fahren, also im Auto befindet sich neben dem Schalthebel eine Vorrichtung zum Einstecken des Bechers und eine Ablage fürs Sandwich. Das Auto habe ich immer in einer kleinen Straße geparkt, die parallel zur Main Street verläuft. Auf der einen Straßenseite stehen Villen und Häuser mit Antiquitätenläden im Parterre, an die andere Straßenseite grenzen Wiesen, es ist ein großes Wiesengrundstück, auf dem freitags der Markt stattfindet...

Sue sagte aber nur: Ich würde versuchen, wieder dasselbe Zimmer neben dem Eingang zu bekommen.

Überschlafs erstmal.

Ich fürchte, ich sollte mich demnächst von euch hier losreißen.

Sue befürwortete nochmals mit allem Nachdruck, Ed solle Marnie zurückbringen. Sie tat das für sich selber. Mit Ed ohne Marnie – das war vorläufig kein guter Gedanke.

Beim Abschied verzog Marnie das Gesicht. Es glühte von dem Durcheinander aus Ängsten und Priester-Sex-Prognose und dem Beteuern erschwindelter Unschuld, dem Rollenwechsel beim schwesterlichen Beschützen und natürlich mitgezählt die Joints, die Wodkas pur und die gemixten, den neuseeländischen Wein, den Espresso – was für ein Wirbel, und Sue sah dem an frühere Schuld- und Sühne-Aktionen erinnernden Gesicht an, daß es nichts mehr vor ihr geheimhielt, nichts Zukünftiges, nichts, was die Autofahrt mit Ed anging, für Sue stand fest:

Weder Ed noch Marnie hätten die geringste Lust, die Sofa-Szene, das sogenannte Experiment, zu wiederholen, Ed wäre einsilbig wie gewohnt, und Marnie wäre einsilbig wie nicht gewohnt. Aber sie verzog das Gesicht, sie machte das Ich-spiele-Kind-Gesicht, und das drückte die Zerknirschtheit aus, wegen der sie am späten Nachmittag aufgetaucht war, zur *Aufklärung*. Also dann, sagte Marnie. Du bist... ach was... danke, Sue.

Ed war irgendwo im Haus verschwunden, wahrscheinlich bediente er die Zentralverriegelung der Läden und suchte dann nach seinem Schlüsselbund. Vor Sues Augen fächerten wie Scheibenwischer, aber flauschig und viel dicker, doch noch diese grauen Wedel vorbei, nach links, nach rechts. Marnie erkannte sie aber unter der am Vordach auf ihr Entschuldigungs-und-tausend-Dank-Gesicht leuchtenden Lampe gut, *ziemlich* gut, mußte sie einschränken, denn sicher half ihr die Einfühlung in die charakteristische Lage, altbekannt, seit über vierzig Jahren viele viele Male wiederholt, und die Einübung in Phantasie half, das Spiel aus der Handicap-Zeit.

Jetzt war Marnie doch nochmal dran mit der gräßlichen Peinlichkeit des gestrigen Überraschtwerdens auf frischer Tat, die heute als Wohltat uminterpretiert werden mußte, und sie hatte bestimmt nicht herausfinden können, ob ihr Examen bestanden war. Vielleicht wars schlimmer für Marnie, daß Sue sie gar nicht geprüft und kein Examen stattgefunden hatte. Sue sagte, Marnie brauche sich nicht zu bedanken.

Marnie meinte, vielleicht, wenn Sue so viel dran lag, wäre Brunswick doch eine tolle Idee.

Das Oberlicht im Hauseingang erzeugte nur noch einen matten Widerschein auf Marnies vorsichtigem Gesichtsausdruck, und Sue mußte an diesen Baumwollsamenüberblick denken, beim Überfliegen einer Plantage, an den Himmel vorhin. Jetzt wars ringsum dunkel geworden.

Hat dir unsere Mutter II. auch nach ihrer Lektüre von diesen paradoxen Geschichten, die von diesem Hirnforscher oder Neurophysiologen, na du weißt ja, hat sie dir auch vom riesigen Nutzen erzählt, den das Lächeln hat?

Für mich hat sie nur die Geschichten vom operierten und durch die Wirklichkeit schockierten Blinden rausgepickt. Sue fror auf einmal, obwohl sie merken konnte, daß es noch immer sommerlich warm war.

Ich komme gleich, rief Ed von irgendwoher aus dem Haus.

Manchmal ist sie nicht blöd, Frigga-Erdmuthe. Und mir hats eigentlich auch gewaltig imponiert.

Sue sah es weniger als daß sie es hörte: Es ging Marnie besser. Sie redete sich frei, wie eine Schwimmerin, die merkt, von jetzt an kann ichs allein, und die Angel des Schwimmlehrers losläßt. Der Witz bei der Geschichte mit dem Lächeln geht so: Zuerst mußt du lächeln, dann wirst du heiter. In der Reihenfolge. Ist doch erstaunlich, man würde denken, du bist zuerst heiter und deshalb lächelst du, dann.

Du kannst durchs Lächeln in eine bessere Stimmung kommen. Sue dachte an die sehr ähnliche Verwandlungsgeschichte, die sie in den Handicap-Zeiten erlebt hatte, wobei ein Mißvergnügen umschlug in eine ruhige weiche Stimmung, in der sie mit sich im Einklang war und auch etwas stolz-zufrieden, und die sie die *Gnade des Liebseins* nannte.

Marnie berichtete von Probanden, die Prüfungsaufgaben viel leichter mit dem Trick des Zuerst-Lächelns-dann-heiter-werden lösen konnten. Und daraus ergebe sich Folgendes: In guter Gemütsverfassung, eben heiter und all das, gelassen, fröhlich und so weiter, gelinge, was immer es sei, besser, viel besser sogar. Es gelinge eben.

Weiß ich, sagte Sue.

Sie hat dir also doch davon erzählt?

Aber Marnie, denk doch mal nach!

Worüber sollte sie nachdenken, fragte Ed, auch er kam Sue wie in die Verlegenheitsphase zurückgeschubst vor, weil es jetzt um die für Sue vielleicht doch heikle nächtliche Autofahrt mit einer Frau ging, mit der er auf ihrem Lieblingssofa rumgeschmust hatte. Bei ihm äußerte sich dieser Zustand in einer wohlgemut-betriebsamen Aufgekratztheit, die nicht zu ihm paßte und wie aus Versteinerungen herausgemeißelt war. Schwummerig in der matt beschienenen Watte erkannte Sue ein Pokerface mit Clownsgrinsen.

Das lernt man schon als kleines Kind, Marnie, sagte Sue.

Ich geh schon mal das Auto aus der Garage holen. Ed verschwand im Nebel, der kein Nebel war.

Es stimmt, rief Marnie, erfüllt vom glücklichen Erinnern, überschwenglich. Und wir habens ja geübt. Bei Streit. Das erste Lächeln, oh Sue, Schwesterchen, daß ich das jetzt wieder weiß, es ist für mich so verdammt wichtig.

Für mich auch.

Wir haben nicht nur *Wer zuerst lacht* gespielt, das kennt schließlich jeder, wir haben *Wer zuerst lächelt* gespielt. Und ich war vorher wegen irgendwas furchtbar zornig, ich nehme an, ich bin oft absolut widerlich gewesen... so wie heute, wie gestern: Marnie flüsterte den Einschub, wurde übergangslos nach einer Miniatur-Pause wieder lebhaft ... und ich hab dich gekniffen, mit dem Schuh nach dir getreten, und am meisten hats mich gereizt, daß du als die Ältere und Größere einfach stillgehalten hast, und wahrscheinlich hättest du mich ja auch sofort besiegen können, und irgendwann hast du *Wer zuerst lächelt!* gerufen, und ich glaube, das bist immer du gewesen. Ich habs nur bis zu einer Fratze gebracht...

Während sie sich noch daran erinnerten, wie sie *Das erste Lächeln* auch gespielt hatten, wenn sie in ihrem Gartenversteck über Maßregeln der Erwachsenen wütend und wie von jedem guten Geist im Stich gelassen waren, und an das Wunder durchs *erste Lächeln*, das dann ein gemeinsamer Akt war und sie aus der Verlorenheit in ihre der Gegenwart haushoch überlegene schöne Geheimwelt entführte, gingen sie langsam auf den Sandsteinplatten zur Garage, und Sue sagte: Warum siehst du mich nicht schnell mal einfach an?

Sue fand alles samtig, plüschig, aber wenn kein Nebel war? Außerdem wußte sie eines genau: Sie brachte es zustande, es kostete sie nicht die geringste Mühe, und Marnie rief nach dem Blick ins Gesicht ihrer Schwester und kurz bevor sie die so wild umarmte, daß die beiden fast umfielen: Das erste Lächeln!

»... einmal hast du mir die Ehre zukommen lassen, von mir zu träumen, und jetzt denke ich ganz unverkrampft beim Rotwein und während Elgar sich stereophon austobt darüber nach, was in diesem Traum, in dem ich eine Rolle spielen durfte, angenehm war. Und ich erinnere mich eines Traums, den ich träumte, als ich ein einziges Mal dein Schlafzimmer betrat. Das war kurz nach eurem Umzug, und du wolltest mir nur aus jedem Fenster den Ausblick zeigen ...«

Sue wurde von keinem einzigen osteuropäischen Kulturgut gestört. Mit Doktor Benraths Brief befaßte sie sich im Sessel neben ihrem zum Einsteigen geöffneten Bett. Wenn Ed zurückkäme, würde er sich sagen: Glück gehabt, sie war begreiflicherweise sehr müde, besser für uns beide, nicht mal mehr den Kopf durch die Tür zu stecken, Ed würde gern auf dem Rückweg gebummelt haben, was er sich aber nicht erlauben dürfte, damit es nicht so aussähe, als hätte er Marnies Gesellschaft länger als nötig genossen. Bald würden die Autoreifen über den Kies in der Einfahrt knirschen.

»... aber mein Blick fiel auf dein Kopfkissen, über dem schräg ein Negligé lag (wie schreibt man das, ich habe diesen Ausdruck nie zuvor benutzt). Es war violett und sehr klein. Es löste meinen Traum aus. Es war ein Sekundentraum, dessen Entfaltung rasch einem strengen Zensor zum Opfer fiel. Da ist eine meiner Variationen zum Thema Traum, andere vermag ich dem Papier nicht anzuvertrauen ...« Sue legte die Lupe weg. Die Lupe war geduldig hinter jeder Tintenmade hergewandert. Die Maden waren etwas krusselig, sie folgten einander in ziemlich großen Abständen auf weit auseinanderliegenden Zeilen, und Sue fiel dazu *Maden im Gänsemarsch* ein, und daß sie überhaupt jetzt irgend etwas komisch finden konnte, das war komisch, war es wirklich. Aber die Benutzung der Lupe war Unsinn, sie machte sie zur Phantastin, zu einer richtigen Spinnerin, die Geduldsarbeit der Lupe mit den madenhaften Schriftzeichen (es hätte sich ebenso gut um Höhlenmalerei handeln können) war etwas zwischen Spiel und Katarakt, zwischen der Unkenntlichkeit vom defekten Videobild, wenn statt der zu schwarzen Balken langgezogenen Konturen im Grau nur noch das Grau übrig blieb. Ich habe mich überanstrengt, sagte Sue in beinah normaler Lautstärke, als hätte sie ihre Handicap-Sprache mit kaum bewegten Lippen, im Gaumen wallfahrender Zunge schon vergessen. Die beiden letzten Tage waren zu viel Streß auf einmal, daher die Verschlechterung, sagte sie nun richtig laut. Eu- und Dystreß durcheinandergewirbelt. Das erste Lächeln: Das kam jetzt als Flüstern aus ihr. Sie hatte gar nicht daran gedacht. Sie übte ein paar Mundbewegungen, aber das war noch nichts. Besser, sich noch einmal in die Tagträume ihres Freunds zu versenken. »... dein Kopfkissen, über dem schräg ein Negligé lag ...« Sue mußte lächeln (ein Lächeln von der Sorte, die rein gar nichts mit dem aus einer Entzweiungserstarrung erlösenden *ersten Lächeln* gemeinsam hatte, ein eher leicht verwerfliches Lächeln). In voller Absicht war sie damals vorgegangen. Doktor Benraths erster Besuch im neugestalteten alten Bauernhaus stand bevor, und sie drapierte eins von den drei besonders winzigen Hemdchen für Hitzewellen-Nächte auf dem Kopfkissen, das beim Betrachter einiges auslösen sollte. Es war aber auch, und keine Frau auf der weiten Welt, keine Marnie, keine Prentice würde das jemals begreifen, voll kalkuliert (und mit nichts anderem war ja schließlich zu rechnen, kein Kunststück, Sue!): Sekundendauer, der Zensor, die Nichtentfaltung des Traums, Opfer der Hemmungen und des Respekts vorm Sakrament der Ehe, unter dem tat es jemand wie Doktor Benrath nicht, er ging als Kunsthistoriker in Kirchen, als gläubiger Christ besuchte er wenn schon nicht öfter, dann doch an kirchlichen Feiertagen den Gottesdienst, und was er nur ein einziges Mal wegen einer Virus-Grippe versäumt hatte, war die weihnachtliche Mitternachtsmesse.

»... auch jetzt gewinnt der Zensor wieder die Oberhand. Ich bewundere (auch, aber nicht nur) den Mut deiner Schwester. Sehr gemischte Gefühle, aber keineswegs nur negative. Liebe Sue, der Rotwein wirkt, und bevor er den Zensor besiegen könnte, schließe ich lieber den Brief ab, mit allen guten Wünschen ...«

An dieser Stelle mußte der Freund Ed einbeziehen. Ohne die guten Wünsche »auch für Deinen Mann« wäre der gesamte Brief nicht *sein* Brief.

»... auch für Deinen Mann, den Du bitte herzlich von mir grüßt ...« Aber die Demut und die mir zu Füßen gelegten anderen Werte lassen wir ausnahmsweise weg, ja? sagte Sue, dieses Mal wieder halblaut.

»... auch für deinen Mann ...« und so weiter und so weiter, »... und für Dich, die ich umarme. Dein ...«

Einen so wunderschönen Briefschluß konnte man gut auswendig behalten. Er streichelte Sue, drei Wörter lang. Sue glaubte nicht, daß dieser Brief verschwinden müßte, nicht wegen der unaufgeklärten Sofaszene von gestern, nicht weil sie mit Ed noch nicht quitt war und ein beträchtliches Guthaben bei ihm hatte, nicht als Freibrief könnte sie ihn herumliegen lassen, wo sie wollte, sondern weil er ... Laß ihn vorläufig da wo er ist, sagte sie nun wieder im Flüsterton. Fast schon so geräuschlos wie in der Handicap-Fremdsprache aus dem Nirgendsheim.

Sie konnte genau so gut das Licht ausknipsen und ins Bett gehen, den Brief brauchte sie nicht mitzunehmen. Sie konnte sich gut genug an ihn erinnern. War nicht Benraths erste Veröffentlichung seiner Gefühle für sie sehr spannend? Gerührt dachte sie an all die kurzen und an die etwas längeren Maden; sie transportierten die von der Schüchternheit abgebremsten Konfessionen des Freundes: »... nur eine Variante meiner Träume ... vermag ich dem Brief nicht anzuvertrauen ...« – nein, dem *Papier*, das entsprach seiner Ausdrucksweise, ebenso dieser *Zensor* und die *Entfaltung* des Traums, die ihm *zum Opfer fiel*.

Sue wurde schläfrig. Es wäre klüger gewesen, damals sofort das Handy vom Ohr zu nehmen. So bald sie mit dem schockierten Blinden anfing, hätte ichs tun sollen. Ich kenne doch meine wahnsinnshypertrophierte Phantasie. Durchs Handicap ist sie erst so richtig ins Kraut geschossen. Aber ich arme Irre, ich hab stattdessen zugehört, mir dabei anscheinend diesen geschockten Blinden einverleibt, mich zu sehr auf ihn eingelassen, diesen Operierten und Geheilten, den die visuelle Welt verglichen mit seiner virtuellen so abstieß, daß sein Gehirn Erbarmen mit ihm hatte ... Gut, ich war ein bißchen enttäuscht von den Zimmern, diesen überraschten Zimmern ... Jetzt sah Sue unter ihren geschlossenen Lidern in ein Wartezimmer, alle Leute hoben die Köpfe nach ihr, die eintrat ... und im Badezimmer habe ich mich wohlgefühlt, und enttäuscht sein heißt nicht schockiert sein wie bei diesem ekelhaften Störenfried aus einer paradoxen Geschichte. Das kanns noch nicht gewesen sein.

Die Autoreifen zischelten über den Kies, anscheinend hatte es ein bißchen geregnet. Wenig später hörte sie Ed im Haus, sie hörte, wie er versuchte, nicht hörbar zu sein.

Mein Gehirn hat gestern seinen Dienst angetreten. Vermeintlich in meinem Sinn. Ich sollte nie wieder so was wie den Sofa-Hinterkopf-Anblick erleben müssen. Beim Aufwachen – um wieviel Uhr?, noch kein Tageslicht – wunderte sie sich, daß sie mitten im wachrüttelnden Gedanken an die Wohltaten und die Irrtümer von Gehirnen überhaupt eingeschlafen war, und in Bewußtlosigkeit wollte sie zurücksinken, oder in einen Traum? Glücklicher Einfall, Träumen. Ihres und das zensierte von Freund Benrath, dem getreuen Diener; wie der Diener Kierkegaard vor Gott gehorsam war, war ers seinem Ehrenkodex und seiner altertümlichen Gewissensmoral gegenüber, und tatsächlich, als sie wieder bis hin zum »und Dich umarme ich« seine Träume als behutsame Wünsche spürte, als läge sie in einem warmen Badewasser bis oben mit seidigem Schaum zugedeckt, seinen Blick auf ihr Kopfkissen mit dem Mini-Nighty, vor dem er sich nach Sekunden ein Stopschild aufpflanzte, das Rot der Ampel vor dem Grün der Entfaltung, wahrhaftig, da konnte sie noch einmal einschlafen. Beim Aufwachen (wo sie den Slogan *Freuden erschrecken auch* nicht in den Slogan *Schrecken freuen auch* umwandeln konnte) dachte sie, zum Schlaferfolg habe ihr bestimmt geholfen, daß sie sich zweierlei einprägte: Erstens bin ich nicht in den Guten verliebt, wars nie wirklich, nichts, das nach Fortschritt verlangt, nicht wie bei den andern, »nothing goes on with our sex«, aber Sekundenträume soll er ruhig haben. Und zweitens, für ihre Zukunft viel bedeutsamer, weil hier überhaupt nichts Verträumt-Irreales auf dem Spiel stand: Das kann normal sein, ich war überanstrengt, und mit einem Katarakt kenne ich mich nicht aus, Ed hat recht, ich muß heute noch zum Arzt. Ganz sicher gibts diese Störungen. (Nicht einmal bei sich nannte sie das Ereignis Rückfall, was immer noch besser klang als bei dem von seinem Gehirn zurückoperierten und in seine gewohnte, ganz von ihm allein installierte Welt wiederverpflanzten Blinden.

Hoppla, machte Ed. Seine Stimme kam vom Klapptisch am Küchenfenster her. Hats weh getan?

Überhaupt nicht. Sue hatte sich die linke Hüfte an der Holzplatte gerammt, die unter dem oberen Schrankteil mit seinen Glastüren aus dem alten Küchenbuffet gezogen werden konnte, sehr praktisch. (Wie praktisch die im neunzehnten Jahrhundert schon manches ausgedacht haben, hatten sie oft erwähnt.) Meistens stand die Platte nur halb vor, aber Ed oder sie selber mußte sie gestern abend so weit es ging herausgezogen haben, es war so bequem, die Vorräte, die man aus dem Eisschrank brauchte, auf der Platte abzustellen. Und zum Eisschrank hatte Sue von der Tür aus einen Schwenk gemacht, Küchenbuffet und Eisschrank standen einander über Eck benachbart.

Dein Freund scheint sich wieder verheiraten zu wollen. Ed sagte, er hätte nicht den Code jeder Made geknackt, zum einen: keine Zeit. Dann machte er ha ha und sagte: Und zweitens ist es dein Brief, und fremde Briefe liest man nicht, es schickt sich nicht, in die Geheimwelt eines leidenschaftlichen Menschen der vierten Dimension einzudringen.

Der vierten Dimension? Sue war sicher, sie hätte sich Clusters in ihre Milchschale gekippt, aber ihr Löffel stieß auf schnell zerbröselndes Weetabix.

Seine zwei Dimensionen, Länge, Breite, reichen nicht aus. Seine dritte ist das Wabern um ihn herum. Und die vierte finde ich geradezu schmeichelhaft: seine Aura.

Hast du die Oat-and-Wheat-Bran-Packung bloß anderswo hingetan oder ist sie beim Altpapier? Sue fand Eds satirische Experimente weder komisch noch taktvoll und auch nicht echt. Er wirkte überdreht und quasselte wie ein Bauchredner, was überhaupt nicht seiner skandinavisch-wikingerhaften verbalen Zurückhaltung entsprach. Doch der Grund dafür lag auf der Hand: Er überanstrengte sich als Pausenclown ohne Talent für diesen Job, weil er Sue Souveränität vorspielen wollte. Am liebsten hätte sie gesagt: Ich hätte dich für intelligenter gehalten. Aber weil ihr nicht einmal eine Lupe bei den Mitteilungen bugsierenden Maden auf allen diesen Briefzeilen half und dieser Punkt sie ernstlich interessierte, behauptete sie, sie hätte Beraths Post völlig vergessen und was es mit der Wiederverheiratung auf sich habe.

Dir macht er keinen Antrag. Ja, ich hab ein bißchen reduziert bei den Packungen. Vieles war ganz schön verdreckt, und dann kriegen wir noch leibhaftige, lebendige Maden ins Haus, nicht nur diese appetitlosen deines musealen Freunds. Ich frage mich, worauf eine so liliputanische Handschrift hindeutet. Weißt du was drüber?

An Graphologie haben wir doch noch nie geglaubt, sagte Sue. Allmählich fühlte sie sich wie in ein überheiztes und zu enges Zimmer gesperrt, ihr Körper war das Zimmer.

Scharlatanerie, stimmt. Sag mal, das ist aber keine Orangenmarmelade. Ed hatte Sue vorhin gebeten, ihm die Orangenmarmelade herüberzureichen.

Das kommt nur, weil das Erdbeer-Stachelbeergemisch schneller all werden muß, sagte Sue rasch. Es schimmelt sonst.

Aber es ist auch kein Erdbeer-Stachelbeergemisch, es ist der Honig, sagte Ed.

Der muß auch all werden.

Ed erkundigte sich, zum ersten Mal als der altgewohnte Ed in ruhiger Freundlichkeit, ob das so früh am Morgen mit den Augen noch nicht richtig funktioniere.

Doch doch: Sue, wieder sehr eilig. Und sie sah das Lieblingswetter, aber sie behauptete: Kein Lieblingswetter mehr, leider.

Als Ed *Gott sei Dank* sagte, gab sie sich Mühe herauszufinden, was an ihrer Mogelei doch gestimmt hatte. Vielleicht gäbe es nie mehr Lieblingswetter, sogar dann nicht, wenn sie hämatomisierte Unwetterhimmel sah, während für alle anderen zutraf, was diese dämlichen Meteorologen beim Fernsehwetterbericht *Bilderbuchwetter* nannten.

Bevor Ed abzog, sagte er: Paß auf dich auf. Ich komm heute normal zurück, Abendessenszeit. Ciao.

Ciao. Mach ich.

Was machst du? Abendessen? Ach, großartig, das geht ja wieder.

Auf mich aufpassen, das mach ich, rief Sue ihm nach. Im Film hätte ich eine Pistole gezogen und die Chimäre Ed abgeknallt, kam ihr in den Sinn.

Das Badezimmer war ihr auch heute noch wohlgesonnen. Noch immer benutzte sie die für einen Zuhörer ausreichend laute Stimme: He, Marnie, spielen wir *Wer zuerst lächelt?* Aber warte, ich muß vorher ein bißchen Material sammeln. Endlich wirkten die Pillen, mit denen sie nicht aufgehört hatte, im Gegenteil, sie erhöhte die Dosis.

Denkbar, daß ich sogar die Gnade des Liebseins hinkriege. Und Brunswick muß auch nicht unbedingt ad acta gelegt werden. Sue kam aus dem Konzept, weil ihr jetzt erst auffiel, daß Ed sich über ihren heute dringend fälligen Besuch beim Arzt ausgeschwiegen hatte. Wie vergeßlich! Stattdessen mußte er rumkaspern und sich aufspielen, ach ... Nach einem Seufzer knipste wieder ein Schalter da oben bei ihren Neuronen und Endorphinen und werweißwas noch für Sanftmutsmissionen erfüllenden Botenstoffen ihre Stimmungslage auf die Einstellung lammfromm, gütig, duldsam, nachsichtig, ihr Körper kam ihr knetbar vor und etwas quabbelig wie nach einem sehr heißen Bad.

Sie sagte: »... Dein Traum, in dem es mir vergönnt war, eine angenehme Rolle zu spielen ...« So ungefähr hatten es doch die kleinen Maden verkündet? Nun, auf den genauen Wörterablauf kam es nicht an.

Sie machte einen Abstecher in die Küche, sie wußte noch, wo sie Marnies Seagrams's abgestellt hatte, und Flaschen öffnen konnte sie ohne hinzusehen, das Pensum steckte in ihr. Mit einem Glas kam sie ins wohlmeinende Badezimmer zurück, zitierte noch ein wenig die freundlichen und, wenn man an der Wirklichkeit Maß nahm, dem Zensor furchtlos davonkrabbelnden Maden: »... Dich, die ich umarme«, sagte sie und dann redete sie Marnie an: Ich war mal wieder die mit dem ersten Lächeln! Obwohl die Lämpchengirlande ihr Gesicht mit dem ersten Lächeln in der Spiegelwand voll anstrahlte, Sue sah es kaum. Aber das Gartenversteck aus der Kindheit sah sie genau. Und daß sie bei *Wer zuerst lächelt* wieder einmal gesiegt hatte, wußte sie ganz genau. Etwas schwieriger als sonst war es gewesen – aber das war nun einmal ihr Job.

Gabriele Wohmann
Die Schönste im ganzen Land

Frauengeschichten. 348 Seiten. Leinen

Bei wenigen Themen ist Gabriele Wohmanns vielgerühmter Sarkasmus treffsicherer als bei der Beschreibung von Frauen. Bei den eigenen Geschlechtsgenossinnen kann ihr niemand etwas vormachen – erbarmungslos hält sie ihnen den Spiegel vor, in dem natürlich ganz anderes als die »Schönste im ganzen Land« zu sehen ist.

Wäre wunderbar. Am liebsten sofort

Liebesgeschichten. 282 Seiten. Leinen

Die zweiunddreißig Geschichten von Gabriele Wohmann handeln von Treue und Untreue, von Glück und Eifersucht, von Männern und Frauen – von den Themen, bei denen die Autorin ihre erzählerische Meisterschaft am brillantesten zur Geltung zu bringen weiß. Wo es um die Liebe geht oder darum, was die Leute dafür halten, gibt es im deutschen Sprachraum wohl kaum einen Autor, der ähnlich genau beobachten, präzise beschreiben und souverän formulieren könnte.

PIPER

Pina Mandolfo

Das Begehren

Roman. Aus dem Italienischen von Viktoria von Schirach.
119 Seiten. Geb.

»Meine Liebe, endlich ergreife ich wieder das Wort. Ich will es wagen und in Deinem Kopf die Wüste der Erinnerung durchqueren. Du hast Dich mit Gewalt losgerissen, mich ohne Erklärung zurückgelassen.
Du hast mich vor Wut und vor Schmerz verstummen lassen.«
So beginnt dieser Liebesbrief einer gerade Verlassenen: Sätze voll Zärtlichkeit und Leidenschaft, voll erotischer Sehnsucht und bewunderndem Respekt – auf die Sätze voll Zorn und Ohnmacht, Verletztheit und Trauer folgen; immer ist spürbar, daß sie aus der Tiefe eines verwundeten Herzens kommen. Absenderin ist eine junge Literaturprofessorin aus Sizilien, die während eines Sommerseminars in Norditalien vom Coup de foudre getroffen wird – eine heftige, nur wenige Wochen dauernde Liebesgeschichte folgt. Adressatin dieser Zeilen ist – eine Frau: eine charismatische Künstlerin aus Piemont; diszipliniert und streng, was ihre Arbeit betrifft, und ebenso in ihren Gefühlen. Zwei Welten prallen aufeinander: die des Südens mit ihrem Duft nach Sonne und Staub und die des kühlen, grünen Nordens. Wehmütig konstatiert die Briefschreiberin, daß die offensichtliche Unvereinbarkeit dieser beiden Landschaften symbolisch steht für die Unvereinbarkeit ihrer beider Gefühlen.

PIPER

Dacia Maraini
Stimmen

Roman. Aus dem Italienischen von Eva-Maria Wagner und Viktoria von Schirach. 497 Seiten. Leinen

Die Journalistin Michela Canova gerät durch den gewaltsamen Tod ihrer Nachbarin Angela in den Sog eines mysteriösen Mordfalls, dessen Aufklärung für sie zur fixen Idee wird. Als sie hinter das furchtbare Geheimnis kommt, das Angela mit ihrer Schwester geteilt hat, merkt sie, wie tief sie zu den traumatischen Wahrheiten ihrer eigenen Kindheit vorgedrungen ist.

»Man möchte Dacia Maraini mit ihrer leicht unterkühlten, stets ein wenig ironischen Schreibweise in eine Reihe stellen mit den großartigen englischsprachigen Kriminalschriftstellerinnen wie Celia Fremlin, Barbara Vine alias Ruth Rendell, Margaret Miller oder auch Patricia Highsmith.«
Literatur heute

Nachforschungen über Emma B.

Aus dem Italienischen von Sigrid Vagt. 233 Seiten. Geb.